名家散文自选集

散文就是同亲人谈心

八卷·九章

徐刚/著

民主与建设出版社
·北京·

诗人徐刚（序）

杜卫东

初识徐刚，是20世纪70年代末。我当时在中国青年出版社当编辑，徐刚已经是炙手可热的著名诗人了。热到什么程度？有一次我去他家，身穿灰色圆领衫的徐刚正伏案写作。那时，他已经开始谢顶，但头发依然漆黑如墨，没有一根白发。见我进来，他将笔潇洒地一掷，直起腰长吁一声：完活儿！有一种“登泰山而小天下”的豪迈。走时，他托我把这首诗送到与我单位只一箭之遥的中国青年报社，没想到不几日便以小半版的篇幅隆重刊出。这让我目瞪口呆。

在纸媒的黄金时代，作品能登上大报往往会改变一个人的命运。我的同事马未都就是因为中青报刊出了他一个整版的短篇小说《今夜月儿圆》，才由一名青工变身为中国青年出版社文学编辑的。像我等文学青年，能在大报上发出一则“豆腐块”，便神圣得如同一次文学加冕，而徐刚刊出了一首长诗，怎么轻松得像是闲庭信步？

徐刚的如日中天，还有两件事可为佐证。

其一，大名鼎鼎的王朝柱早已著作等身，一般人很难入其法眼。当然，他有狂傲的资本，近十几年来，央视的黄金频道几乎一年播出一部由他创作的电视连续剧，获奖无数，声名远播。蒋子龙先生称他是文坛一柱，说没有他，中国当代文学的天空就会塌下一角。当时柱子哥私下和我聊起徐刚却自嘲说，看看徐刚的文字，咱们都可以搁笔了。这固然有英雄敬英雄的坦荡与赤诚，但也确实从一个侧面证明了徐刚非同凡响。

其二，某年，徐刚应邀与一众演艺界人士造访白沟。下车后，几个脸熟的演员被人群团团围住，而徐刚等几位著名作家、诗人竟被晾在一旁。有人见状不胜唏嘘，徐刚点一支香烟，挥两袖清风，厚唇轻启，淡然一笑，曰：白沟本来就是卖便宜货的地方。其自信、其旷达、其处事泰然、其洒脱不羁，跃然矣！

弹指一挥间，30多年的光阴悄悄从时间的沙漏中流逝。

昔日风生水起的诗人徐刚，渐渐淡出热闹的诗坛；再度走来的徐刚变身成了生态文学作家，甚至被誉为绿色文学的奠基者，近年更是以一部《大森林》斩获鲁迅文学奖。不过，笔者很排斥这样的角色定位，在我心中，徐刚纵然有七十二般变化，真身依然是那个手持金箍棒、腾挪天地间的“美猴王”。比如爱因斯坦，有着极浓厚的学者与诗人气质，他对社会、人生的许多认知深刻于一般的思想者，但他本质上依然是一位伟大的物理学家。徐刚亦然，无论他写了多少其他样式的文学作品，他都是一位诗人，因为他审视世界的目光和游走大地的脚步，从来没有越出过一个诗人的文化视野与悲悯情怀。

何为诗人？徐刚这样解读：诗人是贪婪地吮吸着自己民族传统文化的人；诗人是“上不臣天子，下不事诸侯”的人；诗人是可以放纵想象而又亲近大地的人；诗人是“可以兴可以怨”的率真的人；诗人是以接近自然天籁的语言写作的人。依我看，诗人就是对人民、对大地怀有一颗赤子之心的人。那颗心真诚、滚烫、鲜活，无时无刻不在胸腔里呼号、奋争，一张嘴，也许就会从喉咙里跳出，扑进生他养他的大地母亲怀抱。我猜想，徐刚一定赞同我的观点，他不是就把自己想象为植物、沙丘的同类吗？“把我赤裸的头顶埋进荒野，像一处块垒，多一片苍翠。”读了这样令人泪奔的诗句，我们就不难理解，为什么在诗歌创作风生水起的时候，徐刚一头扑进茫茫林海、滚滚江河——他要用一个诗人的赤诚，去审视我们的来路，寻找我们的归途。

几年前的一个画面一直铭刻在我的脑海中，挥之不去。那是一个残冬的傍晚，我坐在出租车里，看到了正穿过马路的徐刚。残阳如血，北风呼啸，天边的群山像是丹青妙手随便涂抹的几笔淡墨；近处的街市如同时间老人没有下完的半局残棋。徐刚的白发被风吹起，像一蓬杂乱的野草，有一种悲壮感。不知为什么，车开过去后，我想起的竟是荷尔德林的诗句：诗人是酒神的神圣祭司，在漫漫长夜里，他走遍大地。我突然领悟，徐刚不正是这两句诗的形象注释吗？

时下的社会，物欲横流、纸醉金迷，享乐主义和消费主义像两只狰狞的怪兽，吞噬着大自然赐福人类的山川与河流。据统计，发达国家的一个普通人，预期寿命80岁，在目前的生活水平下一生要消耗掉2亿吨水、2000升汽油，10000吨钢材和1000棵树的木材。人口爆炸，地球已经不堪重负、伤痕累累，它就像一条离水的巨鲸，在时间的堤岸上苟延残喘，奄奄一息。愚昧的人类根本不顾及地球的感受，根本听不到它痛苦的呻吟，为了满足感官刺激和口腹之欲，依然我行我素，巧取豪夺。而这时的徐刚像一位充满忧患意识的歌者，着一袭青衣，飘满头白发，行走在寒风凛冽的苍天大地之间。《伐木者醒来》《江河并非万古流》《沉沦的国土》《地球传》《大山水》…… 筋疲力尽的徐刚，以近乎每年一本书的速度向世人呐喊：我们正走在一条离物质财富越来越近、离江河大地越来越远的不归路上。可是，被五颜六色的霓虹灯装点一新的城堡，望见诗人孤独的身影了吗？沉溺其中的人们，听到他悲戚的呼号了吗？

在友谊的小船说翻就翻的当下，三年不离不散已属罕见。与徐刚相识40年，不知道他身上吸引我的东西是什么？才华、气质、真诚和稍纵即逝的冷幽默？仔细一想，是，也不是。才华横溢者不乏宵小之徒，气质绝佳者也有犬儒之辈。那天与徐刚在昆仑饭店品茗，谈起历史与现实、自然与人生，他凝眸远视的目光突然打动了我——准确地说，是徐刚目光中流淌的忧郁，像荷叶上滚动的露珠，清潭中氤氲的水气，顿时让他变得灵动和明澈。

面对白发飘逸的徐刚，我时常会联想起爱因斯坦那幅头发蓬乱的画像。生活在不同时空的两个人确有几分形似：都有一头蓬乱的白发，都有一双探求的目光，面对自然都保持着一种敬仰与谦卑的姿态。爱因斯坦说，我们能有的最美好的经验是神秘的经验，它是坚守在真正艺术和真正科学发源地上的基本感情。谁要是体验不到它，谁要是不再有好奇心和惊讶的感觉，他就无异于行尸走肉，他的眼睛是模糊不清的。而在徐刚的眼中，世界的一切，大到一山一水，小到一枝一叶，都是造物主的神迹。飞禽走兽自不必说了，即便是一枝一叶也都是有情感、有生命的血肉同胞。对自然、对万物、对一切生命的神秘感和敬畏感，是的他作品中的无时不在的脉动。即便面对一只芦叶船，徐刚都会想"如果不再有承接露水的早晨，它干涸吗？如果不再有白头翁鸟的相伴，它孤独吗？"他敏感，如轻轻一触碰就会闭合的含羞草，那敏感是诗人感知世界的触角；他真诚，像攀岩而上的牵牛花，那真诚是诗人拥抱世界的胸怀。他更像一位农人，把麦种播到地里后，便牵挂起饱满的麦穗。他希望因为他的牵挂，葡萄架上牵出了葡萄藤，柿子树上挂满了红柿子。这种对自然的谦卑、敬畏与他在俗世间的特立独行、狂傲不羁，形成了一枚硬币的两面，从而使他的文字如同被血泪浸泡过一样，情感饱满、生机快然。

他目光中时而流露的那一抹忧郁，应该是初心不被世俗理解的孤独。

这样的孤独令我心悸，也让我感动。我想起徐刚的两句诗："柔软的水是不可以雕琢的，既不想伟大，也不想玲珑"；我还想起了他的另外两句诗："昨天不会永恒，明天也很短暂，只有今天的怯懦会带来终生的遗憾"。

徐刚兄，我懂得你的孤独。如果诗歌是文学的皇冠，那么真正的诗人应该是上帝派到人间拯救人类的使者。荷尔德林曾经被世界遗忘了一个世纪，甚至席勒对他的评价也非常吝啬。直到他死后，随着遗作不断被发现，他才成了德国古典浪漫派诗人的先驱，他的诗才被誉为"人类理想的颂歌"。相对于荷尔德林，你还算幸运，毕竟你的作品不会成为遗作，尽管它们的价值也许要在很久以后才能够被人们真正认识。

徐刚孤独，是因为他深知人类最大的教训就是永远不能从教训中去汲取教训。鲁迅先生曾预言："林木伐尽，水泽湮枯，将来的一滴水将和血液同价。"这是先生在1930年向人类发出的警告，时间过去了将近一个世纪，我们生存的自然环境比那时又恶劣了不知多少倍！成吉思汗西征途中路过鄂尔多斯，曾勒马远眺，天苍苍、野茫茫，风吹草低见牛羊。他被眼前的美景迷住了，手中的马鞭竟然毫无知觉地掉在草地上。一代天骄沉醉良久，动情地嘱咐子孙：我死之后可葬于此。可是，当年的落鞭之处如今已是一片荒漠。鸟飞了，野兽走了，昔日的美景与草原一起飘逝而去。这是徐刚的《大山水》在历史皱褶中找到的细节，我担心，如果将来造物主一抖历史的大氅，这样的细节该不会形成一场沙尘暴吧？

徐刚的散文和他的诗与纪实文学一样，充满着对人生和大自然的敬畏。

我不想从文章作法上对徐刚的文字加以评论，相对于他作品的厚重，什么样的评论都会失之于轻飘。其实，从他的散文集《八卷·九章》的书名便可一窥端倪。八卷，江河八卷也；九章，山川九章矣。徐刚的笔墨依然挥洒在山川河流之上，长天大地之间，或歌、或泣、或咏、或叹，皆心之所想、情之所至，袒露的依然是一位诗人的赤子情怀。**时下，以笔为文的多了，以血为文才显得稀罕。徐刚的散文是杜鹃啼血，羊羔跪乳；他因为山河的破碎而恸哭，因为大地的恩赐而长跪。有了这血与跪，他的散文便有了魂魄，有了风骨，有了凡人所不及的格局与气象。**民主与建设出版社要出版一套《散文名家自选集》，承蒙小蕙和剑钧鼎力举荐，笔者忝列其中。看过已出书的作家名单，我向出版方推荐了徐刚，并强调徐刚的散文务必要出，他是可以为这套书增色的书写者。也感谢李继勇先生尊重了我的意见，在徐刚中途要退出时坚决挽留了他。

认识徐刚以来，我一直以兄视之，他在虎坊桥的那间小屋我也数次光顾。我的第一个女朋友还是徐刚牵线，在他家那座青砖小楼前见的面。徐刚很看重友情，我乔迁新居，他与韩作荣、柳萌同来暖房，把酒临风的情景恍如昨日。如今作荣、柳萌先后西去，白云苍狗，令人怆然。作荣走后，徐刚对其妻儿关切有加，至今说起挚友的猝然离世仍双眼含泪；柳萌仙逝，他因为得到信息不及时未能参加追悼会，一直嗔怪我没有特别通知到他。柳萌周年祭，我约了几位朋友追忆先生，徐刚谈起柳萌生前对他的帮助，声音几近哽咽。

去年，徐刚的纪实文学《大森林》获“鲁迅文学奖”，闻知兴奋异常。

笔者曾担任过几届该奖项的终评委，一直为徐刚没有问鼎而感到遗憾。坦率地说，无论是作品的精神向度还是文学品质，致力于报告文学写作几十年的徐刚不能折桂都难以令人信服。我知道，徐刚对获奖一向漠然。他早已看破红尘，超然于风云诡谲的名利场之外，但我仍抑制不住心中的喜悦，打电话向他表示祝贺。因为，这必定会使诗人徐刚和以他为标志的生态文学走进社会的视野，从而引发人们对地球母亲的凝视与感恩。

哪怕是向遍体鳞伤的大地回眸一眼，也十倍重要于奖项的获得！

目录

第一辑·江河风景

第二辑·草木相思

第三辑·沧浪咏叹

第四辑·森林九章

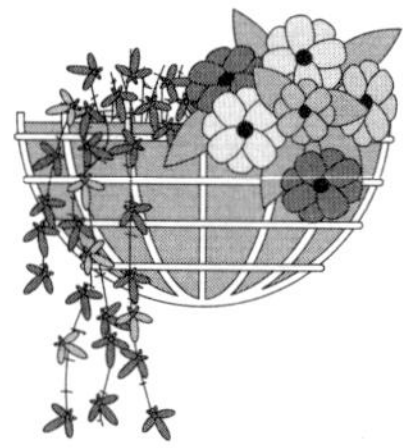

第一辑 · 江河风景

江河八卷

江河是大地的血脉，是源源不断的流出，是大地之上的循环往复、生生不息的形象之具体而又美妙的存在。江河是道与路，是此岸及彼岸，是既面向海洋又追溯源头的引领者。“上善若水”，水又何言？且不说小溪小河，即便是巨川汪洋、惊涛骇浪，也只是挣脱了束缚之后，依然存在于束放之间的深妙、闲适、孤高，而且静穆。平静地面对着人对水之道的赞美、探幽，以及挥霍、污染与截流。高坝大库中的水域，使我想起了艾吕雅的诗句：“我曾像一艘在封闭水域中行驶的船，如同死者，我只有一种本原。”

——题记

卷一　源头

大地有万类万物，其中最普通、最神秘而又最忙碌的，大约就是江河流水。草木枯荣，四时更替，飞鸟也，走兽也，熙熙攘攘的人之大群，无不需要驻足、休息，唯独江河东去，不舍昼夜。水到哪里去？水从哪里来？如此行色匆匆而又源源不绝，不能不使人想起：在大自然中，江河是有使命的，非同一般的使命，是游走于消逝和创生之间的使命。但江河不说，涛声而已，流动而已。假如追随一处流水，沿江而下，你就会知道，人永远不可能走在江河水的前面，但又总有波涛在你身后汹涌，所有的河流都会把我们带往一处边缘——海与陆的边缘，咸与淡的边缘，清与浊的边缘。

边缘是思想与物质的集散地，是“和实生物”（《国语》）处。

人在海边望海兴叹或者桴槎其上，江河源源涌入，海可以容纳多少水？江能够流出多少水？江河的吊诡在于：我们知道它流向海洋却很难目睹它的源头何处。几千年来，人们孜孜不倦地想象着和寻觅着江之源、河之源、水之源，是生命对源头的呼唤，也是人体中的生命之水与源头冰雪的同声相应：我们到哪里去？我们从哪里来？

江河隐蔽着源头，那是江河的秘密。

源头何处，已经成为中华民族的一个心结，因而那些探求源头的人，便是把一个民族的伟大猜想付之行动的人。在历史的荒原中，我看见的是他们踽踽独行的背影，其中之一是徐霞客。很有可能是故乡江阴长江入海河道的宽阔的召唤，使徐霞客走上了一条行走毕生的寻山问水之路，其功厥伟者是他的《江源考》，指出长江上源绝非岷江而是金沙江，沿金沙江再溯流而上便是长江源头之所在了。

牵挂着江源的各色人等中，还有一位皇帝——清朝的康熙帝为编制全国地图，曾多次派员深入青海高原腹地，直至江河源区。《皇舆全览图》上明确标示金沙江上源为“木鲁乌苏河”，蒙语为“冰河”之意。这冰河所指的是哪一条河虽然不详，一个“冰”字的指向却明白无误，是冰的河，冰雪之河；再往前行却因为高寒而莫可奈何了。1720年，清廷使臣跋涉至江源地带，面对冰雪世界以及诸多河流，在奏章里写道：“江源如帚，分散甚阔。”

探求的脚步已经深入源区，可是仍然说不清源头在哪里，直到

1976年夏天，长江流域规划办公室的江源考察队爬冰踏雪51天，到达了长江源头。根据“河源唯远”的原则，他们确定沱沱河为长江正源，即唐古拉山海拔6012米的主峰各拉丹东雪山西南侧的姜根迪如冰川为长江发源地。1978年1月13日，新华社消息称：“长江究竟有多长？源头在哪里？长江流域规划办公室组织勘察的结果表明，长江的源头不在巴颜喀拉山，而是在唐古拉山主峰各拉丹东雪山西南侧的沱沱河；长江全长也不止5800公里，而是6300公里，比美国的密西西比河还要长，仅次于南美洲的亚马孙河和非洲的尼罗河。”

江源是冰川雪野，高耸于世界屋脊之上，圣洁庄严。

江源地区是指长江上游通天河的楚玛尔河口以上的源流地区，东临黄河发源地巴颜喀拉山，西至祖尔肯乌拉山，北是绵延腾跃的昆仑山脉，南北宽约400公里，流域面积11万平方公里，相当于瑞士、荷兰、比利时三国面积之总和。江源地形自西向东倾斜，全程在海拔4500米以上，终年积雪，冰川高悬。而各拉丹东雪山周边有20多座海拔6000米以上的雪山，组成了南北长50公里，东西宽20公里的雪山群落，冰雪覆盖面积800多平方公里，发现有100多条现代冰川，姜根迪如为其中之一。

现在，我们看见了，阳光照耀下的冰雪江源，圣洁到冰冷，庄严到沉重，那姜根迪如冰川融水的点点滴滴，便是长江的初始流出；或者说当冰川夏日消融坠落成流，一条大江便诞生了。

源区是如此宽阔，流出是如此细小！

源区是如此荒凉，流动是如此安详！

源出姜根迪如冰川西南侧的东西两支溪流汇合后，名曰纳钦曲，这是长江的初始源流，是冰川融水会聚而成的小溪流，水面宽3米，水深0.2米左右，由南向北在谷地中缓缓流淌30公里，与切苏美曲合流后始称沱沱河。30公里的长江开始的流程，已经不是纳钦曲这样的小溪流了，但依然很难使人想象这是奔腾激越的万里长江之初。沱沱河北流，流动的冰雪融水要初试锋芒了——切穿祖尔肯乌拉山几公里长的峡谷，河岸陡峭壁立；至葫芦湖东南，东流到沱沱河沿时，又是另番景象：河床宽阔，江流缓慢，多散流、漫流、岔流，为宽谷流荡型河流，且因沙洲随起，河道时分时合而被称为“辫状水系”。康熙帝的使臣似乎到过这里，“江源如帚”是也。沱沱河又东至囊极巴陇与当曲汇合，由此开始为浩浩荡荡的通天河。

回首长江之源，即便在1978年1月13日新华社发布权威消息之后，有关源头的歧见、争论也从未停息。考虑到冰川或者泉眼乃至源区河流本身都会随环境的改变而改变，是个变量、变数，那么就让我们以千变万化的动态来观照源头的冰雪这样说：各拉丹东雪山，那金字塔一般在阳光下闪烁的各拉丹东雪山周遭，其流出……其流出之初，千真万确是长江的源头。

点点滴滴地流出，从小溪流到通天河……

源头是从无到有的创生、包容和隐喻，源头伏藏着从涓滴到大江的所有信息，刻在玛尼石上，飘扬在经幡上。冬日，当通天河的波涛凝固成厚厚的冰面，当地的藏民在虔诚地转经叩长头之后，便开始了他们神圣的在冰上刻画“六字真言”的作业，“唵嘛呢叭咪吽”，每个字有几十平方米大小，那是冰的奇观、水的真谛。藏民称之为“架经桥”，这是世界上独一无二的没有桥的桥，是冰之桥、水之桥、心之桥，是从此岸到彼岸的桥。

从更加宽泛的意义上说，在地球巅峰分布着一条条蓝色的、温柔的、流动的、曲折的线条，那是河流，那是我们的长江、黄河、澜沧江以及它们的原初的分支水系。青海高原是它们的初始流出之地，亿万斯年的流动便是由这里出发，流向华夏大地，孕育着一个伟大民族古老而又新鲜的迤逦不绝的九转十八弯的咏叹！

卷二 坠落

江河的生命是由江河水的流动体现的，而跨越中国地形三个台阶巨大落差的江河，堪称为民族的伟大之河。其流动在高山叠起、群峰横断的上游，表现为在惊险而浪漫的坠落中的跨越，与再坠落、再跨越。

我们在江河源区就已经看见冰川的下移、流动，以及从容不迫的坠落了，也许后来的所有坠落与流动均已包含其中。

那是何其高远、伟岸的坠落啊！

作为固态的冰，看似平静到冷峻的冰川其实并不平静。在冰川本身的重力作用及地势、气候等外力作用下，巨大的冰川也在流动中。甚至可以这样说，由冰川融水孕育的长江，在流出之前就已经流动着了。冰川的流动绝不追求速度，缓慢而踏实，每年以数米到数十米的速度向下滑动。到雪线以下，气温不断升高，冰川下缘开始融化，由固态冰转为液态水，但总是昼融夜冻。冰川的流动会带来断裂，又因固态和液态的不断交替，便在冰川末尾长长的冰舌部分形成了冰塔林。这是自然的、神性的、随意的创造，似乎一切都是率性为之，而无不精雕细琢，却又不着痕迹。

冰塔高者几十米，低者几米，冰柱如一柱擎云，又如万笏朝天、白玉连绵；上尖下圆的则是冰笋，还有冰针、冰芽、冰蘑菇、冰钟乳、冰亭、冰桥、冰廊、冰壶等。冰塔林中间有冰塔湖，湖边有冰树、冰灯……冰塔林中的一切状如某物的名字都是人取的，是人为这个冰雪造物留下的注解，并都能在人类文明史上找到相应的器物和景致。比如新石器时代的陶罐、玉器，以及针和纺锤；人世间的小桥流水、湖光塔影、亭台楼阁等，还有棉花和大米的雪白……冰雪的创造就是水的创造。当又一个夏天过去，大江源区的冰川在融冻交替之后，冰塔林又会有新的奇观和新的呈现。无数次融化之后的再冻结，冻结之后的再融化，千变万化，如幻如影。在冰川初始流出和坠落的过程中，形成的河道蜿蜒曲折，我们在那里看到了水流过源区的荒野，以及被滋润的土地和野草，甚至联想到了“水的深刻的母性”（加斯东·巴什拉）——江河是不可抗拒的持续的生命的涌现和生长之处。

我们已经看见了，当源头确立，在坠落中流动，在流动中接纳，便成为江河生命的存在方式。

金沙江还在青藏高原的通天河段时，水流清澈而浩荡，宽阔而平缓，仿佛为触手可及的蓝天白云所诱惑，不忍骤然急速离去，是高原上饱经沧桑、深谋远虑的漫步者。当金沙江进入川藏之间的山原地带时，面对横断山脉的阻隔，震怒于群山的桎梏而在所不惜地下切、寻觅、坠落、流动，并隐身于深切的峡谷，自由驰骋于束放之间。峡谷深切几何？邓柯乡以下，峡谷之间的相对高度达1000米至1500米，金沙江主流的海拔在邓柯乡为3340米，到西藏与云南交界处时降为2280米。这一河段的沿江地貌陡峻破碎，支沟众多呈羽毛状排列，就连支沟的下游也被深刻切割。所有这一切都是金沙江水坠落、裂石、下切，并最终使之成为河道的过程痕迹。在江畔听涛声拍岸，仰望巍巍雪山，仿佛有白须飘飘的老子的声音传来：你看到金沙江就知道了，什么叫“天下之至柔，驰骋天下之至坚”。

从曲麻莱到宜宾，是中国地形第一至第二阶梯的过渡地带。地形的突变使一江之水爆发出无法比拟的激情，激活了每一个水分子的想象力，飞跃、奔突、坠落、切割，面对重重叠叠的大山，如斧如锯如齿如刃，把山岩咬碎锯裂，然后嵌进深沉幽暗的峭崖峡谷，闪烁着流动的光。金沙江在这650公里的河段中下跌了1400米，平均每公里坠落2米多。金沙江的千钧之力便来自这落差，这巨大的落差又来自水的伟力。落差是美丽的，流动是神圣的。到云南丽江石鼓镇，金沙江突发奇想地作了个100多度的大转弯。这一长达370公里的大转弯其直线距离只有36公里，便是“万里长江第一弯”。弯曲总是与力量和深刻度相辅相成。在玉龙雪山和哈巴雪山之间，是长江第一弯中最为著名的深切峡谷虎跳峡。峡长15公里，从江面到两岸山峰，相对高差为2500米至3000米，有断续的7处陡坎巨石。

《易经》称“曲则全”，江河无不曲则堪称典范。

假如说江河、流水亘古以来是世界的启发的话，那么我们迟早会面临这样的思考：人间的直道是不是太多了？对弯路、弯曲的拒绝与贬斥，把人类驱离了圆融、变通与柔和，只剩下刚猛坚硬、速生速朽。但江河的坠落与流动则有疾有徐，“它的柔和就是瀑布之顶的滑动，它的持续存在即不断开始，每一种自然现象都是一种流出，其流出之源也是一种流出，每个源头都有新的流出……自然界处处都是由高处向低处坠落”（爱默生）。

一切都是坠落的啊！

夜观天象，那星光月色不正是从天穹坠落而下吗？“是故法象莫大乎天地，变通莫大乎四时，悬象著明莫大乎日月”，“天垂象……圣人则之”。

江河的坠落与流动，则是离人类最近、最具体的可法之象。

雨点落下了，雨丝垂下了，雪花飘然而下！

卷三　初潮

冰川、流出与坠落，还有那绵长的深藏不露于横断山脉的峡谷河道，都会使人情不自禁地想起原初的江河、海洋，原初的水。然后我试图告诉这个世界上所有亲水、爱水、问水的人们——水从哪里来？答案似乎是现成的：平原上的农人说，水从河里来；山脚下的樵夫说，水从高处来；庙里的和尚说，水从泉眼来。到过长江、黄河源头的人已经为我们指明：江源是唐古拉山的冰川，河源是巴颜喀拉山的涌泉，江源与河源之水都是冰雪融水，没有冰雪就没有江河的源头。冰雪从何来？没错，天上来。华夏之水天上来，怎么来？因何来？天上来的真正含义是什么？普普通通的水，我们须臾不能离开的水，其实是隐含着太多的神奇的水。

神奇始于地球上有水。

地球曾经如此荒凉干燥！

关于地球之初，我们或许可以这样说：在某一个无法形容、只有天才的大脑才可以想象的空空荡荡的太古时期——大约50亿年前，尽管宇宙已经形成，但地球的创生还在酝酿之中，太阳星云已分化为原始太阳与星云盘。当一个日益紧缩的、紧密的原始太阳出现时，星云盘便成了包围原始太阳的外环体；在这外环体的星云盘中，地球已经萌芽其间。最早在想象中指出这个图景的是康德的“太阳系起源的星云假说”，时在1755年。后来，法国人拉普拉斯认为，形成太阳系的物质是一团炽热的缓慢旋转的气体星云，因为冷却而收缩并加快旋转，形成了与星云本体若即若离的气体环。如此反复收缩、分离，直到星云本体成为太阳，气体环凝聚成地球、月亮等太阳系诸天体。

在地球创生之初的10多亿年中，风风火火，几无宁日，除了被大量的陨石轰击外，还有地球内部接二连三的火山爆发。荒凉铺陈着……铺陈的荒凉无边无际。但我们千万不要以为，彼时地球是无所作为的，地球自创生开始转动，便创造着自己的经历，坚持着自己的方向。在难以计数的火山爆发及陨石轰击之后，地球物质按上轻下重的顺序，进一步完成了密度分异作用，地壳厚度的增加趋于老练。

如是观之，地球上巨大的荒凉却是巨大的“无”，很快就要无中生有了。在频繁的火山喷发及造山运动中，地球内部所含的大量气体释放出地表，进入天空，其中就有水蒸气。水蒸气何来？组成原始地球的固体尘埃，原本是衰绝而亡后爆炸的星球碎片，其中蕴涵有大量水分子，即结晶水。当它们再一次从地球岩石中被喷发、释放至空中后，便成为水汽弥漫。

大气的微粒飘举飘移、载浮载沉、来去匆匆、忽聚忽散，这些极大宇宙中的极小漂流者，后来成了云朵、雾霭、风雨的一部分。

天上要有云，没有云哪来雨？

仅仅是水分饱和的空气尚不能生成雨云，还需要凝结核。如此看来，火山爆发有深意在，那些烟尘、微粒、火山灰的扩大弥漫便成为水汽的凝结核。有一则统计表明，1983年克拉卡托火山爆发为世界提供了足够1000年成云致雨的凝结核。水分子与凝结核相拥相抱成为云滴，当云滴的直径不小于两毫米时，才能成为雨滴，形成降雨。多么好啊，下雨了！

有过一段并不短暂的时期，天上下雨了，地上留不住水，当然也不会有水的流动。地球温度太高，也许只能以炽热形容，所有的雨水，大雨、暴雨一经落地便成为蒸汽。这样的雨不知道下了多少年，以持续的清凉为地球降温，为地表岩石散热，也使大气中有了更加丰盈的水汽。地壳从岩石凝结的温度538℃至1093℃降到了水的沸点100℃以下后，接下来的降水，从天上密集坠落至地面的雨滴，不再“嗞嗞”地冒烟了。风风雨雨，雷鸣电闪，这一场书上称之为“原始大雨”的降雨，不知道落了多少年，也无法求证那时地球刮的是东南风还是西北风，总之到处是风，到处是雷霆万钧之力，到处是倾盆大雨。天地之间回荡着急迫与催促，闪电通道上拥挤着接连炸响的长达几公里、几十公里的滚雷。那时候没有人类时间，只有宇宙时间，但是对宇宙而言无所谓时间，闪电不停地划过天空，闪亮在暗夜，雨不停地下。

这是地球形成之后一个最重要的时刻，这是天上最为惊心动魄的一次坠落。大地之上有水了，大地血脉开始流动了，那是大地的初潮。

“喷到空气中的水蒸气达到饱和时便冷却成云，变成雨，落到地面上，聚集在低洼处，逐渐累积成湖泊与河流，最后汇集到地表最低区域形成古海洋。”（《水——生命的源泉》）从坠落而汇集的过程是流动，流动于地；从地的高处沿斜坡往低处流动，是流动的水，下切形成了小水沟。小水沟通常沿着最短的较为通畅的路径往下流，成为流速约为每秒3米的小河。除了下切之外，还带走了悬浮粒子，把碎石沿河道推滚，持续而从容地对地表进行改造，这是流动的水的一种特性。假以时日，地表被切割、腐蚀的程度日渐强烈。一般来说江河大都源出山区，坠落至山岭间的水，因为有高度、有大的坡度，甚至会形成瀑布。湍急之水下切再下切，侵蚀谷底的岩石，使河谷加深——谷底狭窄，谷坡陡峭，河谷的横切面呈现出“V”字形……

流动，流动，最初的小河流过最初的荒野，荒野的肌体中流动着清凉的感觉。初潮的浸淫和渗透，在地球上连单细胞植物生命还没有出现的遥远岁月里，小河，最早的流动的小河便是有光泽的、鲜嫩的生命，而且将要聚成海洋。那“原初的水”，正如法国人加斯东·巴什拉在《水与梦》中所言，是富有肉感的“肉质的水”。“肉质的水”是更加丰腴、甜美的水？哦，是的，那就是期待着吮吸和被吮吸的水。想起了克洛岱尔在《五大颂歌》中对水和本原的令人心悸的呼唤：

你的泉源不是泉源，是本原本身。
是原初物质！是母亲，我生命的是母亲！

卷四 道路

每一条河流都是行色匆匆的远行者，即便是山涧小溪亦然。远古及今，河流的最迷人处始终在于它是行者也是道路；它持续不断的流出和流动的启迪即：我就是道路。

这柔顺、光滑而流向远方的江河，也被称为水路。在刳木为舟之前的漫长岁月里，这个世界上根本没有路。人类的先祖逐水草而居，地穴四周，屋顶涂抹草筋泥，也就是中国沿用至今的土木建筑木骨涂泥传统。

这是半坡遗址的两个陶罐。

一个陶罐中存有完好的粟粒，另一个陶罐中是白菜和芥菜的种子。

6000年前的家园，6000年前的种子，6000年前的陶器。

6000年前的半坡人始终不离开浐河，这是可以饮水可以灌溉的河，但半坡人为什么在高出浐河9米的阶地盖房、种植呢？浐河也有一年一度洪水暴涨的时候，在半坡人刚刚来到浐河边上采集、捉鱼的日子里，肯定被泛滥的洪水追赶甚至淹没过。在半坡人对洪水涨落作了观察和计算之后，他们得出了一个数字，在600年前这个数字也许就是浐河塬上的一个或几个刻画符号，这个符号用现代计算法得知：浐河洪水历年测得的最高水位不超过7米，而7米之上正好是浐河阶地，高出浐河9米。半坡人告诉我们：人不能离开一条河而生存，又要与河保持一定的距离。半坡家园的秘密就在于高河9米。

漫步在浐河阶地的一条小路上，顺阶而下可以去河边汲水、打鱼，稍远处是陶器制作处、氏族公共墓地，这是半坡人聚居半坡时，从生到死来来回回走过的路。采集而行时，便找到了河，找到了河不仅找到了流水、流动的路，也在河边的漫游和走动间留下了人类原始的脚印、原始的小路。

河边，水边。

总是在河边，总是在水边。

人类最早的生命故事都发生在边上——河边上、水边上，我们也可以称之为水陆边缘。这边缘是奇妙的，它总是离不开水，使水和土与草木处于一种湿漉漉的状态，相互深入交融，并且在其中或其上走出一条小路来。所谓路也就是脚印叠着脚印。为了水和草丛中的采集，总是离不开河；又因着流水的吸引，需要喝水，不能不常在河边走，无意中踩踏而成的河边小路的方向，是由河流决定的，也就是江河的方向。当方向仅仅是方向时，路与河一起向东、向东，从高地峡谷走向平原；当方向意含着文明的指向时，在路与河之间会有穴居、半穴居，其中有灰坑和盛水的陶器，闪烁着火光，这是人类最初的家园。

中国西安东郊，渭河支流、浐河之畔的半坡遗址，傍临浐河，背靠土塬。河与塬之间是一片高出浐河9米的平缓阶地，阶地上是半坡人的半地穴式居处。取土挖出竖穴，上部再以树木枝干构筑成顶，地穴中部有一到四根立柱；居处旁边是采集的路，渔猎的路，播种和收获的路。在一堆篝火旁，口耳相传着半坡人的前辈、前辈的前辈走过的路……黍，我们还知道黍吗？渭水流域、大西北黄土塬上的黍的种子，还有比半坡更早的甘肃天水秦安大地湾遗存，同时发现的还有油菜籽和彩陶，时在8200年前。大地湾所在地，是渭水的另外一条支流清水河南岸的二级、三级阶地及相连的低缓山坡，这里是典籍记载的“始作八卦”“一画开天”的华夏民族“人祖爷”伏羲的出生之地。经由大地湾考古文化印证，8200年前，华夏初民的生存之路，沿着清水河、浐河、渭河，向黄河中下游跋涉、延展，这一条生存之路，也就是华夏民族的文明之路。

河流、水道的多样化，决定了文明的多元化。

长江下游杭州湾南岸的河姆渡，在南边的四明山与东北边的丘陵之间。源出四明山的姚江，沿着四明山北麓，在原野、山丘间奔流。河姆渡多湖泊、多沼泽、多水，湖泊和沼泽之间有野生菱角、莲藕，还有野生稻。河姆渡遗址中最丰富的是稻谷遗存，甚至可以说这是个史前的稻谷王国。在建筑遗迹与灰烬的废墟中，稻谷到处可见，甚至还发现了锅底残留的锅巴中已经碳化的米粒。遗址中的稻根、稻秆、谷糠、谷粒等堆积厚达40厘米至50厘米，稻谷颗粒大小接近现代水稻，粒重远远超过了野生水稻。

水稻是水的杰作。

7000年前河姆渡的水稻，源自更久远年代的野生稻，姚江湖沼中的水稻野种又从何处来？也许我们只能说天生水，水生万物，人得而享之。

姚江的水啊，河姆渡的路。

在中国文字中，把“道”与“路”相连接成为“道路”，是形而上的道与形而下的路的完美结合。当伏羲作八卦，定天地，分阴阳，便有“一阴一阳之谓道”；而老子的《道德五千言》说“道可道非常道”，又称“水几于道”，原来水与道是如此密不可分。

卷五　水土

水的最爱是土，土的最爱是水。

江河流水在峡谷河道间以柔克刚地飞扬激越，到了丘陵、平原就会和缓、温顺。在泥土的河床中流动的河流，是优雅的河流，这时候水就会尽情地滋润河两岸以及河底的泥土。在流动中，它会带走一些泥沙，相拥同行；会沉积一些泥沙，成为淤泥；再通过渠道，流进农田。农人对水土的感觉还保留着原始与本真，且洋溢着大智慧。春耕时节，当清水流进秧田发出一阵又一阵“嗞嗞”声时，农人说这是土在吃水。土是怎么吃水的？土为什么要吃水？总而言之是水和土的结合，是相互之间的深入和融合，是这一方土地的生机初露。然后是潜心孕育，默默呵护着土地中的种子，无论是五谷杂粮的种子，还是青草野花的种子，那都是水土的精灵。

一直到20世纪70年代，每到冬天，中国南方农村的农人都会趁河流枯水时疏浚河道，并且小心翼翼地把河沟底部的河泥挖出来。经过严冬的寒冷之后，这些湿漉漉的黑色的河泥便会冻结。在春天到来时，农人便把它们拍成细小的土粒，铺撒到小麦地里，便是上好的有机肥料。河泥，当它离开河底的黑色的幽暗，接受了一条河流的洗礼之后，会成为水土结合的原初物质，便具有了一种再生和催生的神力，能生养万物。无论在中国北方一片葱郁的小麦田里，还是在南方一块开花的油菜地中，当远方归来的游子跪吻这片土地，并且在呼唤大地母亲时，实际上已经指出了水和土地以及农人的母性特征：包容生育，不求回报地付出。水总是流向土地，农人在淤泥中劳作，但淤泥和农人的手却是洁净而芳香的。在大地之上，那沾满淤泥的手几乎就是象征造物的无中生有的手。

诗人是这样描述水土交融、滋润万物之大地的：她如同一个怀抱孩子的女人，小河里流淌着源源不断的乳汁。江河流动，四季更替，水在地在，树在，山也在；蚯蚓和麻雀，还有草原上的狼与人同在，哪有比这更好更值得赞美的世界？

浸淫并敞开着水土之爱的是早春二月，水的劳作在整个大地上开始了。它流进秧田，它软化着、溶解着、温暖着，你甚至可以感觉到水与土的相互拥吻以及咀嚼，然后是完美的交融。从植物的根部无微不至地向上输送，草木随之滋长繁荣，开花结果。也有农人的孩子，成群结队地追随着小河流水，玩水、玩土，把水和土捏成泥团，然后揉捏。孩子的天真与天性赋予这泥团的是鲜活和灵气。最初，造物的材料是土，但必须要由水滋润，水进入土中，我揉捏泥团，泥团揉捏我。当下一代或下几代的孩子们继续玩水、玩土的时候，我们揉捏的已经是岁月和关于水土的想象了：有的泥团变老了，有的泥团新生了。

也许可以这样说，揉捏使我们感觉到了原初的水、原初的土与原始的劳作。最初的揉捏者是谁？从千百年来不同时代的幼儿们都喜水玩土的习性中，我们有理由认为，从人类童年时期起，水和土以及揉捏便成了人的天性之一，并相传相沿至今。水土的交融、泥团的揉捏，在上帝以尘土造人、女娲抟土造人的创生神话的观照下，便有了造物以及神圣的意念，通过十指传递并深入泥团，使之成为作品。一个为史学界和考古界颇费思量的话题是：最早的八九千年前的陶器是怎样开始制作的？答案是从揉捏泥团开始，从而有了灰陶、红陶、黑陶以及彩陶，成了先民的器皿之宗。

早期陶器中有一件被称为“陶祖”的，是一个男性生殖器的造型，硕大粗壮，是华夏民族生殖崇拜的经典之作。在揉捏、设计、绘彩、炼制的过程中，物质文化的进步、灵智和想象的飞跃，使华夏民族站在了历史起跑线的制高点。

人类寄居的地球表面有70%为海洋覆盖，全球藏水总量约为13.7亿立方公里，淡水只占2.53%。在所有这些淡水中，又有68.7%储存于南北极的冰川雪盖中。我们的水是如此之多，我们的淡水是如此之少。占地球面积29%的大陆地区中，江河湖泊与冰川的地表水断续分布；地表以下的土壤和岩层间，地下水和地表水的互为连续；还有大气水，包括空气中的水蒸气、雨云和到达地表以前的降水，以及动植物体内的水；等等，这就是地球上无处不在的水圈。而岩石圈是人类活动、植物生长、动物及各种微生物栖息均离不开的地球固体表层，千姿百态。岩石圈中最稀缺的是土，地球60多亿人口衣食之源的可耕作土壤，其平均厚度只有18厘米。这珍贵的、稀薄的土壤，从古到今养育了多少生灵万物？谁能告诉我，为什么种子撒到土壤中就能开花结果？

这就是地球上众生活跃的生物圈，是包括人类在内的所有万类万物生存环境的总体。水既是生物圈的基质、材料，又是生物圈物质能量转换、循环的载体、媒介。

生物圈的每一个环节都有水的存在，有赖水的维系。

水是大地的血，当水流经岩石圈，滋润、滋养着土壤耕作层时，我们看见了什么叫“地势坤，君子以厚德载物”。

水污染是血污染。

水土流失是大出血。

现代人跨过河流和土地，或者用推土机以城市化的名义强占耕地，留下的是水污染及土壤与村庄的消失。没有可持续的流水和土地，哪有可持续的未来？

卷六　支流

在很大程度上，江河的魅力不仅在于它的源头，还因为江河有众多的支流。没有支流不可能组成河网系统，也就无所谓水系。在江河演变史上，很难求证有没有过没有支流的河流。倘若有，也是短暂的，不成水系，无以为继。江河水系中的所有支流，无论大小，都有自己的源出之处，支流不为天下先。老子说“不自见故明，不自是故彰，不自伐故有功，不自矜故长。夫唯不争，天下莫能与之争”，细想起来其灵感的发端应是支流之水。

在遥远的历史时期，人类不可能面对汹涌澎湃的干流而有所作为，只能以支流、阶地作为家园之地。支流，是生命故事的发生之地。

支流是优雅的。

支流是艺术的。

支流是隐退的。

这是黄河上游一条鲜为人知的支流——隆务河，就连这条全长56.8公里的河流的名字也平淡无奇，找不出多少神奇传说。它的主流发源于青海泽库县若恰山区，从海拔3900米的高程由南向北流，进同仁县，地势突降，落差达2000米，经过泽库草原沼泽地带的麦秀原始林区。不知道是隆务河滋养了这一路流程的风景，还是草木精灵赋予了这条河灵智闪烁，青海同仁的“热贡艺术”就诞生在这条河畔，这块艺术的热土是由隆务河滋润的。在黄河上游，在草原、雪山、荒野的护卫下，同仁彰而不显，“艺术生存”这一哲学命题遂成为一种明晰的存在。

热贡艺术是以绘画、雕塑为主的宗教艺术流派，它的成熟期在17世纪中叶，而在隆务河畔尝试着以隆务河水调色、彩画、彩绘的更早的画者，可以追溯到大约14世纪初。那时隆务河流域出现了以隆务寺为代表的众多藏传佛教寺庙，先是简单的彩绘、彩塑开始出现，后来又有来自西藏的信徒以手绘的佛像、佛教彩图解析教义，给当地藏民带来了最初的心灵颤动。到17世纪时，同仁（藏名热贡）的寺庙规定，所有男童出家在寺庙里一律要学藏文、绘画和雕塑技艺，成人之后是继续留在寺庙做喇嘛还是还俗，可自行选择。大规模的由寺庙传授彩绘、彩塑技艺规定从此开始。做喇嘛的，在寺院诵经、绘画的，离寺还俗的，纷纷把绘塑艺术带到了乡野村镇，一代又一代地积累摸索之后，就成了经久不衰、举世无双的热贡艺术。宗者拉杰主持创作的巨型唐卡《中国藏族文化艺术彩绘大观》于1999年8月在热贡绘制成功。这幅唐卡长618米，宽2.5米，参与绘制的画师400多人，每天平均有80名至100名画者同时绘制，最多时有200多个画师同时在一张唐卡的不同部分伏案制作。唐卡上山形水胜、寺庙辉煌，但勾勒人物线条的那一根毛笔只有一根毫，所谓毫发之间万象生动，非形容也。

热贡是艺术生存的典范，村子里的男人90%以上都能画画，画唐卡，绘壁画，做雕塑都可以挣钱养家。在热贡，艺术是信念之道，也是生存之道，对拜金的芸芸众生而言，还是拯救之道。所谓拯救之道，在于信仰和艺术。

不仅是唐卡，还有堆绣、酥油花。酥油花的制作原料是酥油，凝脂如美玉，制作时必须在寒冬。为不致酥油融化，制作时的室内温度必须在零摄氏度以下。这是又一种揉捏——冰冷的揉捏和雕塑，雕塑者需不时把揉捏的双手放在冰水里浸泡降温，所以说酥油花是冰之花。

热贡的艺术——热贡的唐卡长卷像一条河。

热爱艺术的圣洁与梦幻是流动的……

隆务河是最初的、永远的画者。山上的风吹皱了流水，那粼粼波纹向着岸边扩散、消失，新的波纹又随即出现。在流动中，河流不仅是滋润者，也是播种者。它催生草木，也铺陈风景。当隆务河坠落2000米时，展现的是垂直自然带，从草甸到草地树木，使人想起画者下笔如有神的果断、简洁，有大块留白，然后是平缓的流动，从容精细的勾勒。当隆务河水流过沼泽草地、原始林区时，却是随意挥洒的泼墨，流露着大地荒原的野性。草丛中有玛尼石，玛尼石边有小野花向着天空开放出“六字真言”的花朵。

小江，金沙江上游右岸支流，上段称响水河，中间称大白河，下游河段称小江，源出云南寻甸清水海，北流经东川市汇入金沙江，全长134.4公里。小江是长江数以千计的支流中，一条小小的支流。小江东侧的东川市素有铜都之称，铜矿集中在牛牯寨山区，地处北纬26度的低纬度地带，相对高度大，十里不同天，一山有四季，有浓密苍郁的多种乔木生长，曾经是林深叶茂的山里洞天。清朝初年开采铜矿，牛牯寨有铜无煤，便砍山上的树木为燃料炼铜。直至20世纪末年，有专家算过一笔账，以炼1斤粗铜需10斤干柴计，清雍正至民国200年间共产粗铜91万吨，烧掉的木炭至少900万吨。民国至今，烧掉的又是多少树木？牛牯寨山区砍伐殆尽之后，代之而起的是一连串均与伐木烧炭相关的烟熏火燎的地名：炭棚、白炭山、薪炭窑、百马窑、大窑、中窑、小窑、官窑、公窑、严窑、凹窑、炼山坡，等等。

这些伐木烧炭处，显示了深刻的名字的命名力，是人类创造性破坏的明证。当绿色毁灭，在这一背景下出现的这些地名也是丑陋的。中国文字特有的诗情画意荡然无存。生态灾难从来不是孤独的灾难，种种窑名之后，又出现了与之呼应、意味着灾难的地名：滑脚坡、光头坡、秃龙角、乱石岗、旱龙潭、乱山、荒村等。小江环境被破坏后，惊心动魄的灾难是泥石流，有100多处泥石流冲沟。泥石流最频繁时一年暴发30多次，规模最大的泥石流一次总量达137万立方米，瞬间最大流量为每秒2400立方米，堵塞河道，洪水泛滥，家园掩埋。

小江还在流。牛牯寨山区的新绿长大了吗？土石稳固了吗？

每一条江河水系，各有自己的支流。

有时候它们分开很远，如黄河的支流隆务河、长江的支流小江。有时候它们离得很近，近到流水之声相闻，却又各进各的干流。秦岭，中国中部的高山，主峰太白山海拔3771.2米，山顶有终年不化的积雪。在我们的印象中，秦岭似乎只是一山一岭，跋涉其中，才知道它绵延800公里的博大，才稍稍明白秦岭为什么能包含中国古往今来如此之多的人类已知的、未解的神奇，以及千沟万壑、千山万水。秦岭是黄河支流渭河与长江支流嘉陵江、汉江的分水岭。我们无法猜想，黄河与长江迤逦而来，为什么都要沿秦岭而下？走进秦岭，似有所悟。秦岭的南坡与北坡各有100多条支流分别注入汉江、渭河，那是秦岭的冰雪融水。汉江这条流淌在秦岭南麓的大江，在水污染已成为严重环境问题的今天，依然清澈洁净，是中国鲜见的至今仍可以直接饮用的河流。北京人等着的南水北调的水，就是汉江水。

渭河源出鸟鼠山的滴水山泉，在黄土高原与秦岭夹峙下，接引了秦岭北坡或细小或宽阔的支流，818公里的流程却显现着华夏文明从新石器时代开始的几千年历史，以及陇西、天水、宝鸡、凤翔、岐山、咸阳、西安等璀璨于中国大地的文化古城。渭河，让人心潮激荡的河。关中平原啊，800里秦川可以作证：一切都是因为有了渭河！渭河水，华夏文明的一处源流之水！可是又有谁能想到，今天的渭河是黄河流域污染最严重的一条河流，已经基本丧失生态功能。在中国文字中，江河水有时只以一滴示之，比如方圆的方、京华的京、家园的家、宗族的宗、庙堂的庙，如果没有这一滴水，方不成方，京不成京；家成为豕，户成为尸；也无宗族，也无庙堂。一滴水，江河水，南坡流，北坡流，总是江河向东流。江水绕山过，山里流出河，这就是江山，这就是山河！

卷七　秘密

流动的水正把我们带进生命的深处——充满着玄机、美妙的深处。何其幸运啊，在这纷繁杂乱、被技术劫持的时代，当我们谈到水和生命的话题时，才是真正回到了事物本身。一个人体内的水分含量与覆盖地球表面的水的面积一样，同为70%。母腹内的婴儿胚胎发育到3天时，其水的含量为97%，与海洋中海蜇所含水分差不多；发育到3个月时为91%。随着年岁增长，衰老的过程也是水分不断减少的过程，一个垂垂老者身体中所含水分很可能还不到50%。个体生命的各个部分所含水量为：血液含83%，大脑含74.8%，肌肉含75%，就连骨骼也含有22%。由此我们完全可以这样说：生命是什么？生命就是水！水是什么？水就是生命！

德国古生物学家艾米尔认为："生命乃朝气蓬勃的水。"而早在战国时代的《管子》就说："水者，何也？万物之本原也，诸生之宗室也。"《管子》还有对水与人的极精妙的论述："人，水也，男女精气合而水流形。"人类是由个体的人组成的，人的所有生命活动无一可以离开水，其中当然包括了人类繁衍、两性交合的生殖活动。如果没有水的滋润，谈何两情相悦？回想、追溯自有人类以来的个体生命，其开始不都是男人的精子与女人的卵子组合的一个受精卵吗？这个受精卵的95%都是水。女人特有的卵子是人体中最大的细胞之一，人体中所有的细胞，男人和女人，伟人和普通人，"都是由这颗高雅的、原始的构造衍生而来"（保罗·班德·杨腓力《神的杰作》）。卵细胞恬静优美，而男人的精子细小灵敏，浑身鞭毛，大头细尾，争先恐后地急速游动。在这游动的数以10亿计的细小精子中，只有一个捷足先登者才能使卵子受精，从而享有创造生命的莫大的幸运和荣誉！

精子的急速游动不就是水的流动吗？但毫无疑问，这样的流动因为直接关乎人的生命创造，因而是最惊魂动魄的、最激人心的、最伟大的流动。

于是我们看见了生命的原初物质是细胞，是水，是更加精美的有生命秘密的原初的水。

医学专家面对一系列人体细胞的标本说，从化学组织上来看，这些种类繁多的细胞几无分别，都是水，但它们的外形及功能却大不一样。红细胞呈圆盘状，像薄荷糖片，带着氧气在血液中游走，供应其他细胞所需要的营养，充满着呵护者的激情；肌肉细胞则是光滑的、柔软的，从红细胞中摄取的营养使它们总是处在一种发挥能力的期待中；成骨细胞的结构粗糙，这是一种将要形成坚定、坚固、强壮的细胞，是匪夷所思的水的另一种创造；表皮细胞的结构是上下起伏凹凸有致，在弯曲与突出中形成人体的外形美。我们完全有理由认为这是水形成的水波的起伏，对人而言是起伏的波浪，行走的喷泉。神经细胞是细胞之王，它像蜘蛛吐丝构造出一种叫人不可思议的网状系统，将一个人的身体连接起来。身体只是一个，却由许多细胞组成，细胞再多，依然只是一个身体。

让我们回到生命的奇迹——蛰伏着所有秘密开始的那个受精卵。世界因它而存在啊，伟大无比的至善至美的受精卵——那个细胞、那原初的水。在9个月的时间里，一个看似孤独的多少有点茫然的受精卵，在母亲的羊水中，这个95%都是水的受精卵以神奇的方式形成总计为100万亿个的细胞群，然后，一个光滑的湿漉漉的体内充满了水的婴儿，在羊水的护送下出生了。

原初的水是带点味儿的水，为什么是咸而不是辛、酸、苦、辣、甜？这一点咸味的水盐度又是多少？假设我们在炎夏的某日因为脱水而委顿，严重者甚至危及生命，这个在所有的夏日不知道多少人都会遇到的危难时刻，只需将生理盐水通过静脉注入体内，人便会精神振作，活力如初。生理盐水就是水，就是救命之水，但它是含盐量0.9%的水。为什么生理盐水有如此神力？因为血浆中也含有0.9%的氯化钠。血浆喜欢不可或缺的0.9%的含盐量，红细胞因此才可以愉快自如地流动，维系人体细胞的新陈代谢。医学分析的一份普通的报告说：血浆的成分中除了氯和钠，还含有铁、钙、磷、钾等元素。这报告对生命科学带来的震憾及想象，却是如此深远！因为红细胞、血浆的成分与海水，特别是原始海洋的海水惊人的一致。在这之前，已经有学者认定：孕育、诞生最早的生命的古海洋的水，是含有多种元素的、盐含量为0.9%的水！有着一点咸味的水，是有地球以来的第一盆汤，原始汤，生命汤，无中生有的汤！

同是0.9%的含盐度，是巧合，还是渊源有自？

想象古海洋中的被称为“生命质点”的微小原核生物，它们连细胞核也没有，只有极薄的细胞壁和细胞膜，与古海洋中的水分、营养物质进行直接交换，开始了光合作用。当古海洋中的生命活动逐渐加强，古海洋的内容越来越丰富，单细胞生物成为多细胞生物，并且把原初的海水——含盐度为0.9%的海水，多情而果断地封闭在自己体内，使自己的体内有一汪海水，成为一个小小的含盐度为0.9%的“迷你海洋”。后来的生命故事应是众所周知的了，当鱼类向两栖动物演化，包容在动物体内的“迷你海洋”便从海洋到了陆地，成为血液和组织液的主要成分，即人们通常所说的血浆——含盐度为0.9%的海水，原初的水，带点咸味的水。至于说人是猴变的还是鱼变的并不重要，重要的是我们要明白：人是动物，是动物的一种。说人是万物之灵也是人自己说的，说到底仍然是动物。所有的动物因而天生都有一种共同的特性：对盐、对那一点咸味的渴求。豪猪爱吃咸肉，人好吃咸菜，生命离不开盐，适量地加点盐，不仅是味觉的美好，而且是生命之水在静脉血管中自如流动的需要。

现在我们知道了，血液是一种特殊的水，特殊且负有崇高使命的水溶液。血液由血浆和血细胞组成，其中，所含水分超过90%。血流淌在血管里，动脉管、静脉管、毛细血管，都是圆形截面，是天生的长在人体中的“水流导管”，也称“生理水管”。那么被称为“生理水泵”的心脏呢？它的动力从何而来？1597年，英国人哈维在80多种动物身上实验所得出的结论告诉我们，血液在一个人血管里的流动——一生的昼夜不息、分秒无休的流动，全靠心脏的搏动，也就是心肌的收缩和舒张。当收缩时，血液由心脏进入动脉；舒张时，血液进入静脉。所有的无论科技含量高到什么程度的水泵，其动力都是外力能量，只有心脏，这个天生的“生理水泵”的动力来自心脏本身。如果以每分钟平均心跳80次计，一个人搏出的血液有8升至10升流遍全身，一昼夜是14000升，一年是400多万升。以活到70岁计，一个人从心脏搏动而流出的血可以装满600节载重为500吨的载水槽车；其容积相当于一个深3米、直径约350米的“小海湾”，那是真正壮观的“血流成河”啊！

从古海洋到生理盐水，到心脏、血管，到血管中极细小的毛细血管相加总长为10万公里，源于一个受精卵，也许我们只能说这一切都是秘密。这秘密流动着，是这个世界最后的秘密——生命的原初物质——水的秘密。我们绝对不能离开水，这个事实告诉我们：每一种生命，乃至每一个人、每一条蚯蚓、每一个微生物，都是一个秘密。

卷八　赞美

亲爱的朋友，你想过没有，在人生的旅途上，我们为什么总是会与一条河不期而遇？无论大江小溪，流水如同岁月柔软地滔滔流去，但会有接踵而至的新的涌出。在不可抑制的流动与不可抑制的生长中，会有如梦如幻的感觉：那流去的水，那涌进大海的水，那眼看着飘逝的水又回来了，重归源源不断的流动，并且和我们身体中的水、血管中的血互为呼应。在阳光下，在土地上，我们渺小的生命因为江河的绵长而绵长，因为流水的荣耀而荣耀。

人啊，你要赞美水！

水是那样普通，普通到让人须臾不可离开，而又随时可以忘却。人只是在饥饿时想到吃饭，口渴时想到喝水，而在生命的意义上，对于生长粮食的土地与江河本身，可以说思者寥寥。人们在这方面的认知大约都在同一层次上：粮食是地里长的，水是从自来水管里流出来的。假如我们多少了解一点水与生命、水与人类的关系，就会理解这普通的水，最普通的水，也是地球上最重要、最美好、最神圣的物质，从而甚至可以得出这样的结论：在这个世界上，无论物质还是理念，普通的就是宝贵的，最普通的就是最宝贵的。

因为普通所以广泛，才能惠及所有的生灵万物。地球上，在与生物生存密切相关的五公里地壳深度之内，找不到不含水的物质或无水之处。从某种意义上说，从笼罩地球的含水的大气层，到海洋、江湖、土壤沙砾中的地下水，到南北极的万年冰山，到青藏高原的雪原冰川……这个如梦如幻、多彩多姿的水的天河，浸润着地球，滋养着人类以及万类万物。有相当于全球河流一半的水，流淌在人类和动物的血管里，流淌在植物的根茎、叶脉中，才有了人类的灵智四射、美目流盼；才有了狮虎的独步天下、王者风度；才有了花木的挺拔茁壮、千姿百态。这个经纬万端的世界，一旦没有水，就将归于死寂，时光之箭也会黯然落地。当我们说土地是人类唯一的立足之地，森林是陆上最重要的生态中枢，万类万物是人类由始至终的至爱亲朋时，水是维系这一切的命脉所在。

人啊，你要赞美水！

水不仅普通而且细小，一个水分子的直径只有千万分之四毫米，可以形象地比喻为少女的一根头发丝的亿分之一。或者换一种说法，把一杯茶水倒进大海，假定其中的水分子能够均匀分布于所有地表水域，那么无论在地球的何处，无论在天涯海角，随意舀起一杯水，其中必定含有原先那杯茶水的200个水分子。可是我们在感叹海洋的浩瀚与宽阔时，看不见水分子；尽管我们看不见水分子，却真实无误地看见了海洋。这与海洋和水分子的吊诡无关，海洋坦荡着，水分子也坦荡着，问题只是水分子实在太小太小，它近在眼前却又无法看见。19世纪中叶，显微放大技术不甚发达，水分子差一点就成了谜：它是真实的存在还是人们的想象？19世纪苏格兰植物学家布朗把几粒细小的花粉撒到容器中的水面上，再以放大镜观察，发现花粉在平静的水面上一点也不平静，花粉在跑，杂乱无章地跑，愈是小粒子的花粉跑得愈快。后来人们把此种现象称为“布朗运动”，也是水分子存在的明证：花粉浮于水，每一花粉粒子均处在水分子的包围之中，花粉愈小包裹的水分子愈众，在瞬间受到的水分子的撞击力就各不相同，是水分子携花粉而动。1908年法国物理学家佩林计算出一个水分子的直径为0.0000004毫米，其质量为0.0000000000000000000000003克。至大无大，至小无小，假如不是如此之小、如此之众的水分子，何来奔驰的江河、汹涌的海洋？能不能说正是“布朗运动”这一细小而精美的水分子的运动，形成了我们这个地球上最伟大的水的流动？显现的是浩瀚伟大，退隐的是细小精美。

人啊，你要赞美水！

日本国际波动之友会会长江本胜，这个爱水、关心水的命运的日本人，因为“雪花结晶、绝无类同”而受启发，拍摄了一系列冰冻以后的水的结晶。他说：“结晶体形成于温度上升、冰块开始融化的数十秒之间，就在这刹那之间，宇宙真理以肉眼可见的姿态出现，并随即消逝，我们窥见了前所未知的世界。”江本胜拍摄和观察水结晶的结果是：东京的自来水几乎完全拍不到美丽的结晶，但只要是没有被污染的天然水，无论是涌泉、地下水，还是冰河、河川上游之水，都会呈现非常美丽的结晶。因生活废水排放而不再洁净的河川下游的水，则无法看到结晶的踪影。接着是另一个实验：在两个喇叭之间放一瓶水，让水听音乐。听了贝多芬的《田园交响曲》之后，这瓶水呈现的结晶如“明朗爽快的曲调美丽而整齐”；听了莫扎特的《40号交响曲》之后，水的结晶体展现的是高雅、华贵的美感；最不可思议的是听了肖邦的《离别曲》后，小而美的结晶竟呈现出分散、离别、依依不舍状。在江本胜的实验中，水爱听古典音乐，会根据不同古典音乐优美的旋律，形成不同个性的如诗如画的结晶；但在听了充斥愤怒与反抗之声的重金属音乐后，所有水结晶的形状一律毁损凌乱！接下来的实验是让水读文字，江本胜把写有“谢谢”和“混蛋”文字的纸片，字面朝内贴在两个瓶子上，瓶子里装的是同样的水，结果读了“谢谢”的水的结晶是清晰优雅的六角形；看到“混蛋”的那一瓶水的结晶细碎零散，不堪入目。最令江本胜喜不自胜的是一张“爱与感谢”的水结晶图片，竟如此绚丽灿烂，那是水在得知人的爱与感谢时，愉快、喜乐地绽放出的花朵般的结晶。美丽的结晶是健康的生命之水的象征，有了美丽的水还用担心没有美丽的人吗？

这个世界想要变得美丽、和谐，那就需要“爱与感谢”！

人啊，你要赞美水！

江河的流动是美与生命力的流动。在更大的范围内，彻上彻下的流动是大自然中最伟大的循环之一，即水循环。水始终按照形成初始给定的形式，由太阳将海洋和别的地表水蒸发，成为水汽，上升到天空凝结为云，云层厚积而成雨云，雨云怀抱尘粒而成雨滴，雨滴不堪重负坠落而为雨……如此等等，周而复始、往复无穷是为循环也。这是宇宙间的规律，人称自然规律，它意味着从始至终，始终如一。如果说水的“三态”即液态、气态、固态的转化，是形成水循环的内因，那么太阳辐射和地心引力则是外因。阳光之下，地面升温，冰消雪融，河海蒸发，地心引力则使雨雪飘飘，坠落而下。水往低处流，水循环往复无穷，却又不是简单地重复，而是交叉发生却又有条不紊。比如水的蒸发除去江湖河海、雪山冰川外，地表土壤与植物体的蒸发、蒸腾也同时进行。蒸发是水循环的起点，却又伴随着循环的全过程。站在这个起点上，参与水循环全过程的还有人。一个成年人每天平均要喝2200毫升水，加上体内物质代谢产生的水300毫升，有时还要补充一点含盐度为0.9%的生理盐水，再经肾、肺、皮肤、大小便排出与此相等数量的水。因而我们可以说，生命从水中来到水中去，这来来去去的奥秘，无影无踪的灵魂的痕迹，便在这无比美妙的水循环之中了。

人啊，你要赞美水！

想象我们身上的一个个细胞，联结着宇宙，在水循环中往复无穷的生命故事，不禁赞叹：水啊水，你的神圣总是感觉秘密而永恒！比如冰，几乎所有物质都遇冷收缩，而水却是冷胀成冰，而且冰轻于水，漂浮在水面。如果不是这样，冰重于水而下沉，所有的水都会成冰，到那时，在一个严寒的季节，覆盖、包裹地球的将是一层不含水蒸气的稀薄大气，于是生命绝迹，末日来临。冰成于水而轻于水的生命的细节是如此的妙不可言，只有这样的细节才能帮助我们去体会何谓上善若水。这个世界是干旱的，非洲的焦虑永远是因为没有水。在中国，东北落雪西南干旱，不仅是土地，还有我们的肌肤乃至心灵的细胞，每一个细胞都是饥渴的，呼唤着水！水！水！黄河断流几成内陆河，长江枯水枯到形单影只。在梯级开发、高坝大库的层层堵截下，大地上的中国已成为大坝上的中国。我们还有那么多水吗？我们的水从哪里来？水，不是地球上固有的，追本溯源，1998年从天上落到摩洛哥的一块名为“ZAG”的陨石，解开了水从何来之谜。经科学家测定，在这陨石之中有45亿年前早期太阳系的构成元素，还有结晶水。宇宙空间的水如此这般进入物质内部，随太阳星云到了地球，然后在频繁而激烈的火山运动中运动到了天上。我们只能说，水从天上来，水带来了宇宙原初的信息：在无止无息的循环中，千秋万代之后，我们的水、我们血管中的血仍然是原初的水。

人啊，你要赞美水！

这个有阳光、有土地、有森林、有江河的世界，假如我们不珍惜，那么谁会眷顾到我们呢？没有可持续的流水，哪有可持续的未来？总是说涛声依旧，能不能说那是江河不厌其烦的启迪与呼告：“我就是道路！”

尾声

2010年春天，中国西南大旱，水利部副部长刘宁称：北方地区旱情也已露头，一种最可怕的可能是“南北同旱”。通过电视画面，我们看见了西南因为缺水而龟裂的农田，干涸的河流，没有植被的荒山，焦渴的老人和孩子，倒毙的牛与狗，翻山越岭找水、挑水的沉重脚步……迄今为止，这一次大旱共有7000多万人受灾，贵州一省95%的土地为旱情折磨。云南宣威，一户农人，爷爷、奶奶以及孙子和一只小狗，同时面对着一碗仅有的泥浆水。爷爷、奶奶用手指蘸了一下水抹在嘴上，然后让孙子喝。孙子喝水的时候，小狗眼巴巴地望着这一碗泥浆水，不停地摇尾巴；孩子让小狗喝了一口，那碗又到了爷爷、奶奶手中；老人还是不喝，让孙子喝……

这就是没有水的景象。这种景象很可能是中国未来水危机的写照；而2010年的春旱不过是大自然的又一次警讯。

仅仅以气候变化来解释天灾是远远不够的。

西南是中国的丰水区，云南水资源总量位居全国第三，何以缺水到如此程度？同是云南，楚雄州的一个名叫干海子村的村庄，却是另番景象：一塘清水波光闪动，在几乎所有的村子、所有的农民都去找水时，干海子村却有足够的人畜饮用水。其实并无奥秘，这个村多少年来由农民一元一元地集资兴修小水利，由14公里长的水渠引水至水塘，水塘周边建有100多个小水窖。当渠道里来水多、水塘容量不足时，水便会流进水窖，村民们便先喝水窖的水。在这个村的小水利的兴建中，政府提供的是水泥，所有其他支出都由并不富裕的村民分担。人们不禁感叹，假如西南有更多的村子如干海子村那样，有真正为民生造福的小水利，那该多好！可惜作为农业命脉的农田水利基本建设在近30年中基本荒芜，吃的是前30年的老本。老本吃得差不多了，有的水渠填埋了，有的成了污水沟，命脉隔断了。“至2006年年底，全国已建成水库8.58万座，这些水库的95%以上是1977年以前完成建设的。”（《新京报》2010年3月27日）需要补充的是，1977

年前的水库主要是以农村水利为主的中小型水库而1977年以后兴建的水库则以高坝大库、梯级开发为目标。继三峡工程之后，西南地区的水电站密集开工，正在修建、将要修建的金沙江上游水库，就有“一库八级”电站。类似的“一库多级”遍布中国大江大河的上游，而西南水电开发的总装机容量将达到几十个三峡大坝的水平。如此大容量的水电开发，如此大规模的水文改变，如此之多的大江大河的人为阻隔、不能自由流动，带来的生态影响不可估量！可是我们估量了吗？怎么估量岩石圈、水圈被破坏之后地球的伤痛、江河的憋屈？

江河是有生命的，流动，自由流动则是江河生命鲜活的体现。我们正在残害江河的天性，把大地上的中国变成了有裂缝的、引发泥石流和地震的、多灾多难的大坝上的中国。

中国极其严峻的水环境，从根本上说是因为水利思路的长期僵化，并在利益集团的劫持下，以僵化的思路大筑特筑坚硬的高坝大库所致。假如以建造三峡工程的资金改善中国农村的水利设施，有计划地变农业灌溉为滴灌，中国断不会如此缺水！还有奢侈，江河无欲无求，奢侈的是人。中国有多少桑拿、浴场？当西南农民连泥浆水也得不到时，在北京，在皇城根下正哗哗流淌着多少洁净水？

倘用另一种分类，将我们的江河水概而言之，清洁的可以饮用的水资源已所剩无几，大部分是被污染的水、被浪费的水，以及在高坝大库中被劫持的水！

我们的生命中总是会面对一条河，但这条河应是有水流动的河，而不是干涸的河。

鲁迅先生说“将来的一滴水，将和血液等价”，没有水哪有血？哪有生灵？哪有家？哪有国？想起从繁华到消亡如此快速的古罗马帝国，还有维苏威火山下的那个庞贝古城，当那里的人们奢华地泡澡，在温柔乡中享受时，火山爆发了，一切皆掩埋了。

水啊水，赞美水就是赞美天地，珍惜水就是珍惜生命。让江河流动，那流动的才是我们的未来。

2009年春记于长江入海口之崇明岛

2010年早春改定于北京一苇斋

蟹语

蟹，带甲者也，横行者也。其齿生于胃，其耳长于腿，其双目细小，既可直视，亦能横视，复眼也。旁爬横行，是称螃蟹；浑身披甲，双螯高举，有铁甲将军之誉；口吐莲花，郭索有声，水生甲壳动物也。

凡江河入海处，均有蟹，而以崇明岛东滩为最，中国第一大河长江入海口故也。当沙洲未辟，人烟皆无时，芦荡与蟹，实为崇明岛生机之初露。开辟伊始，有渔樵者至，人蟹初遇，人蟹皆骇。人视蟹，坚甲披身，大螯屹立，横行无阻；蟹视人，其头也大，其腿也长，直立而行；各以对方为怪物也。相处日久，由陌生而熟识，先是各行其道，互不相干。然人有好食之天性，试着捕蟹、吃蟹。捕蟹不易，是有捉蟹人，然后煮蟹，天下第一美味也，蟹文化初见端倪。亦可告九泉下之鲁迅先生，崇明人乃吃蟹第一人。

然则，蟹之于人仅为可食乎？蟹文化止于美味乎？非也。蟹非无精神，蟹有精神，其精神为何？子曰仁、智、勇三达德也。人若三者兼具即为达人，君子人也。三达德何等之难，蟹已达之矣！一曰仁，个体螃蟹一生，不过两三个秋龄，其生命之末以所有精力繁殖后代，事毕，公蟹自沉海沙，母蟹抱卵后亦功成身亡，仁也；二曰智，退者抱团缩骨，断臂自保，避险于洞穴，智也；三曰勇，进则洄游几千公里，脱壳自强，再三再四，勇也。筚路蓝缕之生命历程亦可谓辉煌灿漫。直至20世纪50年代，崇明岛上河沟港汊，蟛蟹俯首即拾。崇明人食蟹知蟹，有勤劳刻苦之美德，不能说因蟹所教，却也是仰观天象、俯察万物所得精神之一端也。于是有垦拓，于是有家园，蟹之于崇明，其功厥伟焉。及至后来，江河为水坝隔断，从东滩至长江三峡之洄游河道被阻，蟹之生态，丕然大变。人工养殖兴起，东滩蟹苗一时为贵。继之蟹苗培育成功，蟹成为商品，养蟹成为产业，崇明蟹旁道横行，近及上海周边各省，远至青海新疆，其威风凛凛，声名远播，几无可比者矣。回乡，友人温酒煮蟹，其喜洋洋者矣！由此而思及古今文人墨客，皆好食之徒也，以蟹为最佳，且写蟹咏蟹，乐此不疲，乃至入红楼之梦，与美人明月相对，蟹文化大备矣。

时至21世纪，人类认识到，人若不与万类万物共存，则无法生存，以生态角度视之，人蟹共命运也。洄游之道既阻，又有水体污染，不复东滩而三峡、三峡而东滩的归乡之路，人蟹共憾！自然水环境中的蟛蟹已无迹可寻。人有忧矣，蟹有愁矣，江河水不能不敬畏矣。崇明蟹，始称“老螯蟹”“大闸蟹”，学名为“中华绒螯蟹”，因崇明水清土净故，现称“崇明清水蟹”。蟹有百数十种，独于崇明，中国江南有蟹之始也；不独有蟹之始，崇明清水蟹肉白而嫩，味鲜而美，众蟹汹汹之翘楚也。

余为崇明农人后，负笈远游浪迹他乡，年年岁岁，秋风至，我还乡。从佛家众生说，人蟹一也。思及当年海上友人呼我为蟹，崇明蟹，一乐也。人呼我答，人乐我乐，其乐如何！然后呼酒，歌曰：“蟹肥菊黄，秋风浩荡；为君煮酒，在水一方。”

癸巳重阳过了于崇明

故乡风景

在不同的季节，我对故乡崇明岛的思念会在瞑想中出现不同的画面，因其四时更替皆有胜景也。而夏之忆则最忆青芦沟河水。我说的沟河，下文有详解。崇明三面由长江怀抱，唯东滩面对大海。崇明俗称崇明沙，是长江入海口江海托顶大浪淘沙沉积而成的沙岛，崇明岛无处不沙而又无处不河。我少小时的记忆中，崇明农人每年冬季都要开河修岸。开河是从河床底部掘出淤泥，是为疏浚；而淤泥在经历一个冬天的冰冻之后可作肥料。修筑堤岸则是防洪之用。那是一个忙碌而艰难的冬季，崇明岛上有河的地方必有无惧严寒的开河挖掘者，为了下一个季节春耕生产时的流水通畅，通则端赖疏浚沟通也。“沟”通的沟字以三点水作边旁，先人造字有深意在：水为天地神人之沟通者也。

崇明农人以西引长江水（淡水），东拒东海水（咸水），为治水宗旨，其复杂性可想而知。所以划疆做圩，平地开掘挖出数以万计互为沟通的民沟，所谓“十夫有沟”也。由沟而河而港而放乎海，类似古之“百夫有洫，千夫有浍，万夫有川”制。不同的是崇明乃岛也，为淡水、咸水所包围，人水关系就更加微妙，不仅河道纵横，就连河道的名字也闪烁着先人的智慧，有古意。崇明岛是由千百沙洲在地理演变中合而为一的，未成一岛之前，可以想象长江西来之水在已经沉积而成的大小沙洲间自由奔放，形成了水道无数。两沙之间的水流开始时壮阔，后沙涨水退，农人称之为“洪”；通江入海之地舟楫可泊可碇者称“港”“滧”；水道有曲谓“湾”，纵横蓄泄人力决土者为河，如今之南横运河是也。然为数最多的则是宅前田间为农人生活生产所需的“民沟”，乡人自凿之沟也，“民沟”之“民”字即由此而来。“民沟”而非“泯沟”，民沟与政府组织开挖的的“官河”，即运河相呼应，非官而民也。民则子民也，而泯字的含义则为“泯灭”“消灭”，依古本县志所载即知“民”而非“泯”，稍加训诂亦可得而知之也。与“民沟”相连通的是一姓一宅之“宅沟”——绕宅之沟也。“民沟”“宅沟”等丰富多彩的沟河之名，显示着崇明先人用字取名的准确形象，其中有古吴语的美学意象。

崇明岛的历史就是千年拓荒史与千年治水史的叠加。辟芦荡荒野为农田，此拓荒也。可是倘无长江水，倘无西引东排后沟通了运河及数万条民沟、宅沟的清清流水，岛上几十万人将无可饮亦无可耕。崇明为世界和中国水利专家赞不绝口的就是岛上蜘蛛网一般的水利网络，那是千百年间多少土方、多少汗水、多少心血、多少智慧，于反复挖掘、堆砌、搬运中沤心沥血编织而成的啊！我有幸于2007年早春为“凤凰卫视”专题节目《中国江河水》做嘉宾主持，从崇明岛起步再溯流而上。在拍摄崇明岛水利建设时，我再次踏访了崇明岛的水口——崇西水闸，并为一幅崇明水利图感动；同时我也在河沟的纵横交错中寻找少小时光，寻找崇明岛西北角养育我的那块土地，以及其上的竖河、民沟、宅沟和青青芦苇。我甚至推断我的先祖们很有可能熟知沟河而不知长江，岛上的农人习惯地把大片水域称之为海。犹记得上高小后，一放寒假我便跟着推独轮车的母亲去“北海”边上拾柴。柴者枯草残芦也，然“北海”是海吗？东去不远是东海，此为二海相连吗？我曾站在黄泥堆筑的大堤上远望，有风帆，有大船，浊浪汹涌，海鸥飞鸣，隐约可见对岸的启东。读初中时有一本《乡土地理》的教材终于为我释疑，乡人所言之“北海”乃长江北沿，是江而非海也。

我的祖上从出生到学步、种地，便在宅沟、民沟、竖河间的田埂路上行走往复，步出家门便是田埂路，田埂路两侧是农田，忙完农活又走上田埂路回家……毕生如是，直到生命结束。他们对长江知之甚少或全然不知，他们悉心呵护、终生为伴的是宅沟、民沟、田块间的排水沟，是长江最细微的支脉。于是有可饮用的淡水，有“春在溪头荠菜花”，有五谷杂粮，有桃红绿柳，有青青芦苇，有铭刻在心底随游了游走的风景。

《古诗源》编者清人沈德潜云：祭海先祭川。徐刚冒昧加一句：祭川先祭沟。小沟小河离农人、离我的少小年代最近、最亲，而青芦是沟河岸边的必植之物，稳固河岸、过滤流水、遮荫万类。夏季是它们的蓬勃生长期，苇干高挑、芦叶修长，使村野沙洲一派诱人的“平面的浪漫”，又添加了稍些起伏和色彩。这个季节是少小时代的欢乐季，整个炎夏我们几乎都是在宅沟、民沟、青芦丛中度过的，每一天往往从早晨在宅沟边沿捉青虾开始。青虾们总是起早便钻出水面，蛰伏在沟沿上。品元伯说：“它们在透气呐。”趁青虾透气时，便轻轻地下水，不淌出水声，其要领是脚指抓住沟边之土，在水下碎步而行且需屏息静气。青虾无所防备时便一抓一个，不能抓须而是轻轻地捏住其背，然后满载而归。有两种情况会使我们一无所获，一是淌水时出了大声，青虾们便疾速溜进水中逍遥而去；二是脚底打滑跌落沟里，就连已被捕获的青虾亦溜之乎也！捉过青虾，早饭后“红日已高三丈透”，小伙伴们先后来到民沟畔，从地头捧出土从沟里捧出水，和泥搓泥团，然后揉捏，揉捏成小人小鸡小狗。现在想起来这是一种手工劳动的练习与合作，有和泥者，有揉搓者，有最后完成各种造型者。这样的劳作久而久之，便可以为雕塑打下基础，成为艺术，或可说玩泥巴和水的时候，我们都有点像艺术家的样子。之后，小伙伴们让泥人泥狗在太阳下晒着，我们自己则纷纷跳进民沟，玩“没头顶”，看谁在水下憋气时间最长。憋累了就在青芦丛生的根部寻找各种贝类小生物，再照品元伯教的方法学游泳——抓紧芦根让身体浮起再用脚打水——俗称“打脚洞”。一时间水声四起、浪花飞溅，鲢鱼受惊后跃出水面，有的在坠落时掉进了芦根丛中，动弹不得只能无望地挣扎。如何处理这几条鱼？小伙伴们商量的结果是把鱼放回民沟。民沟是四邻八舍共同开掘的，如果我们把鱼抱回家就成了偷鱼小贼。于是把夹住鲢鱼的芦根掰开，花鲢重得自由，悠哉游哉。

我们累了渴了，便大口大口的渴饮沟河水，连小蝌蚪也喝进了肚子里。要回家了，娘在喊我们吃饭了，这才想起来还没有折芦叶船呢！且待夕阳西下后吧。

造化弄人，从我读大学离家，与故乡便渐行渐远。后来写诗，1987年写《伐木者，醒来》，从此草木山水便成为我写作的主要题材。期间多次返乡，感慨多端。少小时的青芦沟河有的已经无存，地表水已被污染。我似乎参与了一次无奈而痛苦的飘逝，生出了无立根之地的感觉。有一年清明时节，我在崇明岛东滩匍伏在地上，看芦芽裂土而出，一个个新鲜的生命挣扎着、呼喊着——我们听不见——不可阻挡地伸出了沙地。那是个感人的时刻，我看见了希望之所在。

这个变化太快的世界让我们眼花缭乱，任何评判都显得过于匆忙，却宁可让乡情与乡愁并存，怡然自得的是回忆。如梅特林克在《沙漏》中所言：“回忆是永恒的，就像信徒的心灵。”当我思念母亲和故乡时，便回到青芦民沟边，在回忆中这是一处永恒的风景。

2015年清明记于故乡濛濛细雨中

行走风景

“种”风景

风景晃动于风中，风景随岁月而流逝，因地缘而变化。

经典的风景总是历史的、原始的，是大地之上的自然物，经过千百年甚至更久远地与人类心灵碰撞交接后，生出的赏心悦目，其美名何？于是，“风景”出焉。风景为古老、为原始，何以故？虽然，我无法求证“风景”这一词语生成于何时何地，但“风”字却含有极遥远的历史性。典籍载，“伏羲风姓，以木德王天下”。伏羲，三皇之首，“风”是中国第一个姓，又加以“木德王天下”。木有何德？柔也，高也，温润也，孕育并庇荫万物也。风中之木，风从东方来。繁体的风字从虫，风吹虫动，有生殖意；然后百物生，滋荣向茂，含自然崇拜的意味，有神话传说的玄妙。那是中国最古老、最经典的风景。

或有人说“风景”的理义，是人类对大地自然特有的美的感觉，为骚人墨客所创造，或诞生于天下文明之后，那就错了。我们总是太轻易地忘记古人先民、古典经文。若前文所记不谬，可知华夏民族的创世先民在世间万物中，首重木、重森林、重木德，并风以吹之，虫以动之。风景的原始性告诉我们人从森林中来，人从树上爬到地上，人对森林的依赖，以生存为出发点。森林可寄居，林中有泉水有果实，采摘饮用之始，先民得以果腹而存。而“风”成为中国第一个姓，实源于先民对风的观察、困惑与敬畏。风无处不在，风吹而虫动，春也；风吹而叶落，秋也。上古虽无春秋之说，凡人却均有冷暖之感，采摘的时节必在凉风习习时。风与木与森林，便在我们先民生存及文化的意义上交织在一起了。所谓风景，风与林为不可或缺者。或问：山呢？水呢？森林必在山上，有林必有泉源，于是风景大成。

森林是风景的主体。

我曾从内蒙古阴山西行至祁连山，山上奇冷，山道崎岖。有护林员告诉我，他的父辈就是这片山林的守护人。千辛万苦，护林植树，所为何来？“就是为了护好风景，种下风景。”原来，一个护林人与草木森林的关系是从挖石刨坑开始，种下苗木便是种下风景。一个“种”字，好生了得！护林人往往是语言的创造者，他告诉了我任何一部辞书上都找不到的“何谓风景”的释语：“风中无林便是风沙，风中有林便是风景。”末了，又加一句：“那都是天地留下的，前人种的。”

怒江的地与羊

惊雷闪电似的语言使我猛醒：我们今日所消耗的资源，所享用的风景，无不为祖宗所赐，并借用于子孙。我们应为后人留下更多的高楼大厦呢？还是留下有山有水的风景之地？中国传承千年的祖训是“留得方寸地，让与子孙耕”。

有极美的风景，有原始的耕作，有诗意的安居，有土地的故事，如戴维·默里深邃而美妙的论述："土地有自己不可抹杀的故事，但是必须由真诚的作家来阅读和重述。"如果容我稍加补充，这句话的开头还可以加上三个字"每一块"，每一块土地都有自己的故事！事实上，地球表面有时连片、有时分割的土地，林林总总呈现出各种各样的地形地貌。中国人多地少，山多地少，土地犹为珍贵。在云南怒江边上，崇山峻岭间，当地农人说的"屁股大的一点地，只能种五六棵玉米的地"也是地啊。这样的一小块土地的故事是：为了种这一丁点地，以及类似的山间台地，怒江农人带着农具和种子翻山越岭，中间还要浇水施肥，收获的几乎是集腋成裘的粮食——玉米和土豆。在怒江，我真正看见了粒粒皆辛苦，以及山水形胜中的边缘和风景，生存的艰险在其中的表现。怒江人告诉我，在怒江真正善攀岩的不是怒江人，而是怒江山羊，它们攀爬峭壁如履平地。但每年也总会有几只羊在山崖失足，掉进怒江。"没法救啊，江水冲走了我的羊。"这时候会生出"如履薄冰，如临深渊"的感觉，找回了人生真实的状态，于豁然开朗间突然发现：边缘是敞开的，边缘是集风景之大成者，边缘是人与生俱来的状态。我们借居的地球所处位置，恰在天上浩茫星系的边缘。

人啊，因为地球位于天上星系边缘故，无一例外，都在边缘，我们都是边缘人。这一天上人间的边缘，也是人与万类万物共有共享的边缘。

瓦屋山与坠落的感觉

1996年秋，我在四川瓦屋山小住，半山的林间小屋被烟雨蒙蒙笼罩，无雨的日子走在林间小道上，也会有水滴落到头顶。上山下山走路要小心翼翼，因阶梯小道石缝之间满是苔藓。但，我在这林中路上迈出的每一小步都不是犹豫的，也不是迷茫的。当我仰望瓦屋山2800米高处的原始森林时，我的身心被自然之爱充溢，同时也体会到，倘若不是阳光、空气和水，以及森林大地，生命将不是生命，人又在哪里？想起了陀思妥耶夫斯基所言："蚂蚁知道蚁丘的规格，蜜蜂知道蜂巢的规格——它们不是以人的方式，而是按自己的方式知道这些，它们不需要知道更多。唯独人不知道自己的规格。"这里所谓规格，即人在大自然中的位置，"人不是存在者的主宰，人是存在的牧人"。水滴断断续续地滴落，我在迈步中思索：水滴为什么会落下？青苔为什么不长成大树？松鸡的叫声怎样进入我的耳朵？瓦屋山上72条瀑布，为什么要倾泻而下，不惜粉身碎骨？苍天无时无刻都在向着大地坠落，坠落阳光、月色、星星的眨眼。喜马拉雅山坠落着皎洁，冰雪风光；黄山坠落着松风，还有悬崖上的红杜鹃……更广大的田野秋日，在江南江北，大片金黄的稻穗向着大地垂头致意，果子熟了自然会坠落。那树上的叶子，时间到了，它便红了，它便金黄了，它便落地了……在自然界坠落是一种精神，坠落是美好的，坠落是风景。

我们在一个星系的边缘流浪，这个边缘足够宽阔，而且物质丰富，对于人类而言，那是何等的神奇美妙！倘若人类，当然包括中国人，认识到了此一边缘的珍贵，生存其中的幸运，从而改变我们的思维方式和生活方式，让千疮百孔的地球得到爱的抚慰，并休生养息，我们仍可憧憬可持续的边缘，可持续的坠落，可持续的林中路。

瓦屋山的护林人告诉我，当满山红叶凋零，风霜雨雪会如期而至。雪阵与冰挂坠落而下，是瓦屋山从上到下的冰清玉洁，找不见一点污浊，尽显因为坠落而生出的高贵：那来自天上的雪花，那暂时凝固的冰挂，那落光了所有树叶的落叶松，那铁杆铜枝的矮种杜鹃……有一种假设却使我不寒而栗：当大地破碎，林木凋敝，不再有风景的坠落时，人的家园何在？人的尊严何在？洪水决堤的时候，谁都得仓皇逃命；食不果腹的日子，金条能换来窝窝头吗？

行走帕米尔高原

2000年深秋，我到了腾跃起伏的帕米尔高原，有一种神圣的气息扑面而来。其形成初始，其地名含义，其地球王冠之称，如稍稍深入其中，便心旌摇动，生出高冷且有古意的境界。

帕米尔之地原本是汪洋大海，当印度与亚欧大陆两个板块在漂移中碰撞、挤轧，其叠压结合部便隆起了大片高山峻岭，遂成为兴都库什山系、喜马拉雅山系，这两个在亚洲乃至世界堪称伟大至尊的山系结合部，也就是哈·麦金德所称的“亚欧大陆心脏地带”的帕米尔高原。其地理学名为帕米尔山结，或帕米尔扣结。在这个山结上，从帕米尔出发，喜马拉雅山、喀喇昆仑山、昆仑山、天山和兴都库什山，若巨龙蜿蜒亦如天马行空，行于当所行，止于当所止。其中海拔高于7000米的高峰有：乔戈里、公格尔、公格尔九别、慕士塔格峰……天下大山莫不以此为宗，而喜马拉雅山脉则是帕米尔诸多大山之子中，长得最高者。昆仑山脉则拥三江源，其江流横贯中国大陆然后入海，是奔腾最为遥远的。

帕米尔高原啊，怎能不让人肃然起敬！

如果有人认为自己不可一世的伟大，如果有人认为权力可以凌驾于人民之上，请他到帕米尔来，在这山结之地仰望高山云海，雪峰之高尚伟岸，山河之雄浑壮观，能不动人心魄？小小个人，匆匆一生，谁不是沧海一粟？谁不是天上尘埃？在高原、在大山脚下，我看见了自己的渺小，却又幸运地面对着伟大高远。高山仰止啊，我情不自禁热泪双流。

帕米尔高原位于青藏高原的西缘，帕米尔为古波斯语，意为“平屋顶”，中国古称“葱岭”。颜师古在《汉书·西域传》注中称：“《西河旧事》云，葱岭，其山高大，上悉生葱，古以名焉。”葱岭之葱又名沙葱，碧绿、鲜美，与江南小葱无异。笔者在河西走廊腾格里沙漠一沙丘边沿亲见，一丛一丛，斯文碧绿。当日晚饭，民勤县林业局的主人赏我以沙葱炒蛋，其清香可口难忘。我是应凤凰卫视之邀，作为记录片“穿越风沙线”的嘉宾主持，有幸与杜宪女士搭档，从黑龙江宾县一路西行，到了帕米尔高原。在阿克陶县吾依塔克林场早饭，吃的是沙葱凉菜。主人要我们多吃，小米粥、馒头、包子、煮鸡蛋、腌沙葱，等等，都是美味。林场场长说，再往前除了大山荒野河流，再无餐饮处了。从喀什出发到吾依塔克林时是早晨八点，天还是黑的。早饭毕，晨光初露，帕米尔高原隐约现身了，近山和远山次第朦胧。但，一切还只是轮廓，我在荒原上站着，等待太阳。阳光升起，天哪！在阳光神来之笔的渲染后，帕米尔金光灿灿，所有的山和高原荒野都呈现出别样的色彩和风景。

帕米尔高原亘古的寂寞与荒凉，是由石头堆砌，无数山峰架构的。只有在帕米尔高原，山才能成“结”，那是怎样的一个巨岩山根之“结”啊！倘不是造物主的神功化顽石为绕指柔，又怎能形成这个“结”？然后释放游走，生出大山，生出冰河雪水，刚柔相济，亦刚亦柔也。

不要问这山叫什么名字，在更加广泛的意义上，高原上那些数不胜数的山没有名字，或者我们叫不出名字的高高矮矮的群山和雪峰，与昆仑山、乔戈里峰等众神之山都是帕米尔高原的主体。它们的神圣，是它们永久的沉默，如永久庄严的思者。那山的色彩，是思的色彩吗？帕米尔的山，除了苍茫无尽的雪山，还有红土山，是似黑似灰的新雪与旧雪相嵌的山。而最让人心生苍凉的是灰色砂岩山，山下的冲积扇一律是灰蒙蒙的砂石，大如斗碎似屑，不长树不长草，毫不掩饰地袒露，铺陈着。那是地质年代的崛起所带来的无法修补的破碎荒凉，是伟大山结的伤痕吗？但，就在百米开外却有几株杏树，长着香脆的巴丹杏的杏树。想起了林场场长所言："你要注意杏树，杏树是帕米尔高原上塔吉克族的最爱。"他们对过去时的表述与汉人有相同处，都说"很久很久以前"，不同的是塔吉克族人在说"很久很久以前"的同时，又把集远古沧桑与今之葱郁为一体的巴丹杏树，作为时间的象征。我听过塔吉克人用汉语说故事，但思维方式是他们自己民族的，语言简炼、生动，比如"那年有一片杏树，后来长成了大片杏林，脸上抹过杏仁灰的小儿也长大了"，那巴丹杏在岁月流逝中成为言说者转述、比喻、象征的主角，摇曳在"很久很久以前"至当下及以后。亲爱的朋友，这种"时光之树"的表述，你要为之感动，你一定闻到了历史的、现实的、未来的巴丹杏的芬芳了。

巴丹杏在塔吉克人心中是生活、生命的一部分。

塔吉克族的另外一种风俗是把烧糊了的杏仁抹在孩童的脸上，据称可以避邪能得平安。这时候，巴丹杏树、巴丹杏仁已经有了神秘感，被赋予了神性的力量。如果追溯"很久很久以前"，一个民族人文心理因素的形成和积淀，却离不开当时自然环境的制约，然后才是选择。很久很久以前的帕米尔高山峡谷之间，土生土长的树种唯有杏树，能结出果实，可以榨出油来。巴丹杏也，塔吉克人之美味也，是天赐之物，被视为吉祥，有珍惜、崇拜和感恩之情。有多少古老的人物故事、山水传奇，被人们在杏树下口口相传。巴丹杏原先只是旁听者，后来和石头、流水、荒原一起，已成为帕米尔山结记忆的一部分。行走在帕米尔，行走在荒原风景中，便是行走在宁静中，天上云无声，地上山无声，人烟稀少到难得看见一个人、一匹马，听到一声喝。偶尔相见便是缘份。我曾亲见两个塔吉克小伙，各自骑着马从对面奔驰而来，不问什么相识不相识，收住马缰，下马，取出馕和皮袋里的酒，还有巴丹杏，吃几颗杏，掰一块馕，喝几口酒，挥手，再见，策马而去各奔前程。

欲问杏花最芬芳处，古石头城所在地是也，即今之塔什库尔干塔吉克自治县东南的一个村庄，名曰大同乡。叶尔羌河从峡谷东侧流过，一片净土之上有杏树成林，一个拥有杏花流水的村落。她的声名鹊起却有故事：20世纪60年代，帕米尔高原上，一群外国背包客、旅游探险者，在尽情享受这荒野的美景，大口地呼吸清新空气后，乐不思归，信步走进了石头城遗址，闯进了塔吉克自治县。只见粉红色的杏花缤纷满树，与蓝天、白云、雪山相映衬，如诗如画，如梦如幻。这一群外国游客先是蒙了，以为到了天国仙境，后来如梦初醒般纷纷举起相机拍了无数的照片。回国后以图片配文字，向全世界宣告：他们在中国新疆塔里木盆地西南帕米尔高原东麓的冰山雪峰间，发现了一处盛开着杏花的中国伊甸园。从此，帕米尔、大同乡、绵延100公里的杏花沟、叶尔羌河便名扬天下。

帕米尔高原上的河流，无一不是冰雪融水，甜美的淡水。所有这些河流，没有一条东流入海，也没有一条进入中国大江大河名录，但就其源头而言，无不圣洁高贵。塔里木河的源流之一叶尔羌河，源出乔戈里峰；而另一条与叶尔羌河汇流后进入塔里木河的喀什噶尔河，发源于帕米尔高原之上的冰雪之峰，其汇聚了诸多河流，其中有盖孜河。我认得并记住了它，是因为我们沿着盖孜河行走，在河道转弯山谷豁然处抬头看雪山时，我的帽子被吹走了，落帽风是也；弯腰捡拾帽子时，围在脖子上的红色丝巾又飞走了。在峡谷之风的鼓荡下，落到了盖孜河的浮冰上，远去，远去，冰上浮烈焰……

再见，帕米尔。

再见，巴丹杏树。

再见，盖孜河，你可记得你带走的那一条红色丝巾？

记于2001年，2018年春删定于北京

残贝旧雪

一个夏天的清晨，礁石的脸色要比现在白嫩得多，一切都还年轻的时候，趁碎浪漫上沙滩又回落之际，我把一只绿色的芦叶船放到了白色的浪花上。芦叶船漂走了，壁立的浪隔断了我的视线，后来不知所往。

那是孩子送给海洋的礼物。拾海的时候，我拾起了海的多彩与天真。一顶草帽扎着红绸带；一个画框曾经框着海的一角，后来涌到沙滩上便框着夕照黄沙；还有几根长长的火柴梗，有嫩火想点燃沧海吗？

我的芦叶船既没有航向也没有目的地，它太小而且没有帆，它一定沉没了，它想重新回到被折落的那一根芦苇上去吗？

不再有承接露水的早晨，它干渴吗？不再有白头翁鸟相伴的时候，它孤独吗？母亲说，比方一把麦种，撒到地里后，你看不见了；可是种田人的日夜牵挂会牵出一片小苗苗，夏天里又会结出麦穗，那些麦种不是回来了吗？那是新的而且更多。

只要你心里牵挂，它便在。我牵挂了一个夏天又一个秋天，葡萄架上牵出了葡萄藤，柿子树上挂满了红柿子；风被我牵凉了，果园被我牵挂熟了。

牵挂是一条线，牵挂是一朵云，牵挂是一阵风，牵挂是一只手。我被牵挂着又一次踏上海滩时，风已经刺骨，今年的第一场雪大约正在天上酝酿。空中显得混沌而丰富，而海潮的涛声似乎也要低沉些，开阔空明的沙岸在冷风中瑟缩，我的芦叶船回来了。

我不敢走近它。可以有始发而无定向的启航，但所有的归程都是清晰而明了的。孩子说：我要回家。

一次航程便衰老了。在应该枯萎的时刻，即便由生命之源的海水浸泡着，芦叶船也终于枯黄了，我又何必追问去时及归时的艰难呢？或者海上升明月，仰望时竟也有柔肠寸断之忧；或者惊涛骇浪中，淹没后居然是醍醐灌顶之概。

过程才是生命。波浪淹没了你，你也在淹没波浪；如同我在沙岸散步，沙岸也在我心上漫行。

我检视我的芦叶船。最温柔的爱抚须得用眼睛，目光的碰撞是最深刻的，再用舌尖舔吮。为了归来的丰硕，芦叶船驮着一个残破的贝壳，贝壳里是明亮的雪。

如是从寒冷的极地载回，或许那是新雪；倘若为了温暖这残贝，固执地不在沙岸上融化，让昨天的存在于太阳下闪着白光，宁可与破损一起漂流，那么它是旧雪。

我想它是旧雪。坚硬的雪，去年之雪，不是时间遗忘了它，就是它遗忘了时间。浓缩在贝壳的洞穴里，为时光之箭留一个残缺的、冷冰冰的思念。

你不能不面对残贝旧雪。残缺是生命的花边，陈旧是删削的风景。

活着就是能量的消散，渐渐地损耗自己也损耗世界；每一天当太阳升起时，我们的肌体和思想却开始陈旧，乃至僵化；一代又一代的人灵智衰老了，记忆复归空白直到荣辱皆忘……

谁也不能抗拒残缺，谁都一样走向陈旧。那雪，是想用温柔弥补贝壳的残缺吗？

落雪是天上的节日，那些充满诱惑的白色小精灵源源不断地降临人间，是人所看不清的花。雪阵便是花阵，雪野便是花野，雪季便是花季。绚丽的时节过去之后，人的目光仍然陶醉在绚丽中，白色花便铺天盖地。面对着短暂的冰清玉洁，心坎上会滴出清流。然后便是融雪与践踏。

我听见一个三岁的小女孩无奈地呼叫着：不要踩脏了雪！

无生出有，白生出黑。

启示一旦消失，喜乐便找不到根。于是，我看见那残贝簇拥的和那旧雪依恋的，都只是忧愁而已。

我不敢欢乐，当忧愁降临便小心地珍惜，像侍弄一棵无花果树。为一切的残缺、贫困和不幸，我让忧愁和芦苇一起长大。

残贝无言，旧雪无泪。

人类看不见、不屑见的另一种存在，正存在于大千世界的各个角落。高贵者说那是卑污，权力者说那是渺小，富裕者说那是低贱。在国王、权臣与流浪者和窃贼之间，我走向流浪者，走向窃贼。在奢靡的夜色里，那是真实的衣衫褴褛，让残缺和今夜归宿何处的茫然，行走于皇城根下。

曾经窃得一瓶茅台酒，换了一箱二锅头。喝醉了，缓和了，便在皇城根下唱：窃钩者诛，窃国者侯。

如梦如诗，残贝旧雪！

2019年再改于北京

故道·古桑·故人

故道者黄河故道也；古桑者山东夏津黄河故道沙丘上浩茫桑林，千岁者百余；故人者黄万里也。读者或问：黄万里先生去世于2001年90岁生日后，与故道、古桑何干？黄万里，黄河万里独行客，一生为治理黄河所奉献，指出了高坝大库的危害，并为黄河正名为“利河”而绝非“害河”，何以故？黄河所造之土地乃为中国最迫切需要者也。先生认为中国最可忧者不是缺水而是缺少土地（《黄万里文集》）。倘若我今天拜访的黄河夏津故道沙丘与桑树能开口说话，其必大呼：归去来兮，黄万里！

历史上有记载的黄河第一次决溢改道流经今夏津地域是在公元前602年，即周定王五年（《黄河水利史述要》）。黄河是缺乏耐心呢还是另有使命？在夏津地行水613年后，于公元11年再决而改徙它流。黄河走了，黄河留下了沙丘起伏的冲积平原、黄河故道，地处河曲畴野大块。夏津之名从何而来？津者渡口，《水经注》云“自黄河泛舟而度者皆为津也”。谭期骧先生的《历史地图集》也有标示，“夏津地处北上黄河拐弯处的西岸，水势转缓成为黄河东西过往的重要渡口”（《这里是夏津》）。夏津的“夏”字需作一点历史的钩沉，公元前632年即晋文公四年五月，晋文公召集齐、宋、鲁、蔡、郑、卫等诸侯国实现了著名的“践土会盟”之举。查践土一地在当时衡雍附近今河南省境内。随后齐、晋两国又在今夏津地会盟，历史上又称

“夏盟”，夏津之“夏”当由此而来（《这里是夏津》）。

黄河故道在夏津县境内因沉沙久积而丘冈绵亘宽数百米不等，长38公里。从《诗经》可知，中国农人对土地的热爱及中国农耕文化的发达从周代开始已可称先进。周代重林业，陈嵘先生认为“林政发达，于周已极”，“而中国人工林之良善传统亦始于周代。《诗经》之‘载芟载柞，其耕泽泽’‘瞻彼中林，侯薪侯蒸’‘陟彼高冈，析其柞薪’可以为证也”。因而我们可以设想当西汉末公元11年时，黄河别夏津轰然它去后留下的故道沙地是何等珍贵了！但，这地这故道所印记的是黄河的气息，其沙丘如瞬间被固定的黄河浪，一浪连着一浪，先是散发着湿漉漉的气息，后在骄阳下渐成沙堆、沙丘、沙地。中国农人有着爱土地的天性，目睹这片荒野，熟知沙土特性的农人在其上种植各种果树，以桑树为最。桑树喜阳光耐干热且长寿，其叶可茶，其皮可药，其果可食，美味也。夏津古桑有1000余亩，千年以上古桑3000余株，树龄最老之长寿桑为1500岁！

桑树和梓树似应是中国先民最早种植并付予了特殊涵义的树。《诗经·小雅·小弁》是最古老的咏桑梓诗：“维桑与梓，必恭敬止，靡瞻匪父，靡依匪母”。又有“隰桑有阿，其叶有难，既见君子，其乐如何？……心乎爱矣，遐不谓矣，中心藏之，何日忘之？”可见《诗经》时代桑与梓便有了精神意义上的升华，有故乡、父母、爱情的象征意味。“桑梓之地”由是而出乎？孟子好说树与民生，或者也受了《诗经》的影响，然孟子之非凡处，是把桑树摇曳于古代理想社会的顶层设计中，并突出了与民生之休戚相关：“五亩之宅，树之以桑，五十者可以穿帛矣；鸡豚狗彘之畜，无失其时，七十者可以食肉矣。百亩之田，勿夺其时，数口之家可以无饥矣。”由民生而教化育人，“谨庠序之教，申以孝悌之义，斑白者不负戴于道路矣”。善哉斯言！大哉孟子！

桑树在中国传统文化及农耕事业中的地位可以说至高无上，其多重意象亦美不胜收。乡土也，孝悌也，教化也，桑林之爱也，等等。中国古代农村讲究宅前种桑，宅后植梓。桑则衣食之源也，梓树长成后可预为父母做棺材——寿材也，或可说桑梓之地亦即生死之地也。一代又一代的人走完了人生的旅程，而桑林依旧。桑树乃长寿树，其寿龄一般为几百年。当我在夏津一步一步地从桑林小道中走向1500年的古桑时，脚步不由自主地越来越慢，古桑林下起伏的沙丘及气息告诉我，这里曾经是黄河浊浪，我正走在曾经波涛汹涌的朝圣的路上。踏访中华民族母亲河的故道，瞻仰1500岁的古桑，岂非朝圣？就在这一条古桑小道上，我将要与历史相会，我站在公元纪年开始前后的黄河波涛上，我将感觉黄河一道的生成演化。我闭目冥想1500年前的种树人，面对黄河故道及种树先人，我是应该鞠躬呢还是跪拜？就这样到了那一棵依然粗壮高大、树冠荫及几十平方米天空的古桑树前，一阵清凉及椹果的清香幽幽地飘来，有风吹过，枝摇叶动，满树的椹果纷纷落下。1500年的古桑啊，它依旧结实，椹果依旧鲜嫩甘甜。这就是生命的神奇，一棵桑树历经1000多年的风雨依然屹立，依然鲜活在大自然的规律中，依然伸展枝叶，依然结出椹果，依然造福人类，依然守望家园。

我在古桑树下徘徊良久，我是在寻找开始呢还是在寻找尾声？

不，我是在寻找一个人，一个毕生致力于黄河水利事业的黄万里先生，更确切地说我是在寻找他的灵魂。我可以确定他的灵魂从来没有离开过黄河以及黄河故道的平原和沙地。他或许就在这棵古桑树上远眺历史。黄万里以清华大学水利教授闻名，而更让世人惊诧的是他的耿介，他直言反对三门峡水利枢纽工程，他认为高坝大库太多，而影响了江河的自由流动，将会危及今人和后人。因着他对黄河的理解，他再三大声疾呼：黄河不是害河，黄河是中国乃至世界上最优的利河。

黄万里生前，我是最后一个采写他的作者。在连续一个月的采访行将结束的2001年3月12日上午9点，我如往常一样走到清华园内黄先生的家门口。黄先生亦如往常一样站在门口，穿一身白色西装优雅地迎我进门。先生要我坐在右边的沙发上，说“右手是上座”，我坚辞，先生不允，说“客为上”。先生还是说黄河并强调：“中国的问题，不是人多水少，而是人多地少。”土地因为建设的需要和人类不合理的活动只会减少，而具有造地功能的唯大江大河。“长江流域面积比黄河大3倍，年流量大近30倍，长江中下游造成的冲击平原只占黄河的一半，为12.6万平方公里，而黄河冲成了25万平方公里的大平原。虽然用水不足，也可耕种两季，难道不觉其宝贵吗？”

以上所记只是黄万里先生治理黄河研究之一端，却已经别开生面了。在先生看来，黄河之为利河、黄河对中华民族的贡献而被称为母亲河，流水第一，造地次之。中国几十年的水利思路视黄河为害河，治河之法便是拦、排、放，下游黄河在两堤约束下排沙，如黄万里所言“全河流水被派定尽量输沙出海的任务”，假如南北分流呢？黄万里说：“人们必然能建成精致的分流闸和分流渠道，而不再是高坝大库。经过一段时间分流淤灌后，黄河槽身自然浚深，毋需加高堤坝来防洪了，下游会自然地淤灌增肥，并造出更多的土地，于是河治。人们会额手称道，黄河是世界第一大利河。”

黄万里的治河造地梦已随黄万里飘逝而去。

黄河故道、古桑、故人情，却在告诉我黄万里所论：史籍上曾有黄河千年无患的记载，时在东汉以降至魏晋南北朝，下延至隋唐。为什么？除了王景治河有功外，东汉末年以后，黄河下游刀兵不断战乱绵延，政权更叠频繁。可以推想的是当洪水来临，在若干区段内，呈现的是任其泛滥。清人康基田追溯魏晋黄河时也说：“平原以北，大河古道依旧，地势洼下，皆沮洳之区。至大水之年，经流虽归千乘，而溢出之水散漫于冀、定数州。”散漫何解？漫溢安澜，分流排沙造地也。

“哪有比历史这位先生更高明的呢？”黄万里如是说。

将别夏津，忽然有风掠过桑林飒飒有声，那声音仿佛是一种从历史深处的波涛上跃起的呼唤：留得方寸地，让与子孙耕。

土地啊土地！我们的还在耕种的土地，我们的被强占的土地，我们的被撂荒的土地，我们的已经污染的土地，土地啊土地！古典政治经济学鼻祖威廉·配第说：“劳动是财富之父，土地是财富之母。”我们今天播种五谷杂粮的土地是借用子孙后代的，因此我想说土地是过去的一切，土地是未来的全部，土地是梦的摇篮！

2017年的夏日是如此难忘！我在夏津目睹了不朽者有三：故道也，古桑也，为黄河母亲奔走呼告者黄万里也。

2017年10月于北京

三星海棠

三星海棠是何等样海棠？下文有解。先说几句并非题外话，中国是植物花卉众多的国家，是花的国度。苏联植物学家、遗传学大师瓦维洛夫说："毫不夸张地说，有数以千计的观赏花木起源于中国，这些花木见于世界各地。"尤其是英国人威尔森自1899年至1918年，曾五次来中国，行经湖北西部山区、康定、松潘、云贵、台湾玉山等地，经他引种至爱丁堡植物园的中国花木有中国鸽子树、玉百合、川滇木兰、云南海棠等。威尔森著有《中国：园林之母》一书，他的观察是"在整个北半球温带地区的任何地方，没有哪个园林不栽培几种起源于中国的植物……园林界深深得益于东亚，这种受益将随着时间的迁移而增长。许多原先称为印度和毛里求斯的杜鹃，以及其它许多美丽的鲜花其实原产于中国"。

中国的花朵，中国的历史啊！

海棠为"花之王者"，素有"国艳"之称，蔷薇科苹果属小乔木，高可达8米，寿者可活180岁。树枝展开绰约有姿而直立性强，中国为原产地。在中国古典文学中最早见到海棠身影的是《诗经·卫风·木瓜》，诗中木瓜、木桃、木李均属海棠类植物之名或果实。《诗经》所载却并非是海棠的观赏性，而是食用价值。可知在西周时，"民食"仍是头等大事。在人类的心智与思想尚未完全达致欣赏风景的高度，美的观念便仍在隐隐约约、闪闪烁烁中。中国植物史上一种有趣的现象是：战乱不休朝代更替，植物却因其柔弱而为生者，此海棠之所以兴盛长久之一端也；加之海棠对严寒及干旱气候有很强的适应性，在平原或海拔2000米的山地上，有阳光有水便潇洒挺拔、花开似锦。早春时节寒气未消，海棠的各色花枝便摇曳在云贵、广东、两湖、河南、陕西、江浙及吾邑崇明岛的蓝天白云下了。当笔者行文及此时，海棠已经完成了一个华丽的转身——由食用而成为保护生态环境的观赏植物，成了风景，成了诗性的出发点之一。

汉唐是海棠的发展期，汉武帝建林苑，群臣竞献美木名花。《西京杂记》称，汉武帝在种种花木中先选了四株海棠，司马相如写《上林赋》其中就有楟、柰、厚朴相关记述，柰即海棠也。唐明皇将海棠比作杨贵妃，《冷斋夜话》记载，唐明皇召贵妃，贵妃醉而不能跪拜，侍者扶至，明皇笑言“岂妃子醉，海棠睡未足耳”，“海棠春睡”的典故由是而出。

海棠在宋代被称为百花之尊，沈立在《海棠记》中说：“尝闻真宗制《后苑杂花十题》以海棠为首章，赐近臣唱和，则知海棠足与牡丹抗衡而独步于西州矣”。或者在宋真宗时百花之尊的称号是海棠还是牡丹，很可能有过争论；因为皇帝“以海棠为首章”而定于一。宋人不仅欣赏而且还从植物学意义上，对海棠的根枝叶花果以及栽培等有所钻研，有不少歌颂或研究海棠的著作，以《海棠谱》《海棠记》为著名。《海棠记》称，海棠“根色黄而盘劲，其木坚而多节，其外白而中赤，其枝柔密而休，其叶大者缥绿色，小者浅紫色，其红花五出，初极如胭脂点点然，及开则渐成缬晕，至落者若宿妆淡粉矣。其蒂长寸余淡紫，于叶间或三萼至五萼，为丛而生，其蕊如金粟蕊，中有须三如紫丝，其香清酷，不兰不麝，其实状若梨，大若樱桃至秋熟可食，其味甘而微酸。兹棠之大概也”。

说到宋时海棠不能不想起那一位哀愁缠绵的诗人李清照和她的

《如梦令》："昨夜雨疏风骤，浓睡不消残酒，试问卷帘人，却道海棠依旧。知否？知否？应是绿肥红瘦。"陆游也有名句："虽艳无俗姿，太皇真富贵。"海棠如诗如画，海棠快乐怡然，海棠在成为文化意义上的海棠后，她又是游子思乡，她还是离愁别绪，而秋海棠则象征秋风苦雨中的恋情。海棠花语闻者众多，识者无几也。

元兴宋亡，刀光剑影马蹄硝烟遍及中土，惟海棠依旧，何故？海棠之众多也，元人自草原来亦爱花草也。山河易主之后，元代中国大地上的海棠依然盛而不衰，其时四川的海棠栽培著称于世，尤其是大足香海棠。江西信州亦以海棠闻名，元代画家高克恭在《过信州》诗中谓：两千里地佳山水，无数海棠官道旁。明清两代是海棠得以从官宅庭院走进普通人家的年代，海棠的种植遍布全国宜种之地。明代海棠在北京以报国寺和韦公祠最具盛名。清代江南才子袁枚筑"随园"，其后人谓"廊外西府海棠二枝，花时恍如天生云锦，挂向窗前"，袁枚海棠子孙得赏也！有清一代海棠无视王朝兴衰，盛开于皇家园林、寺庙及寻常百姓家、阡陌道路旁。海棠佳话流传不息。《北京青年报》2017年4月20日B6版有《人间四月天，海棠繁花事》文，记恭王府《海棠雅集》缘起，"府内花园中的西府海棠颇有名气，成就了晚清文学史上的佳话"。启功先生在《溥心畲先生南渡前的艺术生涯》中说："每年翠锦园中许多株西府海棠开花的时候，先生必以兄弟二人的名义，邀请当时的若干文人来园中赏花赋诗。被约请的有清代遗老，有老辈文人，也有当时有名气的旧文人，如陈仁先、章一山、沈羹梅等。"文中还说，辅仁大学时期，校长陈垣先生借《红楼梦》中探春所起《海棠诗社》之名，约邀文人墨客至恭王府赏花吟诗，"彼时王国维、余嘉锡、陈寅恪、鲁迅、顾随、张伯驹等名宿巨擘都曾流连于此，并互有唱和"，留下了多部《海棠诗集》。难能可贵啊！就看这几位大师先哲的名字，便能知其辉煌了。一个王府几株海棠，岁月所不能带走的，后无来者也。时移势迁，海棠依旧，雅集不再。2010年周汝昌先生两次致书，倡议在恭王府重新设立《海棠诗社》。周先生认为：“一个府邸修缮得再完好，也无非是个物质空间，想要尽可能地复其原貌，必须要将其内在的精神活动加以复原，还原其内在的生命力。”2011年辛卯早春《海棠雅集》重启，至今七载矣。雅兴勃发诗文古意，已成京城文坛佳话。

我与海棠亦稍有因缘，1982年，我家在团结湖，楼前一大块绿地上，那紫藤萝架盘根错节引人注目，却忽略了绿地东侧四棵高而细长枝条伸展自如的树。次年早春寒风瑟瑟，这四棵树却突然怒放出万千绚丽姿色各具的花朵，西府海棠是也。最难忘是春风骤起落英纷飞时轻盈潇洒的姿态，一层一层铺在地上。匆匆路过的人倘若稍作停留，目光温柔地掠过，所见的便是海棠的别一种美了。

艾青先生60寿，我先已打听好其时长安街王府井东侧有一家花木店，预定了一株海棠，晚上便抱着硕大的盆及修长的树送往艾青家。后艾青乔迁至东四十三条，海棠亦随往。我在法兰西待了三年后回国，那株海棠还长高了一些。艾青执我手笑着说：“海棠依旧啊！”

丁酉清明，我回故乡扫墓后又应邀去三星镇看海棠。三星地处崇明岛西部，当地居民世代以种地为业，经济发展滞后，怎么就成了海棠之乡？进入三星地界，从景观廊道到海棠园，花开云锦、淡紫浅红，各有娇艳，目不遐接。放眼望去是已经种植并开花的1200亩海棠园，尚有待种的1600亩，那真是花枝招展望无边际了。三星海棠告诉我，崇明岛上的农人依然在种稻种麦种油菜，但他们同时担负了建设国家级生态岛的重任，那些陌生的生态环境等词语，正在成为岛上农人的热词。海棠是根须树，能保持水土。海棠花、叶对二氧化硫、氟化氢、硝酸雾、烟尘污浊均有极强的吸附力。农人在种地的同时还在种花种草，崇明岛的土地中正在生出风景，从物质和精神的双重意义上农民正成为美的生产者，此种变化千年未有也。三星海棠品种繁多有贴梗、垂丝、西府、木瓜等。查《植物名实图考校释》，“贴梗海棠”条目下注道：“丛生单叶，缀枝作花，深红无香，新正即开。田塍间最宜种之。俗呼木瓜花结实与木瓜同。”将别，回首，海棠园中有微风吹过，隐约传来千年余韵：“投我以木瓜，报之以琼琚，匪报也，永以为好也。”

三星海棠，吾乡的海棠。

丁酉年清明记于崇明

兰郎布语·木棉花开

“兰郎布语”“木棉花开”，是崇明土布创意制作的场所，我被感动的理由看似简单：我曾眼见母亲及乡邻一朵棉花做到头。我穿着土布长大，总是留恋土布、揩面布的粗糙和富有质感。儿时，晚饭后明月初上，那织机声、纺线声、鸣虫声是记忆中不时抚摸、不时重响的月光思乡曲。其中有安居的茅屋，有母亲，有一灯如豆，有夜色中朦胧若水墨画的河畔芦苇带，有长江北岸的涛声，有丝瓜扁豆牵牛花及蛰伏其中的歌者……

所谓看似简单，游子乡情人皆有之。具体至“兰郎布语”“木棉花开”的各色土布以及今天的制作，由乡情而乡思而在大地上回溯，却并不简单。它有可能成为一种拷问：那个虽然离去却并不遥远的清贫简朴着土布的年代，不经意间已成为中国农耕文明的绝响和田园牧歌时代的终结。当其时也，崇明岛上下八沙最后的织机声响来自何村何家？纱车声、织机声是渐渐零落，还是戛然而止？农村的寂寞是否由此开始？仿佛是忽然之间，掬之可饮的小河流、水宅沟、民沟被污染了；河沟边沿的芦苇枯萎了，野菊花、花被单草不见了；房子盖好了；水泥路铺成了，农人离乡了……多少次回到猛将庙西北角，我在乡间田埂路上来回奔行，我知道我是在寻找消散的风景，寻找乡村织机声。如果田野风景已经飘逝，那就捡拾一点流风余韵；如果流风余韵也不可得，那就只能回想，千般万种，土布为其一端。总是乡情暖热，土布衣被故也。还有老来未解的种子、土地、农人与生长的秘密。曾经看着农人播种，看着棉秧出土，看着母亲以尖角的小锄头锄草松土，进退自如游刃有余于碧绿稚嫩的棉花秧间。及至棉秧渐渐高大挺拔，长成一棵棵“小树”，开粉红色的花，结铃铛似的棉桃，风乍起，相摩相荡，撞击有声，此布语之始也。棉桃的外壳变得坚硬，由青色成褐，秋风从桃尖处吹出裂缝至桃柄，然后开裂，农人会听见棉桃打开的声响。此布语之续，木棉花开也。

农人播种时便种下词语和声音了。“兰郎布语”主人告诉我，崇明传统的人名称谓“郎郎”不绝，大郎、二郎、三郎、小郎、兰郎、末郎，等等，且男女通用。千百年来，贴着我们的皮肉、温暖肌肤心灵的，不就是我们的名叫兰郎、末郎的母亲们于千丝万缕间千梭万梭织成的土布吗？棉秧出土，词语也出土；木棉花开，词语如花；拾棉花时农妇的欢声笑语，便是“向着天空开放的花朵”。日间夜间，东邻西舍织机声交相呼应时，却是多声部的布语大合唱了，田园牧歌，在我故乡于此为极。“木棉花开”的两间朝东的屋里是堆积的土布、剪刀、尺及一台缝纫机。墙壁上挂着土布缝制的各色提包，典雅古朴且时尚，“爱马仕”弗及也。这是个名副其实的手工作坊，一尺一剪，剔除了时下的喧嚣浮躁；一针一线，缀连起传统的优美简朴。抚摸久违的剪、尺与线，我试图丈量自己的灵魂，丈量大尺度的时间和空间，悠忽之思颤抖着牵动出如下画面：原始人从森林中彷徨而出，折木为棍，以石击石，工具之初也；构木为巢，建筑之始也；采集泽边，钻木取火，不再茹毛饮血；然后编草、织麻、制陶、蚕桑，至距今7000多年的河姆渡已有稻饭羹汤……华夏民族的文明历程，无一不是借手工而创制而累积而延续而辉煌。此文明发生之大观，前人多有记述。而追问细节，则男女分工，称“男子求食，逐兽于山林，女子采集，脔切，先生后熟，又有生火、存火、取水诸务，合土而烤是有陶器。男子日出猎兽，力大心粗且无暇，制器纺织必为女人所创”，并大声疾呼“女子之功德孰有量哉，岂有涯哉”者，乃先哲康有为。

如此看来，“兰郎布语”与“木棉花开”主人均为女性可称必然。她们延续了崇明岛上一代又一代母亲的传统，她们唯恐土布的记忆在现代科技大潮中消散于无形，她们不是指点江山的女中豪杰，也从未有过日进斗金的梦想。她们的劳作却使我激动并想起“慈母手中线，游子身上衣，临行密密缝，意恐迟迟归”那首少小时背诵过的诗。在这鲜有激情，不知敬畏的年代，能使脚步不要太过匆忙，能让心灵生出感恩的，便是慈母手中那根线了。多长的线啊，甚至能穿越天人相隔阴阳两界。无它，我便无衣无鞋，精光赤条，谁为我遮风挡雨？怎么能浪迹天涯？

“兰郎布语”“木棉花开”的启迪，其实是关于传统文化的宏大叙事。当创新成为一种口号，创新似乎越来越轻而易举时，人们蓦然回首，分明感到传统的分量因为历史的质感而沉重，并提醒世人：你在走向明天，而明天不可知；今天便是明日之史，我们总是生活在历史中，若有人以为可以拒绝历史，那是无知；假如不在历史中汲取教训和源泉，我们只能是无本之木、无源之水。只有当我们倾心于优美的传统文化，并使之引领、融合于今天的生活，传统与时尚方可以相容兼得。何言引领？答曰：中国传统文化若《诗经》若《易经》若老庄若孔孟若屈原若唐诗宋词……历经千年风雨而颠扑不破，而有中国几千年的文明史，引领千年矣！独独弃之于今世，则今世之人便是历史的罪人。何能引领、融合？崇明土布及新制作即为一端，土布是我们祖辈的手工遗传物，新制作则有了新的裁剪、新的款式。那些提包上的各式图案经过精心的拣选，或者简洁淡雅，或者鲜花绽放，或者素面朝天，其样式介于传统和时尚之间，所得的是传统与时尚的共存共容。我凝视这些土布，这些作为物质的土布，却又包含着土地的神性。千丝万缕地荡漾着爱的土布，使我想起了法国哲学家加斯东·巴什拉所言：“物质在两种意义上使自己有价值——在深化的意义上和在飞跃的意义上。从深化的意义上讲，物质似是不可测的，似是一种奥秘。从飞跃的意义上讲，它似是一种取之不竭的力量，一种奇观。在这两种情况中，对某种物质的思考培育着这一种敞开的想象。”（《水与梦：论物质的想象》）西哲的这一段话告诉我们，作为物质的土布，是一种奥秘，是取之不竭的力量，我们何不取之用之？不能确定的或为：是土布在想象我们呢？还是我们在想象土布？很有可能两者兼而有之。

倘若我的理解无误，加斯东·巴什拉所言之物质，是指与生命相关之物质，如水、河泥，等等，金条钱财不在此列。关于“兰郎布语”及“木棉花开”，我已经说得太多了。其实她们只是在做着自己想做的事——崇明土布的事，她们不求闻达，缝缝剪剪，自由自在，却应了尼采的话，“完成你自己”，“人类之所以伟大，正在于他是桥梁而非目的；人类之所以可爱，正在于他是一个跨越的过程与完成”。人生的完成状态是什么样的？庄子在《逍遥游》中有解：大鹏击水扶摇九万，列子御风日行八百。看似自由其实不自由，因为有待于风，无风而不能行也。真正的自由“以游无穷者”，乃“至人无己，神人无功，圣人无名”。无功名、无利禄，得大自在，是为完成。土布为证，我们的母亲哪有功名利禄啊！朋友，让我们一起思念土布，想象土布，思念并想象土布的思念与想象，绽放在“木棉花开”作坊里的便是词语的花朵、精神的花朵、自由的花朵。它象征着手工的拯救，手工的拯救是原创的拯救，原创的拯救是文化艺术的拯救，文化艺术的拯救是灵魂的拯救，灵魂的拯救不就是我们这个时代人类的拯救吗？

乙未春分，播种的时节到了。

乙未年春记于崇明

叶骚

叶骚，秋风落叶之离骚也。

农人收获庄稼之后，秋风鼓动，大地便开始收获落叶，一片又一片，一阵又一阵，一层又一层。城里扫落叶时，山上、林中、荒野的落叶要幸运得多，它们随风起舞，若浮若沉，千种斑斓，万般姿态，然后优雅地飘落，等待着雨雪，从容朽腐。我曾追随大江南北、西部荒野的秋风落叶至冬日，感觉着季节更替，死而复生的神奇美妙。

叶落悲秋，叶何以落？人何必悲？冬日，万木萧疏之后，真个是风景不再，光阴凄凉吗？

这是个一言难尽的季节。对于所有的落叶林来说，尽管林地的封冻要稍晚于农田，却更适合于保留积雪。在中国北方的大小兴安岭，积雪如几尺厚的白色毯子覆盖了林下的一切，除了风声便是寂静。有最后的树叶飘零，落在雪地上，黄叶似金，红叶如火。

这是一个忙着落叶、忙着凋零、忙着死去、忙着再生的季节。当秋风凉意渐浓，冬日在望时，树木便自行地关闭了它巨大、细密的供水系统，得不到水分供应的叶片开始枯黄、飘零，落叶之来由也。作为母体的树之所以舍弃为它带来风姿绰约的叶子，是为了维持那些伏藏在树根、树干和树枝细胞中的水分，然后休眠。我们看见的冬日凋零的树，是睡眠的树，是站立着做梦的树，是落叶簇拥的树。森林中的落叶如同森林土壤中的微生物一样不可胜数，有外国森林学家估算，在0.4公顷即1英亩的林地上，落叶约达1000万片之多。所有的落叶不可能再回到树枝上，但，在它们飘落之前，与原来的叶柄基部相连处，一个新芽已经生成。对于树木而言，我们通常说的春芽其实是冬芽，冬是春的孕育者。回想落叶，它的飘零意味着双重别离：脱落母体，一别也；辞离新芽，又别也。其于风中旋舞，不舍也；偶发鸣声，若骚歌也。

生离死别，非止人间。然草木以其柔弱，却能驰骋生灭，秋则藏，冬则生，春夏而荣。如是往复，原始返终，悲也喜也，悲喜如常也。

对于树木而言，通常情况下一叶落即意味着一芽生，四时更替，落落无尽，生生不息。一株合抱粗的大树有几百万个冬芽，伴随着人及万类万物从严寒而向绚丽。只要有树就可以看见这包孕春天的芽，柳树的芽细小之极，星星点点不为人知；玉兰树宽厚的叶子似乎脱落得更早、更彻底，但那毛茸茸的冬芽却格外醒目。每一种树的冬芽各有特色，每一个冬芽都是一个真正完美的雏型，包含一切新枝新叶或花的全部生命要素，一群具有迅速分裂能力的细胞，一组严密地包裹胚叶的鳞片。这些鳞片里面是柔嫩的胚叶，极其紧密，或卷而叠之，或折而叠之，美妙、精巧之极，除了造物，孰能为之？待春风又回，阳气上升，所有这些冬芽便完美无缺地开放、舒张，成为红花青枝绿叶。是时也，生命时速加快，冬眠者醒来，南下者北归，走兽巡游，鸣声争斗，花事繁忙，虫事繁忙。曰春，曰夏，又骚，又动。

木棉与玉兰会率先开花，金杯银盏似的花，张开，显露着植物繁殖器官的芬芳艳丽，然后生长叶子。这使我想到在秋深落叶时节，阔厚的玉兰树叶因何先行飘落，也就是说为了明春的花朵。玉兰的冬芽孕育得更早，比起柳芽之细小，可谓大壮也。然并非所有的阔叶树都是争先落叶的，在城市园林中，梧桐树巴掌大的叶子在枯黄以后仍然不舍枝头。一棵成年梧桐树的巨形树冠上，青黄并存，斑驳相间，有大群的麻雀栖居，“啾啾”于冬初，静候着早春。

每一片落叶都是飞动的启示，每一棵树木都是挺立的神圣。

秋天，我去辽宁本溪的红叶沟，满山遍野的红叶和黄叶，铺就了一条厚达尺许的落叶小道。阳光从林子间照射其上，那金色，那红色，那半红半青色，闪烁跃动，美不胜收，令我却步。有当地艺校的孩子们在写生，我便看这些男孩女孩画山、画树、画一片落叶。除了山风携最后的落叶飘然而至，红叶沟静极，只有画笔的勾勒，心灵和手的移动。在方寸之间，我看见了大地上的落叶在孩子们的笔下，是如何成为作品的。或可说在红叶沟的美与作品美之间，那凋零的树，那即将朽腐的叶，那枯山瘦水告诉我“美是显现真理的一种方式”（海德格尔），是骚动之后的坦然、宁静和简洁。

我从本溪又一次赶往新疆塔里木河胡杨林，在33万平方公里的塔克拉玛干沙漠中，胡杨是不可思议的唯一高大乔木。胡杨林散落在塔里木河两岸，也有零星的甚至独株胡杨耸立在大漠深处。秋冬时节，塔克拉玛干沙漠较之春夏相对平静，大部分时间里风蛰伏在乌兹别里山口和蒙古高原。胡杨林中厚厚的落叶层还在继续变得深厚，胡杨叶大小形状不一，一棵树上同时长着杨树和柳树叶子。胡杨的古名叫胡桐，也称异叶杨。胡杨树顶端飘落的是宽阔的掌形大叶，这使我惊讶的大叶子，是努力接近太阳的叶子，它们有使命：最大限度地进行光合作用，制造生命的能量，以维持这一棵高达30米的大树的生存。树顶以下，叶子便成为细小的条形叶，且有角质如一层蜡包裹着，为使水分的蒸发减至最少。

金色胡杨林啊，金色落叶层。不知道塔克拉玛干大漠中，今年是否有雪？不知道一年一度的洪水会不会如期而至？

胡杨雌雄异株，胸径可达1.5米，树皮呈灰褐色、铁灰色。因为风沙经年累月地打磨，其树干浑身伤疤累累相叠，布满了不规则的纵裂沟纹。有的树心已经朽腐，可见一个黑色大洞。落叶之后，胡杨赤条条无遮蔽地兀立于大漠，有铁干虬枝伸出，伸出了苍凉也伸出了傲然，并把苍凉和傲然一起伸向了远方。

远方何方？有水一方。

有幸得见胡杨花的人是幸运的。雄蕊与雌蕊的花粉、花柱均为紫红色。胡杨的花期很短，风，这时候特别需要有风，哪怕是不大的风，胡杨雄树的花粉也会随风飞扬，寻找另外一棵开花的雌性胡杨。当种子挂满枝头时，胡杨耐心而又焦虑。它在等待，虽说等待总是美好的，可是又有谁能体会洪水到来之前的焦灼？胡杨的种子找到了水，就有了生存壮大的机会，所有沙生植物为了哪怕一线生机，都会奢侈地生出更多种子，胡杨尤甚。一株雌性胡杨孕育了数以亿计的种子，而每一粒种子的重量，则为万分之一克。种子身上长满白色绒毛，在空中可以助飞，落地后则抓住稍带潮湿的土地——它要生根，它要长成一棵新的胡杨。能得此机会的胡杨种子寥寥无几，更多的是在热风中死亡，埋没于塔克拉玛干沙漠中。这里的年降水量不足30毫米，年蒸发量却超过3000毫米，干旱是永恒的主题，水是永恒的梦想。

夏日，塔里木盆地周边山上冰川融化，成为河流。洪水的来到，是胡杨种子唯一的生机。沙漠无河床，塔里木河像脱缰的野马，但为什么不能说这一条新疆的母亲河正在寻找新疆绿洲不可或缺的胡杨的种子呢？当种子飘落于河水，等待已久的将要干枯的种子六秒钟之内便吸饱了水，趁水温升高时迅即发芽。它的绒毛仍然在帮助它游到岸边沙滩，然后以一粒种子吸饱水以后的全部能量扎根。洪峰过后的河流岸边会有泥沙淤积，很多沙生植物的种子已经集积于此。在这悄无声息、鲜为人知的集结中，胡杨也找到了自己的摇篮。

塔里木盆地，塔克拉玛干沙漠夏日的风啊，有沙子也有太多胡杨的种子，在寻觅，在游荡。我曾呼吸在夏日之塔里木河畔，胡杨的种子也从此流淌在血液中。当秋风又起，无论我行走何方，心里都会流溢金黄，那是我时时可以触摸的金色胡杨的风景，那些已经飘落或将要飘落的叶子，又在我心中飞旋，并发出鸣声：水！水！水啊水！

叶骚，大漠荒野之呼告也。

2012年11月记于塔里木河畔

12月写于北京

荒沙

大荒者，大荒漠、大荒凉也。何以称大？因其细小而称大也。荒漠之中被称为沙的一个颗粒，其直径介于0.05毫米到2毫米之间，可谓细小。细小的沙粒相依相陈，弥漫无际，和为沙丘、沙山；乘风而起，扬沙成暴，是为流沙；流沙奔涌若巨川，掩埋了西域36国、丝绸之路、明长城、古阳关，此非大乎？

中国的沙漠化土地面积达73.11万平方公里，占国土总面积的8.03%，超过全国耕地数，而沙漠化还在每时每刻推进扩大之中。

我被大荒召唤，也为历史——沙的历史，荒沙掩埋的历史吸引。中国西部为什么会有如此浩瀚的沙漠，如此细小的沙？而荒沙之下，除去楼兰女尸、流沙坠简之外，还有多少蛰伏的神秘与神圣？人在荒沙之中怎样生存怎样爱？怎样娱乐怎样死？当灵魂飞天，晴空之下、荒沙之上，会不会更加从容优雅？只要没有风，荒沙便宁静，宁静之极。荒沙的每一粒如婴儿酣睡，铺陈于大漠的是梦，是梦境，不可言说，能见其柔嫩的外表，起伏连绵，若塔若丘，是大漠之风随意为之的银钩铁划似的线条……

先造山，再造沙漠。沙是山和风与水的杰作，是作品，是大自然的艺术，“这种显现在作品中的光亮就是美，美是真理显现的一种方式”（海德格尔）。塔克拉玛干沙漠中，有一座名叫玛扎塔格的红色的山，玛扎塔格是维吾尔语，“坟墓山”之意。在风化的岩石、岩层中，有零散破碎的海洋生物的化石——这里是2800万年前古地中海的海滩。不可思议的地质运动，将幽暗的海底抬升，使之成为山脉。红色是当初极为炎热，或者火山爆发的证明；零散的生物化石记录的则是生命被粉碎的最后时刻。

曾经有更多的山与玛扎塔格山相望相闻，太多的山在风化与剥蚀之后，便任由热风揉搓，揉搓着巨大，揉搓着嶙峋，揉搓着最后的坚硬，揉搓成细小。这单个沙粒的细小，可以忽略不计，而无数的细小则成了无边的荒沙、无尽的燥热。坐在塔克拉玛干沙漠腹地的一个沙丘上，西下夕阳依旧如此炽热，我感觉着在极旱、极热时，生命怎样被丝丝缕缕地蒸发，却又不留痕迹，所有的汗水刹那间蒸腾散尽。

沙漠车的司机催我赶紧走。

我要再看一眼夕照大漠的辉煌，以及沙山与沙丘之间的光亮，宁静的光亮，带着金色与红色的光亮。在塔克拉玛干，就连“十万大山”之类的词语都是苍白的。如此细小的沙粒，铺展、堆砌出如此浩大的沙漠，如今目力所及，都在落日余晖的照耀下，绵延起伏、迤逦而去，交织着生的渴望，死的诱惑。光亮渐显暗淡，宁静变得深邃，月亮已经升起，很快便会明镜一般悬挂在大漠上空，荒沙也爱照镜子吗？沙漠中没有电灯，沙漠中只有夜的黑。

我感觉着苍凉。宁静中生命飘逝的感觉，其为苍凉乎？

感觉苍凉，就是感觉生命，感觉一沙一世界。

我与苍凉同在时，看见高大的倾坍了、粉碎了，细小的将与岁月共存。

当繁华时，我不是我；当荒凉时，我才是我。

面对沙漠就是面对两种极端：无风时的极端宁静安详，有风时的极端无序迷茫。就其本质而言，又该怎样言说沙漠？20世纪30年代，英国物理学家巴格诺尔德在考察利比亚的沙漠后说，在沙漠中“惊讶地看到一种形式上的单纯性、重复的准确性与几何的秩序性。在自然界中，在超出结晶规模的构造上，实为罕见”。让人目瞪口呆的是，“大量的重达数百万吨的沙子堆积坚持不懈，而又以规则的陈列沿着地面移动，并且保持它们的形状而增长着，甚至以模拟生命的方式繁殖着，即便最有想象力的头脑，也为之困惑不解”。

人的困惑是沙的荣耀。

大自然生成的一切，都是有序的生命体，是这个世界上人所不解的伟大艺术，并且显现一种真理，“所有的偶然都指向必然”。

巴格诺尔德在埃及西南部时，“有两次，在寂静的夜晚”，突然听到沙漠中的轰轰隆隆声，“这个怪诞的合唱持续了5分钟”，鸣沙也。沙宁静，沙淡泊，沙细微，沙无声，沙何以鸣？韩愈曰“大凡物不得其平者鸣”，“金、石、丝、竹、匏、土、革、木八者，物之善鸣者也。”土善鸣，沙何以不鸣？鸣沙处皆在沙丘沙山间，沙有不平也，风挠之则鸣。

鸣沙记载之于中国，早在2000年前，敦煌鸣沙山可证。而鸣沙山的存在更早于汉武帝设敦煌郡前，很可能是牧人闻沙鸣，因有鸣沙名。

我走过中国八大沙漠，除偶尔深入腹地旋即返回之外，更多时在荒漠边沿的风沙线上行行复行行。那是一览无余的敞开啊，何等胸怀会如此坦荡。但，随即我又看见了遮蔽，沙的层垒叠加之下是什么？在年降雨量不足二三十毫米，年蒸发量超过两三千毫米的极度干旱中，沙与草怎样生存？倘若人仍不以水为至珍至宝，何能得救？

无风时沙漠是宁静的，固定的沙丘是美的。风起沙扬成为沙尘暴，流沙推进时，这一掩埋家园、沙进人退的土地荒漠化的过程，则是人类的灭顶之灾。

荒沙是拯救者。

想到了大城中的奢华浮躁，挥霍浪费的水和食物。

人类面临着缺淡水、缺耕地的严峻局面，唯敞开而又遮蔽的荒漠才是阳光普照的思想库。迄今为止，除了石油和煤炭，我们一无所获。有权有钱的人离大漠很远，人类仍然视大漠为畏途。

荒沙不是精神。

荒沙拥有精神。

2010年11月记于塔克拉玛干大漠

2012年10月写于北京

鸟鸣声声

这些年，我有很多机会穿林海，听鸟鸣。记忆深处叫得最动听的，却是崇明岛上的鹁鸪声、喜鹊声。少小时，那一对鹁鸪就在宅后水沟旁的大槐树上做窝，鸣叫在宅边田头，近邻是也。每到冬去春来，“鹁鸪鸪——”的叫声便从早到晚不绝于耳。崇明岛农人对鹁鸪鸟喜爱有加，不仅因其叫声悦耳，还因它长相甜美状如鸽子。鹁鸪声声时，也是喜鹊“喳喳”时。鹁鸪因何鸣叫不得而知，但喜鹊却是为新房而劳作，在地上捡拾稻草、树枝，再飞到筑窝的树上，把一根根树枝层层盘绕。一只喜鹊从地上衔一根树枝，飞到近20米高的树上，中间在树干上休息两到三次，这是何等伟大而艰辛的负重飞行！喜鹊的一个特点是雄鸟雌鸟比翼齐飞同筑爱巢。其鸣声也多祥和快乐，“喳喳，喳喳……”其喜洋洋者矣。母亲告诉我：“喜鹊每衔一根树枝飞到树上都要掉一滴血。”一个编织得硕大严密的喜鹊窝，是多少心血凝聚而成。其筑造鸟巢之艰苦万般、锲而不舍，与农人的开荒种地、构屋安居，精神所指同一：夫妻恩爱，辛勤劳碌，但诗意地安居。

喜鹊劳繁时，鹁鸪不是在一旁看着，就是在一旁叫着，“鹁鸪鸪——”，有时叫得兴起还会叫出花样来，“鹁鸪鸪——鸪”。但，它筑巢粗心大意，不像喜鹊精心且总是在树木高处，让我等顽童可望而不可及。鹁鸪的窝极尽简单之能事，在我家宅沟边的槐树枝桠上用树枝交叉其间，一对鹁鸪能相容即可，且离地面很近。何以得知是一对鹁鸪呢？因为我们在鹁鸪窝里看见了鹁鸪蛋。少不更事，常以爬树寻找鹁鸪窝为乐，但母亲有叮嘱：不得把鸟蛋取走。农人对鹁鸪的喜欢也有无奈处，它的窝实在是太简单。躲在后门偷窥，夕阳西下时，两只鹁鸪先后归巢，立于枝头窝边，警惕地四下张望，然后相挤而卧。因为窝的简陋，所以乡人称之为“懒鹁鸪”“乌鹁鸪”。“乌”在崇明乡土语言中类乎呆傻，有爱怜意。我的母亲就曾问过我：“那鸟蛋会掉落到地上吗？”我答不会，鹁鸪虽懒，但简陋的窝大概以鸟卵安全为准。后来还听见母亲自言自语：“大风大雨时日子怎么过？”来不及细想，我便长大了。读书，当兵，再负笈远游，然后做编辑，写文章，挣稿费，养家糊口。那一众鸟声忽然变得模糊、遥远，那鹁鸪鸟飞走了吗？或者只生活于南方？

大约，这是我游子生涯，包括我在北京生活的一个侧面。记得我在北大做工农兵学员时，在未名湖畔见过喜鹊窝，听过“喳喳”声，还有麻雀声、乌鸦声，却怎么也想不起来是否听到过鹁鸪叫，更别提看见它的窝、看见它的影子了。未名湖实在是鸟的好去处，树与草及一汪湖水诱人也诱鸟，麻雀成群地飞来飞去不用说了，还有一种鸟，尾巴若蓝色绶带，好独来独往，我在湖畔散步时见过两三次。从眼前一掠而过，真是惊鸿一瞥啊，随即隐没在树丛中，一瞥可也，已获赏心悦目。众鸟往返飞，唯独鹁鸪无？应无可能。或者喜鹊和篮尾鸟印象太深故？到一家报社工作后，我白天编稿，夜间写诗，忙于成名成家，那喜鹊声、鹁鸪声大约是在听与不听之间，却并非离我而去。诸鸟无辜，罪在徐刚也。

后来写自然文学，出入大森林中，若逢早春时节，林中万花齐开众鸟争鸣。森林学家告诉我，林中鸟争相鸣叫者，皆雄鸟也，其所以各发其声，乃各显其才，为赢得雌鸟的注意和欢心。或可说，其争鸣也，实为爱情大合唱。一处健康美丽和谐的森林，其树种必杂，且高矮不一，其鸟类品种必繁多，鸣声亦然，或婉啭，动之于情也；或急促，追之于心也；或长调，传之于广也；或高亢，诉之于切也……会使人想起孔子语："可以兴，可以观，可以群，可以怨。"正因为走了一处又一处的森林，听见过太多的鸟语歌吟，竟然想不起来这争鸣声中有喜鹊和鹁鸪声吗？

近两年鲜少外出，去岁早春在小区行走时，忽然听见鹁鸪叫，"鹁鸪鸪——"，我兴奋至发呆。又是一声，再一声，声音自远处传来，距离带来了悠雅悦耳。然后是不断的鹁鸪鸣声，颠覆了我往日所得的知识：鸟鸣只为求偶。让我想起了儿时爬树看鹁鸪窝，在家门口看喜鹊双双飞起飞落……夏日，大森林闷热而宁静时，北京的鹁鸪还在"鹁鸪鸪——"，至初秋、中秋、晚秋，北风起矣，落叶纷纷矣，鹁鸪还在叫。2019年我听见的最后几次鹁鸪叫是在小年夜，中午的鸣声略近，到夕阳西下时已在远处了。冰雪严寒，鹁鸪怎样度过？在北京的窝还是我在老家所见的样子吗？它的鸣叫声是在辞旧迎新？或者竟是自娱自乐？

哪里是自娱自乐，那是与人间共忧乐啊，鹁鸪鸟。到今年早春，喜鹊出现了，开始"喳喳"地叫着，与"鹁鸪鸪——"相呼应。喜鹊要筑巢，夫妻双双把家还。喜鹊叫早，约在早晨6点，鹁鸪无声，应在梦中。喜鹊可见而鹁鸪不可见，这是大城和乡下的不同。北京鹁鸪已为"隐士"，在不远处或很远处的不知哪一棵树上，也不知是单飞还是双飞？今年惊蛰这天，从早到晚鹁鸪叫声此起彼伏，还有喜鹊共鸣唱。无论如何，花事已近，春天到了，鸟鸣声声尽天籁。大自然总是在眷顾着人类，在你孤独时，在你焦虑时，有天上的歌传来，有天上的鸟从阳台前飞过，有小草泛青，有迎春花开，还有更多的蓓蕾成群结队等待开放……但，这个不同寻常的春天也在训诫我们：雨林被伐、冰川崩坍、天气变暖、物种锐减，垃圾在海洋上沉浮……人类的多少陋习现在不改更待何时？想起了莱奥波尔德所言的“大地的完整集合”——把伦理的边界推向大地，推向万类万物，把人类之爱覆盖每一种动物、每一种植物，乃至地层中数不胜数的真菌、微生物。有一些声音我们再也不能忽略了：“只有人与万类万物的和谐相处，才能有生命的广大和美丽！”

行将搁笔，又有鹁鸪声传来，“鹁鸪鸪——鸪”，谁能听出其中深意？“过而不改，是谓过矣。”“温故而知新，可以为师矣。”“喳喳！喳喳！”喜鹊随之。

2020年3月于北京一苇斋

第二辑 · 草木相思

老人与树

我总是在踏访森林和种树人的路上与老人相遇。老人与树，是我心灵中的一道风景线。

1988年初夏，因为采写三北防护林，我去山西保德县找张候拉，为我指路的小朋友说："喔，拉拉子，树疯子，就住那边。"87岁的老人躺在坑上，额头布满了沟沟坎坎一样的皱折，不停地说："走不动了，走不动了！"当地林业局的朋友介绍，张候拉爬了半个世纪的山，种了半个世纪的树，吃了半个世纪的黑豆。他把白面换成黑豆，用中间的差价钱去林场购买树苗。年轻时他用两个银元的本钱，凑成一副针头线脑、花花绿绿的货郎担，不挣一分钱，只跟人换树苗。他还有一个绝招：蹲在林业局苗圃边上，把淘汰下来的树秧子抱走。然后爬上九塔山挖坑种树。张候拉过了70岁，腿脚不方便了，便住在九塔山的一个山洞里，穴居10年，除了回家拿黑豆，到林业局捡树苗，他从不下山。"捡来的苗苗能长成树吗？拉拉子真是树疯子！"对此他从不辩解，他只是日复一日地挖坑、种树、护林。不仅是九塔山，还有分分秒秒流失水土的九塔河小流域，那流泥淌坡之地，他是走过去的？还是爬过去的？

当人们看见九塔山已成青山、九塔河水已经变清时，这才想起了那个住在山洞里的张候拉。1981年，县林业局的干部在九塔山上忙活了5天，他们要回答一个问题：张候拉到底种活了多少树？丈量计算的结果是：九塔山小流域已成林面积310亩，共300745棵树，其中根植于流泥淌坡地24万棵，九塔山小流域每年流失的土壤因此减少了2万吨。何止九塔山？群众纷纷出来指认，这几片林子、那些个山头、山洪冲出的沟坎边、黄沙圪梁坡上，都有张候拉种的树。当地乡人告诉我："没有主人的树都是张候拉种的！"

山西各路记者纷至沓来，张侯拉只回答了一句话："人活一辈子，总要给子孙留下点什么。"

2010年我应邀采访集体所有制林权改革，统称林改。在林改第一村——福建省永安市洪田村，我看见了刻在石头上的、凝聚着农民智慧的九个字：山定权，树定根，人定心。

最拥护林改的是老人。江西盛传一则故事，武宁县大山深处有一独居老人，因为老太太去世，两个儿子已成家有子女自顾不暇，老人成天在山里凑合着过。2002年夏初，万木葱郁时，村干部忽然找到老人说："老王头，你屋后的那片竹林就是你的了。""啥？"老王头以为在做梦。再三解释之下，老人听明白了：托林改的福，村民议决，老王头岁数太大，家中无人手，就把屋后山坡上那一片竹林分给他了。王老头听明白后，撒开丫子就往山坡上跑："我有竹林了！"大山里回荡着他的声音。在这一片竹林中，飞奔追逐的是一大群鸡和鸭，老人天天忙着捡蛋，捡到双手发抖，远近吃货都到这里买蛋。王老头成了王老板。除此之外，他的两个儿子也紧着往他这儿奔了。

握别老王头时，我们在竹林里转悠了一大圈，陪同的村支书老余问他："你的毛竹今年砍了多少根？""舍不得，再多长一年吧。"老余告诉我："山民把山林当作是绿色银行，一根小竹一棵小树每天都在生出钞票。"林改还改出了造林绿化新气象，不用动员，造林时一家人都出动，而且林地的角落边沿乃至悬崖绝壁处都种上了树。从福建到江西到浙江，从广东到广西到云南，山上已经很难找到空地，就连历来认定的种不活树木花草的鸟不拉屎的石漠化山丘，也开始花香鸟语了。

云南陆良县有种草种树30多年的"陆良八老"，八老之最长者为王家云，87岁；最年轻的是王小苗，73岁。我踏访花果山花木林场时，八老中的王开和陪我转遍了花果山。花果山实为石漠化丘陵，约有300米高，原本无名，因为一次次造林绿化均告失败，已经被人遗忘。30多年前，八位老人正当盛年，面对山民的贫穷、陆良喀斯特地貌形成的荒山荒地，他们商议：为自己更为子孙，上山种树！

据王家云的观察和试验，适合陆良石头地上生存的是生命力顽强的华山松。因为华山松的种子落地之后只要有雨水，就能长出小苗，出苗后40天的移栽成功率高达90%。关键是要在石头地上挖坑、挖足够大的坑，让松的种子有居处，然后浇一大坑水。如是，天不下雨也能出苗也能移栽。王开和告诉我：“只要有锄头，就能劈开山石挖出大坑种上树。”那时最宝贵最紧缺的是锄头，就连买锄头的钱也求告无门，于是8条汉子，8个家庭，卖猪卖羊卖鸡蛋，一起凑钱。经常是两三天换一把锄头，有时候挖个大坑要用两三把锄头。8条汉子从四五十岁挖到七八十岁，7400亩的石漠化山丘上，30年可以测算的是挖断了数以千计的锄头，不可以计算的是付出的心血汗水与智慧。华山松疏密有致，树根旁长出了无名的山花野草，跟着王开和行走其间，惊扰了蜂蝶，搅动了芬芳。“花果山花木林场”让我想起了词语的命名力，原来那是从石头地底下涌出来的词语啊！

我总是和种树的老人相遇。1994年9月，为采写《中国风沙线》，我从三北林业局所在地银川进入河西走廊。古浪县是我走访河西走廊的第一站，稍事歇息，我便直奔八步沙农民护林站。分明是茫茫沙海，怎么叫八步沙呢？治沙人告诉我，100年前这里只有八步流沙，因为没有及时堵住风口，忽略了这八步小沙丘，加之人口增加，过度放牧，沙漠入侵之后，八步沙便成了50000多亩的沙地了。八步沙的老人告诉我：“再不治沙，我们的儿孙就没有立足之地了，不能再让后代替我们还债！”终于站出来六个农民承包了这一大片沙地，以六个农户的微薄之力，星星点点，锲而不舍，已经奋斗13年了，3

万8千亩荒沙已有了绿色植被覆盖！

六个农民怎样治沙？倾全家之所有，一元钱、一毛钱地凑，就连过年用的鸡羊都卖光了。他们挖地窖，作为六个人的安家之地；用三块石头架个锅，以土豆当饭吃。他们又从自己家里背来仅有的一点种子，再以手中甚少的钱，开启了一种别有新意的治沙方式：以草养草。八步沙人先种花棒，这是一种美丽而独特的沙生植物。它需要的水分极少，耐干旱，枝干长且直，丛生，开出的花朵在枝条上一朵挨一朵，红白蓝紫黄皆有，是有花棒之称，俗称“花姑娘”。花棒既可治沙，待秋深枯干后收割，还可以到古浪县城市场卖钱——它是上好的燃料，也可以拌和黄泥做墙。除此之外还有五只羊，年前也都卖了。这些便是八步沙农民护林站的全部收入。他们的梦想是有一口井，他们喃喃自语：“八步沙要有水就好了！”我在采访笔记上记下了他们的梦想和名字：张润源、罗元奎、程海、石银山、贺中祥、郭万刚。

临别，我低头弯腰走进了6个老人最早安家的地窨里。地上有残余的柴草，地窨出口的角落还有一只破损的鞋，那是老人穿过的鞋，是捡来的别人扔掉的破球鞋。我走近细察，那是一只被风沙反复打磨的鞋，鞋帮已经开裂了一个大口。风沙在打磨鞋的时候，也在打磨沙地里行走的老人。鞋肚里仿佛有风沙声响，若旷野呼告：留得方寸地，让与子孙耕。

回首，那树还在，老人们大多已作古。在我认识的这些老人中，他们几乎不认字，没有任何动人的语言，却充满着行动的高尚！当我又一次面对草木，面对大森林时，忽然发现那些老人没有走远，他们已成为树的枝节。

2019年12月于北京

森林之门

朝晖鲜美，有飞鸟沐初阳而驻足于林冠，顾盼自乐，那是森林之门？月光如泻，蚯蚓从林地下蠕蠕而出，寻找落叶，那是森林之门？面对一片偌大的森林，对于风来说，却无处不是门。没有生物学家可以肯定地说，当春风进入森林，是先唤醒冬眠的动物呢，还是先吹开第一朵草花？林地上柔弱的花草，得风气之先，它们有紧迫感，它们要先开花，但留给它们的时间十分短暂，这一短暂的时间与阳光有关——当高大树木浓荫覆盖几乎阻断阳光时，它们已经绚丽过了。

森林的本质是保守生命

只要伐木声不是铺天盖地地侵扰，森林中的一切生物都会循大自然设定的规律，出现在应该出现的时节。林地下的各种小虫子因为土地不再冰冻板结相继钻到地表，吃虫子的鸟儿会及时飞落，继之者是林燕，因为有昆虫飞动了。在这之前，蚯蚓吐出的土粒土堆，是森林之春最早的瞭望台。各种树木伸展绿叶却是不慌不忙的，先是矮小的灌木，紧接着是中等树木、高大乔木。一片片紧卷包裹的冬芽，舒展为新叶，由浅绿变作深绿，从容不迫，从早春到初夏。

尽管森林学家告诉我，秋天的森林烂漫多彩是树叶内部微妙化学反应的表征。我仍然想说，当秋风连绵不断地进入森林，揉搓每一片叶子时，秋风是带有各种色彩的。那些黄绿色、金色、红色及秋深以后的残红，先是摇曳于树枝，再到后来铺满林地。这些美妙色彩以及风中落叶的优雅，又何能只以科学作解释？

何为森林？在我国传统的概念中，“独木不成林”“双木为林”“三木为森”。双木、三木，言树木之众也。森林中以树木为代表的一切植物，皆为寿者。苹果树能活到100年~200年，梨树寿长300年，核桃树是400年，榆树是500年，桦树600年，松树柏树的寿命可超过1000年。至于灌木野草，则自生自灭，灭而再生，生而再灭。在一片真正的原始森林中，几乎分辨不出孰为新草，孰为旧草，一切都是新的，一切都是旧的。

试从最渺小、最无光彩、几被我们完全忽略的森林底层的落叶及落叶下林地中的细菌、真菌，即森林生态系统中的分解者说起。它们孜孜不倦、乐此不疲地吞噬、分解林地中的枯枝败叶、腐尸残骸以及各种森林动物的排泄物，使之腐烂分解，成为富含营养的有机物质，为一切绿色植物吸收利用。那些底层渺小的分解者其实也是创造者。我们通常把森林中的生产模范给予乔木、灌木等一切绿色植物。因为只有绿叶才能通过光合作用，利用光能，吸收空气中的二氧化碳和土壤中的水分制造糖和淀粉，供养自己，还释放氧气，供养人类及其他生命。

能不能这样说：森林的本质是保守生命，并且还要保守生命的秘密，这里说的生命广及万类万物和人类。人类是后来者，森林一旦为人类利用，是有文化的创造；森林一旦被人类破坏，灾难便从天而降，这是后话。

森林如何能保守生命及其秘密？一曰，森林之大也；二曰，森林乃物种宝库也；三曰，森林之繁殖能力及方式之强大多样也。

时光之箭在穿越森林时可曾徘徊？岁月的刻痕几乎不见踪影。多少次，我随着护林员在密林深处，在有路无路的树木藤蔓间小心翼翼地跋涉时，会生出崇高敬畏的溯源之想。

我的祖先是从哪一棵树上爬下来的？人类对森林的认识，自告别原始森林崇拜起，便是功利的、实用主义的。人类对所有草木植物的态度，除去少有的先知和伟人外，从来都是轻贱的。

因此，人类对森林保守生命，保守生命秘密之本质，时至近代，已无“运思”；中国古代先知曾经有过的闪烁辉煌的经典，亦已被遗弃。

森林对无限量之物种的保有、保守于沉默寂寥中或显或隐，昭示着包括人类在内的万类万物之生命的广大和美丽。我们看见了吗？看见了，其实我们有太多的看不见。我们听见了吗？听见了，其实有太多的听不见。我们怎能看见大森林中，又一细小物种的诞生？我们怎么能听见林地之下，蚯蚓与真菌的劳作之声？仅就可见而言，地球陆地植物的90%在森林中，几乎100%起源于森林。森林植物之繁、种类之多，动物的种类和数量也随之活跃。多层次的森林、混交林的生态功能和林分非高，植物与动物的种类、数量也远比人工单一林多。

我要专门写几句森林林地中的一种动物——蚯蚓，在默默劳作、耕耘土壤，只知奉献、不求回报这一点上，可称森林生物的代表与典范。蚯蚓是一种柔韧的“管子”，其前端有突出的“唇”，在落叶垃圾进入唇内后即分泌酶初步消化，然后进入食道。在消化道中加工提炼，再通过80个环节，排泄出松软的土粒土丘。亚里士多德称蚯蚓为“土壤的肠子”。18世纪英国博物学家吉尔伯特说：“蚯蚓在自然链中是一个小而卑下的环节，但如果没有蚯蚓，土壤“会很快变成冷的、板结的和不发酵的贫瘠土壤。”

蚯蚓的耕作之后便是农人的农耕了。古老农耕之国的中国农人认识蚯蚓当在几千年以前，当时是何种感受已不得而知。中国近代文人写“草木虫鱼”的周作人先生的《蚯蚓》，则是一虫通古今了。

“忽然想到，草木虫鱼的题目很有意思，抛弃了有点可惜，想来续写。这时第一想起的就是蚯蚓，或者如俗语所云曲蟮。小时候，每到秋天，在空旷的院落中，常听见一种单调的鸣声，仿佛似促织，而更为低微平缓，含有寂寞悲哀之意，民间称之曰‘曲蟮叹窠’。”

关于蚯蚓如何为打洞、碎土、掩埋之劳作，周作人先生的文字生动有趣。他对蚯蚓的注重和赞语，为近代以来中国文人所仅见：

“蚯蚓之为物虽微小，其工作实不可不谓伟大。古人云民以食为天，蚯蚓之功在稼穑，谓其可以与禹稷相比，不亦宜欤！”

鲁迅先生写沙漠南迁及缺水的警告，周作人先生写草木虫鱼之蚯蚓与竹子等，提醒我们：大作家要关注小事物。中国的43亿亩林地，蚯蚓翻了多少遍？43亿亩林地连同腐叶一而再、再而三地为蚯蚓穿肠而过，滋养菌虫草木、昆虫鸟雀乃至大小走兽，使得中国保守着43亿亩洁净之地，立根之地。

生命的智慧让人望尘莫及

我写大森林，眼前浮现的是各种景象，心中生出的是各种联想。各种猿猴如长臂猴、灵猿等，那不是我们的表兄弟吗？它们集群于林中，腾挪跳跃，如有神助。当一只灵猴借助一根树枝的摆动力而跃至另一棵树上剥食果实时，群猴相继而至。公猴且背负幼仔，让母猴先行先食，为其哺乳多奶汁故也。森林中的一棵树集合起飞鸟、昆虫、变色动物、猿猴、飞鼠等，而蜥蜴、蝙蝠蛰伏于树之根部。伏于树洞的是穿山甲等有甲壳者，豪猪浑身都是尖锐的长刺，就连狗熊和野猪乍见之下，也望而却步。

我们对啄木鸟似乎知道得较多，其实了解甚少。啄木鸟首先是爬树的高手，它的爪尖细而弯曲，两个后趾向后生出，使其能牢固地把握树木。啄木鸟尾部羽毛异于它鸟，硬朗坚强，毫无柔软可言，这使它在啄木寻虫时获得更多的支撑，是它的“第三条腿”。

我曾几次目睹啄木鸟的姿态：它用爪紧握树木，尾部有尾羽支撑，全身的上部向后弯曲，然后摆动发力实施打击。有护林员告诉我：“啄木鸟劳作的艰难困苦远远超过古人类的开山凿道。”

啄木鸟有让人不解者：森林中，树木草叶间最多的是昆虫，有以颜色伪装的绿叶虫；有在叶子的两层表皮之间游走取食的潜叶虫，它们把叶子钻出了许多通道，各种图案。啄木鸟食之不费吹灰之力，何以不食？何以艰辛啄木？

同是啄木鸟却有五类：短茸毛、长细毛、柔软羽、腹部为红色的、穴居的。它们在同一处森林以啄食树木小昆虫为生，但因为每种啄木鸟在树上啄食部位各不相同而友善相处。在同一片森林、同一时间里，就连各种鸟捕食昆虫也各不相同，互不干扰。

林燕捕食正在飞行的昆虫，麻雀、金翅鸟在林地落叶间觅食，黄柳雀则在森林乔木最上层的林冠处觅食。森林的每一层空间都有大量的鸟类和昆虫，它们知道自己的位置，生活在各自的区域，争鸣好胜在所难免。肉搏撕咬却只在食肉动物捕食食草动物时发生，但即便是这样的争斗似乎也不会给森林带来动乱，此乃森林生命链之一端也。而在更加辽阔野性的非洲大草原上，更多、更大型的哺乳动物，如狮子、猎豹、长颈鹿、马鹿及河流中饥饿的鳄鱼等，它们等待猎物到来的沉着、迁徙时机的选择、强食弱肉的血腥淋漓，其生命的智慧与坚忍，人只能为之感叹而望尘莫及也。

森林啊，当人类还是或猿或猴时，那些树木便已经是纵跃攀援的技能练习处、游乐园，甚至是生死场了。人类从森林中得到了野性和理性，但令大森林始所未料的是，当人类野性无存，而理性的旗帜日渐高举时，作为森林自然综合体的一员和森林生命之网的最大受益者，人类却成了森林群落中最具破坏性的最典型的恩将仇报者。

大自然依然怀抱着我们。

大森林依然庇荫着我们。

我曾经想象：哪里是造物的作坊？其在伊甸园？其在大森林也。无论是从上帝造人说或是达尔文进化说，人皆出于森林。唯森林有草有树有花有果，有无限生命，能包容万物；唯森林才能显现植物永久的沉默，却把花朵展开，一任蜜蜂吟唱。森林动物的厮杀为延续种族的交配，赤裸公开；每一棵草、每一棵树、每一只小虫都是生命的本体，都有自己的使命，都知晓自己的位置。这是何等坦荡，何等独立！又何以苦苦保守着仅剩的物种、生命的秘密？大森林啊，你有梦吗？但我已经感到了“它的繁花预示着我们从天而降的果实，神圣、拯救和对必死者的爱”（海德格尔）。

太初，森林显现于天地之间，天喜极而泣，林中有流水，森林是造物的神奇。大地敞开，接纳根的游走深入；天空澄明，阳光照耀树冠，让站立的树舒展枝叶并开出花朵。森林立足于大地，亦为天空召唤；森林为万有，要生养万类万物。在万类万物涌动、鲜花开放之后，始有人猿揖别，人类出现。

森林之门打开了。

2016年冬北京

为无言的草木立传

——自然文学笔记

认识自然文学

自然文学是什么？回答似乎是简单的：写自然的文学。自然的内涵是大地上彻上彻下包罗万象的一切，从星云、黑洞等天上的一切，到山水草木等地上的一切，还有地下的蚯蚓、微生物等。但我们很难有一支笔来抒写这一切，我们只能从小处着手，比如我，写了30年的自然文学，总是写草木、写一滴水、写一粒沙、写康德头顶的星星……于是，就有了这篇杂谈的题目：为无言的草木立传。

自然文学的写作，既是我作为人类的一员，为着对地球资源的掠夺与地球生态的破坏充满愧疚，又是在反思的过程中，因为人类始祖的天人之思，尤其是世界东方的中国古老却历久弥新的智慧，而倍感骄傲。自然文学不是舶来品，如果说世界上所有民族都曾经历过自然崇拜的话，那么要把此种崇拜在经年历久后转而形成诗歌与散文等文学作品，使之带有浓郁自然气息，语言从土地中奔涌而出，并在与人和社会的互动中有所影响，依我看需要满足三个条件，第一，这个民族的历史必须是持久的；第二，这个民族与它所依存的环境是友善的、和谐的；第三，这个民族必须要有它自己的文字，且是不中断而延续至今的，其表述富有诗性。符合此三条件的，唯中华民族是也。

《诗经》的出现是吾族文化史上的一个无以伦比的里程碑。试想，在西周甚至更早，我们的先民便在日常劳作中，以诗歌、以吟唱来抒发感情、描述生活、叙写爱情，正如孔子所谓“可以兴，可以叹，可以怨”是也。《诗经》意味着中华文化的源头是诗歌、是吟唱，此中华民族所以被称为诗意民族之渊源所在也。《诗经》多草木鸟兽之名，并借以抒情兴叹。我们从中可以读出，草木鱼虫在当时人们生活中的重要位置及各种美妙的姿态和比兴，它们是人类生存、生活的一部分，可朔三代之前原始的流风余韵。我们当然不必把《诗经》称为自然文学，但正是从《诗经》开始，一些古典哲学、文学著作中吐露的天人合一的理想，那些美妙的风景以及天人之思，成就了中国文学描写草木鱼虫的独特的风景，成就了当今自然文学源远流长的不朽基石。

这一源流，使中华民族成为诗性的民族，因为“不学诗，无以言”，因而生成了内敛的、优雅的、惯用比兴的、善于想象的词语。伟大的中华民族，优美的中国语言，是世界的一部分，人类生活在共同的天空下。如果说“所有伟大文明的发生都是文化接触的结果”（《人类文明的诞生》）的话，那自然文学又何尝不是？与高尔基同时代的作家普利什文选择了树木、落叶、飞鸟为写作方向，他把大地本身当作故事的主人公。在他笔下，自然界的生物无不具有生命的光辉和灵性，他因此被誉为“伟大的牧神”“大自然的诗人”。在俄罗斯文学半个多世纪的风雨中，他始终与草木为伍，闻虫草之鸣、听鸟兽之语，而自成一家、自有高格。爱默生是自然文学界的另外一座高峰，他引领了美国乃至西方的自然文学创作，他的作品风格甚至成为一门独特的文学体裁，成为大学必修的课程，进而读自然文学作家卡逊、梭罗等人的书也成为某些爱默生信徒的生活方式之一。爱默生有一句话对我影响极深，“精神乃物质之象征”。中国自然文学的传统在20世纪80年代复兴，恰与美国自然文学的重新高涨在时间和内容上相重合，盖中国作家从爱默生、普里什文等先躯的作品中汲取营养故也，盖世界生态环境全面失衡使然也。笔者本人就是在这样的背景下为大地感动，由草木导引，走向自然文学创作的。

稍作回顾，却又想起了蒲柏的一句话，“所有的偶然，皆会走向必然”。

何以引出此言？

带着芦荡风雨的气息

我的自然文学创作自1988年于《新观察》发表《伐木者，醒来》始，到2017年出版《大森林》可称是尾声。从头至尾恰好30年，弹指一挥间啊！于今想来，所谓其始其尾均是相对而言。自命运把我这个小小的生命精灵降生在长江边缘的大芦荡边开始，因为自幼失怙，少小时便与为我守寡终身的母亲一起，面对着崇明岛西北角的农田与荒野了。我记事时是在20世纪50年代，那时我的家乡芦苇比庄稼多，荒野比农田多，不仅缺吃的，还缺柴火，所以七八岁时，我便于秋冬时节，随母亲一起到北海边沿那芦苇一望无尽处拾柴了。干枯的、折断的芦苇，农人称之芦柴。“北海”是我母亲和乡人留下的名字，其实是长江流经崇明岛时一分为二的北支，我上了初中读乡土地理时才知道。我曾经问过母亲和乡人，何以称之为北海？所答皆同，“大水就是海”，有庄子遗风矣！

小时候崇明岛上的气候与今天大不相同，夏秋多雨多风暴，冬日则冰天雪地，间有西北风。我打小就爱下雨的日子，听雨、看雨，绵绵细细的春雨秋雨也好，能把杨树按在地上的急风暴雨也好，我都会在家们口呆看呆想：谁在天上泼的水？雨点怎能连成线？风为什么把雨丝折弯……只要风雨小了点，我便会跑出屋去沐浴风雨，在乡间泥泞的小道上奔跑。加上我自小好胡思乱想，母亲曾担心“这儿子会不会有什么精神病”，其实就是对风雨敏感一点而已。

如今想来，少小时大自然的一切赐与都会留迹于心中，湿漉漉的雨、浩茫的大芦荡、冬天被雪覆盖的旷野，还有透风漏雨的茅屋，以及母亲纺纱时如歌的纺车声和幽明的灯……所以在某种意义上，写作就是掏心窝子。倘若找到了能让你掏心掏肺的题材、你不掏就不得安宁的题材以及恰当的表述语言，而这些题材和语言，甚至还有湿漉漉的、摇曳生风的感觉，那就是诗和文章了。

就这样，我带着芦苇的气息于1987年写了《伐木者，醒来》，后一发而不可收，写下了《流水不再浪漫》《沉沦的国土》《中国风沙线》《绿色宣言》《水啊水》《中国，另一种危机》《黄河万里独行客》《大坝上的中国》《长江传》《地球传》，以及电视专题片《绿色长城》等。2010年国家林业局邀我采写林业改革事宜，一年中从一处大森林踏进另一处大森林，期间开始了《大森林》的构想与写作，并于2017年5月出版。之所以引出了这么一串并不完整的书目，我是想说，30年就这样过去了，有了关于自然文学创作的一点体会：积累和坚守。

积累之谓也，当然离不开知识的积累，比如“森林是怎样形成的”这些资料均能查到，但你用什么样的笔触去使用这些资料却有讲究。我的做法是先走心再走笔，凡是走过心的，被心灵浸泡过的，就会“笔端常带着感情”（梁启超），就会有非凡之想。可以说这是思想，但又不是一般的思想，是包含有哲思与文思的“我之思”。比如我在《大森林》中写蜘蛛，这最早出现于石炭纪森林中的动物：“谁能猜测造物主因何造蜘蛛，又因何造出这网罗天下之‘网’？倘说远古大森林的出现似有方向、似有期待的话，这些古老的蜘蛛、古老的网，其指向更为明确——亿万年后，华夏民族的人祖爷伏羲法蜘蛛而织网，开创了人类的渔猎时代。蜘蛛吐丝，悬空织网，编织之类的创造，其为始也。”这一段话并无惊人之语，但却是“我思”之所在，且事关古人类生存发展的里程碑之一——编织麻草，不再以树叶蔽体。一直到后来的绸绢锦绣、丝绸之路，物质和技术的进化之路，即人类文明之路也。

和实生味

冯友兰先生有名言曰：“和实生味，同则不继。”这里的“和”意指和合、相杂，比如糖和醋共用能出糖醋味的美食，如糖醋排骨之类，但若以盐加盐，则除去咸味无它味。我真正感觉到，而且日益强烈地感觉到“和实生味”的美妙，是在自然文学写作过程中，且始于无奈和彷徨时。通常的以水论水、以树论树、以山论山，往往容易局限而写不下去，乃至没有词语和文采。“穷者变，变者通，通者久”（《易经》），我在创作实践中体会到：大地上的一切都是血脉相连的，而我们的知识却是被割断的。我们的学科以文理科划分，而文学创作又被分割成小说、诗歌、散文、报告文学等体裁。我的写作涉及到的学科之多，使我不得不求变，不得不从头学起，如生态学、环境学、史地学等。美国生态学家莱奥波尔德在《沙郡年鉴》中所说的“大地伦理学”，对我的触动首先是良知和灵魂上的，其次才是知识创新结构上的。他把人与人、人与社会的伦理学，推向大地之上的所有生命，推向大地的边缘，那是一种何等美妙的升华！

我在写《大森林》的过程中，清醒地认识到我不是在写小说。面对大地的过去和现在，我把历史、地理与森林以及人类出现之后的森林文化揉合在一起，又吸取了俄罗斯和西方自然文学的精华，构建了一个穿越森林创生、人类创生、森林文化创生、以及时代演化的框架。这是足可以让我放纵思绪、联想天地、叙述古今，而又需落笔谨慎、情动心动的框架。我很难叙述那些对森林、山区、沙漠的感悟是怎样从心头到笔下流出的，其过程幸运或者痛苦，艰难或者愉悦，还是兼而有之。过去只是想象沙漠，直到真正面对腾格里沙漠、塔克拉玛干沙漠时，沙丘、沙链、沙山、沙海给我的震撼与感慨难以言表。这是大地的一部分啊，这里有农人在种草种树……沙漠学家告诉我先有山后有沙漠。沙，细小的沙粒，它们渴望过重新高大吗？只要有树木和草的陪伴，它们就会如此安详地铺陈。怀想当初，沙是风与水的杰作。有时我会在戈壁滩上流连忘返，那些巨石是谁在什么年代摆放的？为什么排列成此种形态？中国西部大戈壁上的石头阵，会使人想起造物主的沙盘……奇妙的是这些乱石一律不再嶙峋，所有的棱角都在风吹日炙中光滑圆润。

风与水揉搓着，揉搓着嶙峋，揉搓着巨大，直至揉搓成细小。

我身在沙漠，我脚下的沙丘，我口袋里不知何时造访的沙粒，它们已经存在千百万年了。

苍凉就是历史。

感觉苍凉就是感觉历史。

谁不与苍凉和历史同在？

历史的苍凉是有温度和色彩的。在大漠中有各种沙生植物，有胡杨，有“三北防护林”，有戈壁乱石底下冒出的一根或几根野草，开着黄色、紫色、白色的小花，这就是大森林啊，大森林气象万般之一端。

因为30年行走大地，与草木为伍，尤其是在《大森林》的写作实践中，我认识到了中国自然文学的开拓意义是对“文学是人学”的突破。文学不仅是人学，还是大地自然之学。追根溯源，甚至可以说首先是大地自然之学，是对人类中心说在文化上的革命。这一切，在我写《伐木者，醒来》时，并未思及。因为坚守，因为坚守时的困惑，因为在寂寞中小自己。我只是自然文学作者中之一员，躬奉其盛而已。我心里永存的是大地上的风景，中国的风景，人类的风景。

2019年热风中于北京

我与苍蝇

草木虫鱼之属，我最喜草木，所以写得也多一点。近日枯坐书房，却有苍蝇飞旋于脑海，挥之不去。是不经意间想起了一只苍蝇？或者竟也有苍蝇念我？苍蝇自然说不上可亲可爱，但人蝇关系却多有牵扯，一言难尽，甚至还有时易世变的痕迹。

少小时在崇明岛乡下苍蝇是伴，它太多，要比村子里的人多得多。水乡多鱼虾，除鲜吃外，干吃、腌着吃的鱼就在家家门口竹竿上吊着，鱼香荡荡，苍蝇先吃。苍蝇对人从无陌生感，它们似乎是这大块荒野的“原住民”。苍蝇尤喜孩童，它不像蚊子那样叮人吸血，只是舔舔而已。它能舔得什么呢？我和娘吃饭时苍蝇便绕圈子飞，不时驻足于饭碗、菜碗边沿，还有落到菜碗中间的。轰走了，又回来了，苍蝇是我少小时的同食者。苍蝇不仅逐臭，而且闻香必至，还好甜品。当我吃一个蛋黄变黑流油的臭咸鸭蛋，或者难得吃到一碗喷香的红烧肉时，苍蝇们都会扑将过来，在咸蛋壳内吮吸，兴致勃勃地和我抢着舔碗边上的肉汁残留。如果不是娘要洗碗，苍蝇似乎是可以舔之不尽的。

苍蝇好甜品又从何说起？

崇明岛土产众多，以芦穄闻名江南。芦穄又称芦粟、甜高粱，形似高粱而比高粱修长，有节，青皮，汁清香而甘甜。书上说“江南出芦穄，喜在沙地生长”。崇明岛，沙岛也，浪淘沙，沙叠沙，上下八沙，无处不沙。故崇明芦穄独秀江南。崇明农人种芦穄于田边地头，早芦穄盛夏可吃，晚芦穄秋天能食。儿时，盛夏傍晚，小伙伴们在割得一篮羊草后便从不知谁家的田沿上拔得一根芦穄，坐在田沿角落里分而食之。那时，光崇明岛的高田种棉花，棉花地里种香瓜，地头种芦穄。瓜熟时节，十里飘香，有路人吃个瓜或吃一根芦穄都不在小偷之列。至于拖着一根芦穄在田埂路上呼朋唤友，边走边吃，还有一群苍蝇跟随于夕阳下，那是有点潇洒了。

吃芦穄也可以吃得声势浩大，其实不是吃，那是东宅上的才元好公为熬制芦穄糖，村里人除去青壮劳动力全去帮忙去芦穄皮，榨汁。几十个人，老老少少，喧喧嚷嚷，围坐场院，还有鸡狗相逐，好不热闹。芦穄汁在锅里熬制，变稠变红，每人可在筷头上尝一点。而芦穄糖香，已香遍村野。吃了芦穄糖后，一众乡邻分手时回头，青色的、高高成堆的芦穄皮看不见了，青色已成黑色，何以故？数不清的苍蝇匍伏、吮吸其上；人来人去，人呼人叫，苍蝇不为所动，它们在品尝芦穄皮上的一丁点儿甜蜜。

苍蝇有时还是玩伴，伸出一节去皮的芦穄，苍蝇三五成群地飞临其上，然后捻转，加速，苍蝇随之以四足飞速转动，我们名之曰：苍蝇飞车。乡人有言“无头苍蝇也飞”。我问品元伯：“苍蝇杀了头还能飞，是真的吗？”品元伯说是真的，但“要大号的乌头苍蝇”。我们便用捉蜻蜓法捉得一只，剪其头，果然飞走了，随后撞树而亡，留下一点血迹。回家后，我跟娘说：“苍蝇也有血，红的。”却不敢说剪苍蝇头的事，娘说了一句乡人常说的话：“众生啊！”

后来，苍蝇被列为“四害”之首，乡间旧俗厕所是半敞开的，也是苍蝇集散地，会传染疾病。人民公社时，各生产大队有专人负责在茅坑中撒“六六粉”。到我离乡去北京工作的1976年，崇明乡下的苍蝇已经少多了。

北京也有苍蝇，数量较少而已。自从我到北京做了一家报社的编辑，舞文弄墨还有少些稿费可得之后，对偶尔飞进屋里的一两只苍蝇，不再有少小时虽不相亲却能相容、有时还可成为玩伴的胸怀了，必欲除之而后快。推究起来，一者童心不再矣；二者因为环境及个人境遇的变化，似乎有点一阔脸就变了。其实，一个人与一只苍蝇的战斗着实辛苦。北京的苍蝇是皇城根下的苍蝇，久经历练，阅人无数，个头较小而灵敏，会遥感。你拿起苍蝇拍时，它摆谱，一动不动；但在你举拍落下的瞬间，它溜之乎也。被追杀得紧时便飞到屋顶倒悬驻足，似乎在大呼："奈我乎？"这一只苍蝇大约以为已经脱险，无计可施之下我以一本厚厚的旧杂志跳起来扔上去。苍蝇死了，墙上有血迹。

某年某日，隆冬雪后，太阳升起，东向厨房的煤气灶上正在炖排骨汤，能看见窗玻璃上有两只苍蝇，瑟缩着晒太阳。猜想起来，它们大约很想进屋，因为屋子里有暖气，有排骨汤香，但终究不得其门而入。我当时生出的感叹是，一切生物都需要阳光啊，尤其在寒冷时。苍蝇们如何过冬？它们冬眠何处？这两只苍蝇不避严寒，游走冰雪，也可称是苍蝇的游侠另类了。

我和苍蝇的那一点事儿，本可以到此作结，哪知道缘分未尽尚有后话。

2000年，我为凤凰卫视做《穿越风沙线》的嘉宾，与杜宪女士共同主持了行程两万里的中国风沙线纪录片。仲秋，摄制组一行，大清早从敦煌驱车赶赴罗布泊"魔鬼城"，即雅丹地貌的一处集中地。雅丹，维语也，土丘、土山意。一下车，我们一行十余人集体目瞪口呆了：在一路从未见过的碎石地貌上，各种雅丹阴森狰狞，或高耸如丘陵，或横阔似城墙；有的像堡垒，有的像远航船队。脚下一律是粉碎的石片，干热从四面八方袭来。没有一棵树，没有一根草，没有一只虫，惟有干热的死寂。我光秃的头顶能感到生命的湿气正被丝丝缕缕地抽拔而去。我的困惑是，青藏高原抬升逼退了古地中海，火山爆发之后先有山后有沙漠，塔克拉玛干大漠是也，这“魔鬼城”地面的碎片显然是火山爆发所致，却为什么没有成为沙漠而成了高耸雅丹土丘？塔克拉玛干的腹地尚能找到枯死的红柳，而“魔鬼城”雅丹又为何尽显死亡的迹象？或许这就是自然的多样性，并不是所有自然物都以可爱的面目出现，但它们各有自己的故事。

夕阳西下时，是杜宪和我主持节目的时间。杜宪问：“徐刚老师能告诉我你对这一处‘魔鬼城’的感想吗？”“恐怖的荒凉。”话音刚落，对准我的摄像机头上飞来了一只苍蝇，太出乎意料，甚至有点喜出望外了！一天中惟一见到的“魔鬼城”的活物，伫立于摄像机头，悠然自得。“杜宪，你看见那只苍蝇了吗？”“哇！它飞到你头顶上了。”我能感觉到这一只苍蝇以它细小的前后四足，在我无障碍的秃顶巡视漫游，然后又飞到了杜宪的头发上，再落脚到摄像机上。我们原先准备的主持人语变成了即兴对话：“它从哪里来？”“它是天赐之物。”“我第一次感到了苍蝇的可爱。”“在没有生机之地，我们惺惺相惜。”“有一天人类要把苍蝇列入保护目录。”……

在听完我和杜宪的对话后，这一只苍蝇飞走了。两台摄像机紧追其后，看着它绕过一个高大奇崛的雅丹，忽然了无踪影。无论我们怎样徘徊、流连，或以徘徊、流连呼唤，这一只罗布泊的苍蝇却不再现身。

它回到了令它飞来的造物之地。后来读周作人先生的《苍蝇》可谓感同身受了：“苍蝇不是一件很可爱的东西，但我们在做小孩的时候都有点喜欢它。”周作人，很可能还有鲁迅，在孩提时代与苍蝇作伴玩耍会觉得极为有趣。如以灯心草夹在苍蝇两足之间，苍蝇便上下颠弄，名曰“戏棍”；且用快剪剪下一只苍蝇的头，“它的身子依旧飞去”。周作人在文章中还告诉我们希腊人路吉亚诺思说过，“苍蝇被切了头之后，也能飞好些时光”。在荷马，周译为诃美洛思（Homeros）的《史诗》中常比苍蝇为勇士。周作人还说：“中国古来对于苍蝇似乎也没有什么反感。《诗经》里说‘营营青蝇，止于樊，岂弟君子，无信谗言’。又云‘非鸡者鸣，苍蝇之声’。”我在小时候还好奇于苍蝇的“搓脚”，细长的前后四足时搓时绞，它是痒痒呢？还是在玩一种苍蝇自己的游戏？从《苍蝇》一文中得知，古籍《坤雅》有载：蝇好交其前足，有绞绳像，亦好交其后足。再对“绳”字稍作训诂，绞丝旁而半蝇，绳也。人类最初搓绳绞绳的发明，或为苍蝇交足所启迪？未可知也。

苍蝇入诗不仅有《史诗》和《诗经》，很为周作人欣赏的还有“以一切生物为弟兄朋友”的日本人小林一茶，他有咏蝇徘句，如《归庵》：

笠上的苍蝇，

比我更早地飞进去了。

2016年北京盛夏

绥棱的感动

我被绥棱感动，我又一次被绥棱感动。

我究竟因为什么被绥棱感动？先是想起2000年夏，我随凤凰卫视《穿越风沙线》摄制组从宜春第一次来到绥棱采访时，林区老人和那些曾经豪迈的“喊山倒”的伐木工人都会伸出一双老茧叠老茧的手告诉我：“不让砍树了我们怎么活？”这是启动天然林保护工程之后，国有林场改革最艰难的时刻。森林保住了，林业工人怎么活？他们中的不少人是林业世家，有的在新中国成立之初，就在为祖国的建设劳动着、奉献着。当时，我看到在绥棱林场工人住的木屋小院里，已劈好的木柴垒积在小院四周，但有的老人总是担心，当这些柴拌子用完家里还有热炕头吗？从小兴安岭到绥棱，我纠结的心情始终不得释然，劳苦功高的林业工人以及他们的国有林场出路何在？

再到绥棱，我在惊讶中被感动了！

那些木屋小院不见了，柴拌子找不到了。所见的是一幢幢高楼，种着鲜花盆景，用的是天然气。和都市不一样的是所有建筑都在树木的层层保护之中。在别具一格的建筑群中还有博物馆、群雕、广场以及晚上把广场扭动得摇曳生姿的广场舞。

森林文化的气息与景象扑面而来。

我们习惯于把物质与文化相对立，其实不然，文化的第一要义是物质文化，然后才是精神文化。从生态意义上说，森林是陆上生态的中枢；从文化意义上说，森林文化是人类文化的主心骨。或有人问此说所据为何？美国学者克鲁克洪说："文化是指某个人类群体居住的生活方式……既包含显性式样，又包含隐形式样，它具有为整个群体共享的倾向。"（《文化与个人》）克鲁克洪关于文化定义之不同凡响处，是突出了"居住"。居住当然离不开建筑，倘无森林何来建筑，何来中国人类早期筑巢而居与干栏居住的生活方式？而此种生活方式是为"整个群体共享的"。由此可见，居住——建筑——它是物质的，也是文化的。从克鲁克洪的"居住"到海德格尔的"诗意的安居"，居住的文化属性不断被发现乃至光芒闪烁。在绥棱，林业工人的居住和诗意的安居一览无余矣！

我怎能不被绥棱感动？

一个林业局建造的博物馆，再现了这一林业局以及它所在的大地的历史，而大地的历史在某种意义上也是森林的历史，是大块文章书之不尽而又往往被忽略的存在。此种存在却于北国绥棱彰显并涌现，涌现出了森林文化的无穷生机。不妨说在造物主的心目中，森林在地质时期的毁灭又重生，然后成为地下的煤、地上的树，就是为了让人类得以安居，得以物尽其用的。

在林区博物馆，这一把曾经用来砍树的斧子现在沉寂了，但倘若仔细倾听，却能听出风声、雨声、林涛声、呼啸声。那些发黄的旧照片上，闪烁的则是一个时代接着一个时代的的风采。绥棱的地是历史的，绥棱的山是历史的，绥棱的树是历史的。后来者的美妙就在于——我们走进了新时代，我们生活在历史中。

我怎能不被绥棱感动？

绥棱林业局拥有国有林场、一处原始森林，还有农场和养猪场以及规模巨大的林下经济。流经绥棱的河流是清澈的，河中有野生鱼，并为绥棱人提供了宝贵的淡水——清洁饮用水。绥棱林业的各个下属单位都在深山老林的包围中，但那里的林业工人却都在原先被砍伐过的荒地上种花种草种蔬果，甚至还构筑了小桥流水。这使我想起西哲所言“你播种美好方能收获美好”。然而播种者倘若心存荒芜又面对着荒芜，岂有美好可言？因此我可以这样说：绥棱人是有精神的，绥棱人是和森林草木同生长的，绥棱人是因着北国大地的涌现而涌现出智慧、胆魄和语言的。他们喜欢这样的词句“绿水青山就是金山银山”，他们喜欢习近平主席视察黑龙江时说的一句话：“冰天雪地也是金山银山。”他们还用自己的语言，包括舞蹈语言，自编自演了一台晚会。作为观众的我陶醉在绥棱林业工人的语言之中。我无法想象一个林业局怎能汇集如此之众的人才？后来得知，那些优美歌声的词曲创作、那些老中青少演员都是绥棱林业局的干部、工人和中小学生。在舞台上与其说是在表演，不如说是在绽放他们的心灵。他们的“词语犹如花朵”，“因为它使大地和天空，深处的涌动和高远的力量相互遭遇”（海德格尔）。在那些林木无际高耸云天的花草茂盛之地，如绥棱，我才更真切地体会到老子的“道法自然”以及海德格尔所言之涌动和生长——我们终有一死的人就成长在这大地的涌动和生长中，我们从大地那里获得了我们的根基和稳固性，如果我们失去大地也就失去了根基。绥棱的大地啊，只是在你的怀抱里，所有的存在便成了文化的存在——有根基且稳固的文化的存在。

我怎能不被绥棱感动？

我不曾经历过绥棱漫长的冬季与冰雪，但我从绥棱林业工人的词语中感受到了一种升腾的热情与力量：“好着哩，我们的冬天，我们的家！”这一句来自绥棱林业局一个年轻人的回答看似简单其实不凡。这一回答包含了季节、家、人与安居，而这个季节就是让非北国人望而生畏的冰雪季节。我们只能想象寒风像刀刃般凌厉且呼啸着刮过冰天雪地，冰雪旁若无人地落满山头，屹立或倒挂在绥棱森林的万木千枝上。树木站立着，荒草在雪被下，森林冬眠了。那是一个沉睡的冬眠世界，只有绥棱的护林员在雪地中跋涉时才能感觉到那些森林动物缓慢的呼吸。在林区之外的楼房里有暖气，有过冬的米面蔬菜。我不知道能不能称之为诗意的安居？冰雪的堆积意味着某种积蓄和酝酿，就在诗意的积蓄和词语的酝酿中，林区新春晚会的歌声如云雀一样如期而至，词语如向着天空开放的花朵。绥棱有福了！

我怎能不被绥棱感动？

黑龙江省森工总局李坤局长说：“面对如此艰难的国有林场的改革，没有文化的引领是不可想象的。”善哉此言！大哉斯论！森林参与了人类的发生及人类文化的发展历程之后，我们回头再读森林时，却读出了它饱含精神孕育文化的内含，没有江河奔流，哪有“上善若水”？没有群山岿岿，哪有“高瞻远瞩”？没有“白日依山尽”，哪有“更上一层楼”？梁启超论文化以种子、开枝、发叶、放花、结果作比喻，所论者恰恰涵盖了森林文化本质之所在：“文化是包含人类物质、精神两方面的业种、业果而言。种即是种子，果即是果实。一棵树是由很微细的一粒种子发生出来的，但这粒种子含有无限的创造力，不断地长、长、长，开枝、发叶、放花、结果，到结成满树的果实时，便是创造力成了结晶体……那果实里头又含有种子，碰着机会，又重新发展出创造力来……如是一个种生无数个果，果又生种，种又生果，一层一层地开积出去，人类活动所组成的文化之网正是如此。”（《饮冰室合集·文集》之五）梁启超以佛家语，用种子、花朵、果实、树木说文化，实可引申为森林文化的绝妙之论。播什么种，长什么树；开什么花，结什么果；一粒种子往复如斯。人在此赖以生存的环境中心智渐发、开积深厚，是有草木的启示、根的启示……森林广矣！森林中翎毛鸣声众矣！森林为造物天启矣！森林文化出矣！绥棱的森林是由一粒种发生的，绥棱的森林文化也是由一粒种子发生的，种子的神奇妙不可言！

我怎能不被绥棱感动？

在白山黑水间我只是个匆匆过客，我是带着钥匙的流浪者，我也是一个行吟诗人，我会把绥棱的感动一路传扬。为了我的祝福，在绥棱的森林中，我默念了一首题为《远景》的荷尔德林的诗：

当人的栖居生活通向远方，
在那里，在那遥远的地方，
葡萄季节闪闪发光，
那也是夏日空旷的田野，
森林显现带着幽深的形象。

自然充满着时光的影子，
自然栖留，而时光飞速滑行，
一切都来自完美，于是高空的光芒，
照耀人类，如同树旁花朵锦绣。

2018年夏于黑龙江

上虞如梦

上虞如梦。在上虞的青山绿水间，我感觉时光在倒流……从尧舜禹，至西汉王充，至“丹经王”魏伯阳，至嵇康，至谢灵运，至谢安东山再起，至明代书法家倪元璐，至近代史学家章学诚、国学家马一浮，至白马潭边之春晖中学，距今百年犹生机勃发矣，朱自清、朱光潜、李叔同、丰子恺、何香凝曾亲执教鞭……至当代，胡愈之、经叔平、竺可桢皆上虞人也。

上虞有虞山舜水之称，竹木茂盛江流众多，虽为浙江一县之地（现为绍兴市辖区），然堂庑特大，不仅山水，不仅神话传说，还有多少真实的彪炳史册的人物诞生于此。上虞，天赐之地乎？

上虞是舜传说的集结地，并有完整的人生系列。传说中的舜帝故事在上虞大多能找到发生地，如舜耕作之历山、虞滨，舜捕鱼之渔浦湖，舜会百官之百官桥等。我翻阅了上虞方志，这些名称均为古时所有，吐露着浓浓的古意。据郭沫若考证，在殷商甲骨文中就有上虞字样，公元前222年秦王嬴政置上虞县。斯时也，虞舜已往而圣德的流布却时空无碍。《史记·五帝本纪》云：“四海之内咸戴帝舜之功，于是禹乃兴‘九招’之乐，致异物，凤皇来翔。天下明德皆自帝舜始。”招亦作韶，《九韶》是也。在扑朔迷离的上古神话传说时代，舜的传说是最有特点并富有特殊意义的。顾颉刚先生在《古史辨》第一册《自序》中说：“我很想……再着手考舜的故事。这一故事是战国时最大的故事（战国以前以禹的故事为最大，可惜材料很少，无从详考），许多古史上的故事都以它为中心联结起来了。后世儒者把其中的神话部分删去，就成了极盛的唐虞之治。这件故事又是古代最有趣味的故事。”先生又引宋育仁的《虞初小说序例》云：“帝舜之贤，则行为大孝，德为圣人。帝舜之才，则自耕稼陶渔，所在成都成邑。”《论语·中庸》云：“舜其大孝也与！德为圣人，尊为天子，富有四海之内，宗庙飨之，子孙保之。”帝舜之德、之贤，孝为先，且是大孝，何以故？舜行孝之艰难也。舜母早亡，舜父目盲性烈，继母不慈，同父异母的弟弟顽而凶。《史记·五帝本纪》有记：“舜父瞽叟顽，母嚚，弟象傲，皆欲杀舜。舜顺适不失子道，兄弟孝慈。欲杀，不可得；即求，尚在侧。”西汉刘向《说苑》有分解：“舜之事父也，索而使之，未尝不在侧；求而杀之，未尝可得。小锤则待，大锤则走，以逃暴怒也。”在关于舜的传说中，其出生地及其行迹所涉处有冀州、上虞、历山、雷泽、寿丘、平阳、南河、九嶷、苍梧，等等，可谓遍布大江南北。然其在上虞的传说内容之丰富完整，由出生地、渔猎耕作处以及舜之尽孝、出而为帝等互为关联的故事组成。而今日上虞的多处地名就来自于这些传说，如姚丘、历山、舜江（曹娥江原名）、舜井、百官、象田、虹漾村等。《韩非子·难一》篇云：“历山之农者侵畔，舜往耕焉，期年甽亩正。河滨之渔者争坻，舜往渔焉，期年而让长。东夷之陶者器苦窳，舜往陶焉，期年而器牢。仲尼叹曰：‘耕渔与陶，非舜官也，而舜往为之者，所以救败也。舜其信仁乎！乃躬藉处苦而民从之，故曰圣人之德化乎’！”舜之所以成为圣人，一者以孝也，继之以仁也，为民生百姓所想，耕渔与陶也。舜对于后世影响最大的当数以帝位让授予贤者，即我国传统文化中引为美谈的“禅让”（《上虞文化史》），亦即《千字文》中“推位让国，有虞陶唐”也。

神话传说是中华民族先人共同创造的历史文化，传说中的已经被神化的人物，“是一切文化民族都在这一时期经历的英雄时代”（《马克思全集》）。浙东南包括上虞，有尧舜禹的传说，同时又有新石器时代著名的河姆渡文化、良渚文化等震惊中外的古遗存。已故考古学家苏秉琦先生创造性地把中国新石器时代文化分为六个区系，其中上虞地处钱塘江河口杭州湾南岸与宁绍平原中部属我国新石器文化的东南文化区。在此一背景下考量上虞就更有兴味了，上虞不在河姆渡、良渚等古文化遗址的中心区域，却有河姆渡、良渚文化器物出土。更多、更重要、更美妙的是舜帝的传说，河姆渡、良渚所无也。因此浙江东南在新石器时代曙光初现的文明画卷中，栩栩如生的不只是石器、陶器、玉器等器物，还有了人物——继良渚之后，创三代文明的最关键的帝王舜。亦因此，如顾颉刚先生所言，“许多古史上的故事都以它为中心而联结起来了”。

上虞如梦。我陶醉在虞山舜水间，恍兮惚兮，我是在梦着先人的梦了。先人在梦中有教：慎终追远正其时矣！我们对远古时代神话传说的忽略轻视，以及我们对当下名利的奔走追逐，已使当代中国人不知亦不问祖宗是谁。正是在上虞，又重新燃起了我对神话传说的思考。王国维先生在《古史新证》中谓：“古史与神话结合在一起，是世界各个古代文明的共同现象，在传说的背后总有着史实的因素。”善哉此论！梁启超说：“广义而言，有人类即有史。新石器时代迄今，亦已五万年。”随后又说：“有史以前谓之神话时代，神话时代亦有史迹。”神话传说时代何以重要？何以不能淡漠、忽略、遗忘且钩沉之？因为那是一个艰辛而漫长的年代、求索的年代、砥砺而行的年代，是一个在野蛮中孕育灿烂文明的年代。此即史前史也，浩大茫然遥远而又亲近者也！我们万不可轻忽这一时代，“其悠远，乃数十百倍于有史时代，若著一部人类活动史，则有史时代所占之篇幅不过最末数页而已”（《饮冰室合集·专集》之八）。吾辈又是最末数页之最末页的最后的笔划了。

浙江东南部，太湖流域，非寻常之地也。1936年，吴金鼎、李济、梁思永等发现了龙山文化，同年浙江文物考古先驱何天行、施昕更发现了良渚的新石器和黑陶，当时虽被认定为龙山文化东南支，但梁思永极有远见地指出“要特别加以留意”。中国史学的传统观点一向认为中国文明的发生应在黄河流域，而长江流域则被视为蛮夷之地。国际上的白人中心主义者，在殷墟甲骨文出土之前，认为中国文化不是原生文化而是外来文化，长江流域没有新石器时代遗址。浙江河姆渡文化与良渚文化的先后发掘，以及出土的大量考古新材料震惊了世界。上虞虽不在良渚文化的中心区，却出土有良渚文化石器，一件长达62厘米、底宽45厘米、厚2.5厘米的三角形石犁。这证明舜帝耕作历山已经是犁耕农业时代了。

上虞如梦。在历史上浙东南一带经历了三次大规模的海进海退。随着海平面下降，虞绍古平原露出。那是一片广阔的沼泽盐碱滩。“4000年前虞舜、大禹等带领原始先民治水……传说时代，有虞氏部族在此生息繁衍。禹分九州，上虞属古扬州”（上虞档案馆文献）。有意思的是，几乎在差不多的年代，太湖平原形成，“河姆渡文化、马家浜文化、崧泽文化时期，环太湖流域即形成了众多的原始部落。这些原始部落在良渚文化时期演进为部落联盟，进而成为古国、方国等……环太湖流域广泛分布各类文化遗址，构成了十分庞大的聚落群遗址：太湖以东地区、太湖以北地区、江淮地区、宁镇地区、杭嘉湖平原地区，以及宁绍平原地区。”（《良渚文化与中国文明起源》）极富趣味、让人顿生想象的是这些论述给我们留下的想象空间——与固有的传说大异其趣的想象空间。舜在上虞，禹在会稽，皆有遗迹传说，且是自古以来口耳相传。笔者是有一问：舜禹治水是在黄河还是在长江？禹夏立国是在南方还是北方？考古区系所分类的“以长江下游、太湖为中心区”的这一大片土地还使人想起距今5200年至4000年的良渚文化的突然消失。良渚中心区的余杭与上虞、会稽均为相邻相望之地。良渚发达在前，但到禹分九州时，浙江东南文化区的古国、方国均在大禹治下了。良渚时代结束，良渚文化自此融合于夏、商、周而流传千古。时代谱系告诉我们：当良渚吐露出中华文明5000年曙光后不久，便有圣人出，在上虞，舜帝是也。然后“禅让”大禹，帝王世纪开始。舜到哪里去了呢？“成治水之大功，狩苍梧而仙去”（《虞初小说序例》）。

别矣，上虞。

如梦上虞啊！

2018年秋写于北京

岁月可以重叠

光阴似箭，岁月无情，都说时光的运行不可停留，而珍惜时间的古训却流传不朽，比如“少壮不努力，老大徒伤悲”，《千字文》的“尺璧非宝，寸阴是竞”，等等，何以故？先是口口相传，后来有了刻划符号，进而创生文字，有了甲骨文、简册、纸张，有了流播文字的载体。文明因之而流传不息也。

我家乡的《崇明报》诞生至今已有2000期，不能不使我浮想顿生。创办者最初的念想是什么？第一期的文章因何这样编排？最早的编辑和作者是否有过某种创造的冲动？为什么在这有限的版面中，还专设《绿岛》副刊？物是人非，有很多细节已经随时光而消散。在后来的读者如我的猜想中，《崇明报》是崇明岛上的言论集结地，有指向性。她与时俱进，且负重而行，所以重者，她是崇明宣传舆论核心所在，同时还承担着继承崇明岛上得水独厚的生产生活习俗，以及自古有之的耕读传家、儒道文脉，且日新而发扬光大之。《崇明报》集诸多重任于一身，艰苦创业、奋发前行，至今已2000期，斯报小报也，斯报小报乎？

我是《绿岛》的作者，在北京时一次朋友到访，我出示了三张《崇明报·绿岛》副刊：一张有季振华的诗，一张有兑面的散文，一张有北风的杂谈。朋友和我一样，先前也是编副刊的，开始不以为然，“小报？”后来想到这是我家乡的报纸，便接了过去，先看版面设计，再看文字。我感觉到他读得越来越认真了，甚至津津有味了。读罢他一脸茫然地问我：“这是小报吗？”记得他年前曾问过我“你老兄还写短文吗？发表在哪？”我答之曰：“《崇明报》。”他感慨道：“大报小报非尺寸可裁量也。”倘若有闲，有集报者，从创办之初的《崇明报》翻阅，只需看看标题，便会发现我们从不经意的、习以为常的变化——生活习俗、穿衣吃饭、住房装修、道路交通、环境卫生、幼儿教育以及第一个广场、第一幢大楼、第一条步行街、第一家咖啡厅、第一家花店、第一处墓园……当岁月把所有的细节带往不知何处时，而在《崇明报》上却历历在目，然后会由词语生出景象。不能不承认，日久天长之后，我们的记忆是要借助文字的。《崇明报》上的有一些文字或词语，多乡情，富有泥土气息，会使崇明的后来人，或者如我一样的客居他乡者，多一分乡情和乡愁。悠悠万事，情愁而已。吊诡的是，或许这已经出乎编辑的意料之外，却又皆从文字和语言出发，又岂不是所有报人的幸运所在？

在更广泛的意义上，我是《绿岛》的读者，不时为副刊上的一首诗、一篇短文感动。我寻觅着其中的灵光闪现，每有发见便惊喜有加。我是一个不断需要从别处获得文化滋润、冲激和补充的人，我总是能够在阅读中获得某种感觉，乃至相互印证。我曾经惶惑于崇明话（崇明土话包括田坂乱话），为什么如此迷人？有些崇明话在明清话本小说中似曾相识。崇明话有古意，源自苏州北部古方言，而最早解读崇明方言的是中国社会科学院语言学家张惠英大姐，次之是北风，持之以恒至今日。北风的文章深入语言的堂奥，短小而精辟，却不妨碍他旁征博引，驰骋于词语的密林中，是有“南门茶座”的芳香。且以近期的《认识“绽”字》为例，“绽”在崇明话中为常用字，而且是农人所爱用的，从词典中的“绽放”到“毛豆荚绽来落”，所指一也。北风有解：“绽，就是指满，因满而裂和因裂而补。”然后是文字学意义之外的神来之笔："万事万物，如果过于饱满、凸出，就会开裂、破裂，结果还要费手脚去缝补、缀合。"妙哉！一篇短文，短到正文260字，绽放着、绽放在崇明岛的土地上。

这个"绽"字，使我浮想联翩，继而想到了海德格尔的非凡之论。他认为"从生理学上，把表达和声音解释为音响的产生过程"，是"显然不够"的，因为它远离了语言的本质，并且没有对语言"做出恰当的沉思"。怎样沉思？何谓沉思？海氏认为在"语言"这一词语中，所包含的最具特色最有创意的是方言——世界各地各个不同族群的方言。海氏认为，"在方言中各个不同说话的是各个不同的地方"（《海德格尔选集》），是"大地的涌动和生长"。我从小在田边地头听见的，至今仍温润于心且有时会流淌在我作品的字里行间的，正是从崇明农人口中吐出的崇明方言，是崇明美妙的音韵，是大地涌现的向着天空绽放的花朵，幸运地被我拾得一瓣。

我会习惯性地把读过的《崇明报》及其他报纸堆放在案头，以备不时之需，包括发呆时的检视和遐想，所谓乡情不就是乡音吗？所谓乡音不就是方言吗？口吐莲花者非仅佛也，农人亦然，有报为证。顿时存放旧报这件事，于我变得神圣起来。日积月累，层垒叠加，竟是高高的一叠又一叠了，倏忽间闪过一句话：岁月可以重叠。

2019年夏末秋初于北京一苇斋

重修崇明学宫记

子曰："人能弘道，非道能弘人。"秦汉以降弘道教化以学宫为重。学宫何以重？"古者选造始于乡，教育成于学，故设之塾，序训之，师儒所以化万民也。自汉以来，郡县皆置学，以正人心，维世运。"上述古训为清雍正五年即1727年，崇明知县张文英重修学宫后所言，师儒而化万民，此学宫之所以重，人之所以能弘道也。"郡县皆置学"即置学宫之谓，此凡例也。然崇明岛不同凡响，其始本长江涌海之沙，累积成土，土厚民聚，民聚而需教化。然沧海桑田涨坍无常，县治不得不五迁而学宫六建矣。自宋淳祐七年即1247年，承议郎赵崇侯奉使崇明创建学堂始。半个多世纪中，学宫一建再建重修又修，其飞檐斗拱殿阁楼台先后没顶而又再造再修，史籍谓之"踵修"——接踵而修也。考"踵修"一词字书辞典皆无，实因崇明学宫之修筑筚路蓝缕，而由邑人治史者发明之也。时至1999年至2015年，适逢国家改革开放，经济人文欣欣向荣，崇明学宫之重修列入政府重要议程。历时16年之久，投资2500万之巨，务求依旧修旧而气象一新。一如三间四表八维定式，泮池清沏，殿堂雄伟，门户敞亮，祭器闪光。望棂星门而星斗隐约，读尊经阁则深美闳阔，拜学海堂知学海无涯，谒孝悌祠思孝悌为仁，草木葱郁间石板路优哉游哉思接千载……此"踵修"之继也。"踵修"有尽乎？"踵修"无尽也。"踵修"亦即崇明岛人接踵牺牲、接踵垦拓、接踵负笈、接踵治学之谓也。终不负先人之厚望：壮海色伟观于斯文，蹈长波继往而开来。观夫今日之崇明学子、学人，俯仰间，已遍及海内外矣！寄民社之重，创不朽之业，著锦绣文章。为吾邑，为中国，为人类争光。“骇为崇邑有人！”此先人之预言乎？梦想乎？今已成江海涌潮浩然赫然矣！遵嘱为重修学宫记，诚惶诚恐。略记其史，以太史公语作结：“述往事，追来者。”可乎？伟哉吾岛！大哉学宫！

2016年冬夜于北京

崇明成陆1400年记

夫若以大浪淘沙视之，则1400年江海奔流，沙在天涯海角矣；夫若以上善若水视之，则长江携九州美壤1400年层垒叠加于江海中者，惟崇明岛矣！崇明，沙洲也，大江揽百川而东之，挽狂澜于既倒；其入海口江涛海浪欲拒还迎，且顶且托，是有泥沙悬浮矣，沉积矣，日久天长而出水成陆矣。唐武德元年，即618年，古籍有黑蜃成云说而西沙东沙出，此崇明之初生也。当其时天为之雷，又为之雨，再为之虹。日久高广，渔樵者依之，渐有田庐。无名天地之始，有名万物之母，天地之大德曰生，沙洲为万类万物之生生不息而生焉！唐贞元年间，道成和尚建奉圣寺于东沙，崇明有宗教庙宇之始。晚唐十国时设崇明镇，时在公元937年。至北宋，崇明镇隶属海门县，有新沙出，先姚刘沙后三沙，垦拓者纷至沓来，以农以渔且以煮盐闻名，有家园气象矣！南宋淳祐七年，即1247年，承议郎赵崇侯奉使崇明建天赐学堂，启学宫教化之先河。旧志称因入海河口之摆动而沙洲涨坍无定，农人与田园毁于风潮中者不可计数。一沙灭一沙生，生生灭灭间，田地茅庐再辟矣，学宫治所又起矣。宋亡元兴，有邑人朱清者率先降元，又奉元丞相伯颜之命，与嘉定人张瑄一起以崇明沙船若干，海运南宋临安库藏之图书典籍至天津直沽，再由陆路运往大都。朱清之功有三：宋版书籍得以保存，海上航路由此开拓，崇明沙船名声鹊起也。元至元十四年，即1277年，崇明升镇为州隶扬州路，并于姚刘沙筑城，崇明治所之一建也。元至正十二年，即1325年，旧城危殆，二建于原址北15里处。元亡，明太祖朱元璋为崇明题“东海瀛洲”匾。洪武二年，即1369年降州为县，永乐十八年，即1420年，县治三建；嘉靖八年，即1528年，县治四建于三沙马家浜；嘉靖三十四年，即1555年，五建于平洋沙。当其时也，沙洲涨坍频仍，倭寇不时来犯，先是乡民施珽率乡丁奋战驱敌，又有知县唐一岑身先士卒与倭寇巷战殉国，邑人闻讯揭竿而起逐敌于海上。万历十六年，即1588年，县治六建于长沙至今。明末清初长江口大小沙洲有合纵连横之势，其状约略如今矣。1946年6月崇明解放，中国共产党领导下之人民政府着力经营崇明者，一曰水利二曰围垦，盖民生之大者也。1950年至1984年培修扩建堤岸915公里，1954年至1984年疏浚新掘河道总长3017公里，小河民沟数以万计。期间政府组织数十次围垦，农人每每于寒冬腊月拓荒造田，获土地695892亩。1954年实测崇明岛面积为600平方公里略多，50年后已达1160平方公里，至今则为1143平方公里，人口67万矣。君不见东滩潮来潮去水净沙明新地铺陈？沧海桑田之于崇明乃美妙之现实也。于此回首，1400年相望相闻矣。此地为侯鸟家园，关关雎鸠，兼葭苍苍，湿地绵延，大野芬芳。东滩也，江海相拥相吻，真可谓同者不继和实生味；西沙也，浊浪无头无尾，能不为无中生有叹为观止？今之崇明以建设世界级生态岛为重任，以绿水青山即金山银山之崇明案例为目标，并作为长江流域经济带生态环境的重要标志而砥砺前行，任重道远矣！2021年中国花卉博览会绽放于崇明，斯时也，涛声连绵作盛典之乐，群芳结队共浪花争艳。先贤云崇明以水为命，长江于300万年前东流入海，第一粒泥沙沉积始焉。河口摆动悬沙沉淤底沙漂移久而又久矣！而今底沙坚如磐石人称铁板沙，有哲人遥指东海云：崇明沙数亦如恒河沙数，然崇明聚沙成洲为世界第一河口沙岛，其沙何能数？泽万物而鉴三界，一叶一菩提，一沙一世界，崇高而光明也。大哉，崇明岛。

邑人徐刚戊戌立夏撰于北京

高家庄记

高家庄，崇明岛第一私家园林。集高湖、高家老宅、孔雀园、仿古崇明沙船、渔人码头、瀛都阁等景点，星罗棋布于千亩之园，林木掩映，芬芳飘溢。或春雨淅沥，柳烟水雾缠绵于亭台楼角；或秋风乍起，黄菊桂子飘香于坡山奇石。游者云：此化外之景耶？高家庄主高健答曰：非也，此高家庄也。又谓：何来温柔与芳香之溢出？答曰：天地造万物，江海生瀛洲，高家庄人视一草一木为生命同类，抚爱之，养育之，阴阳造化之功也。

崇明岛之私家园林宋已有之，时称庄园，虽不以造景为重，然可凭栏听涛，看浪花飞卷、芦荻摇曳、水鸟起落，此般风景天造地设，水以润之，浪以鼓之，鸟以鸣之，能不飘飘欲飞，恨不踏浪而去，思古之幽情由是绵绵矣。江南名士、骚人墨客，纷至沓来，赞曰：“一沙一世界，无沙不是仙。”至盛清，岛上园林众多，若金鳌山，若黄家花园等等。不与苏州园林同者，其江风海韵故也；能与苏州园林比者，有沙岛野气故也。后世事多变，战乱频仍，园林荒废。或可说园林盛衰，非一姓一地之盛衰，而与家国民族共枯荣也。高家庄之起，沐中国改革开放之雨露春风，可谓天时地利人和应运而出矣。游高家庄者得湖光一碧、风荷高举、梅枝虬曲、杨柳依人、栈桥如梦、此人人皆可得而观之者焉。然步上林荫小道，芳草匝地，目不暇接，尘想尽去，曲径通幽，有道德五千言柔可克刚曲全枉直之意，得大易十翼刚柔相济、变化无穷之妙，此高家庄之匠心别具处。彻而悟之者，可为君子人矣。

高家庄位处崇明岛中部，西揽西沙，大江澎湃西来可望；东望东滩，江海相拥之声可闻；南接南门金鳌新城；北连国家森林公园，坐于中而八方风水尽得。余每每还乡，高家庄乃必去之地，偷得半日闲，可发思乡情。忆及高家庄初起，被高健牵率而至数十次，目睹寸土渐垒、池塘始浚、草木新栽、曲径方辟，开拓之功难也哉！谓筚路蓝缕不为过也。十年树木，芳草迷人，幽兰楚楚，何以故？农人心血浇灌修园不息也。《楚辞》有句云："既滋兰之九畹兮，又树蕙之百亩，畦留夷与揭车兮，杂杜衡与芳芷。"此非高家庄之写照乎？芳草柔弱，亟需修养，否者其成也速其凋也忽。"何昔日之芳草兮，今直为此萧艾也！岂其有他故兮，莫好修之害也。"敢问高家庄何以高湖水清，小径如洗，草木日新？其必曰："园主有好修之德，修芳草亦修心性也。"

别矣！高家庄，涟漪留我，杨柳牵我，鸡鸣犬吠无不呼我，而青草依依……其园中多生物，林下有野禽，欣欣众生意，此即生命之广大美妙也，善哉！来时匆匆，归时徘徊，人间多少胜地，去而又去，又去而复思者，吾邑高家庄其一也。所思为何？难得清静。与高湖同激荡，与草木共温柔，与鹊鸟同振羽，所谓敬畏由是而生乎？所谓境界因此而出乎？能得园林清气，可极天地大观。高家庄，品茗之地也；高家庄，呼酒之地也；高家庄，寻梦之地也。

春生夏长，秋收冬藏，岁复一岁，何日君再来？何日更重游？慢说人生无常，此处天长地久。

2015年于崇明

汾河碑记

若问人华夏文明起始何处？其必曰：黄河也。然黄河大焉哉！其干流西起巴颜喀拉冰峰，九曲十八弯，大浪可触天，善决，善淤，善徙，先民何能安居？何能生存？何能创造？黄河之为华夏摇篮，实有赖支流二河，渭河一也，汾河二也。果山陕之地，乃帝王之地，文明初始之地也。君闻《击壤歌》乎？“日出而作，日入而息，凿井而饮，耕田而食，帝力于我何有哉？”此农人击壤，是有曲调，歌而咏之也。歌出何处？汾河之滨也。又有《康衢谣》，“立我蒸民，莫非尔极，不识不知，顺帝之则”，帝尧微服康衢所闻之童谣也。康衢何在？今临汾有康庄。先民初始，红泥蚌壳，石刀野火，采摘渔猎，临汾丁村可证。因汾水之泽，得人丁之兴旺；为尧山之荫，有历史之接续；而发韵语雅歌第一声者，康衢击壤也。噫！汤汤乎汾河之水；噫！浩浩乎临汾之地。然世事有未料者，汾河由阔而狭，汾水由清而浊，鸟声渐远，蛙鸣几绝，乃至污水横流。2009年5月，临汾人民以壮士断腕之举，倾全市之人力、财力清淤疏浚，或搬迁或清除一切污染源；又植树以百万棵计，汾河两岸郁郁葱葱，百鸟来归，春华秋实，美不胜收；又造园，曰磐石岛，曰桃花洲，曰三友园，曰萱楼，曰九洲广场。是夜月明风清，水波不惊，荡小舟于湖上，揽星光于怀抱，步磐石，过浮桥，上萱楼。萱，萱草也，忘忧草也，慈母堂前之草也。登斯楼，汾河在望，汾水长流，母爱绵绵，游子在途，敬畏顿生，能不感极而泣？下得萱楼，先是曲径通幽，后来豁然开朗，群童奔逐嬉戏，恋人漫步相依，此九洲广场也。广场用九，得大易古风，有大树九棵喻九洲。东望尧山，中有尧天舜日牌坊，坊之两侧为九米浮雕，上刻尧观天象，舜耕历山，大禹治水。今临汾之九洲广场，亦古平阳之历史长廊也。倘无尧天舜日，岂有临汾？岂有三晋？岂有中华？岂有今夜临汾人，予亦在其中矣，共享河上之清风尧山之明月？幸哉！吾辈！碑记所记者仅汾河之一段，五年卧薪尝胆已复生机，再假五年十年汾河全程水清可望矣。推而及之，以临汾为榜样，举全国之力，持之以恒，志在流水，江河何愁不治？江河治，则天下兴。一条河流一方文明，河流之可持续，亦即我民族之可持续也。临汾，临河而旁尧山，日新而得大源，其幸其美，予辞穷矣！借先圣二言以概之：上善若水，厚德载物，可乎？可乎？甲午中秋在望，临汾友人嘱予作文以记汾河之盛，始得荡舟赏月之游。同游者李炳银、萧力军、赵瑜、乔忠延。

甲午中秋近写于临汾改于北京

梦乡

——《瀛洲三具》序

崇明吾邑大多已经消散或者正在消散的农耕器具、交通工具、居家用具，均在《瀛洲三具》也。感谢该书的编者施大钟、柴焘熊、卫岳兄，是他们把我带进了1400年沧海桑田、梦幻一般的农耕岁月中。崇明岛在历史上尽管沙洲涨坍灾难无数，然与艰辛困苦、海坍频频、家破人亡并行的，是崇明农耕文明极尽辉煌灿烂、细微精致之能事而屹立于波涛之中。其中相当长时间从粮食到纺织，均为自给自足，所仰赖者，垦拓精神世代相传，没有崇明人吃不了的苦，此一也。为生存生产，崇明人依崇明特点不断改进各种农耕器具，使自己制作的各种器具覆盖了生产、生活的所有方面，循环经济自给自足，此二也。

《瀛洲三具》告诉我们，崇明的农耕文明是中国历史悠久的农耕文明之特殊的一部分。何言特殊？自唐朝武德年间崇明成陆，当其时矣，中国农耕文明已冠绝天下。崇明沙洲出，先有“渔樵者依之”，渔樵亦为农耕之一，且在沙洲流传千年，可视其为崇明农耕之始，但不确定的是这些渔樵者是否或几时在岛上居住。农人只有在安居之后才能创制工具，才能于大芦荡中劈出一块地来，然后播种。崇明的特殊性即在于唐宋以降上岛者皆移民也。不知他们因何而来，却可想而知他们不可能把当时已经发达的农耕器具，全部带到荒野沙洲。我的三哥告诉我，他所知道的我们的曾祖父母是带着一把镰刀，一副泥络扁担挑着一部纺车和一些干粮，坐一只小船，从常州一带迁徙而来。不只是我，几乎所有的崇明人谈及远祖时，皆为茫然——有家谱者除外——但，此类人家为数甚少。

我的曾祖父母的例子却极有代表性。他们的沙洲之行似乎是匆忙的，他们因何而离开常州，所有的细节都已经消散，但他们随身携带的几样器具说明，他们多少知道一点这孤悬海外的小岛——上岛的第一要务是刈芦苇，辟出一块地来，镰刀乃不可或缺者也。镰刀，乡人谓“小尖”。纺车是为纺纱用的，布机要待立足、有收成后添置。纺纱织布是崇明岛“女红”的特色，其次才是刺绣。在镰刀辟出的一小块地上，先是用芦苇搭建攒顶的“环洞舍”，即沙洲上最早的房子，外面掘土垒“行灶”烧水煮饭，如是安居矣。然后再刈芦苇、再劈地，引水浇灌种庄稼。耕地之得来不易也，粮食之无比珍贵也，因此故，崇明农人称种田做农活为种花地，开放各种鲜花的土地，对庄稼、农田之珍爱莫过于此。不知过了多少年，不知经过几番沙洲涨坍，农耕还在继续，农人还要活下去，而农耕相关的器具也不断丰富，江海之中的崇明岛必须也只能自给自足。在近千年的岁月中，随长江入海口的摆动，沙洲始终是江海中的流浪者。一沙灭，一沙生，崇明人始终没有放弃。开河做岸稳固沙洲，至明末清初崇明岛大体稳定，不再漂泊，在艰难困苦中的守望与等待是美好的。

崇明人囿于环境的自力更生，因而促进了小手工业的发展，同时也开始了与岛外的往来，崇明岛的本土文化得到了补充发展。与岛外交流的迫切需要，可例举的如：从小尖到钉耙一应农具均需要铁，而崇明无铁；还要燃煤打铁，而崇明无煤；如此等等。因要从岛外运进铁和煤，舟楫应运而生也。舟楫之初为小木船，曾经被波涛巅覆过，随着造船技术的不断改进，又有了沙船——中国四大名船之一。正是这些船运来了煤和铁，造就了崇明岛的一种风景，上下八沙，铁匠铺众多。他们不仅要制造沙洲农耕所需的所有铁质器具，还要为节俭的农人修补残缺的农具。我的初小在保安镇边上，镇上有一家铁匠铺，铺主是品初伯伯。回想起来那是镇上最热闹的去处，有煤炭燃烧的熊熊炉火，有烧得通红的铁。把烧红的铁拿大铁钳置于铁砧上，然后是铁匠铺主领头喊一声“打”，于是四五个打铁师傅便举起锤子，围而打之。看过热闹之后一个最新的收获是，铁匠铺主领头一声喊“打”与崇明话的“打”字发音不同。前者是普通话的发音，那个“打”字的拖长的声音，至今余音犹在。

《瀛洲三具》承载着多少人的童年和少年，后来成为伴随着乡思、乡情、乡愁的梦。人老矣！而堪称奇异者为，梦总是这样鲜活，如儿时宅沟民沟鱼虾戏水一般的鲜活，谁曾见过梦会变老？儿时晚上，家里最早的亮光是油灯灯芯的光。我还曾在母亲梳妆台的一只抽屉角落找到过几块小石头。石头是崇明稀罕物，问母亲这是做什么用的，母亲告诉我，这是火帘石打火用的，将两石相擦能擦出火花来。合理的推想是在我祖父或更早一些年代，邑人取火仍是击石而得，有原始的流风余韵。“洋火”“洋油”“洋灯”洋洋不尽，不过那是后来的事情了。不仅取火，农具亦然。大耜头、小耜头、连枷等农具，均为我小时亲手用过，此即耒耜耕耨也。大良渚文化的写作，在相关书籍还见有木桨、木屐、木陀螺，另有木质千蒲（《湮灭的古国故都》）。良渚文化距今约5200年至4300年，农耕早在之前就已发生，我们只以良渚论，5000多年来多少农耕器具一直在流传，为农人使用，其中也有娱乐。我这一代崇明人谁没有用过或见过耜头、连枷、千蒲？20世纪50年代的崇明乡下，雨天的田埂路上着木屐行走者众矣！至于木陀螺，在小学操场，在宅前场院，那是少年玩伴啊！

想不到四五千年前的良渚人，也在穿木屐鞋玩木陀螺了。劳作总是伴随着娱乐，劳作是要有工具的，人类最早的工具是石器，是捡起一块石头用以击打猎物。然后用一块石头击打另一块石头，改变其形状，使之更适合狩猎、刮削，那已经是新石器时代了。距今10000

年左右，农耕诞生，最早的农耕器具为石器，石刀、石斧、石犁等。《瀛洲三具》中的石臼、石磨，多少会使人想起那个遥远而又亲切的年代。但可以肯定这些石器是崇明石匠手创的，崇明人除了务农之外，还有各种工匠，制造器具的手工劳作的大匠，包括了岛上生产生活全部必需品的泥瓦匠、木匠、铁匠、石匠、笆匠、竹匠、补锅匠，等等，他们是真正的艺术大师。比如竹匠，崇明本土甚少毛竹，产小竹，乡人称“密竹”。竹匠手持篾刀先把小竹子节的部分清理一番，然后云淡风清地下刀劈篾。劈竹子第一层，从根到梢一以贯之，是为头篾，再劈如仪是为二黄……然后编织环篮、饭篮、扣篮、筛子、簥盘、匾、竹扉、竹簾……所有这一切器具都是有灵魂的，其灵魂的核心就是文化，就是文明的历程。农家必备的印糕模，在一块长方形的模板上，雕琢有三五个形状各异挖空的模块图案，做出来的点心叫印刷糕，它具有雕板上不同图案的形式美。小小印糕模，美妙印刷糕，所关联的却是中国印刷史上，起于五代兴盛于南宋的雕板印刷。印糕模的区别在于，雕板印刷除了刻印经书之外，其雕板技术已走向大众生活。从某种意义上说，它还是雕板印刷，其产品却成了农家美味印刷糕，从食品的方面体现了农人对美的追求。我们有理由推测，印糕模雕板是在南宋时由太湖流域的移民携至崇明的。

《瀛洲三具》对我而言是归来的岁月，是行走的风景。崇明多芦苇，笆匠制作篱笆墙时必先“抽芦头”——挑选出粗壮的芦苇，然后去其芦稍白花，再行编织。剩余的芦花一样是宝贝，是大朵的雪白，吸收了一个冬天的太阳的光能，可以做芦花靴——由芦花一层层编织而成，其热乎可想而知。儿时，崇明的冬日可谓冰天雪地，冷啊！穿着母亲做的棉鞋仍然冷，便在鞋底垫一层芦花。那时村子里有芦花靴的大多是老人，我看着芦花靴在雪花飘飘中移动于田埂路，东西南北宅串门，好生羡慕！还有草鞋，农人开河做岸时、肩挑泥络时所穿的草鞋，已经磨损的草鞋，如今在博物馆的一角沉思默想的草鞋，它不能不使我想起海德格尔说凡·高的画《农人的鞋》——“只是一双农鞋，再无别的。然而，从鞋具磨损的内部那黑洞洞的敞口中，凝聚着劳动步履的艰辛……聚积着那寒风中，迈动在永远单调的田垅上的步履的艰韧和迟缓，鞋上沾着湿润而肥沃的泥土。暮色降临，踽踽而行的鞋具里，回响着大地无声的召唤。”（《海德格尔选集》）

劳动创造人类，此千古真理也。正是劳动者——首先是农人，凭借着从石器开始的各种器具，在日复一日，年复一年，代复一代的几千年的农耕生涯中，创造了人类，创造了文明。人说一部人类史，即是一部创造史，又何尝不是一部工具史？此《瀛洲三具》于崇明文化贡献之大者也！笔者在细读本书目录时，便如醉如痴，如入梦境，在“器具的宁静”中，穿过时空通道，回到了少小时代的家乡，和母亲与农人，及小尖、钉耙、环篮、芦花靴等器物在一起，路遇一个补锅匠，听见了母亲的纺车声，《梦乡》由是而得。遵卫岳兄嘱，是为序。

己亥苦夏于北京一苇斋

美好的总在飘逝

——《古瀛钩沉》读后

岁月的长河行进，当我们老去，偶一回首无不感叹：美好的总在飘逝。于是有代复一代的钩沉者，要把已经沉没的钩将出来。那是习俗、文化的历史碎片，把这些碎片拼接排列，怀着崇敬之心与之对视，或者倾听，之后，我们会发现先人的背影，甚至能听见先人的声音。于是心有戚戚焉，心有戚戚而慎终追远，慎终追远而寻根溯源，于是历史得以接续，在钩沉和回想中接续。

《古瀛钩沉》从聚沙成洲的沙粒开始，在沧桑巨变中探求崇明岛的由来，然后是民居、舟车、土布、捕捞、灶花、民谣……可以说是集崇明地理、民俗之大成，但作者却只是娓娓道来，如数家珍，这使我想起凡钩沉者必有大爱之心。一沙一水、一语一词，农人生活中的诸多细节，皆栩栩如生，此如数家珍也。另，我们迄今为止的历史教育，大抵是争雄称霸、朝代更替，极为简略，鲜见的是子民百姓的生活，是怎样爱？怎样生存？怎样死？柴焘熊笔下的崇明岛人关乎生存的方方面面，乃至死亡，虽是历史但却是鲜活的历史，是崇明岛孤悬海上的集体记忆。从一个族群至一个海岛，集体记忆所产生的对历史的认同感、对先人的敬畏感，会使此一族群、此一海岛变得温柔，能使心灵有归依。但我们千万不要以为作为历史和文化的集体记忆，是永恒的，是不会消失的。它需要前仆后继的钩沉者，不钩沉便断裂甚至消亡。倘若崇明人丧失了崇明岛的集体记忆，便丧失了最可宝贵的崇明独特的历史文化，没有回想，没有自豪，没有祖宗，没有归依，心灵便无处着落，那是真正的漂泊江海间了。

柴焘熊的文字朴实无华，所写的看似断章篇什，其实有紧密的内在联系。更难能可贵的是作者在平静的叙述中有了史性的抽象意涵，比如民居，冠之以“岁月的履痕”；土布，则是“淹没的辉煌”；哭丧歌，乃“生命的绝唱”；南丰沙，“沧桑的变幻”，等等。记叙文是文学创作最重要的基础文体，为什么？你连一件事情、一个故事都说不明白的时候，谈何议论？谈何抒情？谈何创作？柴焘熊几十年的写作，始终以叙述见长，其中不乏传说和故事，这一积累的过程，也是柴焘熊文章风格形成的过程。他钩沉得认真细致，行文时有根有据，虽说古往事，不作虚妄文。把叙述的基础夯扎实了，便有了落笔为文的相对自由，会发生新的追求，以史性的抽象意涵贯串全书，使生存和生命的思考更加丰富，从而使读者从标题开始使能读出耐人寻味处。

概而括之，《古瀛钩沉》特色如下：叙述语言亲和准确；有历史的连接，又有思考和追索。关于后者，点到为止，猜想之下，或是省俭笔墨，或是恰当地把握自己的位置。柴焘熊钩沉崇明岛的历史，计其要者崇明的交通史、服装史、灾害史、民歌史、美食史等均已大体具备。但柴焘熊不是历史学家，也从不以史学家自居，就连时下几乎写文章的，人人可以得而用之的“著名作家”，也与他无关。柴焘熊只是个严谨真实、从不卖弄的钩沉者、写作者，不少他人也许不以为然的崇明历史细节，在他笔下都栩栩如生。与柴焘熊年龄相仿而各具特色的另一位崇明作家是陆茂清，他努力钻研所得来的文章，同样让我不胜感叹且心生钦佩。

籍着《古瀛钩沉》，有多少回想穿越时空隧道，使我们重拾美好，在心灵中可以不时回味。比如我直到读高中仍然穿着的一身芦花布衣服、背着的芦花布书包，都来自母亲手种的棉花、亲手织的土布；比如小车子，我读高小放寒假时便跟着母亲和乡邻到长江北沿拾柴，田埂路上十几辆小车子吱嘎有声，鱼贯而行，我推的正是柴焘熊笔下最简便的那种小车子。生活的艰难自然可以感知，大芦荡和长江浩茫也由此摄入心灵。崇明农人的哭丧习惯，尤其是哭丧歌，因为我自幼跟着母亲“看死人”，听母亲及一众农妇哭丧而为之动容，我不知道母亲还会边哭边唱，又何以一众农妇同放悲声真哭真唱？及至后来，思及生与死的终极猜想，写《崇明岛传》时必须述及乡风民俗，我才真正意识到此种相沿成习的悼亡仪式似有原始宗教的余韵，而约定俗成的对死者的颂扬，又极具人性、人情味。最难得的是妇人脱口而出的语言之美、修饰之美，柴焘熊有哭丧歌的详细记述，也有精辟的总结，不可不读：“谁说那些华章词彩大都出自须眉之手，巾帼之口罕见？……你一定会为她们的文学功底所折服；你一定会为她们的遣词能力所惊叹；你一定会为她们的造句本领所震撼；你一定会为她们的修辞手段所迷倒。”

逝者如斯夫！何其美妙！我们曾经的清贫岁月，我们的诗人一般的母亲们！

在文化泡沫五色迷离的当今中国，文化的出路何在？《古瀛钩沉》给出的启发是：“返于实”。

2016年春于北京

且作长相思

母亲和故乡，是我原初的风景。当我芒鞋竹杖，寻山问水，乃至行走于大漠戈壁、江河源区、葱岭雪峰时，眼见大地在我脚下连绵着红色的繁华、紫色的浪漫、绿色的温柔、金色的凄凉、白色的宁静，以及西部大漠中胡杨与红柳不可思议的挺拔与坚韧时，我知道对我而言，所有这一切伟大而又平常的风景之出发地，所在何处。

少小从军始，我离乡又返乡，返乡再离乡，几度春风，几度秋雨，缠绕着重逢与离别的欣喜与惆怅。人生的轨迹，假如以故乡为坐标，在四时更替、阴阳相迫的往复中，我是愈走愈远了。我曾拷问自己：为什么要离开芦苇摇曳、涛声不绝的故土？为什么让为我守寡终身的母亲在孤独中度过余年？又为什么中断了我在长满马斑草的乡间田埂路上，与农人互为重叠的脚印？当我远游，崇明岛西北角的两间红瓦白墙的朝东屋里留下了形单影只、早出晚归、辛勤劳作的母亲。然后是返乡探母，在返乡时才意识到，我已经是这个村落、这片田野、这一带沙洲风景的归乡者了。有一点疏离，便回想，在回想中深入童年往事：大芦荡中两根芦苇之间，以稻草缠结而成的鸟窝、田埂边沿黑色蝴蝶似的蚕豆花……有一年回乡，母亲的头发花白了；再一年，母亲的头发全白了。在这之前，我和天下的儿女一样，匆匆忙忙各奔前程，大约总以为娘是永远年轻的。但这一次，我看见，母亲老了！在毕生的含辛茹苦之后。

从不自觉的朦胧意识，到把母亲和故乡定义为大地风景之始，最为清晰的是今年清明时节。祭扫父母亲的墓地后，我直奔崇明岛最东端的东滩湿地，一种儿时常见的景象竟使我感动莫名：一根芦芽、一片芦芽，稚嫩而鲜活地挤出土层，向着苍天。我看见了一种生命和风景的初生，及其从不张扬而又不可阻挡的力量。倘若我们用心灵去感觉这一片因为新芦出土而被挤裂、细小地破碎的荒野，那是怎样一种如诉如泣、如诗如歌的生命感觉？我跪下，吻着那地，那挤出生命，裂缝游走的地，不就是生下我的娘吗？吻着那芦芽，那不就是初到人世的我吗？

人生短暂，风景常在。

无论中外，自有文字以后的语境中，风景首先是指山野、森林、江河，即大地、自然。人类把置身其间的环境的一部分视为风景的时刻，当是人类文明史上审美自觉时代的又一个里程碑式的起点，诗歌与音乐也呼之欲出了。先是惊讶与赞叹，那时还没有文字，口说、造句，并在口口相传中不断增删、完善，便有了中国最古老的《诗》。你想便可想见，你听便可听见，从新石器时代开始，到先秦之前，华夏大地上多少劳作的、以猎以耕的农人，都是大地风景的欣赏者、吟诵者：“蒹葭苍苍，白露为霜。所谓伊人，在水一方。”如此风景，如此凄婉，如此简约，读之思之，今日之文人如我，情何以堪？而与这一首诗相类似的环境，在大地退隐的今天，大约非崇明岛莫属了：芦荡苍茫，涛声四起，沙洲荒野，白云野鹤……到深秋，芦花皆白，犹如“立雪”——立着的、晃动的、飞扬的芦花雪，三面临江，一面临海，伊人何在？

芦苇是崇明岛风景的主体。

芦苇，在地质年代曾经是地球上的旺族，河滩海滨，无处不在。好丛生，不惧盐碱，大块大片，茫无际涯，气象伟岸，是大地的稳固者。芦根雪白，可食可药，同样可食的还有芦芽。在青黄不接的春荒时节，崇明岛上垦拓的先民，便以此果腹。岛上最早的民居名“环洞舍”，以芦苇搭建，留一门洞，顶部紧扎成尖顶状。直到20世纪六七十年代，岛上的围垦者仍以“环洞舍”为临时住所，拓荒辟地。我做知识青年回乡务农时，有幸在长江北沿大芦苇荡边缘，这原始的房舍中住过半个月。涛声与芦荡相拥，寂寞和荒凉为伴，天人相得，宁静无价。后来，我远行时，到了甘肃天水秦安县的大地湾遗址，又多次踏访杭州余杭的良渚遗址。在7000年前，或5000年前，复原后的史前先民居所中，又看见了类似“环洞舍”的尖顶草棚。而在良渚遗址，植物茎秆遗存最丰富的便是芦苇。老家有习俗：正月十五“掼连财”——以芦苇扎成火把点燃后，大家在乡间小路上一边奔行舞动，一边大声呼喊：“连财！连财！大家发财！”《说文》云：“炬，束苇烧也。”这束苇而烧的民风习俗，带着原始的自然崇拜和野性，不妨说，崇明岛拓荒的先民，就是这一片沙洲荒野上的“普罗米修斯”。

这火光，便闪烁在我的夜行笔记、大地梦想中。

我在枯坐时，还会思及古人造字，“故乡”二字何以如此结构？“故”的左右偏旁一为古一为文，古者古老、古意也；文者纹也，纹乃文之本字。典籍载，古越先民以文身为美，有古意且以纹为美，故也。“乡”字的繁体字，以乡和耳为左右，乡音可闻也。不仅可闻，且要倾听。

我从故乡出发，又到了他乡，然后挥别，我在路上。在《大地书》中，我说：“故乡，是别人的他乡；他乡，是别人的故乡。”同在大地之上，每一块土地都有自己的故事，每一滴流水都有自己的历程，每一根小草都有自己的深邃。如是观之，故乡他乡一也。

正如此刻，我告别崇明岛东滩的新芦、荒野，回到母亲的埋骨之地辞行；我又要去他乡，“妈，我走了！”抚摸着那一块冰冷无言的墓碑，碑上刻有我撰写的一副联语：

浪迹天涯，名缰利索，有心归去难回家，我非孝子。

白首飘蓬，千丝万缕，春蚕到老丝不尽，你是亲娘。

想起了美国自然文学作家N·斯科特·莫梅迪的话：“在人的一生中，他应当同尚在记忆中的大地有一次倾心交流，他应当把自己交付给一处熟悉的风景……他应当想象自己亲手去触摸它四季的变化，倾听那里响起的天籁，他应当想象那里的每一种生动，和微风吹过时移动的风景。”

触摸、倾听、想象和声音以及梦的美妙啊！

我记忆中的，我正行走其上的大地啊！“短长亭，今古情”，“几叶秋声和雁声”。

从来伤别离，且作长相思。

2011年清明雨夜记于崇明

昆仑记

昆仑山又称“昆仑墟”“昆仑丘”“玉山”“万祖之山”“中国第一神山”，是中国西部山系的主干山脉。昆仑何在？有何等气概？伏藏多少神秘？远耶？近耶？起自何方？走向何处？那飘逸于神话中的昆仑山，几千年如烟云一般，始终缭绕在华夏民族的神话传说中。诡异的是，它始终是一个真实的存在。木为神木，草为仙草，石为宝玉，何以见得？何能得之？人们对昆仑山的敬畏有加，近乎终极追问：在地球漫长而不可思议的沧桑演变中，造物主因何造就了这样一列腾挪起伏、迤逦东向、高可触天、低可入海的山系？所有迹象都表明：它有备而来，它衔命而行。昆仑山西起“山结”之地帕米尔高原，穿越新疆、西藏边境，环列青藏高原北缘，然后纵贯青海全境。在中国境内长约2500公里，平均海拔5500米至6000米，宽130公里至200公里，总面积达50多万平方公里。在这漫长的旅程中，独于青海驻足最长，何以故？它要分列出更多的高大山脉，集合起冰山雪峰。我在柴达木盆地屏息静观昆仑山的中段，似乎略有所悟：它拥抱着柴达木盆地、环青海湖地区、河湟谷地以及三江源，神圣与神秘着随经幡飘荡在亘久的冰雪荒野。人只能隐约感知，野牦牛和藏羚羊知道一切，但它们不说。

在青海，不知道是谁的指令，昆仑山为中华民族预设了梦想之地、水源之地，以及人与万类万物的家园之地。

架构中国

如何言说昆仑山的延伸？一座巨大山脉、山系，不可计数的嶙峋块垒的延伸，阻力有多少？动力从何来？它在此一过程中，有没有痛楚？或者喜乐欣然？还是两者兼而有之？无论如何，它只是向东，向东。东去的昆仑分为三支：一支为阿尔金山，东延是祁连山；一支为祁曼塔格山；一支为可可西里山，东延为巴颜喀拉山。昆仑山又东，绵延至四川盆地后为秦岭，再时隐时现于黄海之滨，意犹未尽而潜海，苍龙出水于日本本洲，被称为中国山。现在我们可以说了，这是一列地球上平均海拔最高、延伸面积最大的山系，在地球包括太平洋在内的相同纬度上，都有它的踪迹——从凌霄拂云到踏浪探海，不屈不挠、我行我素、潇洒自在的踪迹。

实际上，我们已经看见了，昆仑山是顺命而行的，它自高而下，向东又东——它要架构中国——它是中国独特地形的主心骨。如果说华夏民族是龙的民族，那么它就是龙骨之所在了。昆仑山脉以青藏高原为核心，自西向东作半圆状逐级下降，由宽广的大陆架连接起中国大陆、太平洋盆地，中国大地阶梯状三级地形由是而成；同时又成就了中国地形带来的战略地位：中国在世界最大大陆——亚欧大陆之东部斜面，从世界屋脊顺级而下，面向世界最大之大洋太平洋。在这高贵辽阔的地形中，昆仑山是中华大地的骨骼，江河水是中华大地的血脉。其骨骼之强壮，其血脉之绵续，是华夏民族历经5000年风雨波澜，仍屹立于世界民族之林所端赖者也。

无论身在何处，我都会远望昆仑，或者遥想昆仑。你远望昆仑，会激起你心中的波澜：我们的祖国是真正伟大的祖国，我们的民族是真正高贵的民族。面对莽昆仑的雪峰耸峙，我们看见了吗？由昆仑山及众山护卫加持的第一阶梯，恰似一个至高至伟的神仙宝座，白云飘过，风雪飘过，天上有声音传来：唯我独尊！

神话昆仑

昆仑山本身就是一系列宏大叙事，其不同寻常的玄妙处在于以神话开篇。昆仑神话诞生于对昆仑山的各种多彩多姿、稀奇古怪的传说。昆仑神话是中国的根本神话，由神话下延以神话为先导的昆仑文化，则是中国的根本文化，或者说本源文化。神话的核心是神人关系，神话的本质是先民对“开始”与“终结”的迷惘和猜想。在神话中，神或者造物造人；当人蓦然回首，神却已渺无踪迹。人进而追问，便是人造神，便有了光怪陆离、荒诞不经却又蕴含着某种程度上真实且有大智慧的神话传说时代——在人类发展史上，当属“天地玄黄，大地洪荒”时。

昆仑神话为什么是华夏民族的根本神话？首先是昆仑山的地位——横空出世，绵延无尽。昆仑山出世，中国大地上山水布局大致完成，原始先民始得出现。昆仑山下的荒野不再寂寞，青藏高原特有的雪域动物和采摘、游猎的先民不时相遇。有搏斗拼杀，有流血牺牲，高原人类慓悍之初也。他们的另一个特点是好沉思冥想：山从何来？水从何来？人何以生？人何以死？山因何高？水因何流？白天何以有太阳？夜晚何以有月亮？……昆仑神话包括：三皇之首的伏羲与女娲在昆仑山为延续人类而兄妹成婚，创世神话也；女娲在昆仑山炼石、烧芦灰补天，天漏洪水神话也；后羿在昆仑山弯弓搭箭射落九个太阳，射日神话也；嫦娥奔月极尽浪漫想象之能事，登月神话也。这些神话传达的远古信息，包括了地球环境信息，是华夏先民对灾难的记忆，以及克服灾难的理想。不仅如此，还有对爱情出神入化的描述，也说明登月之想中国先人早已有之矣！青海流传最广的是昆仑娘娘西王母，居瑶池石室，周穆王往访，西王母夜宴饯行，赠美玉，并歌以送别，深情缠绵：

白云在天，
丘陵自出；
道里悠远，
山川间之；
将子无死，
尚能复来？

西王母，我们的女神，我们的母亲，我们最早的诗人。

昆仑神话透露的另一个信息，是华夏各民族之间的沟通与交流，很可能比我们现在的认知要早得多。在西王母与周穆王瑶池夜宴之前的上古时代，与黄帝交往的传说告诉我们，华夏各族人民之间的交流碰撞有太多的刀光剑影，却也不乏“投我以木桃，报之以琼瑶”的礼尚往来，欢洽和谐。

昆仑神话和传说是华夏民族发生之初的历史的一部分，是华夏文化发展壮大之后的根母文化之一。环视世界，能与昆仑神话相媲美者，唯古希腊神话。昆仑神话，是升起于雪域高原昆仑山间的、华夏民族的第一道文化彩虹。

和平美丽大舞台

史学家争论不休的一个永恒的话题是，华夏文明的发祥地究竟在何处？创造华夏民族初始文明的是何族之人？华夏5000年文明已由良渚文化实证。可是，5000年之前呢？在这更漫长的岁月里，华夏大地并不是沉沦在一片黑暗之中，有星星点点的光亮，有文明创生的萌芽，那是岁月无言的点点滴滴的积累和铺垫，不是在一处，而是在多处，青海其一也。地理历史、神话传说及考古文化告诉我们：青海是早期华夏文明的发祥地，而羌族羌人则是此一文明最早的开拓者。从人类起源、创生文化与地理共生的规律视之，唯一可以作为5000年前早期人类文明萌芽发生的条件，是水，是江河水。中国千万条河流各有源头，但只有昆仑山孕育的三江源流出的长江、黄河贯穿中国奔流不息。江河之源，文明之源也。较早指出这一点的是戴传贤先生，20世纪30年代他以江河为证说："青海是中国文明的发源地，滔滔河水终于流成了泱泱大国。"又说"从青海的山脉、水源清楚地知道，中国文化发祥地不在别处，就在青海高原。"戴先生更有流布甚广的类比："如果把中国与欧洲比，青海就是希腊；如果把中国与春秋比，青海就是岐山。"

古籍中不时出现的"羌""西羌""诸羌"等族名，翦伯赞先生在《先秦史》中有解："在野蛮时代之初，分布于甘肃、青海一带的诸羌之族，亦开始新的迁徙，一部分沿南山北麓之天然走廊，西徙新疆，与原住塔里木盆地的诸氏族发生接触。中国历史传说中的许多神话人物皆与昆仑山有关，或与西王母有往来，正是暗示这一历史内容。"从传统的历史谱系看，三皇之后是五帝，五帝中的炎帝是姜姓，在古汉字中姜羌一也。顾颉刚先生《在古籍中探索我国的西部民族——羌族》中说：“中华民族人文始祖炎黄，首先是羌人的祖先，然后才是华夏族的祖先”，“不仅以炎帝为宗神的古代羌人生活在今青海祁连山南北河湟之地，而且青、甘、陕、川一带，主要是炎黄部落的联盟在活动，成为华夏民族的发祥地”。羌人何许人？伏羲、炎黄，华夏民族之第一代子孙也。

“野蛮时代之初”，翦伯赞笔下的诸羌迁徙，与当地部落的“发生接触”，以及众多神话人物皆与昆仑山、西王母相关，便是昆仑山脉、青海高原在那个时代的些许文明之光。神话传说是历史的一部分，还有典籍记载，更是华夏民族的文化遗产。而考古实物证明：从距今30000年的旧石器时代小柴旦遗址，到距今7000多年的大地湾遗址及距今6800年的贵南拉乙亥，再到宗日文化、喇家遗址及马家窑文化、齐家文化、诺书洪文化遗址，等等，星罗棋布的文化遗迹更将华夏文明之源指向了昆仑山。著名考古学家苏秉琦先生说过，中国大地上的文明古国如“满天星斗”，西北望，群星璀璨矣！在这些遗址的出土物中，尤以彩陶精美，并有100多种刻划符号。我们的青海先民在彩陶内壁刻多人跳舞像，在外壁又刻划符号。他们因何刻划？那舞者已形象地证明，青海自古就是歌舞之乡。那符号呢？昆仑山下的先民因何刻划？假如不是心力冲动、脑力指引，就不会有刻划，那怕是一横一竖。他们所刻划的是何种心绪？代表着什么样的梦想？如此这般，历史的细节不可复原，历史的人物不可重生，但这些符号，同大江南北新石器时代遗址出土物上的刻划符号一起，所指向的一个伟大事件是：中国文字的诞生！

青海之所以成为洪荒年代文明初始的发源地，就物质而言，除了水还有盐。所有的医生告诉我们要少吃盐，但不会有一个大夫说不要吃盐。盐在中国历史的文明进程中有着不可或缺的重要作用。不辞艰辛地寻盐、制盐，盐之珍贵，尤其是对地处内陆的西北，成为部落的战略资源，也成了一个族群，一姓一国的国力象征。青海的水和盐集合起了不同种族的各式人等，是接触之地，是碰撞之地，是交流之地，也是争斗之地，后来又成为融合之地。是时也，为了盐，为了羌塘盐池、柴达木盆地的茶尔汗盐湖，甘肃、青海、四川、西藏的族群蜂涌而至外，活跃在陕西秦岭之下八百里秦川，后被称为秦人的华族部落也策马而来。至此，华夏各族的融合汇聚——因为盐，因为越来越多的人需要更多的盐，因为各个族群对强壮体魄的希望——已初见端倪。服饰、语言、习俗等的陌生阻挡不了对盐的渴望及种族融合的潮流。

盆地，是造物主专为人设造的居住之地，聚宝之地。在中国所有盆地中，唯柴达木盆地有盐湖产盐，而闻名古今。西藏雪域、青海高原的诸多传说与盐密切相关。现代人一个无解的真理便是：普通的即高贵的，更普通的即是更高贵的。柴达木盆地的高贵，尽现于周边地形，这一东西长800公里、南北最宽处达350公里的盆地，由阿尔金山、祁连山、昆仑山拱卫而成，小心翼翼地守护着盆地、守护着盐湖。羌人住羌塘，羌塘有盐池，取盐者纷纷，羌人再迁，又迁，至察尔汗盐湖。羌人是最早拥有盐资源的民族，他们知道哪里有盐。为此从八百里秦川来的华族人，对羌人也只能马首是瞻。比察尔汗盐湖成名更早的是茶卡盐湖。羌人手中的稀罕物便是盐——茶卡、察尔汗盐湖的盐，他们与来自中原的盐商做生意，讨价还价，以物易物，物质交换也。清代为杜绝私盐，曾在这里设官盐局，是闪烁在古籍史书中闻名遐迩的“青盐”之所在地。

因此故，青海高原上羌人与野牦牛藏羚羊为伴，以羌笛羯鼓朝拜昆仑山，首开游牧、饮淡水、吃咸盐、喝酥油茶的生活，富足而平静。于是四海风闻，继一波寻盐者之后，又一波更大规模的百族来聚，先后有小月氏、匈奴、藏族、回族、汉族、撒拉族、鲜卑族等不同的民族。羌人眼见的是不同的服饰，耳闻的是不同的语言，面对的是不同的习俗和宗教信仰。所有这一切杂陈共处于高原之上，开始是相互对视的惊讶，你从哪里来？你为何而来？这里是我羌人的领地，这里有我们的草原、流水和盐。然后是羌人与他族的争斗，乃至刀光剑影。但昆仑之高、青海之大，容得下这一切。时间是最好的融合剂，昆仑山的神圣，加持并护佑着羌人和大小各族人等。后来各族人民不仅友好相处，而且“和亲”通婚。

至此，我们或可说，华夏民族最初的融合是在青海高原的帐篷、草地和盐湖边完成的；华夏文化的多样性也是在昆仑山下展现的。从人类学意义上说，各种交换只有在一定的条件下才能进行，诸如社会环境相对稳定、生产资源相对充沛、生活条件相对富足等。在长时间的历史岁月中，青海一直是方外之地。当人类起源的静好时光过去，伊甸园没有了。中国历经夏商周之后，进入春秋战国时期，之后又有一大乱世——两晋十六国，群雄并起逐鹿中原。其时中国大地上安静和谐且有几十个民族居住、放牧、歌之舞之的吉祥乐土，青海高原是也。因此故，青海之地成了华夏各族炎黄子孙“交换文明、交换血统的一个和平美丽的的舞台”。善哉此言！

吐谷浑王国

吐谷浑王国是中国历史上独一无二的传奇，因为兄第不和，而从东北的白山黑水间，率1700百骑鲜卑族人西行，任由骏马引领，走到哪儿算哪儿。历时30年至甘肃临夏，骏马依然长嘶，再西，至青海民和县，有草地，骏马安然徜徉。于是立国，草原王国吐谷浑长达350多年的历史，由此而始。很难说究竟是吐谷浑创造了这一传奇，还是昆仑山佑护下的环境，以及当时两晋之乱的社会历史，促成了这样一个新的民族、新的国家。当时中国的战略态势是，华人或者说汉人，已不成气候；来自北方的少数民族，骑骏马，挥大刀，不可一世，勇猛无敌，此即所谓马背上的民族是也，两晋之乱的主角。他们是鲜卑族、匈奴族、羌族、羯族等一众将士，从今日之蒙古高原、东北大地、西北草原呼啸而来，在东起山东，西至新疆，南及江淮的辽阔地域上，建立起了16个国家，各自称雄，各有法规，厉兵秣马，虎视眈眈。吐谷浑的非凡之处是反其道而行之，他们远离中原，独辟蹊径，虽千万人，吾往矣！至青海高原，成就了立国时间最长、称雄于草原的少数民族王国。其都城名“伏俟城”，鲜卑语也。其地在青海湖西约八公里处。

吐谷浑人来到青海后，首先面对的是这片最古老的主人——羌人——西戎牧人。吐谷浑人与羌人最初的交往，很可能是因为牛和马，拉近了两族人之间的距离，并各自生出艳羡之心。羌地有野牦牛，庞然大物也，而羌人能驯之，使之成为“高原之舟”。羌族人驯养牛马羊之术，早于中国任何一个民族。吐谷浑人引为自豪的是他们的马——去时如箭，归时如烟的千里马。吐谷浑人与羌人有过交流，从各自欣赏对方的牛和马开始，继而欣赏服饰和其他习俗，有了交流与沟通，此交换文明也；后来吐谷浑人与羌人通婚，其混血的后代便是今天青海的土族，此交换血统也。吐谷浑人并于青海高原培育出了一代名马“青海骢”。吐谷浑王国有一条法律：杀人及盗马者死！

吐谷浑王国还是青海丝绸之路上的一颗明珠。我们通常所说的丝绸之路是指河西道，却往往忽略了青海道，也称湟中道、吐谷浑道，而青海道只是河西道的辅道吗？未必！考古实物是最有说服力的：西宁、乌兰出土有大量四世纪的波斯银币；香日德出土有五世纪的罗马金币。尤为令人惊叹的是吐谷浑古墓的考古发掘，再现了吐谷浑的辉煌。这一草原王国是开放的王国，这一古墓中有众多的丝绸、谨封印、凤鸟——来自中原汉地；银牛、金银器、玛瑙珠——来自中亚；波斯人金银头像——来自波斯；铜盘残片、铜香水瓶是吐谷浑人与胡人交流的日常用品。最引起世界轰动的，是一件波斯人使用的婆罗钵文字织锦，出现在丝绸之路的青海道上，是当今世界，可以确认的八世纪波斯文织锦。

谁能想象当年吐谷浑人与波斯人交流、易货的场景？这是一个开放的青海高原，这是一个开放的草原古国。柴达木盆地的盐是咸的，青海的“花儿”是甜的。正是羌人和他们的盐，聚合了华夏民族，健全了我们的体魄。盐何以珍贵？生命之所赖也。人体的血液中，必须要有0.9%的含盐量，有之朝气蓬勃，无之生命危殆。察尔汗盐湖后来再一次声名鹊起，不是因为盐，而是因为钾。中华人民共和国成立伊始，负国家重托，科学家们在柴达木盆地寻觅钾矿，在一次次失望而归后，正所谓踏破铁鞋无觅处，竟在散步的盐湖路边获得。于是中国有钾，有化肥氯化钾，粮食产量跃升。几亿人要吃饭，这是何等大事啊！

拜柴达木盆地所赐！

拜昆仑山所赐！

玛尼石、风马旗与“龙图腾”

昆仑山口、山下的玛尼石、玛尼堆、风马旗以及六字真言“唵嘛呢叭咪吽”告诉我们，昆仑山除了自高而下架构中国地形大势，孕育江河巨川，使华夏子孙得以耕种、安居、建设家园之外，她还要让她的子民有大慈大悲大爱，慈及悲及爱及万类万物。淡泊今生，修行来世，生活清淡平和，心灵自由宁静，为中国乃至世界芸芸众生立一榜样。假如敬天惜地，我们就有了做人的规格；假如不再贪恋财富，我们就有了做人的乐趣；假如一国不再攻打另一国，我们就有了世界和平；假如善待山水大地，我们就有了可持续发展；假如珍爱万类万物，我们就有了生命的广大和美丽。

昆仑山是最早传入佛教的地区，不知道是昆仑山呼唤佛教，还是佛教寻找昆仑山？唯有这神山圣水的至高点，才是爱与慈悲的人类心灵救赎的至高点。昆仑山是藏传佛教最早的，也是一众信徒礼佛的上行之地。是莲花生大师，是藏传佛教，改变了青藏高原的民族心理，使昆仑山以及高原上的人和牦牛变得温柔起来。青海的藏传佛教圣地塔尔寺，宗巴喀大师的影响至今犹然。那种为了来世、为了众生的修行者的心路历程，在五体投地的瞬间便刻印在大地上了。他们的目光和转山人、转经人一样像高原湖泊清彻明亮，这就是有信仰的人，信仰使他们更加纯洁一些，勇敢一些，坚定一些，但他们不是不食人间烟火的人。所取的是对精神生活的极其丰富，对物质生活的简单省俭。今天捡拾的牛粪够明天的燃料就可以了，有酥油茶和青稞就是快乐生活。余下的时间便念经，或在草原上行走，像个寻宝者一样寻找玛尼石，刻六字真言，再堆玛尼堆。高高的玛尼堆，与昆仑山相呼应，与莲花生相呼应。他们清贫、尊严、快乐地活着，他们连死后的尸骨都付之秃鹫。天葬台的藏人说：“这一辈子我们吃掉多少粮食和牛羊肉？何不让秃鹫也吃一回？而且它们的翅膀正好可以驮着我们的灵魂上天。”

藏传佛教带给青海的不仅是信仰对人格心理的影响，同时还发明了各种艺术，举世无双的艺术——壁画、堆绣、酥油花及唐卡。这样的艺术既不可复制，也不能作伪，因为她们很特别——她们被赋予了信仰的情思，是异于常人的别一种人以别一种心手的别一种创造。另外，藏传佛教艺术是普度众生的一种方式。我们生活的这个世界，为什么不能有更多的人得以训练并发挥才华？从而可以寻得一种或几种，既能弘扬佛法，又能温饱自己的生活方式呢？青海因此有了热贡之乡隆务村，有了众多的年轻的唐卡制作者。伟大西哲海德格尔于20世纪提出的“艺术生存”，在昆仑山下已经践行几百年了。果洛藏区的山野沧桑，不仅可见，而且可听，已成为历史的一部分，已成为吟唱在雪山荒原的《格萨尔王传》的英雄史诗，似能听见霍岭大战的金戈铁马声。《格萨尔王传》是中国乃至世界最长、最富古老气息的史诗。她所撼动的是汉文化中心说，她言说的青海高原的生活与风俗，如同江河一样指向源头——青海是民族文化之源——她的流出，有源头的风韵，又因民族迁徙而引进而壮大。

说昆仑山，无论言其地理、文化，必说《山海经》，以及诸子百家之论。中国有“六经”，经性所托，国训所托也。何为国性？一国由悠远历史所发生、所传承之民族性，即梁任公所说之社会心理也。此种国性从何而来？因何而生？又因何千万年沧桑不灭其光彩？三皇之首如伏羲，昆仑之母若王母，先哲如老子、孔子，其发明必有所依傍，所依傍者自然也。自然包罗万象，自然彻上彻下，自然兼容神性与神秘。彼时也，最能开启人类心理精神者，唯奇崛绵延之昆仑山是也。

现在我们要说龙。动物界没有的龙，中国人却使之成为民族图腾，何以故？把2500公里绵延曲折、腾挪起伏的昆仑山脉喻为龙者，比比皆是。这一比喻所蕴含的历史信息，却与华夏民族有极大关联。有典籍谓：“伏羲，风姓，龙图腾。”图腾一词为帕来品，但世界以龙指代中国，或以“中国龙”名之，却早已有之。闻一多先生在《伏羲考》中，关于伏羲女娲交尾像之人首蛇身，释龙为蛇，小龙也。但倘若我们在昆仑神话中感觉冥想，龙的形象岂非源出昆仑？伏羲以龙图腾集合并号令华夏各族，又“一画开天”始作八卦。后为群经之首的《易经》中，龙是开始，龙是先声，龙是预言。《易经》第一卦《乾卦》：“大哉乾元，万物资始，乃统天。云行雨施，品物流形。大明终始，六位时成，时乘六龙而御天。”又曰“潜龙勿用”“见龙在田”“亢龙有悔”“见群龙无首，吉”。其无限妙思能不知其点滴乎？如“亢龙有悔”之亢，今人常以亢奋言之，《易经》有解：“知进而不知退，知存而不知亡，知得而不知丧也。”“知进退存亡而不失其正者，其唯圣人乎？”今人说群龙无首，贬语也。《易经》则谓之“吉”，何吉之有？“天德不可为首也！”意为：天上群龙遨游，各有风姿，各得其所，而无首无霸，即无争斗杀掠，天下太平乃为“吉”！

我曾试着回想昆仑山时，回想《易经》。

但见龙在腾跃，龙在蛰伏，统天及地，云行施雨，品物流行……

可可西里太阳湖

可可西里，青海最富神秘色彩的高原极地。

可可西里，中国无与伦比的宁静荒原。

它拒绝人类的喧嚣，却怀抱柔弱的小草，并一任温顺的、慓悍的各种野生动物漫步，驰骋、厮斗、低吟、嘶叫，或者嬉戏、求爱。它如此空旷，却是中国野生动物资源最丰富的地方。它是原始的，它是野性的，但它并不张狂；它是大荒凉，它是大富有，它远离尘世，它拥有源头的智慧，并且保持着大地的完整性。可可西里夜间奇冷，中午酷热。环境与气候的特征造就了可可西里植被的独特性——植株低矮，为抵御强大的紫外线，植物叶片上多浓密的茸毛。不少植物生长多年开一次花，花开之后，植株枯荒。可可西里集简约、淡雅、荒原、湖泊于一体，它没有鲜艳的花朵，也见不到黄色的花，因为黄色对紫外线的吸收极为敏感。很多植株紧贴地面作莲座状，白色与蓝紫色的小花开放其间，如神如佛如光如影。有一群藏羚羊疾驰而至，蓦然停步，徜徉在白花与蓝紫色的小花间。

可可西里是高原湖泊密集区。

青海与新疆交界处的连绵山峰上，汇集了众多冰川，成为可可西里河流、湖泊的水源补给处。所有的河流都是季节性河流，不是东流入海而是注入湖泊。可可西里的湖泊率为7.65%，仅次于万湖之国芬兰湖泊率的8%。湖泊是可可西里的眸子，是昆仑山的眼睛，那眸子里倒映的一切，那眼睛中动情的闪烁，都会使你感到澄明与高尚。所有的湖水一律清沏明亮，那是人类初始的、现已无存的天真，它们无所期待，也可以说它们在亘久的期待中，而期待总是美好的。这是太阳湖，可可西里宝贵的淡水湖，荒原上的野兽们为了喝水总是会在这里不期而遇。当几公里之外的一群野牦牛漫步而来时，太阳湖已经感觉到了大地的震动。藏羚羊们却不慌不忙地一边畅饮，一边顾影自珍。当野牦牛们离太阳湖更近时，一群藏羚羊撒丫子疾尘而去，有一只野牦牛举目望去，但见泥沙如烟。野牦牛饮水时，太阳湖便波澜涌动，若潮去潮落。待野牦牛离去，走远，不知从何处冒出来几只胆小而机敏的黄羊，它们轻轻地用舌头舔水，如同一个品酒师，细水长流，悠然自得。

太阳湖位于可可西里北部，向东经红水河穿过昆仑山支脉博卡雷克塔格山，流进柴达木盆地，注入台吉乃尔湖。因此连结了可可西里和柴达木盆地两个内流河区域。这是湖与河与山的连接，这是可可西里荒野穿越昆仑山与柴达木盆地的连结。类似这样的连结，如神经脉络一般覆盖在可可西里及昆仑山周边。细想这连结，可谓天造地设，各有风景。湖与河连接，是溯源；蓝天白云倒映于太阳湖中，是水与天的连接；野牦牛、藏羚羊光顾时，又有了水与万类万物生命的连结，如此等等。连接就是交集，交相生、交相杂、交相利也。在可可西里，可以清晰地看到，万类万物中任何一物都以自己的特性存在，又都在与它物交互相接中，彰显美妙共处之美。

有一物秀于他物者，无一物可独善其身者。因此故，唯荒野为神圣，而万类能共存！

敢问庄生，昆仑亦其“道”欤？

河出昆仑，昆仑有水。

昆仑逐级而下，江河亦下，“水善下之”。

如果没有昆仑群山，江河之源怎能君临天下位于极高处？又何来老子“水善下之”“上善若水”之叹？这一叹，这两千多年前的一叹，岁月流逝不能使其蒙尘，世道万变不能夺其精魄，有水滋润其间也！“水为百谷王”“水利万物而不争”“水以天下之至柔驰骋天下之至坚”“水几于道”。老子五千言，一个“道”字穷尽天地万象。恍兮惚兮，有未可道者，道有可道者，“水几于道”，水也！水也！《道德经》作于秦岭，昆仑一脉，小昆仑也。老子西望而语后人：刚柔相济者生，柔弱不争者存。

“大自然不是精神，但它有精神，表现于丰富的自然形态中”（魏茨泽克）。与老子同时代的孔子云：“天何言哉？四时行焉，百物生焉，天何言哉？”又说：“大道之行也，天下为公。”庄子说：“天不得不高，地不得不广，日月不得不行，万物不得不昌，此其道欤？”昆仑山脉纵横中国，其自然形态中的高可触天、连绵起伏、跌宕入水、或现或隐，有天地之始、万物之母的大气象！接天地，连八荒，探汪洋，广万物，而“高山仰止，景行行之，虽不能至，心向往之”，已成为我民族心理、立人立国之强大精神，大焉哉！何其大？如道之大，如昆仑之大也。敢问庄生，昆仑亦其道欤？

昆仑有玉，玉出昆仑。今举世滔滔皆言玉，然世界古国中，唯中国有玉器时代之称；唯中国有最为美仑美奂的羊脂玉；唯华夏民族在青铜器之前以玉为礼器，并有万年爱玉佩玉之传统，其必有故也。昆仑山下先民发现玉之初，先是为其色泽所动，神物也，昆仑山神所赐，可通天，可通灵。琢之磨之，用以祭拜天地，“礼”之萌芽出矣！先秦诸子论玉，以孔子影响为广大而深刻，是儒家对玉文化的概括与提炼，并首创“君子比德于玉”。如何比？子曰：“温润而泽，仁也；缜密以栗，知也；廉而不刿，义也；垂之如坠，礼也；叩之其声清越以长，其终诎然，乐也；瑕不掩瑜，瑜不掩瑕，忠也；孚尹旁达，信也；气如白虹，天也；精神见于山川，地也；圭璋特达，德也；天下莫不贵之，道也！”

孔子称玉有十一德，代表了儒家思想的全部精粹。玉，作为“石之美者”，作为材料，先经过手工制作，又经过思想陶冶，再为各种美好传说熏染，成为中国传统文化特殊的载体，进而又成为华夏民族心理之缜密温润、瑕瑜不掩的象征。前文说到昆仑山下传的佛教使粗犷原始的青海高原变得温柔；而昆仑美玉，使华夏民族秀于世界其它古族者，佩玉之族也。昆仑玉之天、地、道、德、仁、智、义、礼、忠、乐、信，乃昆仑所赐，亦即昆仑山所有也。昆仑，突厥语，意为石头。昆仑山所多的是石头，巨石、大石、乱石，是谁把这无尽的石头堆成了山？昆仑山不是文化，却拥有文化；昆仑山不是精神，却拥有精神。言我中国文化之大者，其必曰昆仑文化；称我民族精神之美者，其必称昆仑精神。中国大地上积源导水、峭拔恢宏，集自强不息、厚德载物于一体者，舍昆仑其谁？

《山海经》说昆仑

是《山海经》把人们引领至昆仑山，还是昆仑山为我们诵读《山海经》？《山海经》中昆仑时现，其名多变，曰昆仑丘，曰昆仑墟，曰灵山，曰玉山，曰不周山；为“天帝之下都”，有群巫“从此升降”，有神人、神木、神鸟、神玉等。《山海经·大荒西经》称，“有大山名曰昆仑之丘，有神人面虎身，有文，有尾，皆白……有人戴胜，虎齿，有豹尾，穴处，名曰西王母，此山万物尽有”。“戴胜”何物？有学者释为玉鸟，通神之礼器也。

当先秦时，人何能知昆仑“方八百里，高万仞”，“河水向东北隅……入禹所导积石山”，且有西海、流沙、赤水、黑水、弱水等诸水名。《山海经》给出的昆仑之范围及环境，与今日之地理走向，也可以互为印证。实在是一大奇观，千古之迷。无论如何，《山海经》中的昆仑山是所指有实，而不是荒诞虚幻。即便是神话传说，也和华夏文明的起源密切相关，如前所述之西王母、伏羲、女娲等，就连共工怒触不周山后“天倾西北，地不满东南”，所指向的乃是中国地理之西高东低也。或者，先秦之前，太古时期，在人类频繁的迁徙中，青海地的羌人曾到达中土，他们带来了玉石和牦牛肉干，也带来了昆仑山的高峻绵延与冰雪神话。无可怀疑，华夏先民——青海江河源区的羌人，是昆仑山最早的目睹者，是最早被感动、被护佑而视之为神山的崇拜者，也是昆仑神话最早的创造者。世世代代，口口相传，有增有减，但其创世神话始终如一。昆仑山的神话和传说是中国历史的一部分，是昆仑山怀抱中的中国各族人民，是人类把自己托付给昆仑山，才有了与昆仑山共存，与江河水同行的史诗般的画卷。

《禹贡》称“河出昆仑”，岂止河？大江亦然。今被称为东昆仑的巴颜喀拉山，为黄河与长江的分水岭，亦为河源所在。而长江之源，则是昆仑南支的各拉丹东雪山。若谓江河昆仑，言之有理也。昆仑山的走向前文已述，这里再略作补记：昆仑南支脉由唐古拉山向东南延伸，连接起横断山脉，至南岭。其北支为青海北缘的祁连山脉，又东至六盘山，意犹未尽而挽起贺兰山等山脉。昆仑大矣，大之又大矣！从野蛮时代起，从羌人而回人、藏人、鲜卑人、小月氏、匈奴、汉人等等，在昆仑山下青海高原上交换物质文化、精神文明，交换习俗，交换血统，从而成为一个多民族的华夏民族、一个饱经风雨沧桑的民族。那是多少在艰难困苦中百折不挠，向往美好的中国人啊！从“小柴旦人”，到无名的诵经人、牧者，千年万年啊，从开疆拓土的汉唐帝王，到农耕放牧的樵夫山民，到守边的控弦之士，到凿通者张骞，到唐蕃古道，到边塞诗人，到丝绸之路，到流放者……那脚步，那驼铃，那炊烟，那悲愁，那风雨冰雪，那期期艾艾的目光，无不烙印在昆仑山间，融入了昆仑文化或昆仑精神。一个形象的比喻是，昆仑山脉向东伸出的揽起华夏大地的臂膀，为坚韧，为柔和，为筋骨，为血脉，为天行健，为地势坤，为自强不息，为厚德载物。斯有5000年文明根基所在，源流所在，而不间断，而不亡国，而不灭种，绵续至今，炎黄子孙也，中国龙也！何能绵续？山有昆仑，水有江河也！

赞美昆仑

中国古今诗人中，以华丽的想象触摸并深入昆仑山的，以屈原为最。他的《离骚》有经典之语：

朝发轫于苍梧兮，
夕余至乎县圃。
欲少留此灵琐兮，
日忽忽其将暮。
吾令羲和弭节兮，
望崦嵫而勿迫。
路漫漫其修远兮，
吾将上下而求索。
饮余马于咸池兮，
总余辔乎扶桑。
折若木以拂日兮，
聊逍遥以相羊。

屈原在《九歌》中还有“登昆仑兮四望，心飞扬兮浩荡”句。屈原把理想中的一切美好集于昆仑山，也可说昆仑山是屈原追求高尚纯正、芳草美人的理想之地。对《离骚》的解释数不胜数，但从历史、地理的角度独辟蹊径、见识高远者，是清华国学院梁启超门下的姜夫亮光生。他说：“为什么屈原作品中说要到昆仑山呢？屈作中不少地方写到西方，值得我们注意。屈原对四方的态度不一样，东方因是太阳升起的地方，有好感；对西方、南方的感情最深厚。从楚国的历史看，向南方开拓是楚国的国策，所以到南方要找一个安家的地方。而西方则是追念祖先，寄托感情的地方，因为楚国的发祥地在西方。对北方，则没有什么感情，在作品中往往将北方写得很可怕。高阳氏来自西方，即今之新疆、青海、甘肃一带，也就是昆仑山来的。我们说汉族发源于西方的昆仑，也只有昆仑山当得起高阳氏的发祥之地。”

高阳氏何人？《史记·楚辞世家》称：“楚之先祖，出自帝颛顼高阳。”高阳氏来自西方，羌人也，炎黄初祖最早之先民也。是有《离骚》起句：“帝高阳之苗裔兮……”屈原是在寻根问祖：我是天帝高阳氏的后代子孙啊，在“朝饮木兰之坠露，夕餐秋菊之落英”后，“驷玉虬”，朝发“苍梧”夕至“县圃”，县者悬也，昆仑山顶也，神仙升降，神物聚集，高阳氏发祥之地，华夏民族筚路蓝缕之初始也。

屈原神游昆仑，饮马咸池，“哀高丘之无女”，“求宓妃之所在”，却不能忽略了另一句诗：“耿吾既得此中正。”中正、中和、节中、正道的义理之谓，而这一切与昆仑山有何关系？中正，能使人想起“中国居天下之中”的“中”。中的观念延续几千年而成为我民族心理之厚积，成就我民族道德之大源，烛照于先秦诸子及后来各家之经典。中而正，正而中，中从何来？一个“中”字可作惊天一问！“中国”一词最早出现在周代，《诗经》中有“惠此中国，以绥四方”语，但《诗经》所言之“中国”，实为“国中”意；推之先秦诸子，已屡见不鲜，如《孟子・滕文公上》云“陈良，楚产也，悦周公仲尼之道，北学于中国”“兽蹄鸟迹之道，交于中国”及《庄子・田子方》之“中国之君子明乎礼义……”等。上述是诸子凭空所想？非也！必有所凭借，凭借者必是自然物。老子见山见水，是有“水利万物而不争”；孔子见山见水，是有“智者乐水，仁者乐山”。老子连水与道，孔子接山与仁，思想之源于自然物，可证矣。回到昆仑山，昆仑山地分南北，横贯华夏，其地理特征最为明显的是昆仑山东延之秦岭。秦岭依着昆仑主脉设定的方向，东向中原，成为大陆南北地理分界线，是有古人所称“秦岭为天下中”。秦岭向被称为昆仑，从大秦帝国至汉唐，八百里秦川既是逐鹿之地，又是国都所在，“中”的观念是否由是而出？后来，儒家得之，成为中道、中庸之道，这是后话了。

秦岭，界分中国南北，却分出了万千景象。山南为桔，山北为积，此其一端也。冬日，关中冰天雪地，仅一山之隔的汉中盆地，依然山青水秀。当寒流挟冰雪尽覆江南，乃至穿越南岭直逼广东时，四川盆地却百花吐艳，风情万种，此又一端也。秦岭山中有佳木，有翠竹，有奇花，有异草，有百兽，南北两坡各有河流以百计，分别注入黄河、长江……如果说青海昆仑遥不可及，而小昆仑秦岭历经孔子所赞“郁郁乎文哉，吾从周”之周代，而先秦，而汉唐。黄土丰腴，山川形胜，挽南北而连东西，界寒暑而生万象，极目东西南北之大，独得居中遐想之妙。有先贤大哲，仰者观象于日月星辰，俯则取法于大地山川，奇思妙构出矣，烂漫诗文出矣，风流人物出矣！

环球同此凉热

昆仑山，我们民族的慎终追远之山。

昆仑山，千门万户的寻根溯源之山。

还用问我们从哪里来吗？从天上来，从昆仑山中来，山水之点滴也；还用问我们到哪里去吗？到天上去，到昆仑县圃去，云雾之毫末也。来者自如，去者自如，相望于道，其乐如何！昆仑是山，巨厚堆积，冰雪聪明，光明远大之山；昆仑似梦，恍兮惚兮，玄之又玄，有无之相生也。昆仑是山时，改变了中国的地形与气象；昆仑似梦时，赋予了中国神话与起源。人是大地昆仑的代言者，1935年，长征路上，毛主席登岷山远望昆仑，写《念奴娇·昆仑》：

横空出世，莽昆仑，阅尽人间春色。

飞起玉龙三百万，搅得周天寒彻。

夏日消融，江河横溢，人或为鱼鳖。
千秋功罪，谁人曾与评说？
而今我谓昆仑，不要这高，不要这多雪，
安得倚天抽宝剑，把汝裁为三截，
一截遗欧，一截赠美，一截还东国，
太平世界，环球同此凉热。

其中“太平世界，环球同此凉热”句，于今读来，更可见一代伟人之胸怀境界，可与昆仑试比高矣！

还想起了一首老歌，风云于20世纪40年代，是罗家伦先生的诗，后经谱曲传唱一时：

青海青，黄河黄，
还有那滔滔的金沙江；
牛儿肥，马儿壮，
昆仑山下好牧场；
白云千里鸟飞翔，
我们发原在青藏高原，
这里是我们中华民族的故乡。

仰之弥高，钻之弥坚，瞻之在前，忽焉在后的莽昆仑啊！

2013年9月至10月写于北京

第三辑 · 沧浪咏叹

虞美人

“虞美人”，草乎？花乎？药乎？一言难尽，中国古代林木花草，芳名无数，然如“虞美人”者，纤纤草茎、艳艳红花所承载的是楚汉争霸之历史，英雄美人之情怀，它花则无记。项羽被困垓下，已是英雄末路而慷慨悲歌：“力拔山兮气盖世，时不利兮骓不逝，骓不逝兮可奈何，虞兮虞兮奈若何！”歌罢自刎。虞姬从之，血溅垓下荒土而生草，开红花，兀立于古战场。时人遂以“虞美人”名此花，后人则以“虞美人”寄相思。读史，有相思随之；相思，见史影恍惚。历史与相思何干？“虞美人”一茎而担之矣。

溅血开花可谓传说，此一传说却说明华夏民族是极富诗意和想象力的民族。《易》曰仰观俯察。仰观者，天也，日月其上，斗转星移，风雨有时，是有古代中国之天文学；俯察者，地也，江河奔流，森林浩然，草木花香，是有中国古代开文化先河之诗歌总集《诗经》。诗从何来？盖源于古代先民垦殖拓荒，寻花摘实时与河山、植物之亲近，男人和女人劳作时的接触互动，由景生情，灵智激发而歌之咏之比兴之。“虞美人”遍布中国，实为荒草野花。花色有红、白、蓝、紫，以红色为最高贵，天生丽质而与众草为伍。“虞美人”又名丽春花、赛牡丹、仙女蒿、满园春，这些名字之命名大约是在周代以后，很可能不是虞美人的初名，其初名为何？我检索了古本《草木疏校注》《南方草木状》均无所获。或者彼时野花满地，不及一一取名。无名亦无妨，“花不知名分外娇”也。后得“虞美人”之名，非仅姿色风情，且有血性灵魂。幸甚至哉，中国草木。

“虞美人”产于欧亚温带大陆，中国为最著名的原产地，后引种至新西兰、澳大利亚及北美诸国，其分枝细弱，叶状深裂。裂片如针，作锯齿状。花单生，借风自播，花开时有长梗高挑。花未开，蕾下垂，低眉垂首；既开放，花向阳，娇娇欲往。1986年夏末，我去塞外塞罕坝林场采访，周游坝上高原，野草丛中初识“虞美人”，惊艳之下，驻足不前。友人称“虞美人”是有故事的花，且花期长达半年。或者花作半年无言之诉而有所期待？或者人有半年倾情之慕而寻寻觅觅？坝上风起，似有花语：“众草芳菲，岂敢独美？风雨如晦，沙石纷飞，其中有灵，其中有魂。相逢一笑，去日可追。”俄顷风息，希声邈远，此“慎终追远，民德归厚”之教也。友人还说，当坝上林场未辟，荒野寂寥，风沙时作，独“虞美人”不弃荒芜，苗先出，枝先立，花先发。然后众草随之，群芳斗艳，自此大荒得大美。

一茎花草，几多辛酸？唐中期以后诗衰而词兴，词以曲拍为句，由乐曲定词。每种曲拍各有其名，亦称词牌，《虞美人》其一也。软玉温香，庭堂宴乐，“类不出乎绮怨”。“虞美人”成了乐曲，填词者以韦庄、温庭筠为著名。各种曲调如《清平乐》《浣溪沙》等数以百计，当然也包括《虞美人》，传唱一时。到南唐后主李煜，词的脂粉味渐淡，重心境意绪，多白描口语，得天然优雅。李煜39岁，南唐国亡。李煜被俘囚于汴京即今之开封后，词之境界臻于高峰，其真诚执著之艺术感染力，前无古人，后无来者，史称“南面词宗”，尤以作阶下囚后所写的《虞美人》为最：

春花秋月何时了？往事知多少。

小楼昨夜又东风，故国不堪回首月明中。
雕栏玉砌应犹在，只是朱颜改。
问君能有几多愁？恰似一江春水向东流。

因为这首《虞美人》中“故国不堪回首月明中”句，宋太祖杀心顿起，赐毒酒，李煜死。毒酒是何种毒药？虞美人草制成之“牵机药”也。李煜写《虞美人》为求速死，宋太祖杀李煜却是用心良苦了。虞美人本是药用植物，苍生大医用之，可治病；无良之辈用之，可杀人。据传，李煜死后，北地汴京，黄河岸边，有“虞美人”一枝独出，四瓣红花皆为血色。

虞美人向为我们忽略的是它显现之死亡的美丽，不独项羽虞姬，不独词宗李煜，还有多少为家国民族冲锋陷阵赴死求义者。中华大地之下掩埋了无数牺牲的白骨，中华大地之上是有无数生生不息之“虞美人”。为悼亡也是告慰——良善之灵魂可为花草，并呼告于荒野：毋忘牺牲，珍爱和平。“虞美人”似可到此作结，却又难于搁笔。2014年4月30日《参考消息》载：“英国种植‘虞美人’纪念‘一战’一百周年。”先是卡梅伦首相于唐宁街花园携同小学生播“虞美人”种子，又有举国“虞美人种植计划”，为缅怀先烈也。忽然想起典出中国的“虞美人”，到了欧洲，英国何以仍称“虞美人”？英国是引种中国花卉最多的国家，英国之“虞美人”或从中国引进？待考。然欧亚同产此花，有没有可能欧人为“虞美人”之花名倾倒，于是中也“虞美人”，英也“虞美人”，一草一花之美丽及其内涵，便成了人类共有的文化财富。欧人对“虞美人”情有独钟，则还因第一次世界大战结束，欧洲疮痍满目，土地支离破碎，硝烟尚未散尽时，法国北部、英伦三岛之屡遭战火的荒芜大地上，却有“虞美人”破土而出。战争几乎毁灭世界，而最先到场抚慰人类的是植物，“虞美人”为首，红花娇艳，望之泪奔，生活可以重新开始。

“虞美人”果为何物耶？它是植物，但被赋予了血染的情感，被视为荒野的精神，从而成为和平的象征。在大地退隐的今天，“虞美人”还告诉我：植物是拯救者！

2016年夏作于北京，改于崇明

与老谢书

老谢，久违了。

倘说星汉渺茫，天人阻隔，你我则相距太远；若谓灵魂不死，阴阳相荡，岂非近在咫尺？曾经发生的40多年前的因缘相聚，后来成为了记忆。记忆乃生命之象征，记忆是一棵树，长在心田中，心田有源头活水，记忆之树便伸展青枝绿叶及至藤蔓。想起了崇明岛上农人口口相传、很可能是农人自己发明的一句成语：牵丝攀藤。

40多年前，明媚鲜活的一个夏日，我从崇明岛坐船到上海，光脚穿一双破塑料凉鞋，找到了汉口路的解放日报社，传达室有个胖胖的师傅问："找啥人？""谢泉铭。""哦，老谢。上去！上去！"语气友好多了。大约受了传达室胖师傅的影响，初识，开口便是："老谢好！"老谢让座、倒水，我从黄挎包里掏出一摞稿子，有写崇明的组诗《茅屋颂》《江芦青青》，以及一个短篇小说《构思》。老谢略一翻读："你还写小说？""偶然，有一点当兵生活的小故事。"我清晰地记得，你有点惊讶："哦，你还当过兵？""是的，想退伍回来考大学，结果又做了红卫兵。"你朗声大笑。你笑的时候，于今想来，有一种敞开的澄明之境的感觉，不仅是声音，还有你脸部本来就宽厚慈祥的表情，没有一点客套。你的头发又黑又亮，你每天出门的时候，大约总是会梳头的。你曾笑着对我说："徐刚，你的头发乱了一点。"更多的时候，是聊崇明岛以及我少小时代的生活，芦荡旷野，孤儿寡母，田埂小路，油菜花和丝草籽。你说对乡间流传的水印木刻、绘图绣像的旧小说特别有兴趣，从《封神榜》《西游记》到《说唐》等，你说晚清、民国时江南的出版业已相当繁荣，再往前可以推到南宋。“读书其实就是读史”你好像是随口说出的这一句话。在我偶然回顾煮字生涯时，问自己：因何由诗、散文而旁及自然文学？在读康有为、梁启超等人物传记时，忽然找到了那次并不彰显却影响至深的点拨：史也。历史，一块土地的历史，一处森林的历史，等等，才有我笔下后来的如此流露，“历史的一部分是散落于荒野中的碎片”，“历史作废墟状，在时光之箭掠过太久之后，历史的废墟依然是有温度的废墟”，“山川就是历史”。

我要离开上海了，辞行、请益，你淡定、平静，笑容可掬如往日，问得最多的是我那一个人住在崇明岛西北角乡下两间朝东的屋里的年已七旬的老娘。“没有比母亲更伟大的了！”你说，稍顿，又补充道：“徐刚，尤其是你的母亲。”我要去北京学做编辑，你对编辑的体会似乎只有两个字“作者！”，你带着上海口音的“作者”一词的发音，有庄重感。后来我才体会到办好副刊的诸要素中，作者是最重要的，其中的另一层意思是培养新作者，副刊上要有新面孔。在北京带我的师傅是袁鹰、姜德明、李希凡和蓝翎等，我在编辑岗位上一待就是10年，实做9年，另外一年被停职检查。这风生水起的一年间，我接到过来自上海的三封信（不含崇明），一个是你的，一个是刘征泰兄的，另一位是王周生女士的。当其时也，鸿雁传书，少为贵。后来便开始流浪，天南海北、深山老林，写《夜行笔记》《伐木者，醒来》。偶尔路过海上，又重逢，先前未曾有过的默默对视后，随即，你笑了，笑容依旧。你说：“徐刚，你还是老样子。”你提醒我，要留意俄罗斯普里什文的作品，“一辈子写自然，文笔极优美”。我们谈到海洋、江河及森林生态系统时，你曾问我：“读这一类书，会不会枯燥？”我说：“不会，知道生命来源于古海洋，古海洋又是汇集了当时地球上的原始大雨，这大雨，不知下了多久，不知下得多大，天上的雷鸣电闪不知何等壮怀激烈，会生出太多想象，指向起源。”你似乎略有感慨：“说你还是老样子，其实不确切，至少还可以补充一点，一个人知识结构的变化，同时也改变了这个人谈话的内容与方式。”你告诫我：“诗，不能丢，那是你的文字基础。还有崇明，你想象开始的地方。”

老谢，倘若我说谢谢你的教诲，很可能有违你的本意，你是最早发表我作品的编辑，你认为这是应做的事情，你只是在和一个文学青年聊天，用你的话说是作者、写作者、艰难刻苦的写字者。那时文坛不是官场，也没有“著名”，没有一根小草是著名的，没有一滴流水是著名的，作者而已。一首小诗、一篇短文，晨作夜改，至今我还在写字，我仍是作者。老谢，这是我可以向你报告的、很可能是关乎我个人的唯一的好消息。我有一个手工小作坊，这个小作坊随我而行，走到哪里带到哪里，一纸一笔足矣。

在一次路途更加遥远、长达三年的远行之后，我回到北京。又两年后，因为时任崇明县长曹树民先生的邀请，在春雨绵绵中，我回到阔别十年的崇明岛，修缮母亲留下的老房子。事前与季振邦兄商定，在上海稍作停留，专为与你一聚。是晚，我于“好望角”酒店设便宴，在门口等候你，相见，握手，我不记得与你有过如此之久的握手，你的手依然肥厚而温暖。有一道菜是龙虾，你说：“太破费了。”你笑容、温情如往昔，却一句也不提我海外三年的生活，只是问：“以后怎么办呢？”“回京后便去河西走廊，进腾格里沙漠，写风沙线。”“路是对的，就是太辛苦。”“我喜欢，荒沙荒野荒凉，沙漠植被和种树的人，我心向往之。”在“好望角”门口，我和你握别，上海之夜的车水马龙，很快淹没了你，也淹没了我。

几年后的一个早晨，我蛰居北京通州农舍时，电话铃响了，振邦兄沉重而凄凉地告诉我：“老谢走了……”

辛卯中秋过后，我回乡，恰逢上海文艺出版社约写纪念你的文章。十多年的思念，提携之恩，关爱之重，一时涌出，是有此书。又思及康有为的《论死生》，南海谓“万物莫不生，而不知其由死而生也；万物莫不死，而不知其死而复生也”，《易》曰“原始返终，故知死生之说，精气为物，游魂为变”，如是观之，老谢，你是功德圆满而往生者也，我是尚在跋涉之向死者也。所谓死生如此而已。老谢，我还想在你面前再犯一次狂，苏东坡的“十年生死两茫茫”，且改成“十年生死两相望”，你以为如何？

别矣！老谢，别矣！故乡。

待秋天的雕像披挂雪霜，然后冰晶玉洁地流淌出荒草重绿，清明时节，我再来。

辛卯年冬日于北京

歌沧浪之水

——写给作荣

作荣，韩作荣也。我写作荣不能不先说自己，不仅仅是因为性格使然。我是可以享受寂寞的一个人，可以在一间斗室自得其乐，写我想写的文字，读我爱读的旧书。但所谓可以享受寂寞，倘要推敲起来，还得有区分，年轻时就没法寂寞，也不曾想过寂寞。那时由一众师父带着，艾青也，袁鹰也，等等，工作忙碌而快乐。到晚上，必去艾青在北纬饭店的住地，谈诗论道、喷云吐雾，与我同去的必定是作荣，一道喷云吐雾的是艾青、作荣和我。室内抽烟不方便，便到走廊上，三人同行、同抽，先生并戏言："我们成立个世界抽烟同盟如何？"有时还有写《少女万岁》的蔡其矫先生。这种愉快的日子很快就过去了，然后各自搬家，房子愈搬愈大，距离愈搬愈远，命运为各人安排的路也各不相同。幸运的是我的师父们与韩作荣与我一切如旧。

作荣比我高大壮硕，小我两岁。他是我1976年到北京工作后，同龄人中相知最深、相交最好的朋友。但我俩性格各异，他含蓄，我直接；他较有柔性，看似木讷，我恰和他反其道而行之。读书写作我们各有特点且各有所好，对社会人生的看法也有不尽相同处，我们会互相交流，却从未试图谁说服谁。几十年从没有红过脸，从来不伤和气，互相视为手足，几天不通电话便觉心情不畅，一打电话便互相开涮。有过两年极难忘的时光，那时我们同住团结湖，每个星期天必聚一次，我们一家去作荣家吃饺子，作荣擀饺子皮擀得飞快。下周他们来我家吃小燕做的家常菜，除去聊天喝茶，小女苇苇喜欢让作荣抱起，再往空中扔，然后接住，“举高高”是也。此种特技动作，唯作荣能为，因他身高且力壮。黑龙江诗人李琦称我们两家的聚会为“每周一歌”，信哉！由是，两个人的友爱成为通家之好，苇苇称韩夫人小郭为郭妈妈，迄今依然。

想起了作荣为我的《梦巴黎》写的序言《梦境与家园》，当时每天奔走于艾青先生和我太太的两个医院，并未一读再读，这是我对不起作荣的，如今读来却别有一种感动。他说：“徐刚作为一个饱经酸辛困苦的磨难仍具有独立精神品格的人，作为放逐灵魂于荒野却并未丧失操守的自由撰稿人，他没有向任何人屈膝，以自己的矮小衬托别人的高大，没有发疯、沦落……作为诗人，他可以与一枝玫瑰对话；作为一个纪实文学作家、一个智者，他又能深入地洞察人的现实生存状态，体察入微，并进入一种哲思的境界。”这是作荣写于1993年2月的文字，《人民文学》也在当年的2月和3月连载了10万字的《梦巴黎》。作荣亲撰的“编者的话”还写道：“作品的高度，还在于作家洞悉了人作为类的存在，所面临的恐惧与孤独。目睹豪华的城市成为肉体、大麻和病毒的集散地，人，敢不敢正视心灵的空洞里墨一样的浓黑？又到哪里去寻找安宁？透过文字，你会听到作家无声的呐喊，其良知的焦灼与叹息。作品颇有意味处，是那些似乎随意道来的闲笔，见微而知著，于漫不经心中呈现了事物的质感。梦是骇人的，可早晨是鲜活的，只要人能从梦中醒来。”

或者有人说，你是用作荣的文字来赞赏自己吧？然！一点不错！

而且我引以为豪！这些文字，多少年后重读仍能读出感动来，那就是文字的生命力了。作荣的这些话，于他只是说了实话、真话——他向来只说实话、真话，但我感动，我欣然！实话与真话既说来不易且得之不易！此种感怀，在26年之后重读《梦巴黎》，重温旧梦时，竟吹动了心中的涟漪，不舍掩卷。我与时下的“红包评论家”从无交往，偶尔在公共场合见面，也互相忽略。而我在作荣的《梦想与家园》中，则看见了他心中的我，看见了他捡拾起我的那些杂乱飘忽、有的几成碎片的梦，有时还小心而认真地拼接着，连缀起暗夜中发出的光，被扑灭，再自燃的心境，我燃烧我自己，总可以吧？写了几十年的书，有我38年知己作荣的文字在，与有荣焉！夫复何求？

但，我已经不能和作荣谈笑说古今了。

2014年深秋的一个晚上，秋雨乍停，秋风不绝。我和小燕出门散步，梧桐树下，蓦然有一片绿色依旧、叶柄处略带枯黄的叶子，悠悠然飘到空中，然后划出一道弧线，落在我跟前。我曾与这片叶子短暂地对视，当时想起的是它落地的姿态，从容潇洒而为之心动。不料次日凌晨，电话铃声响起，小郭在电话中说：“作荣走了。”走了，走了，去天国了。我和小燕当即赶往作荣家，心里直想把作荣臭骂一通，不是说好你去延安回来要茶聚的吗？不是说好要到我书房品茗，再看良渚古玉的吗？每一次通话的结语总是互道珍重，尤其是作荣会正告我，“不要再拼命写了，健康就好”。哪知你不仅先走且走得匆匆如此，竟然连一次见面、一声问候的机会都没有给我。那是天上有约，诗仙召唤，你不能不走，而如此疾速？于今想来，在这之前我们见面时的相互戏谑嘲讽，互作打斗状的样子，是何等率真可爱！因为这只是属于你我之间的感情表达方式，久别如此，小别亦然。我们把寒喧与问候置之一旁了，所有的客套成为多余。我们尽情地相互嘲弄，你以我的秃头为笑料，说是“农村包围城市”，想不到你的脑袋竟也秃得如此之快。当我说“作荣，终于你也秃顶了，农村包围城市感觉如何”时，作荣当即回怼“我脑瓜的四周黑发尚存，你的毛全白了”。一不小心他得便宜了，他头上是发，我头上是毛。我们不仅嘲弄对方，还拳来拳往，空心拳头也。作荣，你走了，这般光景，不复再见。这是两个好友、爷们儿之间，方能生出的相互关爱的另类方式。旁观者笑称，这老哥俩“鸡鸡斗”又开打了，而我们却乐在其中，旁若无人。作荣，你就这样走了，你真的这样走了吗？我有妙语，可作弄者谁？我有老拳，能挥向者谁？而嘲讽我者，巴掌拍打我秃顶的，知是谁人？今在何方？

生活残酷如斯！有的期待是徒然，有的握别是永别，有的“再见”是永不得见，有的从电话里传来的声音是最后的声音。亲爱的朋友，哪有什么比珍惜当下，让内心充溢爱与善更加紧要！如是，当我们灰飞烟灭时，会留下一点点温度，信夫？

俱往矣！作荣，你带走的是我生命中不可或缺的一种情趣，一种慰籍，一种知遇。《论语》有句：“可与言而不与之言，失人；不可与言而与之言，失言。”徐刚一生失言众矣，大抵是因为口无遮拦、小视权贵，却从无悔意。我自可庆幸者，没有失人，没有失去你和三二好友，没有失去爱人之心。我们一起在风风雨雨中走过了近40年，此生于我，坎坷层垒，乃至落魄江湖，不弃不离助我者知我者，作荣也。你匆匆离去，一时间，无助之感犹狂澜之既倒矣。

清明前夕，我和小燕到八宝山为你祭酒，陪你抽完一支烟，你安然于壁，我洒泪于地。是夜曾在梦中见到你，却是个背影，你飘然而去，像一片叶子，飘到天上的叶子。

你夫人嘱我为你写碑记，因篇幅所限，我写了一篇一生中最短、最难以落笔、却老泪横流的文章：

“君在何方？

归去白山黑水间耶？

逍遥天涯海角处？

茶尚在，烟尚在，几桌虚位，稿笺待书。

呜呼！人思君，物亦思君，哀哉！”

作荣，为此55字，我心中有愧，何以故？其短而又短矣。然则，因此55字，我亦足以自慰，何以故？能与兄之灵骨朝夕相伴，而人间冷暖只作等闲看矣！

作荣，你归去道山，我沉沦人世，茫然枯坐时有困惑：是我为你悲？还是你为我哀？人为必死者，梅特林克在《沙漏》中说过：“生存即是我们浪掷所欠死亡的光阴，永恒的死亡，却不再浪掷光阴。”徐刚老矣，正静待与你相会之期。是时也，你必曰：“老兄，你终于来了！”还是相互戏谑，报以老拳。然后，结伴去银河，倘无沽酒处，便煮茶，相对而饮，歌沧浪之水。

2019年秋深落叶时再改于北京

足下今在何方

“千里之行，始于足下”其“足下”乃言行走；而“悲乎！足下！”此“足下”乃春秋时晋文公思念介子推所言，以“足下”指代人称，由此而始。

“足下”接地气者也，人类生存、文明创始，靠的是行行复行行，不离水与草木，及至地理大发现，足下的故事总是与草木相缠结。读晋人嵇含著《南方草木状》，实在有趣得紧。其为草木状也，却有哲思，比如水松：“叶如桧而细长，出南海。土产众香，而此木不大香，故彼人无佩服者。岭北人极爱之，然其香殊胜在南方时。”何以故？嵇含论曰：“植物无情者也，不香于彼而香于此，岂屈于不知己而伸于知己者欤？物理之难穷如此！”木为知己者香？晋人已经在探讨物理之深邃了。人类文明正是随着对植物的认知和利用渐渐积累的，若编织麻草蔽体，若不再光脚而着木屐等。

《南方草木状》记抱香履：“抱木生于水松之旁，若寄生。然极柔弱不胜刀锯，乘湿时刳而为履，易如削瓜。既干，则韧不可理也。”抱香履“出扶南、大秦诸国”，扶南何地？待考，其为朝贡之国无疑。“泰康六年，扶南贡百双，帝深叹异，然哂其制作之陋，但置诸外府，以备方物而已。”接着，按东方朔《琐语》称，“木履起于晋文公时，介子推逃禄自隐，抱树而死，公抚木哀叹，遂以为履。每怀从亡之功，辄俯视其履曰：‘悲乎！足下。’足下之称亦自此始也。”推究起来，“木履起于晋文公时”，似不确。南屐北履，屐履之初应为相类之物？中国考古实物中的木屐出现在良渚文化时期（《文明的曙光》）。5000年前，良渚先人已经从光脚改穿木屐，步入了文明的门槛。木屐，古称“屐”，“木头鞋”，华夏先人有鞋之始也。木屐留迹于历史，造器其一也，还有故事：吴王夫差得越国进献的美女西施后，命工匠在今苏州灵岩山造“响屐廊”。工匠们先凿石挖坑若干，再埋置陶缸若干，又在陶缸上铺梓木地板，架构长廊。由西施着木屐于梓木地板上翩翩起舞，舞步随木屐而作响，是为“响屐廊”。屐有艺术功能也。史书无载而可以推论的是，从良渚时期到吴越相争，长江以南先民着木屐已相当普遍。其所以发生在南方，因潮湿多雨故，后传至日本、越南、朝鲜等东南亚族群。如同越南的蜜香树传到中国一样，不同民族之间文化的传播与碰撞，首先是物质的，其中蕴含着对陌生和新鲜事物的好奇和讶异。

我偶然有“足下”的遐想，除去对这一词语的眷恋，还因为少小时很想得到一双木屐。崇明岛冬春多雨，小路泥泞。雨后，东宅上的才元好公总是第一个着木屐走在横路上，他甩动双臂，左右摆动的幅度要比平时大一些。然后是昌团阿哥等一众壮劳力，一律着木屐走将过来，议论农事。七八个人、七八双甩动的手臂、七八双木屐，在田埂路上晃来晃去，煞是好看。记得20世纪50年代，蓑衣、木屐——乡人称“木踏底”，农家必备之雨具也。我自幼丧父，便央求品元伯给我做一双木屐。“有啥用呢？”“我就要上学了，雨天好穿着走路。”品元伯笑着告诉我：“着木屐只能走东邻西舍，哪有学生子拖着木屐上学的？”“那雨天怎么办？”“做赤脚大仙！”到小学四年级暑假的一天，三哥把他穿过的一双木屐整修一新后送给了我。傍晚下雨，我穿着木屐去东宅上找生民，学着大人的样子风吹杨柳般晃动双臂时，摔了个泥头土脸，娘惊呼一声，从雨中把我抱回家里……

木屐有两种，行走于泥地的，木踏板下需钉上前后两个木块，方正厚实，使屐有高度，否则不能跋涉。还有一种在广东、广西，以及东南亚诸国更普遍，木拖鞋是也。5年前访马来西亚，吉隆坡小街人行道上踢踏有声，20年前的广州亦然，不禁想入非非，以为身在响屐廊中也。

近几年因写《大森林》，再读《南方草木状》，其所称之木履，在扶南而不在中国，“刳而为履”之抱香履也。“哂其制作之陋”，可想而知后来又有制作之改进，此另论。东方朔说介子推：春秋时晋人介子推随公子重耳流亡，忠诚其事（《蒙学经典》）。流亡结束重耳回国继位是为晋文公，论功行赏时，介子推隐入绵山，晋文公命随从放火迫其出山，此即东方朔所言之“逃禄自隐”，且“抱树而死”。介子推的故事典籍有载，东方朔说“履”却语焉不详，“木履起于晋文公时”，此履为抱香履乎？若不是，嵇含又因何将东方朔《琐语》记在“抱香履”条目下？东方朔写介子推抱树而死后，晋文公“抚木哀叹，遂以为履”，应是取介子推抱树而死之木，制为履。“每怀从亡之功，辄俯视其履曰：‘悲乎！足下。’”晋文公怀想当年，自视其履，其中有介子推生命精魄，足下情深也。“足下”一语亦得以流传，可以想见古人称彼为“足下”时，与“来者何人”的语气是大不相同的，声轻柔且怀敬重意。

多年前曾去绵山，高岩深谷，草木森然，正是秋深叶红时节，为介子推的“逃禄自隐”感动，也为其抱树而死长叹！耕种绵山自食可也，何必求死？再细想，因介子推，始有晋文公之履，始有“足下”这一古汉语中极美妙的词语，灿烂于华夏文化，介子推其功至伟矣！何言灿烂、至伟？良渚木屐辗转传到北方，孔子喜之，孔子屐是也（《文明的曙光》）。晋文公之后，“足下”一词多见于书册。一种古老文化需有多少字、词连绵而成，然后有诗有文有哲思？字词之发明，可以惊天地者也。屐、履或稍有差别而指向一也——先人所制器物。何以造此物？为走路。《易》有“履卦”，《易传》说履：“是故，履，德之基也。”履，德之基础，人的立足点，行走人生之始也。故“足下”一语，有仁义之重，有致远之意。如今，“足下”及汉语——华夏民族母语中的多少词语已经飘逝，悲乎哀哉！

飘逝的或能于梦中拾得。今年清明前一夜，梦见亡友韩作荣飘然而至，惊喜之余脱口而出：“足下今在何方？”

2016年春，北京一苇斋

饮冰垂露

文化

“饮冰”源出《庄子》：“今吾朝受命而夕饮冰，我其内热欤？”梁启超以“饮冰室”为斋号，其“受命”——时代之命也；其“内热”——爱国热血也，可想而知。斋名其实是斋主的背影，何以是背影？因为他走在前面，挟历史风云，作大海潮音，望其项背读其文者，有福了。又因《饮冰垂露》是我今年清明脱稿的《烂漫饮冰子——梁启超传》的书后余绪，列专题若干，求教于读者。

何谓文化？世界上有千百种说法，我信服任公所言：“文化者，人类心能所开积出来之有价值的共业也。”

“共业”一词，梁启超借用了佛家语，极妙。以佛家所言，梁启超认为“我们一切身心活动，都是一刹那、一刹那地飞奔过去，随起随灭，毫不停留。但是每活动一次，他的魂影便永远留在宇宙间，不能磨灭”。接下来梁启超又用了个宜兴老茶壶的比喻，“多泡一次茶，那壶的内容便生一次变化”。茶尽茶叶倒去，却有“茶的精渍在壶内”，又泡，再泡，累积壶内我们看不见的茶精，使茶的汤色更美、味道更好。

梁启超的结论是：“茶之随泡随倒随洗，便是活动的起灭，渍下的茶精便是业，茶精日积日多，永远不会消失，除非将壶打碎。这叫做业力不灭……业力里头有一部分叫做文化。”（《〈饮冰室合集·专集〉之五》）

关于何谓文化，至此似乎已经明确了。其实不然，梁启超进而告诉我们，“文化是共业之一部”，但并非全部。人类活动可分为“·是自然系，二是文化系”。二者的区别在于：自然系为因果法则支配，“自然而然如此”的，与文化系无关，亦即非文化。文化系、文化之业具有创造价值，如何创造？“必须人类自由意志选择且创造出来的东西才有价值”。

如果我的理解并非大谬，文化应是人类心灵创造之后留下的魂的影子。比如《诗经》《论语》《老庄》等。中国古典文化是集共业之大成者，只要诵读，心灵魂魄可见。庄子《齐物论》云：“昔者庄周梦为蝴蝶，栩栩然蝴蝶也，自喻适志与，不知周也。俄然觉，则蘧蘧然周也，不知周之梦为蝴蝶与？蝴蝶之梦为庄周与？周与蝴蝶必有分矣，此之谓物化。”这一段美文，这一个梦便是极美的文化，还须指出蝴蝶本是自然物，一只或一群飞逐的蝴蝶，虽美而不是文化，但人被感动，人蝶相融，在心能的创造下庄周梦蝶可之，蝶梦庄周亦可之，那就是文化了，天真烂漫斑驳纷纭的文化。闻一多先生论庄子说：“他那婴儿哭着要捉月亮似的天真、那神秘的惆怅、圣睿的憧憬、无边际的企慕、无涯岸的艳羡，使他成为最真实的诗人。”庄子作品有“天下第一才子书”之誉，不为过也。

怎样叙述中国古典文化之恢宏博大，已经十分困难了。一方面，近人和今人与古典渐行渐远、愈行愈远；另，在已成社会思潮的物质的诱惑和挤压下，人的自由意志之选择空间已阻隔重重。这里所说的选择，其义有二：一是选择之后的创造，二是选择经典文化还是网络语言。读者不要以为我是反对科学的，不，我只是反对科技主义，反对数典忘祖。质言之，你上网写微信加粉丝万千都很好，但如果你不读古典，不识经文，你就不是一个真正的中国人，就只能沉浮甚至溺亡于虚拟空间。同样令我惊讶而欣慰的是，即便在这样一个绝对自由而又绝对被偷窥也偷窥别人的所谓网络时代，中国的古典文化在早已完成的筚路蓝缕的创造及几千年的传播之后，又开始了另一个艰难的过程——救亡图存。

感谢考古、古文字研究者，以及那些寥寥无几的真正的大师。距今7000多年的大地湾遗址出土的中国最早的彩陶残片上有“个”字的刻画符号，也是中国的汉字初文。关于“个”有两个最著名的解释，清段玉裁谓“个，半竹也”；今人饶宗熙先生称“个，为汉字树”。个与竹及诸多汉字相关。竹为自然物，想起了儿时崇明岛上家家宅后的竹园，鸡在竹间漫步，蝶与竹叶齐飞。当竹成为筷子，成为算筹，成为竹管毛笔，便由自然物而成为某种工具，再用竹管毛笔在竹筒上书写经文，是有竹简、书简。竹，且不说其中空有节的精神象征，又成了中国古典文化的载体。此一载体中的“汉字树”，灿若晨星，浩如银汉，从今已失传的《三坟》《五典》《八索》《九丘》到先秦至汉初的孔子、老庄、墨子诸子百家而农政医算等，汉刘歆奉命清点整理皇家藏书共39090册，均为竹简连缀而成。没有这些书于竹简的古典文化瑰宝，我们敢说中国是文明古国吗?

当今中国，一派文化的“繁荣”景象，我为繁荣二字加上引号，是因为目睹了太多的“文化园区”，文化只是招牌，目的是赚钱；出版业兴旺之极，而原创极少——复印技术的高超，使原创艺术几无容身之地；此泡沫也，谈何繁荣？文化后面加上“产业”二字，要成为新的经济增长点。于是出版社卖书号、刊物卖版面；卖书号出版的书籍、卖版面发表的文章，只能是垃圾，不可称文化，但可以为数量的

“繁荣”添砖加瓦。在金钱的驱使下，只重数量而放弃质量，已是中国当今文化的通病。如此文化怎能有影响力？但，文人都在责难社会，鲜有拷问自己者。同时，对于文化的误读，离人类“心能所开积出来之有价值的共业”已相差十万八千里。仅以北京论，种苹果的有“苹果文化节”，种草莓的有“草莓文化节”，种西瓜的有“西瓜文化节”，全国亦然。所有这些以促销为唯一目的之“节”，还要加上“文化”一词，所见所闻却只是吆喝。让农人富起来，关键是视土地为神圣，而农人是神圣的耕种者，我们的衣食父母。

我们还经常把自然系的自然物当做文化，比如吾乡崇明岛的芦荡，有称之为自然文化的，不妥。芦苇只是草本植物，由自然规律支配。只有在诗人的吟唱中，芦苇才成了文化，心能创造故也。再有，康有为称秋日芦花为“立雪”，芦花似雪，雪而能立，诗境也，文化也。我从小踏着崇明保安镇的青石老街上学，这古镇老街本非文化，乃历史陈迹。但在季振华、方伟等诗情文心的书写中，便有了生命，有了从地底溢出的文化气息，令我神往。可知，文化必由心灵创造，其中的某些种类可以成为产业，但万勿将所有文化与产业等同，否则便是无文化。

中国的“汉字树”“文化树”扎根几千年依然繁花似锦，只能以大言之，大树也。大树有何用？庄子有解。惠施告庄子，他有大树，长在路边，大而无用，匠者不顾。庄子的回答是：“何不树之于无何有之乡，广漠之野，彷徨乎无为其侧，逍遥乎寝卧其下，不夭斤斧，物无害者，无所可用，安所困苦哉！”树于旷野，徘徊其侧，或自由自在地躺在树荫下，读树上的叶子，刀斧不能伤折而盖房的不可资用，人被震撼，获灵感，然后有文化之烂漫，何来困苦？庄子其实说了一种高明的哲理：文化的无用之用。

2018年早春于北京

习斋

清初颜李学派之颜李，即颜元、李塨。颜元书斋号为“习斋”，一个“习”字，颜学之本。颜元曾经认为“程朱”之学——一时显学——还可以附之为孔孟一支之学。但，一次南游，见“人人禅子，家家虚文，直与孔门对敌”。自此以后，颜元认为只有“必破一分程朱，始入一分孔孟”。颜李学派的宗旨是“习于行身者多”，因为对“空谈说玄”“静坐收心”的厌恶，并认为此种学风不改，必定清谈误国。梁启超便以其新史学的钩沉比较，从“历史的瓦砾堆”里，捡拾出已少为人知的颜李之学精粹，奉献给南开、清华、燕京学子，并综合了这一学派的根本精神：少说多做，“不要说只要做”。

梁启超又释“习斋”的“习”字，用颜元语：“心上想过，口上讲过，书上见过，都不得力，临事依旧是所习者出。”一个“习”字，实为“做”字，实干，践而行之也。任公称，习有“可怕”“可贵”两层意思，可怕者，恶习也；可贵者，良习也。为何？“一个人性格之好坏，都是由人以后种种习惯所构成。”（《颜李学派与现代教育思潮》）倘若从小养成坏习惯，比如轻劳作、好钻营，能不可怕？所以颜习斋一生，在梁启超看来，“专提倡《论语》里的‘习相远’，《尚书》里的‘习以性成’这两句话，令人知道习之可怕”。习，实习，做实事，如颜习斋有言，“生存一日，当为生民办事一日”。也因此，任公说，颜习斋“不认为实习之外，能有别的方法得着学问，所以专提倡《论语》里的‘学而时习之’，令人知道习之可贵”。梁启超要求青年学子“在事上磨炼”，“不逐时流”，“修养品格起见，唯一的功夫是练习实务”。实际上已告诉我们，“学而时习之”不仅是读书，更要行动，做实事，改变不良之习，修养人格，去无用之谈，做对生民有用之事。后人大约嫌“学而时习之”麻烦，便简化成“学习”，学等同于习，习等同于学，习的内涵本义已弃之九霄云外。对学子而言，习就是复习，就是背书答题、记英语单词，何来做实事？至于社会，或有辩者，“今举国上下官员几乎天天开会学习”，问题就在一个“习”字上，肯定有做实事、为生民的人，更多的却是读文件而已，连续不断的空谈而已，下级应付上级而已。

颜习斋是读书人，作为清初一个学派之首，令他不安的是当时文人轻实践、不做实事、虚玄空谈的文风，且大行其道。青年学子无不奉程朱陆王的心性理学为楷模，一时流行，蔚然成风，甚至有“繁盛”之象。颜习斋对程朱陆王的一概否定，姑且不论其是否恰当，习斋从这不务实、不做实事的文化的“繁盛”中看到了危机，实在难能可贵，因此想转移学风。如何转移？先说心性，有人给出理、气有善、恶之分。习斋持性善说，“首言性不能分为理气，更不能言气质为恶”。习斋谓：“若谓气恶，则理亦恶；若谓理善，则气亦善。盖气即理之气，理即气之理，乌得谓理纯一善而气质偏有恶哉！譬之目矣，眶、皰、睛，气质也；其中光明能见物者，性也。”习斋接下来的论说很妙，若按性分义理、气质，一善一恶之说，同一只眼睛同视万物却要分出专视正色、专视邪色的善恶，岂非大谬？习斋的结论是“能视即目之性善，其视之也则情之善”。

那么“性本善”的人，为何又有作恶者呢？习斋认为皆从“引蔽习染”而来，即恶习所致。一种恶习不改，一种良习不养，周而复之，恶习叠加，是有恶人出。有了性善的气质，还要“尽吾气质之能”，为天下百姓做一点事。习斋又说：“学者须除萎惰，破因循，每日有过可改，有善可迁，即日新之学也。改心之过，迁心之善，谓之正心；改身之过，迁身之善，谓之修身；改家国天下之过，迁家国天下之善，谓之齐治平。”这一番正心、修身、改家国之过的意义之重，在于其中无不贯穿行动、更张、日新的意味。习斋并认为当时社会最可怕的通病是“为学而惰，为政而懈”。他认为魏晋之后谈玄之风盛行，到宋明理学时主静，成为“宋元明700年间道学先生们公共的法宝”。主静的结果是入“洞照万象”如“镜花水月”之境。习斋驳斥道：“天地间岂有不流动之水？不着地、不见泥沙、不见风石之水？一动一着，仍是一物不照矣！今玩镜里花、水中月，信足以娱人心目。若去镜水，则花月无有矣！即对镜水一生，徒自欺一生而已矣！若指水月以照临，取镜花以折佩，此必不可得之数也。故空静之理。愈谈愈惑；空静之功，愈妙愈妄。”

习斋的好动恶静，是恶说玄空谈。是好“提竦精神，使心常灵活”。那么颜李如何修养心灵呢？用的是孔子的三句话，“居处恭，执事敬，接人忠”。梁启超解释这三句话道：“做一件事便集中精神于一件事，接一个人便集中精神于一个人，不做事不接人而自己独处的时候，便提起一种严肃的精神，令身心不致散漫无归着，这是颜李学派修养的不二法门。”（《〈饮冰室合集·专集〉之十》）

习斋深知对孔孟先圣的曲解历经几个朝代，转移学风又谈何容易，因此告门生李恕谷：“立言但论是非，不论异同。是，则一二人之见不可易也；非，则虽千万人所同不随声也。岂惟千万人，虽百千年同迷之局，我辈亦当以先觉而觉后觉，不必附和雷同也。”这段话说的是文人要有独立之思考与人格。另，习斋临终前告恕谷：“一人行之为学术，众人从之为风俗。民之瘼矣，忍度外置之乎！”恕谷闻声而哭。

习斋想转变的学风终于无法转变，主静的仍高谈心性。也有动起来的却是奔走豪门，便有了他在文化“繁盛”时“不祥的预言”：“文盛之极则必衰，文衰之返则有二途，一是文衰而返于实，则天下厌文之心必转而为喜实之心，则乾坤蒙其福矣！一是文衰而返于野，则天下厌文之心，必激而为灭文之念，吾儒与斯民沦胥以亡矣……《易》曰：知几其神乎？余曰：知几其惧乎？”行文及此，惊骇莫名，中国当今之文化知民困民疾乎？或是敛钱行私与腐败为伍乎？我们的文化，自然也包括本人的作品，为民爱乎？为民厌乎？梁启超几乎是大声疾呼了：“呜呼，今日的读书人听啊，自命知识阶级的人们听啊，满天下小百姓厌恶我们的心理一日比一日厉害，我们还在那里做梦……依我看灭文之机早已动了，我们不知惧，徒使习斋、恕谷长号地下耳！”

任公，你是在说当时呢？还是指今世？

2018年早春于北京

李希凡印象

缘起姜德明

回想起来，我从未认真地叫过李希凡一声先生。当年报社文艺部与我交好的袁鹰、姜德明、蓝翎、英韬等亦然。其实他们都是我的长辈、我的先生，他们引领了我人生之路上最关键的十年，没有他们焉有今日之我？

这几位先生中，我最早认识的是姜德明。1974年初从北大毕业后，我在崇明县写通讯报道，是年夏日因送稿件到上海，住《解放日报》招待所。某日从编辑部改稿回招待所，门口电话铃声大作，我拿起话筒，对方说："拜托你叫《人民日报》的姜德明听电话，他可能住楼上，你要大声一点叫，谢谢！"于是我大叫"《人民日报》姜德明电话！"扯着嗓门喊了三声之后楼上有了回应："来了，谢谢。"我回到我住的统铺大房间，突然姜德明走到门口问："刚才是哪一位叫的电话？"我站了起来，姜德明握手道谢，在我的统铺上坐下，谈起了鲁迅。我说我正在写长诗《鲁迅》，姜先生当即邀我方便时去北京，说李希凡也在文艺部，除了"红学"，他对鲁迅也颇有研究，不妨请益。

初识李希凡

少不更事的我啊，竟然一直记着姜德明先生的邀约，除去长诗事要找李希凡，其中还有一个重要原因是我的女友——今之太太在北京。1974年秋深，西山红叶红了，某日，我出现在王府井的报社门口。经传达室通报后姜德明下楼，带我去报社招待所住下，并告诉我已约好李希凡，明天去八道湾。袁鹰不在北京，只能下次见了。

初见李希凡的第一印象是，好大的个儿！又高又胖，走路摇摇晃晃。姜德明介绍后握手致意，好大的手啊，软绵绵的。老姜已经告诉了我，文艺部对领导、长者的称呼是“老”字当头，或者直呼其名，我便一声“希凡好”算是打过了招呼。到得八道湾胡同11号——当时已经是大杂院了，李希凡如数家珍地告诉我，鲁迅、周作人及其母亲和朱太太的住房。“唉！”的一声感叹后，却是目光凝重的沉默，仿佛时间带走了一切。时间能带走一切吗？20世纪20年代，八道湾的故事、周氏三兄弟的脚印只是被岁月的尘埃掩盖了，非光阴能带走也！后院东侧三间客房里，曾住过多位外国友人，姜德明和李希凡饶有兴致地说起了俄国盲人作家爱罗先珂。我在鲁迅的作品中知道其人，却不知其他——爱罗先珂应邀到北大讲学，校长蔡元培对如何安置这位失明且又不懂汉语的客人颇是动了一番脑筋，最后决定与鲁迅、周作人商量，能否借居八道湾。蔡元培之所以有此议，乃是他与周氏兄弟因为新文化运动而有交情，此其一也；周作人精通英语，此其二也。爱罗先珂就成了八道湾的客人，并与鲁迅、周作人有了非同一般的交情。

我们在八道湾的院子里边走边聊，严格地说是李希凡和姜德明在对话，我只有听的份儿，收获了知识和学问。

“这是那个小池塘所在地吧？”

“爱罗先珂的《小鸡的悲剧》和鲁迅的《鸭的喜剧》，都诞生于这池塘。”

“周作人与爱罗先珂也相处很好，他在1923年写《爱罗先珂君》，读了后才知道爱罗先珂客居八道湾的时侯，鲁迅与周作人都是以爱罗君称呼他的。”姜德明又说，“《知堂随想录》里收了这篇文章。”

“对爱罗先珂的挚爱，兄弟俩是一样的，周作人在那篇文章里写到爱罗君是世界主义者，他对久别的故乡却怀着十分迫切的恋慕，这虽然一听似乎是矛盾，却很能使我们感到深厚的人间味。”

姜德明补充说，周作人还写到爱罗君的乡愁总是很强，总想去亲一亲他的久别的“俄罗斯母亲”。

李希凡显然是熟读《爱罗先珂君》的，他说他一直为其中的几句话感动：周作人写道“有各处的友人来问我，爱罗君现在什么地方，我实在不能回答，在芬兰呢，在苏俄呢，在西伯利亚呢？有谁知道？我们只能凭空祝他的平安罢”。比起周作人，李希凡更崇敬、更关注的是鲁迅。我一直记得在八道湾第一次见到李希凡时，他比较“周氏兄弟”的一句话：“要说才华，鲁迅有，周作人也有。要论民族危难时的风骨，鲁迅有，周作人没有！”姜德明还说了一个小掌故：“‘周氏兄弟’这一专用词是刘半农发明的，流传至今。”

李希凡告诉我，鲁迅翻译了《爱罗先珂童话集》和剧本《彩色的云》。鲁迅对自幼失明的爱罗君充满了热爱和同情，在《坟》的《杂忆》有此一说，大意是：在爱罗先珂未被日本驱逐之前，鲁迅并不知道他，直到被驱逐才读他的作品，并翻译他的文字。鲁迅有一段话是这样说的：“其实，我当时的意思，不过要传播被虐待者的苦痛的呼声和激发国人对于强权者的憎恶和愤怒而已，并不是从什么‘艺术之宫’里伸出手来，拔了海外的奇花瑶木，来移栽在华国的艺苑。”希凡还顺便告诉我：“你可以查鲁迅原著的。”

两株丁香

找不见两株丁香树了。

丁香的出名是很早以前的事了，南唐中主有佳句流传：“青鸟不传云外信，丁香空结雨中愁。”读来有点寒意。鲁迅先生在八道湾写作《阿Q正传》的书房前，原先是有两株丁香的，在旧照片里可以看到，不算高大挺拔，但枝叶繁茂地伸展，喻示着当年八道湾三兄弟同住一个院落供养老母亲的景象。我一直以为鲁迅喜欢枣树，我对北京四合院里的植物所知有限，大概还有柿树。因为我太太在北新桥大杂院的老家里有棵柿子树，10月以后一树秋色红柿摇曳。后来读梁实秋的散文，他在北平的四合院里也种丁香，有白菡萏香、紫丁香，鲁迅门前的丁香是不是紫的，却无从考证。春暖花开时香气洋溢，招蜂引蝶，鲁迅看到会莞尔一笑吗？

丁香结蕾，蜂蝶绕飞，这是很有诗意了，鲁迅却“要画出这样沉默的国民的魂灵来”——在八道湾写《阿Q正传》。李希凡和姜德明先生都是研究鲁迅的专家，几乎是不约而同考起我来了：“徐刚你觉得阿Q是怎样的一个人？”事后想想也觉正常，你写鲁迅的长诗，能不知阿Q吗？“是个贫困的、受压迫的、有点愚昧而又想改变现状的农民流浪者，应该算是革命党。”说完，我又补充道：“未庄能使我想起儿时崇明岛乡下的村子，似有未庄的流风余韵，农人吵骂时也会用阿Q的精神胜利法，用词几乎类同，比如老子当年如何如何等。我在想鲁迅笔下的未庄、未庄的阿Q，大约就是那个年代中国和中国人的缩影。”姜德明点头一笑，李希凡说“有点意思”，我诚惶诚恐地感动了。

在八道湾，关于《阿Q正传》的自由谈是以李希凡引用的鲁迅的一段话作结的：“鲁迅在《〈阿Q正传〉的成因》中写道，‘据我的意思，中国倘不革命，阿Q便不做（革命党），既然革命就会做的，我的阿Q的命运，也只能如此，人格恐怕并不是两个。民国元年已经过去了，无可追踪了，但此后倘有改革，我想信还有阿Q似的革命党出现。’这番话是对当时有人认为阿Q之倾向革命是“两重人格”的说法的批评。”

少不更事的我，还想求教而不敢贸然出口的话题是：鲁迅的改变国民精神之论，是否包括阿Q精神？倘是，中国的民族精神中是否也包括了阿Q精神？阿Q精神是否因着鲁迅的笔伐今已消失？为什么社会上仍在流传这一句话，在中国没有点阿Q精神是很难活下去的。不知不觉，八道湾的行程结束了。

关于《野草》

李希凡在八道湾曾问过我：“听说你在读大学时通读了《鲁迅全集》，你最喜欢的是鲁迅的哪类作品？”“《野草》。”李希凡一笑：“我们改日再聊。”

改日就是三天后。在这等待的三天中，我翻看自己携带的鲁迅著作的单行本——那时我还没有《鲁迅全集》，上大学前读的是从崇明团县委借的，在大学里读的是期刊阅览室所藏。顺便，我把李希凡在八道湾所引用的鲁迅作品中的话一一查对，几乎无一差错。这使我惊讶，惊讶于李希凡的记忆力，在报社招待所见面时，我说了我的这一感受。李希凡说：“其实我没有过目不忘的天赋，人世间有没有这样的天才，也可怀疑。因为爱鲁迅，爱他的作品，有些章节只有反复读才能读出味儿来，于是便记住了。”反复读才能读出味儿来，这句话影响了我以后的读书、写作生涯几十年，其出乎意料的后果屡试不爽。

我们开始聊《野草》。

李希凡要我先说读《野草》的体会，这是我和希凡的第二次见面，却少了很多在八道湾时的拘束。希凡的神态言语没有那种所谓的大家气概，他更像是个邻居大哥，又高又胖而已。于是我便当着他的面说开了："《野草》的写作是诗性的写作，只从语言特色看，此种诗性贯串鲁迅创作的全部，包括杂文。投枪、匕首和诗，才是一个真实的鲁迅。""有点意思，"李希凡说，"总的来说《野草》是一个伟大寻求者的心声，用的是散文诗的形式，有着诗的浓郁和隐喻。写告别、写求乞、写过客，等等，都是一些动情而沉重的题目，如《影的告别》，那是读后长叹、难忘而又心酸的告别——是人的影子向着人的告别，其实是鲁迅向一个旧时代的告别。""初读不解，再读心碎，无人之影与无影之人，仿佛有尼采的笔法。个人的文化修养与民族的文明昌盛，都离不开文化的交流与碰撞。"李希凡对我的说法不置可否，他只是强调《影的告别》的影子，是鲁迅的影子，是中国的影子。其写作的时代背景是从1924年5月北平女师大风潮，到1926年"三一八"惨案之间，《新青年》及不少进步报刊被查禁，于是有《彷徨》，有《野草》，有这样的语言："我愿意这样，朋友——我独自远行，不但没有你，并且再没有别的影在黑暗里。只有我被黑暗沉没，那世界全属于我自己。"

李希凡一发而不可收："我对不少文学青年说过，读鲁迅要用心去读，最好是通读，那怕读懂一点点鲁迅的思想、鲁迅的境界。有境界必有高格必有名言出。《野草》中有多少名言警句，虽千秋万代也不会稍有逊色的啊！"

然后是不由自主地涌出《野草》中的名句：

地火在地下运行，奔突，熔岩一旦喷出，将烧尽一切野草，以及乔木，于是并且无可腐朽。但我坦然、欣然。我将大笑，我将歌唱。

我梦见自己在做梦。

真的猛士敢于直面惨淡的人生，敢于正视淋漓的鲜血，这是怎样的哀痛者和幸福者？

《腊叶》是为爱我者的想要保存我而作的。

有我所不乐意的在天堂里，我不愿去；有我所不乐意的在地狱里，我不愿去；有我所不乐意的在你们将来的黄金世界里，我不愿去。然而，你就是我所不乐意的。

我的确时时解剖别人，然而更多的是更无情面地解剖我自己。

魂灵被风沙打击得粗暴，因为这是人的魂灵，我愿意在无形无色的鲜血淋漓的粗暴上接吻。漂渺的名园中，奇花盛开着，红颜的静女正在超然无事地逍遥，鹤唳一声，白云郁然而起……这自然使人神往的罢，然而我总记得我活在人间。

‘溶化的珊瑚’‘流动的火’‘遇见说不出的冷，火便结冰了’‘火的冰，人们没奈何他’‘却有红影无数，纠结如珊瑚网’。

我自爱我的野草，但我憎恶这以野草装饰的地面。

沉醉在有姿无姿、有花无花的野草的想象中，似乎能看见鲁迅的词语从地火，以及根蔓中，携大地的芬芳并关于秋天的期待，而涌出……我们甚至可以想到鲁迅先生内心里，对中国的未来，总有“流动的火”一般的激情，尽管后来成冰，但难道就不能期待冰成火的时刻吗？但在这之前，鲁迅说：“然而我总记得我活在人间。”

一个下午过去了，李希凡说："走！去东安市场找吃的去。"

快乐的聚餐

几个老师、朋友，从不吵闹也没有背后的闲言碎语，有的只是对一个版面的不同设想，对一篇作品的相同看法。于我，是好几个，甚至可以说是文艺部一帮师父关心我、带着我的日子。可是，这样的日子渐渐结束了，之所以说渐渐，是因为这一段十年的时间，不长也不短，人生有几个十年？因此它的结束并非是突然之间的，只是当事人不明白而已。不管因为什么原因，师徒、朋友总是要星散的，而这星散往往又是新的开始，星散之后友情再续的，那就更显亲切和珍贵了。

李希凡和我，先后都离开了文艺部。我去《中国作家》编报告文学，李希凡由时任文化部长王蒙调去做艺术研究院副院长。因为做报告文学编辑，我不能不更多关注社会民生。而大兴安岭的一场森林大火促使我走进深山老林，写了《伐木者，醒来》。1988年1月，该文在《新观察》发表后，一天早晨，我刚进办公室，电话铃声便响了。我拿起话筒便听到熟悉的大嗓门："我是希凡。写得好！另外你查一下鲁迅给周建人写的一篇序，专门写到了沙漠化和树木与水的问题，有'林木伐尽，水泽湮枯，将来的一滴水，将和血液同价'，等等精妙之论。努力，小徐刚！"电话里那洪亮的声音，如一股暖流。

后来，不知道又发生了多少阳光下和风雨中的新鲜的、不新鲜的事情。退休的，远游的，经历了又一次离散后，当我和袁鹰、姜德明、英韬、李希凡等一众师友再聚时，都老了。希凡感慨说："小徐刚也老了。"老了，稍得空闲了，开始是我邀约几位先生一起吃饭，正好说话聊天，大约是2001年秋日，在一家云南菜馆。袁鹰负责点菜，还要了两瓶啤酒，又吃又喝又聊，甚是高兴。后来几位先生提出轮流做东，不定期，一年三四次，私款吃喝，我又称之为“老饭桌”——相对于我女儿小学时的“小饭桌”而言。期间的一个变化是聚会处离报社越来越近了，李希凡和我住在一东一西最远，朝阳区文化馆附近的小菜馆环境悠雅，去得最多。第二个变化是袁鹰先生和李希凡先生的太太提出“抗议”：“为什么只有男人吃喝？太太们就不能参加？”后来几次的“老饭桌”便热闹了许多。2012年春天某日的聚会，在报社旁边一条小横街上的一家饭馆里，李希凡与太太徐潮是最后到的。徐潮从出租车上下来时，似有不便，我赶过去扶她下车，原来是腰腿不好的老毛病，想不到几个月不见，已经行走不便了，但仍然穿着讲究，肩披纱巾，略施粉黛。“徐潮爱美又总是最美的。”——我太太说。席间，徐潮谈笑如常，胃口也不错，她时常抱怨保姆难找，找来一个又不会炒菜，手把手教会她做菜，她又走了，如此等等。

饭毕席散，我和太太把徐潮扶上车，再和希凡握别。车启动了，徐潮挥手，渐行渐远矣！

结语

过了夏天，在准备下一次的聚会时，徐潮病了住院了，给希凡打电话商量怎么去看她，才知道不是腰腿的问题。希凡语气沉重地说：“别去了，在重症监护室，什么都不知道了。”

秋天到来的时候，徐潮走了。

没有多久，希凡身患重病的大女儿、在《红楼梦人物论》的合作者李萌也走了。二女儿与三女儿轮流陪伴李希凡，渡过了平静又充满关爱的晚年。李希凡一直在工作，一直在读书，他用的是三女儿从美国带来的最高倍数的放大镜，直到几近失明。他的那间不大的书房里，还放着几盒中华烟。几年前我俩都还抽烟时，我去看他，他会笑咪咪地说："怎么样，来一支？"于是便到他书房喷云吐雾一番。希凡从不怨天忧人，他80岁时笑着说："我从没想过要活80岁。"我们对坐时偶尔也会提起当年游八道湾说《野草》的往事，感叹道："40年就这样过去了！"去年10月初我去看他，小二在家，他坐在茶几边的椅子上，不时咳痰。我说："要不要陪你去医院？"希凡告诉我："刚去查过，没事儿。"又问我："还读《野草》吗？"不待我回答，他又说："鲁迅的深刻不是一时的，而是永恒的。"他用纸巾咳了一口痰，说到了《坟》及《写在坟后面》的一句话：

"我只很确切地知道一个终点，就是：坟。"

我有点惊讶，忐忑不安于沉思中的希凡太累，怎么会突然想起鲁迅的这句话呢？正好又有来客，我告辞，握别，希凡的手总是又肥又暖。他要起身，我不让，他右手轻轻地挥动："走吧，小徐刚。"分别不足一月，10月29日凌晨，小二打来电话哭着说："爸爸走了！"

希凡走得从容安祥。

希凡是在家里、躺在舒适的床上、睡觉时走的，他去远游了。

希凡走的时候做梦了吗？他一定梦见了爱妻徐潮……

别了，希凡！别了，先生！

2019年秋于北京一苇斋

同是红楼梦中人

——李希凡与李萌

半个月前希凡送我一本由东方出版中心出版，经大幅度修订后的《红楼梦人物论》，作者却是两个人：李希凡、李萌。

故事是这样的：希凡不会用电脑，从来都是希凡写完手稿，由大女儿李萌打字。其次，李萌对希凡说：“爸，这一本《人物论》我不能光效力，我得是合作者了。”时在2006年。李希凡听了“虽感意外，却又以为在情理之中”，为什么？“两次文字上的打架，亏得她的认真和尽力”，但他还是问了一句：“你熟悉《红楼梦》吗？”李萌当即回应：“你以为就你会背葬花词？”并当即朗声诵道：“花谢花飞花满天，红消香断有谁怜……”诵读这首词不是太难，而在李萌的抑扬顿挫间，李希凡忽然发现女儿一直在读《红楼梦》而他竟然不知，为父有愧也！于是从“林黛玉论”这一章开始，这本书便多了一个作者。

有一个人并不是藉着父亲的名字而悄无声息地登上了“红学”的舞台，她就是李萌，小名“萌”，希凡称她“萌儿”，我们叫她“大萌”，李希凡有三千金，“萌”为老大。在《修订版后记》中希凡说“萌儿自幼聪明好强，她性格很倔，和她妈妈经常发生矛盾，虽挨打也不屈服”。我曾不止一次听希凡为此抱怨爱妻，还感叹说：“聪慧的姑娘是不是都倔？”

李萌是个真正的合作者。李希凡说：“我一篇篇用笔写出，萌儿用电脑一边打字，一边修改并增加她自己的看法和分析。”李萌修改得怎么样？李希凡说：“尽管有些篇章对个别人物有偏爱，如晴雯，但整体来讲她对曹雪芹用含蓄的笔墨挖掘出的那些少女个性化的行动、语言和心理活动的认知，却比我细腻，以至有独到之处。”这本《红楼梦人物论》真正成了父女合作的纪念品。

该书2006年出第一版，由文化艺术出版社承印。李萌第一次出书又恰逢希凡80寿，交稿后便一直问：“你生日前能出书吗？”新书问世，却又稍觉遗憾“毕竟赶得急了些，如能多下点功夫再细细打磨会更好看”。2011年初恰逢上海东方出版中心向李希凡约稿，他便有了重新修订的机会。因为主编《中华艺术通史》并出版简编本，又在写自传《往事回眸》，李希凡便让李萌先作修订。希凡很放心，因为萌儿的合作已见功力，并嘱咐她：“只要不离开基本观点，你就大胆地去发挥、充实、深化，我最后再看。”

李萌欣然。但是次修订李萌的速度很慢很慢，是何原因？希凡有心事：“在此以前，萌儿患有乳腺癌，动过手术。”术后一段时间见女儿黑发重生，全家都很高兴。哪知道手术半年后病症复发且已扩散。谁说李萌不倔呢？她竟然自行停止化疗，谁的劝说也没用，人一天天瘦下去。希凡心痛：“萌儿，我们尽力了就行了，你还是看病要紧。”“她没说什么，仍然慢慢地在做，并未停止对《红楼梦人物论》的修订”，半年多后李萌把修订稿交给希凡。“我很吃惊，虽然她不熟悉‘脂评’，也并未读过清代人对《红楼梦》人物形象性格的评论，但这二次改样有的篇章等于重写，如《史湘云论》《花袭人论》，我还发现她补充的笔墨，特别善于从人物语言和行动的细节里，发掘人物性格的个性特征以至心灵美质。全书33篇，涉及《红楼梦》人物60多位，人物性格的本质特征虽由我初稿定调，但深入艺术境界，准确发掘和突出人物的个性风采，却是李萌对这本书的贡献。”希凡说。

李希凡被女儿的文字才情感动了！

李希凡发现并培养过不少红学新人，独独自已的爱女萌儿却是最后被发现的。何言最后？发见之晚，一也；修订稿完成后不久李萌辞世，二也。可以想见，李萌是在癌症复发的病痛中审视并深入《红楼梦》人物内心世界的，我们无法言喻李萌所承受的痛苦，我们亦无法感觉李萌所获得的享受。我告诉希凡，我的感觉是大萌一直在追随父亲，却又不作声张。在她预感到来日无多时以最后仅剩的晨昏刻画《红楼梦》人物，如李萌写花袭人：“她是《红楼梦》中写得最成功的人物之一，会使我们脑海中不时浮现出怡红院内经常上演的一幕——“情切切良宵花解语”，在夜色笼罩下的富丽堂皇的怡红院中，深情缱绻的袭人对宝玉苦口婆心地娇嗔、箴规的情景……曹雪芹所塑造的花袭人的文学形象，就这样以她特有的复杂性格和痴忠的勤勉，鲜活地留存在我们的记忆里。而她与晴雯、麝月等丫头同她们的主子贾宝玉一起，弹奏出了一首首韵律丰富的怡红院生活交响曲……”

李希凡称自己是“粗心的父亲”。何处粗心？“当我发现女儿才能的时候，她已快50岁了”，而且直到该书出版，因为家人的隐瞒，“粗心的父亲”总以为萌儿还活着，但在病痛的煎熬中，直到最近才知道这一恶噩，“其实早在2012年她母亲去世后三个月，她就随之离去……在老伴儿葬礼上，我和萌儿互相搀扶着，她已是勉强站到最后。”那是2012年10月11日上午，我与太太参加希凡夫人的葬礼，曾与大萌握手，那是我们最后的握手。如我一样的读者们，所得的体会亦如希凡所言了："我现在才察觉到李萌对这本书的修订之所以那样竭尽心力，是因为她预感到来日无多，她把这本唯一能留下她才智的事情尽力做好，既帮助了父亲，也留下了纪念。"

日前看望袁鹰师，一杯清茶相对而坐聊天时，说到了《红楼梦人物论》。袁鹰感叹说："希凡把红楼人物分析得鞭辟入里，极精致。"然后说到这本书的另一作者李萌，"她是真的爱《红楼梦》，为父亲分担重任而为此付出的是生命的代价。"在李希凡红学研究的尾声，李萌留下的影子清丽俊美、坚毅刚强，催人泪下。

同是红楼梦中人啊！

2017年岁尾於北京

人在路上

只要一出门，便会看见人来人往，老人与孩子、男人和女人，都以各种不同的姿态行走。这是中国的、世界的一道永恒的移动的风景。人流最为壮观的时刻是在中国春节前，几亿人的流动、几亿人的奔波、几亿人分别从空中陆路回家，回爷爷奶奶、父亲母亲、留守儿女正在等候盼望的家……无论天寒地冻，还是山高水远，也挡不住的人伦孝悌之情啊！想起自己在北大做工农兵学员时，漫长的暑假总在学校度过，寒假前母亲会让侄儿写信要我回家过年，并寄来20元路费。风雪兼程啊，坐一天一夜的火车到上海，再赶到吴淞坐船。我总是站在船头的栏杆旁，任风吹浪打，大口地呼吸着湿润的空气。崇明岛像水墨画似的清晰了，三声汽笛过后靠码头了。下船了，在四面八方涌来的乡音中，坐公共汽车到庙镇然后步行20多里地，到家了，母亲正坐在家门口等我……

往事如飘风，记不清自己是怎么学会走路的，却清晰地记得儿时与小伙伴们在田埂上的追逐嬉戏。尤其是清明后油菜花开得越发茂盛时，大片的金黄，大块的芬芳，从清早太阳刚升起时便有蜜蜂飞来了，随着出早工的乡邻我们也下地了。大约那是人的天性吧，爱花爱美，乳子亦然。我们在田埂上走着，花比人高，便小心翼翼地揪着油菜梗，小鼻子凑到花跟前，稍稍吸气那芳香便吸进脑子里了，有一点眩晕。片刻，太阳升高了，花香浓烈了，大群的蜜蜂们在油菜地上起起落落，花枝乱颤，“嗡嗡”声响成一片。我们便一边看花闻香，一边追着蜜蜂跑，从一块油菜地跑到另一块油菜地。蜜蜂们开始警觉了，它们把所有的油菜花——金色、芳香、带蜜的花都视为它们的花，便实施反击，把我们几个顽童当作入侵者紧追不舍，吃过蜜蜂咬人苦头的我们便落荒而逃……那是我记忆中少小时最快乐的奔跑与落荒，老来想起稍有自得：倘无儿时积聚于心灵的芬芳，哪有今天暮年之后笔下偶尔仍能吐出的丝缕余香呢?

可是我在几个师父面前却不敢称老，袁鹰、李希凡、姜德明先生均为高寿90多或近90岁了。老来多病不良于行，我们曾经的一年相聚几次的自费吃喝不可持续了。大个儿李希凡视力几近失明，坐在沙发上或在客厅的空间中挪着小步（希凡在2018年10月仙逝），袁鹰要靠助步器在屋子里艰难移动，姜德明小心翼翼地走着碎步感叹到楼下取报纸也力不从心了……先生们更多的时间是坐在书房里在旧书和往事中沉思。想起了梅特林克的话：“在思索的瞬间，我们才真实地活着，沉思是我们生命中唯一敏锐的瞬间。”

袁鹰和姜德明的住处是在相望的两幢五层楼中，均无电梯。我看望过袁鹰后，下三楼便去对面的二楼找老姜。姜先生总是谦和地站在门口，依例问侯过姜太太便去书房小坐闲聊。先生近来好说北京新闻学校的往事，这是新中国第一所培养高级新闻人才的学校，校长范长江，副校长陈翰伯。适逢抗美援朝，同学们纷纷报名参军参战，最后批准的是男生唐书杰、女生陈明仙。送别晚会奔放热烈充满了青春气息。有人朗诵西蒙诺夫的诗《等着我吧，我会回来的》，更多同学为入朝者在笔记本上签名留言。在陈明仙的本子上，姜德明不加思索挥笔写道：“亲爱的明仙……”后来唐书杰在往前线运送弹药的路上牺牲了，陈明仙回国后便没有联系。姜德明不无感慨：“人生就是在路上，回想也是在路上。”20世纪80年代某年夏日，在中国作家协会组织的一次度假中，姜德明恰与陈明仙相遇。“恰同学少年，风华正茂”时离别，历经战火硝烟重重磨难，他们又见面了，在夕阳西下的大连的海滩上。俩个老同学自然会想起唐书杰，一个学新闻的战士，一个在朝鲜战场的冰天雪地中跋涉、翻山越岭，血染沙场的战士……“都是诗啊！”那血染的诗句，没有留在纸上，却铭刻在朝鲜战场的冰雪中了，倘若在阳光下化去便滋润荒山野地，便长出野草，便开出小红花，抚慰这一块伤痕斑驳的异国的土地。

姜德明念念不忘的另一个同学是郁飞，郁达夫的儿子。同学们纷纷报名入朝参战，唯独郁飞没有报名。有同学提出要批判他，副校长陈翰伯不同意说“本来就是自愿的，郁飞有什么错？不能批”。郁飞毕业后分配到《新疆日报》，出差到北京都要和姜德明小聚，说新疆好，乌鲁木齐离天山不远，“每次去天山都会想起‘慢慢走，欣赏啊’这句名言，尤其是冬天，青松披雪山涧奔流冰川在望，走多少路也不觉得累”。后来郁飞不知为什么成了右派，还进了监牢，爱妻离婚，儿子判给了妻子。一无所有的郁飞便在监牢里翻译外国文学……平反后郁飞到处打听消息要找前妻，老姜和朋友们劝他“别找了，以免双方尴尬”，郁飞说“我就去看一眼足矣”。终于在西安与前妻相见，都老了都还健在，互道珍重“好好活着！”后，郁飞扭头便出门，找他儿子去了。儿子在一个工地上开大卡车，他陪儿子跑了一个星期的工地，是身无自由、不能育儿的愧疚之心的表示。郁飞没有说什么，他又走了，张罗着找女朋友去了。结婚典礼上郁飞与夫人如年轻人一样，相偕相扶携手而行，现场掌声雷动，鸣响的祝福久久不息。姜德明说：“郁飞走了那么多不寻常的路，他又走上新婚之路了。”

人生的多少细节，包括少不更事、行走江湖、悲欢离合、艰难困苦、青灯黄卷……串连起这一切，便是自己的路。看似大路朝天，其实每人都在走着自己的路。众生的路又连接起了各有特色的众生相。于是有诗、有故事、有语言、有各色人等、有悲欢离合，概而言之，人在路上。我们的一生是用走路完成的，我们在泰山之巅体会“一览众山小”，我们在大漠深处会感悟沙子神奇的细微，我们从干渴之地走到江河之滨，江河啊，谁说我身上的血管不是你们最小的支脉呢？人在路上是一种诗意的的延展，生命的延展，也是风景的延展。不要说大西北的沙漠戈壁胡杨林了，不要说江南小桥流水杨柳岸了，就是夏日傍晚，小区里被梧桐树叶切割成小块碎点的阳光洒在步行道上时，散步的人们便不约而至，有的健步，有的拄拐，有的踱行。那搀扶漫步的老两口一辈子在青藏高原修路护路，曾经翻越崎岖大山，曾经跋涉浩翰沙海……他们走到了今天，在夕照下有的悠然，有的艰难地迈步，虽说老来多凄凉，但享受岁月留下的皱折层次，不也是悠闲自在？我也是他们中的一员，我们会相互问好，相互叮嘱：慢慢走啊，小心摔倒。这个时候也是我和小区各种开花的、不开花的，高大的、矮小的草木，如梧桐、杨柳、碧桃、玉兰、马齿苋、紫云英、蒲公英相望相伴的时候。记得去年玉兰如盏，梧桐夜雨，在腊月的寒风中依然飘荡的却是如丝垂柳。在四季往复中，我们参与了相互的生命，一起走过了酷暑和冬季，在永恒与短暂之间得到的不仅是慰藉，还有启迪：让回想和沉思充满爱，我们就能和孩提时代、青春年少的岁月不时相遇，就会多一点天真烂漫。想起了姜德明先生所言“都是诗啊！”

更何况还有孩子们，学步的孩子跌跌撞撞，稍大一点的脚踏“风火轮”，飞快地来回穿越。他们正在现代的色彩中度过童年，他们的欢笑使这个小区变得鲜活年轻。他们已经在路上了，他们的欢声笑语中似有纪伯伦的声音：“用希望拥抱未来！”

2018年早春于北京一苇斋

刘小晴素描

2014年清明节，我回乡扫墓小住。汤亮、黄胜告诉我刘小晴先生在高家庄写字，且为我的“崇明八景”诗写成手卷，并相约一见。我闻之大喜过望却又不胜惶恐。刘先生的小楷、行草闻名海上乃至中国，又齿长于我，此惶恐之由来也，能不雀跃而去？

见到刘小晴先生的第一印象是瘦高而面容清癯，及至目光相接，想起的是孔子所言的“温良恭俭让”及《诗经》之“言念君子，温其如玉”。所有这一切在交谈语言之前，目光先已到达。这是神奇的到达，心灵的到达、全无矫饰的到达、无声息而有震撼的到达、迷人的到达。迷人的到达是因为目光的迷人，刘先生的目光温润柔和，岁月何以把一个人的年龄空自垒积，那目光却年轻依旧，或者也有痕迹——在关爱、平和、宁静中透露着仁慈和“不敢为天下先”的大智慧。书似其人乎？不若人如其书也。此种印象的深处，却是刘小晴做人——在成就一个人的修炼修养的同时投身艺术。无论在《书法十讲》或课徒演说中，均为刘小晴秉持的不二之论，读来赏心悦目：“一个艺术家不仅要有一点若痴、若癫、若狂、若醉的浪漫精神，又要保持一种平和的心态，特别是在当今快节奏的商品社会中，能超然于功利之上，于清贫中耐得寂寞，以游戏三昧的精神，全身心投入到艺术创作的甘苦之中。”久违了，商品社会中的超然平和、耐得寂寞、游戏三昧。在艺术被金钱劫持的当下，熙熙攘攘为利而来为利而忙，艺术在很大程度上已为“包装”所取代，包装的结果是“著名”行世、“大师”遍地，艺术之原创性及游戏三味的精神沦陷，成为官场的附庸、铜臭的奴隶，造出了一片虚假繁荣。

这是刘小晴所深恶痛绝的，因此他认为“获得真正的审美愉悦和自我陶醉”之道，首先在于做人，“这是一个人格的磨炼，泊然无感，体气和平。名利之心要淡一些，但艺术追求要不择一切手段，贪得无厌，以不争而天下莫能与之争，方能戛戛独造而有所建树”。大哉！小晴之论。

古往今来，凡艺术上有大成就者必有其独特的人生经历。

刘小晴有家学渊源，他自幼读史书、受古训、临池学字，21岁即拜钱瘦铁为师。然“文革”风暴摧毁了本可以安然平静的习字学艺之路。父母先后遭难，他只能改学中医，学成后在宝山刘行公社老安大队做赤脚医生。十几年与农民、土地厮混，几成一体。白天劳动，夜间诊病，稍有余暇则读碑临帖。时有农民求字，先生来者不拒，笔和墨成了刘小晴于艰难时世中心灵的安放之地。这一段人生的历练，对刘小晴人格磨砺、艺术追求，实在是大可探求的。田园知大地之厚德，劳作知农人之艰辛，行医培养出对病患之同情心，又在书道艺术中遨游，虽苦却得养，“故苟得其养，无物不长”。刘小晴何养之有？养心也，养性也，养艺也。此为攀登艺术圣殿的跋涉之始，从大地上起步，从农人间起步，从风雨中起步，从鲜花与果实间起步，累积、沉淀、求变、融通，成一家书，发一家声。然后才有程十发的评价：“刘小晴深谙欧阳询《九成宫》的妙谛，因而构筑自己的楷书营垒”，“刘小晴用一丝不苟来实现自己的楷书审美理想，又用同样的精神去对待自己的行草，楷法融入行草，别具神韵，自成一格”。亦如1998年刘小晴送美国总统克林顿之书法：积健为雄。

“一丝不苟”是刘小晴的书法状态，也是其生命状态。倘能一丝不苟，何苦随波逐流？何愁事功无成？但我也有稍许困惑：刘小晴目光中所吐露的天真及爱意，能见到其纯真的赤子之心及待人接物时的随意大度。或曰：此刘小晴之所以为刘小晴者也，此刘小晴其人其艺之所以为大者也。简约而朴厚，认真而放逸，揽一丝不苟及赤子之心于一炉。千万别小看了艺术家的赤子之心，孟子有言："大人者，不失其赤子之心者也。"

打开刘先生送我的手卷，孙过庭《书谱》所谓"导之则泉注，顿之则山安，纤纤乎似初月之出天涯，落落乎犹众星之列河汉"，尽行草于纸上矣，书末有长款：

> 大凡富有非常之才者必有负俗之累。吾友徐刚兄以不合时宜而蜚声当今文坛，诗情横溢如大江波涛行徐东逝，有不可止遏之势。文思敏捷，下笔千言，立马可待，此亦赖江海波涛之助也，胸中既有浩荡之思，笔下遒有瑰丽之文。右《崇明八题》是其为家乡之近作，字字珠玑，真情馨露，诵读之际，如品家乡之村醪，齿颊余馨，令人回味无穷。今适闲窗，遒录其新作。知徐刚兄博学余暇亦雅好翰墨，遒以此纸相赠。弄斧以班门，应笑我于无佛处称尊也。

款长200字，其中对我的赞扬多有溢美，权当激励鞭策。所以录全文，为与读者共享此看似信手写来的美文，一见刘小晴文字功底之深厚，可知其溯魏晋而探宋明的书艺之道，非仅书法，乃是以中国古文化作为底蕴，于是书书不息，以一人之力构筑自己艺术的金字塔。其道何在？其有源也，其得大源也。在刘小晴的文字中使我感慨良久的是"不识时务"语，煮字几十年，煮着煮着头发白了眼睛花了人老了，思及往事时偶然有我不识我之迷茫，或者在潜意识中遮蔽了什么，因而竟茫然于我是谁？我是什么样的人？刘小晴是第一个为我的人生作了如此精妙的概括：徐刚，不识时务者也。知我不识时务者，绝非趋时奔竞者，虽千差万别、千致百虑而殊途同归，归于敬畏，归于本真，先生和我。

刘小晴，号一瓢，斋名一瓢斋，取意于“弱水三千只取一瓢饮”，或是《论语》孔子说颜回句“贤哉，回也。一箪食，一瓢饮，在陋巷，人不堪其忧，回也不改其乐。贤哉，回也！”总之是一瓢，寡寡一瓢饮，活活赤子心也。

高家庄一别，读刘小晴的书法论，间或临写其大作，总是会掠过那慈爱、风情不老的眼神，是有这篇短文，苦夏时聊记春风杨柳之会。素描印象，偏不概全，却取自一瓢饮中三二滴，信夫？

2014年清明记于崇明

冰冻的微笑

我歌颂“冰语阁”（渐冻人公众号）的冰，也歌颂“冰语阁”中“渐冻症”（ALS）患者渴望解冻的火。只有在“冰语阁”，冰火才是相容的，冰期待着火，冰总是在失望之后重新希望，反反复复，周而复始，他们深信期待总是美好的。虽然那渐冻人日思夜梦的解药，那融冰的火却蹦蹦来迟，不见踪影。火在何处？火，已经走在路上了吗？渐冻人还在等待吗？他们的现状如何？

“冰语阁”主葛敏——一个曾经的舞者，现在的渐冻人，她的生存状态用她自已的话说是最确切而又让人不寒而栗的：“渐冻者每天醒来，都能清晰地感受到身体，被病魔悄无声息地拿走那本该属于自己的一样样功能。”其冻结生命的顺序慢性中毒一样：“先是双手，接着双腿，然后声音，再后吞咽，最后是呼吸。只给你留一双能眨的眼睛，一对能听的耳朵，以及可以随时感受到的整个肌体被吞噬的大脑。”（《因为爱所以坚持》）。葛敏就这样眼睁睁地、思维清晰地看着、感觉着，身体一点一点地被冻结、萎缩、僵硬、弯曲、枯萎、凋谢。舞者葛敏，江苏南通人，已有三年渐冻人病史。她小学四年级就考取上海舞蹈学校，毕业后成为上海歌舞团演员。葛敏不仅天生丽质而且喜欢追求“最好的我”，舞动人生啊。葛敏又到上海戏剧学院舞蹈系读大专，再考进北京舞蹈学院读完硕士，毕业后于专职中学教学舞蹈。她集芭蕾、民族、现代舞于一身，静者时光凝聚，动者天鹅展翅，观者无不动容。假如有人为舞蹈而生，那就是葛敏。然而现在，或许再早一点，葛敏说：“眼看曾经拥有的一切美好，都在和你说再见……”

“我真的一无所有了吗？”葛敏在多少次自问自答，也是在多少次灵魂的自我拷问之后，得出的结论是：我还有爱，家人朋友的爱，冰冻人群体的爱，乃至不相识的路人与孩子的爱。这爱有光亮、有温度，那怕这光亮与温度是微弱的、渺小的，但倘若集群光像萤火虫，不也是光的闪烁吗？不正是光的颂歌吗？不正好抱团取暖吗？不就是渐冻人在未曾全部冻结之前的余温——我们自己的生命之火吗？葛敏爱听复旦大学陈果的讲座，一句“再弱微的生命都有发光的机会，”使葛敏感动，感动到心动且付之行动，于是“冰语阁”渐冻人公众号诞生。葛敏统筹，并且有了笔名“暖禾”，能生出火花的禾，可以温暖别人的禾。病友天堂鸟任管理员，用眼控仪为新老病友答疑五年，“不久前，他真的被派往了天堂”。杭州陈炳旗老中医自己治病抗病20多年，发明了一套渐冻人锻炼法，如今花甲之年仍奔赴各地。陌尘的右手已经冻结了，便用左手艰难地爬格子，为病友查资料、剪视频、找音乐、改文章。爱，渐冻症病人仅剩的可以奉献的爱，微小绵薄到他人可以忽略不计的爱，因为真诚、因为团结、因为坚持，却能放出光来，成为火，有热能，化作信念，“信念真的可以创造奇迹”。信念使葛敏完成了只身一人北上看望孩子的心愿，信念让秋月熬过了被冰冻的7年，信念使墨香、水一方、勇锅、刘春和等病友，能在“冰语阁”坦然地面对冰冻、面对残疾、面对死亡，决不轻言放弃，等待解药等待火。葛敏说“笑对人生，歌唱明天，信念更让我们有缘成为风雨同舟的一家人”，好大好美一个家！

葛敏的美，“冰语阁”的美，是沉重的美，是让人心碎的美，是在随时都有可能被冻结之前，火与光及信念与正能量的传输和独白。在“冰语阁”，“你能感受平等、关切的目光，享受轻松无碍的交流，重获真挚的尊重和赞美”。他们谈论死亡，他们无惧死亡，他们学会了“与痛苦和解，和苦难共处”，“疾病面前人人平等，唯一不同的是你想用什么姿态告别世界”。我想起了葛敏在《寄语2018》中“遇见更好的自己”这句话。葛敏和冰语阁中的兄弟姐妹们，你们已经很棒了，你们已经很好了，“更好的自己”是什么样的呢？“新年快乐”——这是我们的常用词，但我们很可能不曾想过，对渐冻人及别的重症患者来说，新年意味着什么。在《寄语2018》中葛敏说，作为职业舞蹈教师，2017年她一事无成，可是作为渐冻症病人，“我可以欣慰地告诉你，我做了“冰语阁”公众号，一个让很多人都愿意来取暖的地方”。可是，问题和困难还有刻骨铭心的痛苦随之而来，因为病情的恶化，她面临着一场天人之战：一方面是日渐僵硬无力的四肢，一方面是怀揣无数梦想的野心。什么野心？葛敏的野心已经不仅仅是在绝望中的坚持，在渐进的僵硬中依然还能微笑，而是要经营一个渐冻人自己的“冰语阁”，让他们倾诉，并且学会倾听，要发出无望中的希望之光，要面对死亡，要帮扶艰困者，要为老病友鼓劲，要为新病友提供建议……那么多事情啊，手指僵硬了也要做，“我时刻提醒自己抓紧时间，一件件事有序进行，就一定能在生命的最后一秒，交出自己满意的答卷”。我们无法想象葛敏是怎样工作的，还用问她的艰难困苦吗？可是她却说：“可喜的是在这样的生活状态中，我经常因为沉浸在做事的投入中，而忽略了病魔的痛苦和可怕。”葛敏不仅是智者，且有着哲人的思想：“我对自己奄奄一息的生命充满了自信……我甚至想这不仅是一次灾难，是上天要降大任于我。”一点也不错，灾难促使了“冰语阁”的诞生，灾难集结起弱微的生命之光，成为星星点点的火。渐冻症患者在这里取暖，他们传扬着各种各样的在困苦中抗争的心得，热爱生命，直视死亡！如同葛敏所言：“我坚信人的精神力量，是医学乃至科学无法预估和解释的，与其坐着等待遥遥无期的解药，不如此刻行动起来，尽力完成自己的心愿。最黑暗的那一段路，还得自己走完。既然2018没有退路没有选择，那就勇往直前吧。无论什么结果，只求在奄奄一息的那一刻可以微笑地闭上双眼，然后告诉所有人，我幸福地度过了一生。”葛敏，还有“冰语阁”的你的伙伴们，除了感动并且惭愧之外，我还能说什么？

我想告诉葛敏，你的关于信念和精神力量的叙述——“冰语阁”人情感的真诚美好并非偶然地和一些历史上的伟人思想相遇了。梁启超说：“心力是宇宙间最伟大的东西，而且含有不可思议的神秘性。”梁启超在《人生观与科学》中直言：“人类生活，固然离不了理智，但不能说理智包括尽人类生活的全部内容。此外还有极重要的一部分，或者可以说是生活的原动力，就是情感。情感表出来的方向很多，内中最少有两件的的确确带有神秘性的，就是爱和美。”爱与美，人生倘能得其一便属幸运，可是在葛敏及“冰语阁”中人的身上，却兼而有之了！中国人忌言死亡，渐冻人却时刻面对着死亡。在《因为爱，所以坚持——中国渐冻人的自我书写》一书中，有墨香的散文《致我未来的儿媳妇》，在文中她坦言，“我们此生无缘相见”，只能留下一封信，这封信是怎么写出来的？已经卧床手指僵硬的墨香，“把手机支在床上，侧着身，用小拇指艰难地书写文字，虽肩膀剧痛却感觉无比的幸福！我仿佛看到你穿着婚纱的样子，忘却了所有的病痛折磨”。她告诉未来的儿媳：“我发病时儿子刚九岁”，却承担起了一个男子汉的责任，“爸爸不在家时，他帮我按摩捶背，晚上坚持陪我睡，给我盖被子，帮我翻身”，信的结尾是“我只能远远地祝福你们”，落款是“不曾谋面的妈妈”。这是爱的力量啊，由此生出的原动力，便有了这封今天写给未来的信，带着微笑的信。

亲爱的读者，你看见“冰语阁”了吗？你看见爱的微笑了吗？那是期待火光的微笑，向往着美好的微笑，直面人生的微笑，冰冻的微笑。

2019年仲夏夜写于北京

把麦田搬到天上

——苇岸的境界

不仅是作品，就连“苇岸”这名字都使我有亲近感。虽然从未谋面，但我曾猜度苇岸的生活环境大概与我相类，很有可能不仅是同道，而且还是江南大同乡。何出此言？崇明岛四周皆有堤岸，那是我故乡的制高点。儿时最有勇气的冒险便是爬上这长满了芦苇的岸堤，越过苍茫芦荡北望长江……

后来知道苇岸是北京昌平人，在他的自述中“苇岸”这笔名最初来自北岛的诗《岸》之“我是岸，我是渔港……”。而芦苇不仅是我故乡的旺族，因为它的耐贫瘠对生存所需甚少而遍及各地，不仅北方有，就连西部大漠中也有生长。苇，普通、平凡，处荒野而不与高大为伍。苇岸对芦苇并不陌生，这似乎可以断定，无论怎么猜想，苇岸的写作使昌平北小营村，成了大地的一处最富特色的、诗意的安居之地。那是苇岸语言的涌出之地，是生成苇岸文字的境界之地。何为境界？王国维先生在《人间词话》中谓：“词以境界为最上。有境界则自成高格，自有名句。”我在读苇岸的作品时，不时为他的“高格”“名句”震撼，是那种内心被晃动的震撼。为什么？境界故也。苇岸的文字有其独特的魅力，没有铺陈，没有形容，简洁明了，却总有高格、名句。如“我观察过蚂蚁营巢的三种方式。小型蚁筑巢，将湿润的土粒吐在巢口，垒成酒盅状、灶台状、坟冢状、城堡状或松疏的蜂房状，高耸在地面；中型蚁的巢口，土粒散得均匀美观，围成喇叭口或泉心的形状，仿佛大地开放的一只黑色花朵；大型蚁筑巢像北方人的举止，随便、粗略、不拘细节，它们将颗粒远远地衔到什么地方，任意一丢，就像奔走撒种的农夫。”小中大三种蚂蚁营巢的三种方式，160字尽在其中矣！其中有蚂蚁的心性、有巢口的观感，或如蜂房高耸，或如大地上开放的一朵黑色花，最妙的是“就像奔走撒种的农夫”。这160字的美文看似平淡之极、简略之极、宁静之极，却又不能不让人一读三叹：大地啊，你是如此的美妙——在苇岸笔下——因为他具有“与万物荣辱与共的灵魂”。

也许探讨苇岸的境界是困难的，但并非多余。何言困难？这个几乎天生就知道大地及大地之上太多秘密的书写者，谈何境界？又为什么说并非多余呢？诚如苇岸自述，他首先是诗人，“我的诗歌时期，对我的散文写作，具有非同寻常的意义”，“对我来说，我努力去做的，即是将散文作为诗歌以另一种手段的继续写作”。如果你写诗写散文又怎能与境界无干？不同的只是，苇岸的境界是笔下自然流淌的境界，他似乎用不着“苦心经营”。

王国维的《人间词话》久盛不衰，然王国维的“境界”说鲜有人提及。关于“境”，先生多有提点，“有造境，有写境。此理想与写实两派之所由分。然二者颇难区别，因大诗人所造之境，必合乎自然，所写之境，必邻于理想故也”。读苇岸笔下的雪：“下雪时，我总想到夏天，因成熟而褪色的榆荚被风从树梢吹散。雪纷纷扬扬，给人间带来某种和谐感，这和谐正来自纷纭之中。雪也许是更大的一棵树上的果实，被一场世界之外的大风刮落。它们漂泊到大地各处，它们携带的纯洁，不久即繁衍成春天动人的花朵。”榆荚，自然之境也；雪是天上一棵比榆树更大的树上的果实，被大风吹落而纷扬，苇岸所造之境也。读来心旷神怡，何以故？王国维有言：“因大诗人所造之境必合乎自然，所写之境，必邻于理想故也。”我们也由此可知“境界”之境也，有大自然的依傍在，因着大地的风景及厚德载物，出现在苇岸这样的大诗人笔下。

至此，似乎应该对“境界”一词有个通俗的解释。一般认为境界之义近似意境，却有差别。“境”有自然之境、有心境，而“界”应指界别、精神之高度，意境乃其内涵之一也。苇岸写麦子，“麦子是土地上最优美、最典雅、最令人动情的庄稼。麦田整整齐齐摆在辽阔的大地上，仿佛一块块耀眼的黄金。麦田是五月最宝贵的财富，大地蓄积的精华。风吹麦田，麦田摇荡，麦浪把幸福送到外面的村庄。到了六月，农民抢在雷雨之前，把麦田搬走”。苇岸笔下麦子、麦田之美可以让人心动情动，看似简洁的文字却是经过心灵浸泡，然后随麦子涌出。倘若没有麦田的胸襟、麦子的情怀，怎能有此等文字？如容我猜度，苇岸在面对与他的生命一起成长的麦子书写时，他是从容的，他不会有很多写作者的焦虑。与其说他是在写作，还不如说他是在叙述麦子和麦田，尤其是让读者惊叹艳羡的结尾——“到了六月，农民抢在雷雨之前，把麦田搬走”，读到深处，我几乎分不出孰为麦子，孰为作者。在这篇文章中，苇岸既显示了有我之境，也有无我之境。王国维反复论境：“有有我之境，有无我之境。‘泪眼问花花不语，乱红飞过秋千去’‘可堪孤馆闭春寒，杜鹃声里斜阳暮’，有我之境也。‘采菊东篱下，悠然见南山’‘寒波澹澹起，白鸟悠悠下’，无我之境也。有我之境，以我观物，故物皆着我色彩。无我之境，以物观物，故不知何者为我，何者为物。古人为词，写有我之境者为多，然未始不能写无我之境，此在豪杰之士能自树立耳。”王国维除了例说有我之境与无我之境外，也明确指出无我之境得来不易，“豪杰之士能自树立耳”。但如果你熟读并多少进入苇岸的境界，便会发现，有我之境与无我之境的交叉、叠加是其一大特色。如：“季节也是有生命的。为了感受这一点，需要我们悉心体验，也许还需要到乡村生活一年。以冬天为例，在北方，在北京，每年进入公历1月，我就会感受到它显著的变化……一个活泼的、冲动的、明朗的、易感的、易变的冬天，已一去不返。而另一个迂缓的、安稳的、沉郁的、灰暗的，阴冷的冬天，已经来到我们身边。这是生命悲哀的转折，由此开始的，是冬天的一段让我们最难耐的时期。它给我们造成的心境，与我们从手上不再有书籍，心里不再有诗歌，已获取了一定财富与权力的人到中年者那里，领略的大体相同。”

与苇岸的境界相渗透、相融合并使之独立苍茫的，是爱与善。苇岸说“我从小就非常心软，”不能看宰猪杀鸡，“我的这种心地与血缘有关”——苇岸有一个四姑“是我在这个世界上遇到的最善良的人”，是苇岸人生的标杆。他喜欢梵高的话“没有比对人类的爱更富于艺术性的事业”。苇岸对万物、对人类的境界之高，令我动容：“每天，无论我遇见了谁，我都把他看作刚刚来到世界的人。我曾经想，在我之前，这个世界生活过无数的人；在我之后，这个世界还将有无数的人生活。那么在人类的绵延中，我为什么就与我同时代的人相遇，并生活在一起了呢？我不用偶然来看这个问题，我把它视为一种亲缘。”苇岸之思，非凡之思，苇岸的境界是超凡脱俗的境界。然苇岸之所以为苇岸，却又因为他以白描的、几乎不加形容的文字，叙写大地上的事情，蚂蚁和雪、邻居胡蜂，还有甲虫、麦子与人等等。那是真正的大地的书写啊！“第一场秋风已经刮过去了，所有结满籽粒和果实的植物都把丰足的头垂向大地，这是任何成熟者必致的谦逊之态，也是对孕育了自已的母亲一种无语的敬祝和感激。”朋友，在这样的文字面前，你能无动于衷吗？

在苇岸的境界里，我看见了辽阔和深邃——源于他的独特的、不可复制的观察视角。在张家界夜宿天子山的山路上散步时，“听着近在咫尺的汩汩声，我忽然想到了一个水系与一个国家的‘对应’关系”。如何对应呢？作家笔下一滴水即一个人，若干水滴连成一泓水线时，便有了村；若干水线形成的溪流，即是一乡；如此等等众水汇流，便有了国家。然苇岸对于水的思考远远不止于此，“从存在的角度讲，一个孤立的水滴意味着什么呢？死亡！故每个水滴都与生俱来地拥有一个终极愿望或梦想：天下全部的水滴都汇聚在一起”。苇岸的感叹是意味深长的，人类的个体自古以来同样怀有水滴的梦想，大同世界是也，但“至今尚被视作乌托邦”。关于水，苇岸另有美文妙论，树叶和水的循环或轮回比较相像：“这是两种壮美的、周而复始的运行，春天树叶从土地升到树上，秋天它们带着收集了三个季节的阳光，又复归土地。”对于水来说，“以前它们从海洋出发最后再回到海洋，只是完成了一次轻松愉快的旅行（它们徒手而来，空手而归）。后来由于人类的崛起及其对地表的无限开掘和占据，它们便沦为了苦难的往返搬运不息的奴隶”。这样的水，沦为奴隶的水，被污染的水，悲夫，生命之水啊！

关于境界的境，关于如何言说境界，王国维云：“境非独景物也，喜怒哀乐亦人心中之境界。故能写真景物，真感情者，谓之有境界，否则谓之无境界。”以淡泊、宁静、简洁大气的文字，写真景物、真感情，这就是苇岸，这就是苇岸存世不多的所有作品的从头到尾，乃至他人生之末的“最后几句话”。在苇岸笔下，农人与土地的美德是源远流长的，他还告诉我们加里·斯奈德在《大地家族》中所言“最受无情剥削的阶级是动物、树木、水、空气、花草”，还有“那包含万变的永远不变”。2018年的秋天快要过去了，冬天即将来临，昌平北小营村，华北大平原开始的地方，下雪的日子不远了，被雪覆盖的麦苗将要长成麦子，这是苇岸喜欢的麦子。当你故土的农民抢在雷雨之前把麦田搬走时，我将恳求他们，留下其中的一小块，让苇岸搬到天上。

2018年10月1日 于北京

良渚随笔

苏秉琦先生在《太湖流域考古问题》一书中称："我们这个号称5000年历史的文明古国的黎明期历史，虽然还是'若明若暗'，但已决不是'虚无缥缈'的传说神话了。"（《东南文化》1987年）

——题记之一

"良渚古城发现的意义不亚于殷墟的发现，因为长江中下游地区之前还从未发现良渚文化时期的城址，良渚古城是目前所发现的同时代中国最大的古城遗址，堪称'中华第一城。'"北京大学教授严文明说。（《光明日报》2007年12月3日）

——题记之二

良渚的名字

言说良渚，首先想到的是良渚的名字。何出此名？它有什么含义？良渚之名首见于南宋时的《咸淳临安志》："钱塘县管十三乡，灵芝乡管五里：梁渚、荀山、前梁、后梁、胡林。"

良渚，地在杭州北郊余杭县（今余杭区）。一种原生考古文化的出现和发展，皆与环境及所在区域的历史和文化传统密切相关。良渚文化所分布的环太湖流域，既有地势平坦的江南平原，又有高亢的丘陵山脉。水资源呈半开放状态，江、河、湖之水在如蜘蛛网络的水网地带，有当今中国无与伦比的水稻作业环境。漫步今日之良渚，你不能不有所联想。考古文化所展示的古国文明果然烂漫，而今日之盛况不也提供了对遥远往昔的反证？或者至少可以遐想？在我看来考古有二途，田野调查，在遗址中背向时光之箭，发掘并延伸文明的历史。正如《考古的故事》作者约翰·罗梅尔所言："它向我们展示了全人类最老的一些祖先，它给地球上每个民族提供了长达几千年的先前未知的一段历史。"并且指向"一个普遍来说始终比其他所有问题都重要且反复出现的问题：我们的祖先是谁？究竟是什么样子？"此一也；二是以今察古但需别具只眼，如今日之太湖流域在不足中国0.4%的国土上，GDP占有量达到全国的15%。所谓别具只眼就是要特别留意自然地理，包括地名等集中表征的地缘特性，如良渚，古名也，有讲究，有古信息。良，良好美善也；渚，《神州古史考》称"水中可居曰洲，小洲曰渚。今杭州湖墅西北村落谓之良渚。"良渚一名又可称为"美丽洲"，或"美丽洲聚落"，绝妙地还原了良渚、瓶窑等良渚文化遗址中心的历史地理信息。此等地域倘若在历史上未曾辉煌、未曾美丽、未曾留下物质与精神的文明的古迹，那么一部古代中国文明史，缺失其半矣！

在长期的中国古文明发生于黄河流域的史学传统中，江南乃蛮夷之地，忽然冒出一个良渚，并由当地考古爱好者发现，不可不谓新奇。它出现时曾被视为龙山文化之一种，以石器及陶器中的黑陶著称。随着时代的演进，极尽精美的良渚玉器问世、良渚大城出土，等等。从古称蛮夷的地下大片墓穴中出土的考古实物实证着：关于中华文明起源，黄河流域不能专美也；长江下游太湖流域良渚文化的崛起，成为文明起源多元说的实证，成为中华5000年文明史的丰碑。遥想良渚人，我们能不心怀感恩？

良渚环境

良渚人生活在一个什么样的时空中？或曰：何种环境造就了良渚人？让我们再稍稍详细地阅读良渚环境，以及良渚人、良渚与沧海桑田，今日之浙江北部包括良渚怎样在沧桑巨变中形成。

俯瞰浙北地理大势，会油然而生一种气概非凡的感觉。其西为天目山系的山脉丘陵，林木葱郁，可仰之；东面是杭嘉湖平原，空旷豁达，平川野田，可远望。此为两个风景迥异之地理区块也，其交接处或者说接壤处又或者说镶嵌处，在湖州与杭州的连线之间，至此天目山余脉顿失高亢，峰峦呈手指状向杭嘉湖平原伸展，山体与旷野互为交错。有地理学家告诉我，此即镶嵌地带也。而镶嵌地往往是历史上故事发生之地，互为镶嵌，地形多样，土质多样，物种多样故也。良渚遗址群即位于这交错镶嵌地南部最大一个口子的边沿。这个口子由遗址群北侧的峰峦叠嶂相伴相送往西延伸，经余杭而至杭州西湖，大致成一个半封闭的“C”字形谷地。

回到这个“C”字形的半封闭谷地。根据地质学的研究，这里是地质运动的沉降区，三个断层围绕的古海湾断块下沉，三面之高地上升而形成丘陵，东部则敞开一个口子与杭嘉湖平原相连通，由此构成延续至今的海湾式地理轮廓（《浙江余杭良渚遗址的环境背景与良渚文化的兴衰》《良渚文化探秘》）。

于是我们可以清晰地看到，得天独厚的良渚遗址群，北依天目山余脉——连绵起伏的大遮山，南靠似断似续的大雄山、大观山丘陵带，形成相对独立的地理空间。仿佛有一双巨大而温暖的手臂夹抱良渚于怀中，作母亲怀抱儿女状。恩爱绵绵延泽而东直向平川，此良渚之地理大势也。良渚形胜，大致如此。

良渚富山水、沼泽、平原，有水陆交通之利的地理架构，形成于第三纪末的新构造运动，为采摘渔猎之好去处。地质学家勘察时发现在良渚谷地的低洼处有大量的第四纪沉积物堆积，沧桑巨变之遗迹也，其中有良渚先人的脚印吗？

良渚人

我们当缅怀继谭其骧、侯仁之、史念海之后，集历史地理学于一身的尊敬的陈桥驿先生，在近乎海量的良渚文化研究著作中，在太多的作者和读者为良渚文化玉器的精美而发出的赞叹声中，在格外强调良渚文化年表时，陈桥驿先生强调的是加强良渚文化的基础研究、系统研究，并从古人类学角度追问“良渚人”，他们从何而来？祖先是谁？下传何族？以及古代良渚地区的自然环境。其论文《论良渚文化的基础研究》虽没有引起学界太多注意，但笔者却深信，随着良渚文化研究和发掘的深入，其重要性将会日益彰显。陈先生认为，基础研究的第一方面是对于古代良渚人的研究，因为良渚文化是由良渚人创造的，良渚人是良渚文化的主角。顺便说一句，上述陈桥驿的“良渚人是良渚文化的主角”之论，在我所读到的相关研究著作中，鲜少有人提及，因此有一种醍湖灌顶的感觉。实际上在这之前，我一直以为良渚遗址的发掘者、研究者才是良渚文化的主角，若干当事人恐怕亦有此想吧？陈先生说："我们必须要在这个问题上寻根究底。"亦即"良渚人"从何而来？"上古活动于今浙江省土地上的人群，迄今为至，按考古发掘只有'建德人'，按历史记载有越人和吴人。古代良渚人与'建德人''越人''吴人'之间有什么关系？他们是土著的，还是迁入的？良渚文化按放射性碳素测为距今5300年—4000年，这以后良渚人的情况如何？此外，还有有关古代良渚人的其他许多问题，都有待研究和阐明。"

基础研究不可或缺的另一方面是古环境，即古代良渚人是在一个什么样的自然环境中生存繁衍、发明创造的？按照古文化发生的一般规律，其发生地虽然处在沧海桑田地质变化剧烈而频繁的年代里，而人却只能在相对适合的环境中生存，然后才是渐求发展与改造，此人群得以保存发展矣！而在早期人类史上，早期人种中有体格相对强壮而不知道适应新生代末次冰期最盛期的、不知躲藏逃避严寒的，灭绝了。活下来的那些直立人，往往不是最强健的却是脑容量最大的。在中国东部沿海，第四纪更新世的冰期，以及几次海进海退、海陆变迁频频的过程中，良渚先人存活下来了，他们是如何存活下来的？

从"建德人"说起

"对于古代良渚人的问题，或许应该从'建德人'说起。根据"铀系法"测出其存在的年代有两个，一是9.7万年±0.8万年；另一是10.8万年±0.8万—0.9万年，所以大体上是10万年，这个年代正是星轮虫海侵鼎盛的时期，今浙江境内活动的古人群，退居西部的山地丘陵地带。"陈桥驿在《越文化与水环境》中有此一说："在今浙江省境内，早更新世的人类活动情况尚不清楚，到中更新世，可能是越族祖先的‘建德人’已经出现。随着假轮虫海退的发生，今省境范围空间扩大，作为越族繁衍基地的宁绍平原，古时与东海大陆架连成一片，海洋与岛屿环绕其外围，而内陆则是河湖沼泽。远古的越文化，就是在这样一个水环境中发展起来的。”

陈先生提出的“建德人”可能是越族祖先的看法，要从科学上论证此说尚需时日。所谓“建德人”只是一枚犬齿化石，不要小看了这枚犬齿，历经几万年后它被今人发现是一种提醒：浙江的万山丛中平川沃野还伏藏着多少上古历史的秘密？我不能说秘密在何处，但我敢说有此秘密存在是肯定的。我们需要不断地追问：倘若有“建德人”，那么“建德人”之前是什么人？总而言之最早出现在浙江山峦间的是何种人物？这就涉及到人类的发生与出走等问题。大约100万年前，一部分直立人离开非洲的热带草原，走到了高纬度的平原，甚至走出非洲到了亚洲和欧洲的高纬度地区。他们到了中国，到了浙江吗？“非洲是人类唯一发源地”的说法正在被屡屡挑战。中国著名的古人类学家、第四纪地质学家、贾兰坡院士认为，亚洲高原可能也是人类的摇篮，而长江上游的云贵高原位于人类起源地的范围之内，相继发现的1400万年前的开远腊玛古猿、800万年前的禄丰腊玛古猿、300万年前的元谋腊玛古猿化石及石器、灰烬，都让人浮想联翩。我因写《长江传》而踏访金沙江时曾走访元谋，企图偶遇元谋古人遗迹的想法虽无所得，但高亢荒凉的气息仿佛是从地底下发生一样，久久难忘，那是腊玛古猿的太息吗？

地质——自然力所引发的地理变动——多次的反复的惊天动地的变化，已记不胜记。距今25000万年的海退是全球性的，规模极大。中国东部海水后退600公里，今舟山群岛全部与内陆连接，形成宁绍平原、杭嘉湖平原以东一条东北、西南走向的弧形丘陵带。钱塘江河口约在今河口以东300公里。今杭州湾及两岸支流皆不为潮汐影响。夏日降水丰沛气候暖热，冬季寒冷干燥。但因为降水少，即便在边缘的较高山岭也不足形成永久性的冰盖，也就是说今日之良渚文化核心所在区域，基本上不受冰川影响。斯时先民仍能得以安居乐业，此业为何业？以渔以猎并采摘也。

这是地球上一个重要的时刻，当海退使舟山群岛与内陆相连时，这是新生代末次冰期，也就是地球第四纪时的海退时期，也称低海平面时期，这是个短暂而又充满想象力的时期。在海进时分离的全球各大洲似乎因为相恋旧情，而出露了新的陆桥，它们昙花一现，却有备而来：澳大利亚大陆由陆桥与北部的巴布亚新几内亚相连，和塔斯马尼亚之间也有陆桥连接；英国与爱尔兰与欧洲大陆相连；阿拉斯加与西伯利由白令海峡陆桥连通；东南亚的不少岛屿与亚洲大陆连成一体，使亚洲大陆向外延伸了一大块……这让已经分离的、各有其位、各得其美的地球，重新碰撞组合而成为一个“超级地球”。这不是造物主的本意，但微妙在于，它仅仅是陆桥，海退之后的陆上冰桥，且为时短暂。当再次海进，一切淹没如旧，陆桥究竟为何而来？《第四纪环境》告诉我们：“这些暂时的陆桥可以使当时的人类，在各陆块之间旅行。”旅行是一种诗意的说法，其实是人类的迁徙，在今日之人类无法想象的艰难困苦中，完成了空前绝后的史前地理大发现，以及人类不同种族之间的交往与结合。

建德人不仅度过了冰期，他们先是“退居西部的山地邱陵地带”，到距今20000多年的海退时，宁绍平原上，已经有古人类活动了。斯时也，阳光普照，鲜花盛开，林木葱郁，百鸟飞鸣，各种亚热带野生动物或漫步，或追逐，人居其中矣。

吴越猜想

回到浙江良渚，据陈桥驿的《于越历史概论》所言，宁绍平原当时成为越人居住的中心，是因为“这一片广阔的平原，具有背山面海的形势。距南面不远就有山林之饶，而平原北缘濒海，又有鱼盐之利。平原气候暖热，水土资源丰富，于越部的祖先，是在如此得天独厚的自然环境中繁衍发展起来的”。为什么在本章中屡次提及越人？说“建德人可能是越族祖先”尚难求证，但吴越人是良渚人的后人却有史料可据，此乃后话，且听我从容道来。

海退之后是海进，始于晚更新世的卷转虫海侵使海平面上升，到8000年前，海平面上升到高出现在5米的位置（《第四纪地质》）。然后达到最高峰，东部海域内伸到今杭嘉湖平原西部、宁绍平原南部，其顶峰时两大平原成为一片浅海（《中国自然地理·古地理》上册）。这一地区再次面对滔滔洪水时，聚居在宁绍平原的越人不得不迁徙，“他们中的一部分，越过钱塘江进入今浙西和苏南的丘陵地区，另一部分随宁绍平原自然环境自北向南的恶化过程，逐渐向南部丘陵地区转移，还有一部分利用平原上的许多丘陵而安土重迁”（《文明的曙光》）。

陈桥驿在《〈吴越春秋〉及其记载的吴越史料》一文中毫不含糊地指出：“越过钱塘江进入浙西和苏南丘陵地区的越人……他们就是以后的马家浜文化、崧泽文化和良渚文化的创造者，即历史所称的句吴”。陈先生此论在大量的良渚文化研究者中实属罕见，我们读到的基本上都是以良渚说良渚，尤其是良渚文化玉器的古今中外无以伦比的精美——这是毫无疑义的，但读者如我犹感不足。当良渚人的来龙去脉，在一派浑沌的景况下，仅仅是器物之美妙就远远不够了。再者，《吴越春秋》载之史籍，其先人如是建德人，建德人之再回溯，茫然不可及也。然史书有载，可以科学客观地推而论之的吴越人与古代良渚人的关系，不可弃而不论。

卫聚贤先生在1937年6月有发表于《江苏研究》的《吴越释名》，指出“吴越是一个民族”。谭其骧先生认为，句吴和于越是“一族两国”。历史上第一个吴越国国王钱镠，都杭州，其兴修水利，保境安民，重视农桑，开拓海运等功绩，关乎民生垂之不朽，杭州有钱王祠专为供奉。《十国春秋》载，钱镠之后，赵匡胤以武力灭八国，富庶强大之吴越国虽不在此列，却亦非赵宋对手，其孙子弃国王号而求得保境安民。钱镠有家训传世：“利在一身勿谋也，利在天下者必谋之。”（《钱氏家乘》）。北宋人著《百家姓》，开卷便是“赵钱孙李”，赵宋帝皇以“赵”自居第一，有以权谋私之嫌。而第二姓非“钱”莫属，钱姓江南望族，吴越人也，良渚后人也。吴越先是一国，后来刀兵相见，史称吴越春秋同族相争，无非是争王夺地，然两国在语言习俗等等方面相同相通的事实，古人早有记载。如《越绝书》中称吴越“同俗”“同气共俗”；《吴越春秋》则指出“吴与越，同音共律，上合星宿，下共一理”，“吴之与越也，接土邻壤，交通属，习俗同，语言通”；凡此种种，无非说明吴越一族也。陈桥驿先生在他的相关著作中曾强调：必须指出的是，现在已经有人发表了与我相同的见解。王逢申先生在其《从姑苏繁华史看中华文化之辉煌》一文中说“夷人、越人留在吴岭山岭地带的支属，后来形成吴国吴人的主体部分”。陈先生稍带遗憾地说“论文没有对此作详细的解释”，迅即笔峰一转直奔主题：“但是越人为什么要‘留在吴地山岭地带’？这显然是因为平原沦没所致。平原沦没即前述之海进波涛所迫，宁绍平原之越人不得不落荒也”，“既然吴人是海进时代北迁的越人，则古代良诸人当然也就是越人的一部分”，“则吴人与越人，无非是历史上与地理上的一些差别”。陈桥驿先生有理有据地从历史地理的角度，明确了良渚人乃吴越之先民。读者亦可由此得知吴越国，在历史上何以如此烂漫，钱镠之后江南钱姓一度再度直至当代，仍闪烁于时空。而历史上的吴越之争，在某种程度上是吴越文化的相互激荡与互补，是历史向前推进时，雄浑而悲壮的进行曲。我们要特别记住的是，因为陈桥驿先生在人类学意义上的追溯，才有了更让后人难以忘怀的、造就了吴越人之先人——良渚人的较为丰满的形象。

得益于陈桥驿先生的教诲，再从地理位置论，良渚地区与宁绍平原只一江之隔。当海退时，无论良渚人渡江而达彼岸，或者在海进时，便已进入良渚地区及“C”字形缺口边缘的山陵孤丘，先为聚落，人能安居，并开垦湿地，采摘时先吃野生稻，然后再培育之。从石锛耕作到犁耕农业，在物质文化的基础上，制作各式陶器和玉器，并使之成为礼器。又堆筑祭台、造大大小小的墓，又筑大城，物质文化与精神文化达致当时顶峰，则不为虚妄也。

水啊水

本文行将结束时，想起在《文明的曙光》一书中，陈桥驿说及第四纪更新世出现过的海进海退，使海陆变迁频频，此地学之常理也，但先生强调“在探讨沿海地区的古自然环境时，特别值得注意”。为什么？“因为良渚文化是在一个适宜的自然环境中发展起来的”，这个适宜的环境具体何所指？我们还要重复陈桥驿先生的一句话：“远古的越文化，就是在这样一个水环境中发展起来的。”没有水环境就没有吴越文化，就没有良渚，又谈何良渚文化？水环境当然是指水的流动、环绕，水在良渚丘山间的穿行不息。水，还使我想到诸水皆有源，水流归大海，以及水中的各种生物、水有柔情、水的母性等。而水总是离不开泥土，沟渠河岸使然也。水和泥土的结合并烧制成粗陶器，是人类文明史上的第一个器皿。而水和泥土的结合，经过人手的揉捏成的泥团，看是我们小时候经常玩耍的一种看似无用的劳作，其实蕴含着历史的深刻的信息，我们的原始先民不就是由此开始制陶造器，走上文明之路的吗？而手的深入泥团，由揉捏到塑造形制，这一切正是人类创造性的手工劳作的开始。

良渚先人的聚落范围内，有很大一部分是水域，大观山丘陵间水波浩森，遗址群东部是朱家荡，荡者生长草木之水也。由于近丘山，古时又在亚热带季风气候区，多雨水，雨水的不断冲刷加上良渚先民的利用改造，形成了至今仍叫人叹为观止的蛛网般分布的水系。广布的水域，水中的生物，有山可依，山上林木，恰成良渚先民的环境和资源优势。卞家山遗址发现有木桩密集构筑的码头和木桨，卞家山发掘之前，已有独木舟出土，良渚人是要去江上还是海上？

一切都准备好了，水啊！土啊！山啊！

还有码头和木桨，清水一碧，蓝天白云，暖风习习，良渚人要浮槎于海了！

2020年三月改定于北京

杭州怀古

杭州，古都也，书上说中国有六大古都，杭州居其末。

“最忆是杭州”，良可叹也！我既然不能问白乐天，便自己追问自己为什么最忆是杭州？笔者数度去杭州，游西湖，客刘庄，瞻仰岳王庙，远望保俶塔，临吴山天风而诵秋瑾诗：

老树扶疏夕照红，
石台高耸近天风。
茫茫灏气连江海，
一半青山是越中。

我还曾五度踏访余杭，流连忘返于良渚丘田。2007年秋，我为凤凰卫视记录片《江河水》作嘉宾主持，与主持人梁英一起到良渚拍片时，正值浙江省考古人员发掘良渚古城。在地面下挖二三米深的一处古城遗址墙基上，那些有棱角的巨石块垒和黄土堆筑平静如斯，而我站在这里，与5000年前的良渚文化近在咫尺，能不心生波澜？我的采访笔记上记着我和考古发掘者当时的对话：“良渚古城的发现，对良渚文化研究意味着什么？”“不仅是良渚文化研究，它关乎中国新石器时代末期的文明程度。这是我们几代考古人梦寐以求的发现。”“能不能说良渚是古国，这里是都城？”“当然可以。”

闻讯赶来的北京大学教授严文明先生认为，“良渚古城发现的意义不亚于殷墟的发现……良渚古城是目前所发现的同时代中国最大的古城遗址，堪称中华第一城”。面积达30万平方米的良渚古城的中心地带是莫角山遗址，古城的选址不同凡响地利用了自然山水，南北两面依天目山之余脉，东苕溪与良渚港分别由城的南北两侧向东流去，凤山和雉山两个天生小山，高居古城的西南角和东北角。古城墙在莫角山四周的田间绵延超过了六公里……古城城墙的厚度除南城墙略窄，40多米宽外，其余三面城墙都有60多米宽。

良渚当时显然没有杭州。

但，享有盛誉的中国已故考古学家苏秉琦先生说：“良渚是古杭州。”（《文明的曙光》）

现在我正置身于春日的西湖三潭印月处，品尝着一杯清明前的龙井茶。眼前花红柳绿，水波荡漾，舟楫往来；远山隐约如水墨画，那笔墨却溢出于尺幅之外，连接着良渚文化中的黑陶与玉器、神人兽面纹……这使我想起杭州的风景是有历史的，深邃而幽明，哪怕只是稍稍深入其中，便可得无限遐思，可略窥其根脉绵延之一端。春秋战国时代的杭州先后分属越、吴、楚，秦王政二十五年（公元前222年）设钱唐、余杭两县，隋文帝九年（589年）置杭州，杭州有名之始也。到五代十国杭州为吴越国国都，今之余杭已为杭州市余杭区。

隋开皇十一年（591年），杨素奉命治杭州。在凤凰山依山筑杭城，其规模是“周三十六里九十步”。南北城墙在吴山与钱塘门之间。《乾道临安志》又载：“隋废郡为杭州，户一万五千三百八十。唐贞观中，户三万五百七十一，口一十五万三千七百二十九。开元中，户八万六千二百五十八。”唐建中二年（781年），李泌为杭州刺史，饮西湖水，淡水也。其时杭州百姓以“水泉咸苦”为愁，李泌遂引西湖水在杭州西北部人口稠密处开六井：相国井、西井、金牛井、方井、白龟井、小方井。井由入水口、地下沟管、出水口组成，疏浚西湖东部于湖底挖出入水口，砌砖石以木桩围栏护之，再以暗渠法掘深沟埋进粗毛竹管，引水入井。李泌是第一个让杭州先人喝到西湖淡水的人，他所创制的暗渠引水、六井供水，是杭州最早的给水系统工程。六井遗迹犹存，杭人感恩故也。

西湖水为什么是淡水？大约7000年前西湖是钱塘江的一个浅水湾，吴山与宝石山南北相望成为此一浅水湾的两个岬角。因着长江、钱塘江及山上溪流带来的泥沙于天长日久后层垒叠高而堵塞了浅水湾之入口，使沙洲生成连接为陆。其内侧成一泻湖——西湖初始也，始称武林水，后称明圣湖，金牛湖。唐时因湖在钱塘县境内称钱塘湖，隋代筑杭州城，湖在城之西遂名西湖。历史上“杭”字，余杭的杭、杭州的杭多有传说与交接。相传夏禹治水会诸侯于会稽时舟行至此，舍其杭而登陆，杭，即为方舟，故名余杭。另有一说是夏禹在这里造舟以渡，古越人称之为禹杭。秦始皇统一中国分天下为九州，“上会稽，祭大禹”因“水波恶”而到宝石山南麓避风，皇船系一巨石之上，后人名之“系缆石”（《中国山水文化大观》）……所有这一切传说其实都包涵着重大历史信息：余杭、禹航、系缆石等，均与中华文化的开拓和继承相关，和开始相关。

秦始皇之后1000多年，中国古史进入天下大乱的五代十国，杭州历史上又一个重要人物出现——吴越国第一个王，钱镠是也。钱镠在杭州以保境安民为国策，“世方喋血以事干戈，我且闭关而修蚕织”。杭州丝绸织造业之发达，钱镠功不可没。当时杭州城已破败，钱镠再筑杭城时的规模浩大可叹，先筑夹城，又筑罗城，再筑子城。南至六和塔，东到候潮门、艮山门一线，北及武林门，西至涌金门、清波门。此为南宋都城打下了基础。钱镠疏浚西湖有名言传世：“百姓以湖水为生，无水即无百姓，百姓既无，吴越国安在？”钱镠尚周公之“吐哺握发”的典故而造“握发殿”，以广罗人才。吴越，信佛之地也，当今杭州的不少寺院和佛塔为斯时所建。《西湖游览志余》称：“杭州内外及湖山之间，唐以前为三百六十寺，及吴越立国，宋室南渡，增为四百八十，海内都会未有加以此者。”杭州四大丛林中的昭庆寺、净慈寺为吴越所造，又扩建灵隐寺，还造了理安寺、六通寺、灵峰寺、云栖寺、韬光寺、法喜寺等，及保俶塔、六和塔、白塔和雷峰塔。当时杭州不仅已有“东南形胜”之誉且享“佛地”之称。钱镠字具美，临安县人，出身低微。又有传说钱镠出生时，满村有火光，其父钱宽以为不吉，要将其投井，阿婆不许，留养成人。因此钱镠的小名叫婆留，现在临安犹有婆留井的遗迹。

钱镠治杭有史绩，笃信佛教且文笔优美。其妃戴氏出身农家，贵为王妃后仍岁岁回去省亲，钱镠为其送行曰：“陌上花开，可缓缓归矣。”钱镠之语传至民间编成山歌，“陌上花开”传唱一时，苏东坡作《陌上花》诗云：

陌上花开蝴蝶飞，
江山犹是昔人非。
遗民几度垂垂老，
游女长歌缓缓归。

到北宋一统天下，而杭州乡间农人“还穿吴越的服装，讲着吴越的故事”，只知吴越而不知有宋也。

史有西湖三贤说，白居易一也。其《忆江南》词两首与杭州山水共不朽矣！白居易于唐穆宗长庆二年（822年）被贬谪为杭州刺史，到任伊始走访民间，见杭城民生仍为水所困扰，西湖堤坝坍塌，六井皆已湮没，海潮倒灌，百姓饮咸苦之水，农田遭旱涝灾害。白居易疏理六井，又率民众筑钱塘门至武林门的长堤，把湖水拦截在上湖，使下塘一带农田再无旱涝之患。为修堤防安澜，蓄泄及时，白居易写《钱塘湖石记》，刻碑于湖畔。千年之后，白居易所筑之堤已湮没无存，今日西湖之白堤原名白沙堤，白居易来杭州前即已存在，白居易自谓“凌晨亲政事，向晚恣遨游”，白沙堤是常去散步吟诗处，杭人谓之白堤也。史家少有论及的杭州之为杭州，乃吴越兴佛杭州有禅意，此其一也；乐天为诗杭州有诗意，此其二也。白居易有句云“更无一事移风俗，唯化州民解咏诗”。杭州之民能咏诗，白居易故也。白居易诗多乐府味，质朴优美，流传民间歌之咏之百姓喜之也。白居易离任时有无限眷恋，“处处回头尽堪怜，就中难别是湖边”。而杭州百姓倾城相送，白居易拱手道别三步一回头并谆谆相告：“西湖水，民之根也！”并把自已所存官俸全部留作治湖之用，留诗云：

耆老遮归路，
壶浆满别宴。
甘棠无一树，
那得泪潸然。
税重多贫户，
农饥足旱田。
惟留一湖水，
与汝救荒年。

西湖三贤之二便是苏东坡了。西湖又称西子湖，来源于苏东坡“饮湖上初晴后雨”诗，在众多的咏湖诗中，此诗与白居易的“忆江南”堪称绝唱：

水光潋滟晴方好，
山色空濛雨亦奇。
欲把西湖比西子，
淡妆浓抹总相宜。

苏东坡一生两次任杭州地方官，第一次为贬谪任杭州通判，第二次在元祐四年（1089年）任杭州知州。其为时人所传扬的一是公正判案，为民伸冤；二是治理西湖，救贫扶困；三是诗酒唱和，继白居易遗风，教化杭人。苏东坡赴任知州时，适逢杭州大旱，饥疫并作，入秋后大雨倾盆，钱塘江泛滥殃及西湖，“农民栖于丘墓，舟楫行于市井”。西湖之重修已时不我待，苏东坡说，“杭州之有西湖，犹人之有眉目也”，于是上《乞开杭州西湖状》，以工代赈，浚湖筑堤。苏东坡每天到湖上巡察，与民工交谈。历时数月西湖复见烟波绿茵之气象矣！又将挖出之淤泥葑草堆筑成堤，堤岸两旁植桃树柳树，此苏堤也。苏辙曾有诗说东坡“昔年苏夫子，杖履无不之，三百六十寺，处处题清诗”。《望湖楼醉书》与《湖上初晴雨后》一样流传杭城，老少能咏：

黑云翻墨未遮山，
白雨跳珠乱入船。
卷地风来忽吹散，
望湖楼下水如天。

杭州寺庙众多，也多会诗的和尚，诗僧是也。苏东坡爱与诗僧游，互有唱和成为佳话流传。龙井有过溪桥，就是苏东坡访法号元净的诗僧辩才留下的古迹。辩才82岁归老龙井寺在寺旁建远心庵，以为取静之地，人称“远公”。并立清规书于寺门：“山僧老矣，精神衰惫，不能趋承。谨以二则相告：殿上闲谈，最久不过三柱香；山门送客，最远不过虎溪桥。山僧元静叩白。”某日苏东坡到龙井拜访辩才，品茗说古，吟诗论文，竟僧俗难分，一见如故人。东坡辞别，辩才送行，意犹未尽，边走边聊，不觉过了虎溪桥。小和尚急呼：“师父，师父，已过虎溪桥矣！”两人相顾而笑，东坡拱手：“我误远公，不知戒律。”辩才答道：“杜子美诗云：与子成二老，来往亦风流。”遂改虎溪桥为过溪桥，并造过溪亭。一字之改，一个故事，一种风流，一派历史的风景。

我去杭州游西湖，曾经遇雨，曾闻桂子，曾上风雨楼。风雨声中，桂花香里，云岚之间，总会有背影隐约飘忽，其有白乐天乎？其有苏东坡乎？他们之所以名垂千古，除了为民造福之外就是诗歌文章了。唐宋若干年间的杭州，白傅、苏公的诗远出文人圈之外，成为杭州人的诗，可以歌之咏之。杭城风气丕变，杭人文质彬彬，善哉！妙哉！西湖苏文忠公祠有阮元撰联：

欲共水仙荐秋菊，
长留学士住西湖。

西湖三贤中的林和靖，别有风光者也。林和靖名逋，少而孤，经史诗文无不通晓，却淡泊名利。曾周游江淮，所见山水不及西湖，便回到杭州结庐孤山北麓，不娶不仕，写诗作字，种梅养鹤，自娱自乐，隐迹一生。林和靖酷爱梅花，在孤山遍种雪梅，赏梅咏梅佳作神妙，如《山园小梅》：

众芳摇落独暄妍，

占尽风情向小园。
疏影横斜水清浅，
暗香浮动月黄昏。
霜禽欲下先偷眼，
粉蝶如知合断魂。
幸有微吟可相狎，
不须檀板共金樽。

孤山风景因梅而美，慕名前来者日众，童子谓："此有扰先生之清静，能否拒之？"林和靖告童子："不可。孤山者，人人之孤山也；我有梅，人能赏，共香雪。"林和靖只是贴一告白："休教折损，尽许人看，不迎不送，恕我痴顽。"林和靖高卧孤山30年，朝夕相伴者梅也、鹤也，遂有"梅妻鹤子"之佳话。梅尧臣曾说："和靖之学，谈道则孔孟，语文则韩柳……使之立朝定有可期。"林和靖有诗明志：

未许尘埃来几席，
不妨贫病是湖山。
文章自问难追古，
光景无多肯负闲。

好生了得，"肯负闲"啊！为归老孤山，林和靖又自造一墓庐，临终自题：

湖上青山对结庐，
坟前修竹亦萧疏。

茂陵他日求遗稿，
犹喜曾无封禅书。

杭州山水，天造之物也。但有人迹、有人类的改造利用如六井，如灵隐，如苏堤，如过溪桥，如孤山梅等，不一而足也。且代有文人，或者吸引呼唤着骚人墨客忘情于此，多少名人、志士、文豪乃至埋骨西湖之滨。游杭者，与风景游也，与不朽之灵魂游也，知乎？知乎？袁枚《谒岳王墓十五绝句之十》云：

江山也要伟人扶，
神化丹青即画图。
赖有岳于双少保，
人间始觉重西湖。

岳飞、于谦、张苍水、章太炎、秋瑾、苏曼殊、苏小小等人的墓葬，现在被称为景点，其实是杭州的灵魂、西湖的精魄。不要说这些古人的墓地、白堤、苏堤、灵隐寺、小孤山、三潭印月等，即便是西湖桂子、玉兰、一支梅，乃至一树一草，都已经成为人们的意象而留迹于心灵并世代相传。一处胜地的可持续发展，则有赖于史家不断的对历史钩沉并与近当代接续，亦有赖于诗句如“向着天空开放的花朵”，是有历史的风景之欣欣向荣。

近当代的历史往往易被忽略，杭州亦然，西湖边上有的脚印不过百年，西子湖里有的桨声余音尚在，多少往事不能不记。“百日维新”失败、康有为流亡16年后归国居海上，曾经有杭州密不示众之行。为何密不示众？为见维新元老徐致靖。何称元老？倘无翁同龢、徐致靖代康有为上书直达光绪帝手中，即无百日维新。尤其是徐致靖的《保荐人才疏》，第一即是康有为。是时因得不到光绪帝的明令，康有为已拟离京。《康有为自编年谱》记“二十五日，忽为徐学士荐备顾问，奉旨着于二十八日预备召见”，即光绪帝与南海之独对也。徐学士即徐致靖，晚年自号仅叟、仅老，时任翰林院侍读学士、礼部左侍郎。变法失败，慈禧亲定的斩立决名单中徐致靖名列第一，后经力谏，下狱待决。徐致靖于八国联军侵占北京时出狱，迁杭州，闭门读书。1914年早春某日下午，康有为只身而至杭州姚园寺巷徐致靖寓所。管家徐福到书房对许姬传——徐致靖外孙报称：有客要见老太爷，却不肯说姓甚名谁。许姬传到轿厅问来者“请教贵姓”，却被反问：“你是徐大人的什么人？”许姬传答“外孙”并说“外公去茶馆了”。来客轻声说“我们进去谈吧”，并不时回头，有警觉意。许姬传引路进得客厅，厅外有脚步声，许姬传出迎：“外公，有客等你。”徐致靖疾步走进客厅。许姬传有记：“这时，客人站起来对了眼光，就抢走几步，跪倒地上，我外祖也跪下，两人抱头痛哭。”然后相携相扶，起身入座。仅老告诉许姬传：“这是南海先生。”许姬传行礼如仪，心里好生激动，外祖不时说及，思之已久的康南海就在眼前了。康有为告仅老，有很多话要说，但浙江其时当道的朱瑞是袁世凯的人，今晚只能笔谈。

许姬传记云：“仅老叫我预备笔墨纸砚，我把新买的邵之岩的小楷紫毫，一刀尺白纸，放在左面方桌上，又到上房拿了盏煤油灯点上，就给他们磨墨。只见南海把那支小紫毫放在嘴里一咬，开大了，他们开始笔谈。”康有为下笔疾书：“戊戌年乘重庆轮到上海，工部局的濮兰德持照片，乘兵舰到吴淞口登重庆轮找到我，即换乘军舰直放香港。在旅途中濮兰德云：‘李提摩太打电报与上海领事白利南设法营救，但当时上海道曾照会领事馆，协同缉捕康有为，如果掩护中国政府缉捕的要犯，牵涉到外交，白利南不敢作主，就电伦敦政府首相沙士勃请示，得复电同意营救，才派我带了照片找到你的。’”仅老写的是六君子被害慷慨就义的情况，又写：“在狱中曾作《祭六君子文》、《续正气歌》，是腹稿。经狱中生活及庚子年八国联军攻占北京，仅老被释到杭州时，研舅已病逝。”康在后面写道：“研甫（即徐仁铸）兄是我党通达时务的杰出人才，与谭复生可称双杰，如他在京，当不致如此惨败。”仅老又接着往下写……许姬传记道：“谈辛亥革命，康与仅老有分歧，康似眷恋亡清，而仅老则认为满人多半昏庸贪贿，不亡何待。”然后是晚饭。“饮酒时，因旁边有人伺应，康的话不多，只问年伯还唱昆曲吗？仅老说：‘常常以此为遣。’”饭后笔谈继续，许姬传称：“这一刀纸，我只用了十几张，他们笔谈写了80多张，我想这是很有价值的东西，将来把它裱成册页收藏起来。”却只见“康把煤油灯摆在书房外廊子上，把一叠纸放在灯上烧，我说这样会把灯头焖灭了。康说‘世兄请你帮我烧’，我就找一个铜盆，先把十几张纸放在里面，点一根火柴烧，陆续往里续，很快就烧完了。他还怕烧不透，我递一根铜尺给他，他仔细检查直到全是黑灰，才进书房。我一边替他烧，心里直说可惜，这一份原始谈话手迹，包括晚清时不少重要史料，要保留下来多好”。

此后，康有为屡有杭州之行，其游兴诗兴皆俱，作《游烟霞洞》诗题下有注：“洞在南高峰麓，有六朝佛像数十，精妙迫肖，神气如生，天下皆称。素钦雅典、罗马刻像之精，不知中国古旧刻像精能如此，实为中国瑰宝，国人宜共珍之。洞外巨石离奇，梅、桂数千，时当八月，桂花大开。偕徐子静侍郎丈同游。”这一段文字弥足珍贵，不仅是对杭州南高峰六朝佛象的精当评价，而且修正了康有为比较历史上中外石刻之偏见，杭人曾勒石于南高峰，且精妙迫肖也。1916年夏天，康有为又至杭州再游西湖，到姚园巷接徐致靖同住刘庄。是日晚上有浙江督军吕公望、警务处长夏超清于三潭印月请客，主客寒暄毕，康有为说：“仅老是度曲名家，当年名震京师，各位可一饱耳福也！”从城里请来的笛师方鹤亭问：“仅老唱哪一折？”“骂曹！”一曲唱罢满堂彩！三杯酒后，南海谈兴更浓：“三潭印月非三潭乃三塔也，碑文一字之误，后人将错就错，塔为潭矣！”仅老又提议：“泛舟听曲如何？”众人叫好，于是上得小舟先荡漾于湖心，南海说很想听“关大王单刀赴会”。于是，方鹤亭操笛，唱者为仅老12岁的小外孙源来，字正腔圆激越昂扬声震西湖。泛舟夜游者循声而至拍掌叫好声中，仅老又唱“牡丹亭”。夜半而归。是次西湖之行为时一个月，康有为要去曲阜祭孔陵、游泰山，仅老年高不克同行，于是相望相惜相拥而别。许姬传记道：“仅老在西湖刘庄盘桓了一个月，才尽欢而散。”这是他晚年度过的最愉快的一个夏令。临行时，他做了一首七古长诗赠康南海，题曰：《七月既望夜宴刘庄酒后狂歌为南海寿》，共七十二韵，其中有“南海先生王佐俦，遭时不遇海外游。游迹偏历五大洲，文明新理供吸收”。尾句为“尽此一宵乐，且学少年游，参横斗转兴未已，放棹三潭，洗盏更酌，同销万古愁”。

1917年丁巳早春，康有为60初度。是年张勋复辟康有为随之。徐致靖得知消息，直斥康有为“糊涂”，要南海速速离京。其时康有为再次被通缉，于美国使馆避难，又有恶噩传来：徐致靖病逝！康有为含泪悲声不能奔丧，作《祭徐子静侍郎文》，有“雄心埋于西湖句”；又作墓志铭曰：

“凤凰篯，朝野枯，周鼎废，都邑墟，此为中国维新元老徐侍郎之墓，百世敬之，勿樵勿苏。”。

西湖历史的风景中，承前启后的英灵便是维新元老徐致靖了！

康有为流连西湖的足迹还在继续。刘庄北之丁家山原有南海旧居，筑于“蕉石鸣琴”之上，名“康庄”，又名“一天园”，今无存矣！坊间传说康有为在杭州看戏，演的是《光绪皇帝痛史》，当时杭人街谈巷语说“康有为看康有为”“康有为哭康有为”，不为谬也。南海自记：“道过戏院，有告以今夕演光绪皇帝痛史者，下车观之。甫入场，即见扮演老夫冠带在台上，观客指而叹息，不知老夫之在场也。”《赵柏岩集》记，其时戏中，“顾无为装德宗，罗笑倩装南海，演至痛心处，顾、罗哭于台上，南海哭于台下，一时观者咸引颈看南海，传为奇事”。康有为此口占十八章记之，录其二：

君臣鱼水庶明良，
戊戌维新事可伤。
廿五年来忘旧梦，
无端傀儡又登场。
犹存痛史怀先帝，
更复现身牵老夫。
优孟衣冠台上戏，
岂知台下有真吾。

历史的风景并非总是轻盈优美，人类历史的每一次进步都会付出不可估量的代价，杭州亦然，西湖亦然。因而当我们从眼前的风景中追溯时，无论身处何时何地，都会生出一种苍茫的、凄凉的、沉重的、梦幻般的美感，此历史的风景之所以格外迷人处耶？

回到本文开头，回想古杭州，再读良渚文化。为什么中国最早的博物馆之一是西湖博物馆？1936年12月至次年3月间，西湖博物馆的考古学者施昕更在杭县良渚镇附近发现了一些黑陶，并进行小规模试掘，“得到了不少陶器和石器”，写成了《良渚——杭县第二区黑陶遗址初步报告》一书，揭开了良渚遗址考古发掘的序幕。良渚黑陶曾被认为是山东龙山文化的支系，其年代晚于龙山文化。后来的发掘，尤其是大量的良渚文化玉器的出土震惊世界，因其无可比拟之精美，从而也使考古家发现良渚类型的史前文化遗存与山东龙山文化有别。1959年，中科院考古所所长夏鼐先生把此一类型的考古文化正式命名为“良渚文化”。根据碳十四测定，良渚文化的年代距今5300年至4200年。

寄语读者诸君，倘若你游杭州，良渚博物馆当是必去之处。其前厅为“站在杭州看良渚”，视觉为之震撼的是大幅投影，其为良渚古城墙也，莫角山宫殿基址也，瑶山祭坛也。前厅地面是玻璃地坪下的杭州湾全景沙盘，标识着钱塘江、西湖等，地坪与墙上投影自然连接。5000年前的良渚遗址坐落在浙西山地丘陵与杭嘉湖平原的交汇地带，位处一个C字形大谷地的北侧，这个大谷地西侧的余杭镇是秦代始设的余杭县治所在，东南端是五代吴越国及东汉以后形成的杭州主城区……人类活动从北部的良渚遗址向西迁移至余杭镇，再从余杭镇发展到杭州市。这个长达5000年的区域变迁过程，即苏秉琦先生所言之良渚是古杭州。或者也可以说杭州从良渚起步，风风雨雨，潮涨潮落，然西湖近矣，钱塘江涛声可闻矣！

良渚、遗址、西湖、杭州，历史的风景之所以不可湮没，是因为它具有本源性，它发生、发展并且灿烂于历史长河中。往返寻觅于良渚、杭州之间，我还感觉着文字的命名力：良渚之良，美善也；渚乃水中之洲也；良渚，美丽洲也；若称其为古国，美丽国也。“作为实证中华5000年文明起源与形成的圣地”，中华文明的美丽与诗性源远流长矣！

杭州，古都也，中国有六大古都，徐刚说杭州位于首。

2017年写于北京

月亮咏叹调

望月

古往今来，谁不曾为月亮欣然？谁不曾为月亮感伤？在星光月色的网罗下，我们的情感，我们心中的秘密，一切暴露无遗。但人们喜欢，至少并不拒绝此种暴露，有时还会在心中默默地向着满月或者弦月倾诉。她倾听，她没有不耐烦的时候，但她只是月色泻地，在黑色的夜晚包裹着你，乃至你的心灵，这时候语言是多余的。

亲爱的朋友，我敢肯定，我们的目光曾在星空中碰撞，曾在月亮上偶遇，因为我们的困惑即使在科学技术迅猛发展的今天，依然古老而年轻：月亮为什么要追随地球？如果没有月亮，地球会不会形单影只孤独不安？月里嫦娥、吴刚、桂花树、玉兔的故事，在人们已经知道月球是一派荒野时，为什么依然魅力不减？或许古往今来，我们总是把月亮作为感觉和体验的对象。原始人的原始思维中，她与神灵相关联，她和夜晚所有的星辰均作为神异而存在，神秘如群猴鸣日，群狼吠月。

只有在诗人的想象中，月亮才会变得更加清亮、明丽，有时也有点忧郁。但他们无不把自己的真性情揉进了月光中，月亮是诗人的天生知己吗？月相是诗人心灵的写照吗？月色是从天而降的灵感的线索吗？从而使古今多少人感慨：倘无月亮还有真正的诗人吗？因为月亮，古往今来有多少诗人名重一时，甚或千古流传。如“海上升明月，天涯共此时”“明月几时有，把酒问青天”“举头望明月，低头思故乡”“露从今夜白，月是故乡明”“二十四桥明月夜，玉人何处教吹箫”“沧海月明珠有泪，蓝田日暖玉生烟”“当时明月在，曾照彩云归”“今人不见古时月，今月曾经照古人”……至于“无言独上西楼，月如钩，寂寞梧桐深院锁清秋”李煜竟把去国的忧伤挂在月如钩上了。当代诗人卞之琳的名句是“明月装饰了你的窗子，你装饰了别人的梦”。艾青心中的“圆月”更是别有一番滋味：

我的思念是圆的
八月中秋的月亮
也是最亮最圆的
无论山多高，海多宽
天涯海角都能看见它
在这样的夜晚
会想起什么？

我的思念是圆的
西瓜，苹果都是圆的
团聚的人家是欢乐的
骨肉被分割是痛苦的
思念亲人的人
望着空中的明月
谁能把月饼咽下？

月亮何以有如此魅力？何以能使人类中各色人等心怀敬畏？叔本华说："为何满月的景像显得如此慈祥、抚慰和崇高？因为月亮是体验的对象，从不是意愿的对象……而且它崇高，也就是说，它能使我们怀有崇高的心情。因为它一掠而过，看见一切却什么都不参与，地上的作为对于它是陌生的。一看见月亮，意志和永恒的困苦便从意识中消失，它使意识保持纯认识的功能。也许会混杂另一种感觉，即我们与千百万人在共同观赏月亮而消除了个体的差异，以致这种体验把我们联成了一体。"

我们很难说，月亮与星空本身是诗化的，还是被人诗化的。回溯历史，人之初学会站立行走并且可以仰望星月，这是一个里程碑式的时刻。从此人类需要分辨白天与黑夜，需要惊讶，需要刺激脑容量；而我们并不知道原始先民从何时起称月亮为月亮，称星星为星星的。当时的语言极为简单类同吼叫，但感觉尤其是嗅觉特别灵敏，他们嗅过这夜晚吗？他们嗅到月光泻下的是何种气息了吗？也许只有惊悚和讶异。如同我们儿时一样，他们曾有过无数疑惑：星星为什么眨眼？跟谁眨眼？月亮为什么有圆有缺？且缺后圆、圆后缺反复如斯？那飞过的流星落在何处？如此等等不一而足，但总而言之他们已经开始夜观天象，他们的大脑因之发育，并点点滴滴地累积认知。终于，在一天的为果腹而采摘渔猎之后，夜晚的出现开始从惊悚变得温柔、和谐，在星光月色的照耀下他们渐入梦乡……

探月

月亮，或者满月或者弦月，清幽、宁静地高挂夜空，仰望，我只能仰望，我是如此地想为之赞叹，却久久想不出合适的词语来。司空图有论“飘逸”的诗句“落落欲往，矫矫不群”，可为月亮赞乎？

中国人有世界最早最好最美妙的古代天文学，这一切是从观天文、察地理开始的。因为农耕所需的对风云变幻的掌握，我们的先人早就点点滴滴地发现了天象的奥秘，有了观天察地的传统。被称为清朝“开国儒师”“清学开山始祖”，以“天下兴亡，匹夫有责”影响了一代又一代中华儿女的顾炎武先生说过，“三代以上，人人皆知天文。‘七月流火’，农夫之辞也；‘三星在户’，妇人之语也；‘月离于毕’，戍卒之作也；‘龙尾伏辰’，儿童之谣也”。天象之于农耕是现实的，倘若没有了两三千年的农夫天文学家，华夏文明何以为继？又正是因为有了农耕发展的物质基础，才有后来民间与文人的想象——神话和诗，那是精神和文化了。其中流传最广、最富诗意和想象力的便是嫦娥奔月，又为其造广寒宫、种桂树、养玉兔，还有吴刚，月亮上似乎是一切皆备了。这就是神话的魅力，它可以摆脱一切现实生活中的束缚，它还能无视细节的追问，比如嫦娥、吴刚在月亮上怎么生活？是否如人间一样男耕女织？月亮上的土地是否肥沃？种子从何而来？广寒宫里有人间烟火吗？等等。

凡此种种后来都有了答案：1969年7月16日，阿波罗11号宇宙飞船载着阿姆斯特朗、奥尔德林和科林斯三名宇航员，从美国卡纳维拉尔角的航天中心发射升空，75个小时后飞抵月球轨道。1969年7月21日，格林威治时间2时56分，阿波罗11号宇航员阿姆斯特朗踏上了月球。这是人类由梦想开始的第一次真正的飞天登月，他在月球上说了一句著名的话：“对于一个人来说，这是小小的一步，对整个人类而言，却是巨大的飞跃。”阿姆斯特朗意识到自己并不是在纽约长岛走路，他是在月亮上，他不得不学着走路。他描述他所看见的月面景象：“有许多非常精美的像粉末一样的沙粒，我能用鞋尖轻轻地踢起它们，我能看见我的鞋印留在沙粒上，行走没有困难。”

后来有报章透露，阿姆斯特朗的登月宣言并非只是前文已写到的两句话，而是：“我，哈勃·威尔逊（即阿姆斯特朗），以全人类的名义宣布：月球不属于哪一个国家，而是全人类的共同财富。”稍稍停顿后，他又接着说了一句意味深长的话：“我们为和平而来。”

此时卫星转播中断。美国宇航局内很可能是一派沉寂，甚至惊恐或不知所措。因为原来拟定的讲稿全文是：“我，哈勃·威尔逊郑重宣布：美利坚合众国拥有对月球的领土主权！”

如果上述情况是真实的，请允许笔者妄加揣测：正是月球表面浩浩荡荡的荒凉与宁静，正是宇宙无限的深邃与沉默，作为人类的一员，阿姆斯特朗受良知驱使，其声音成了天空有声无声的天籁之一部分。

后来的月球探测由美国和苏联相继进行，里根更是提出了“星球大战”的设想，“冷战”的气氛一直弥漫到了外太空，所谓星云失色是也。

耕月

当人类占领了地球上所有的生态空间，生态环境持续恶化——全球气温升高、南极冰川加速融化……，致使生态修复、环境保护、可持续发展已成为当今世界的燃眉之急。而正在为之身体力行的中国堪称此领域之典范，其中也包括宇航和探月。

为什么要深入到外太空？为什么要登月探月？勃劳恩在《宇航的动机》中如是说：“我们生活在作为我们家乡的星球上人口爆炸性

增长的时代，我们生活在科技革命的洪流中，甚至非洲的人民也要求享有现代技术成就中他们应得的那一份。我们不能使历史的车轮倒转至俭朴的生活或返回自然。要摆脱我们所处的困境，唯一的出路是往前逃。而研究和发展永远是进步的钥匙。”勃劳恩这番话的关键词是“往前逃”，而且这是当今人类“唯一的出路”。而地球确实已经伤痕累累，地球上的人类赖以生存的资源——从空气到水、到土地，无不前景黯淡。人类中的极少数人——握有权力者和大富豪已经准备逃离地球了。他们逃往太空何处？月亮。1998年3月5日，美国宇航局研究了“月球勘探者号”发回的数据之后宣称，月亮上有水！当然不是液态水。这一发现证明，过去几十亿年间彗星和冰陨石撞击月亮时，把冰留在了月球中。

这是一个人类梦寐以求的信息！还有月亮表面的氦3以及月岩中无法得知的矿物质，多少人为之激动、为之欢呼、为之雀跃！自此在有些人心目中，月亮已经或将要成为人类意志的对象，作为感觉和体验的对象，古往今来多少人的那些诗一般的感慨，似乎已经微不足道。

迄今为止地球上最大的月球城模型在日本，当时的信息披露，日本人将在2010年在月球上建立高扬太阳旗的永久性空间站。日本清水建筑公司拟建造月亮太空旅馆，是为了争夺月球旅行的先机。欧洲航天局当时有计划称，将于2000年发射卫星，2001年在月球南极附近降落登月舱，对附近一座高达6000米的月球山脉作考察。此一地点正是美国人发现月亮有水的地方，且常年阳光普照。20世纪末叶，美国、俄国、日本及欧洲共15国拟斥巨资400亿美元，建太空城。其长108米、宽88米、重470吨，与一个足球场大小相仿。希尔顿国际饭店集团准备在月球上建造太空第一家五星级饭店“月球希尔顿饭店”，它将拥有5000个房间，主体建筑高325米。该集团时任主席彼得·乔治说："这真是个伟大的设想，自从近来证实月球上有水支持生命以后，我们就想成为第一个在月球建设饭店的人。"

回首20世纪末至21世纪初，西方世界企图征服月球的疯狂，几乎使月亮成为"月球开发区"。有学者预言：本世纪及以后的若干世纪，是瓜分月亮的世纪！可是迄今为止，那些月球开发的设想还停留在设计图上。

对于月亮，对于在中国文化史上诞生过早期人类最为神奇美妙的神话的月亮，以阴晴圆缺的循环伴随着几千年中国农耕文明的月亮，中国人的牵挂也许更为细密绵长。而且我们是后来者，是和平利用外太空的倡导者。

中国航天的最新成就是嫦娥四号成功实现了史上首次在月球背面着陆。《参考消息》2019年1月12月报道说："嫦娥四号探测器自1月3日顺利着陆月球背面预选区域以来，完成了中继星链路连接、有效载荷开机、两器分离、巡视器休眠及唤醒、两器互拍等任务。"美国《福布斯》双周刊网站1月4日有文章解析了中国嫦娥四号的着陆地点，称："中国创造了历史，它着陆于很久以前由陨石撞击产生的冯·卡门撞击坑内。这个撞击坑位于巨大的南极——艾特肯盆地中，该盆地是迄今为止月球上最大的撞击盆地。"布朗大学著名行星学家吉姆·黑德说："成功的太空探索是软实力的巨大实证，能够以不具威胁的和平方式展示技术实力和领导力。"月球背面的探索能够发现什么？黑德先生的回答是现实的也是哲学的："探索就是调查未知领域，证明能够在月球背面，特别是南极——艾特肯盆地着陆并进行探索，这本身就是一项重大成就，是第一步，是在一个新大陆上的立足。正如我们难以预测未来一样，我们也难以预测探索未知领域的结果。这正是我们要进行探索的原因。"嫦娥四号搭载了棉花、油菜、土豆、拟南芥、酵母和果蝇这六种生物的种子与虫卵，进行科学试验。棉花的种子还长出了嫩芽。俄罗斯自由媒体网站在1月18日发表文章称："中国科学家将植物送上月球所取得的成就，在如今不仅是无与伦比的，而且具有现实意义。"我们为什么不可以遥想——因为中国和世界科学家的努力，未来的月球将不再荒芜而是绿色的、童话般的蓝月亮呢？

月色依旧

只要不为雾霾遮盖，只需我们仰望星空，诗人就会感叹：月色依旧啊！其实在人类看来冷艳无比的月球，自诞生之日起一直为陨石撞击，月球上的环形山一度被认为是火山爆发的产物。现在人类知道了，美丽而高冷的月球表面因为持续而残酷的陨石撞击而断裂，进而形成断层，液态玄武岩从月球深处喷出，成为暗色平原、环形山，以及如嫦娥四号在月球背面软着陆处的大盆地、大荒凉……月亮本身并不发光，何亮之有？它只是光的传送者，它把照射它的太阳的光芒孜孜不倦、源源不断地反射出去，那就是如诗如画，能让人若痴若迷的月色。月球永远只以其一面绕地球运行，呈现出诸种月相却与地球相关。无论台风、飓风、龙卷风，都只能掀动海洋的表层，作滔天巨浪状。只有当月球、地球和太阳连接成一线，比如新月和满月时，人们才会看到海洋之不同寻常——整个大海都被搅动了！在中国古人的心目中不断变换月相的月亮，是一种有生命的物体，是神圣之物。盈亏圆缺均与地球上的人类相关，是某种带有神性的启示，是樵夫与农人信奉的。如在月圆时播种，则丰收可期；砍木伐薪当在月缺时；月生晕要起风；础润而雨却是在我们脚下了……

月亮是地球的传记。

当今地球仍在为生态环境的破坏困扰，2018年12月10日，《参考消息》发表美国《华盛顿邮报》网站文章：全球碳排放量在2018年创下新高。文章说，“从2014年到2016年碳排放量基本持平，让人们看到了世界正开始出现转机的希望。如今希望十分渺茫，2017年全球碳排放量增长1.6%。2018年的增幅预计为2.5%”。联合国秘书长古特雷斯在第24届世界气候大会开幕式上说：“我们有麻烦了。我们在气候变化问题上面临着大麻烦。”得到联合国支持的一个科学委员会认为：“各国只有不到10年的时间采取前所未有的行动，在2030年之前将排放量减半，以防止气候变化最糟糕的后果。”高级政策顾问卡米拉·博恩说：“这是谁输谁赢的问题，是像欧盟和中国那样为气候行动投入巨资？还是反其道而行之？”

气候变暖的直接影响之一是南极冰层融化的速度比以往任何时候都快——现在的融化速度几乎是40年前的6倍左右，导致全球海平面上升，由《参考消息》2019年1月16日转载的美国《国家科学院学报》如是说。先前还有消息说，南极冰川的万年坚冰从冰架上断裂后径自流浪而去，追踪者痛心疾首又无可奈何！谁曾想到，人类除了面对水土流失之外，还要为冰的流失而提心吊胆？

毁坏了地球生态环境的人类，会不会在将来的某一天，移民月球之后再去毁灭月亮生态？谁能预测那遥远世界的遥远一天呢？我目睹的是人类在世界四面八方的呼告：拯救地球——为了我们的子孙后代。而所有的宇航员都会告诉我们：“从太空中看地球，它那悬浮的身姿、温柔的蓝色会使人感极而泣。”当他们从太空回到地球上，他们会从心底里欢呼“回家了”“终于回家了”！荒凉的月球追随陪伴着的，却是在太阳系乃至宇宙中迄今为止所发现的、具有最独特庄严妙相的地球，是人类与别的万类万物的家园之地，文明和一切创造的发生之地。最独特且庄严妙相之说从何而来？茫茫太空中宇航员所见也。在地球的山峦峭壁地貌背后，有至高至大、光洁润滑如丝绸的苍穹作衬托，紫外线与红外线交织背景下的蔚蓝轮廓，以及云彩、海洋、山脉森林和大地展现的蓝色、白色、绿色、褐色与红色等诸多色彩，随意地调融铺陈，或者随风游走。如此景象在太阳系中难道不是唯一的神奇吗？美国电脑专家哈特曾经作过一个理论上的测算：为使地球上的江湖河海之水保持液体状态，即零摄氏度至100摄氏度之间，地球可以向太阳移近或远离多少？即现在的地球轨道容许出现多少偏差？哈特的结论是：若地球在目前的轨道上向太阳移近5%，则地球表面就会形成高温的温室现象；若地球轨道移远1%，则地球便会重返冰川时代。

地球轨道，生命轨道，谁设计的轨道？

况且还有星光月色，“对于我们短促的生命而言，夜晚的星空是庄严、永恒、宁静的象征。事实上它是罕见事件发生的场所，是逐渐向我们显现的创世的伟大戏剧的舞台”（帕斯古阿·约尔旦）。太阳、地球、月亮和星星还在眷顾着我们，在每一个夜晚，星月都会展现千变万化的宇宙的祝福——和平与友爱。本杰明·富兰克林因为一句话而得到颂扬：“从来不曾有过一场好的战争或者一次坏的和平。”

人的世界啊，和平了就有福了，就会青山矗立、涛声如歌，就会有每个家庭的安宁，就会有孩子梦中的微笑，就会有看见星空的美妙时刻。今年元旦次日凌晨6点，我拉开窗帘，透过窗户玻璃，只见黎明已至而暗夜尚未完全离去的天上，一弯新月正怀抱着一颗启明星幽幽闪烁。我听见天地之间“早安”的声音不绝如缕，我的心里充满了幸福的感觉，“告诉我这世界与我的心灵同在”，“大地、星空，你的思想不得不深入宇宙的心，你不得不彻悟，你诞生于无限，你不只属于某个地方，你也属于整个世界”（泰戈尔）。洒向人间都是爱啊！

我想起自己也曾写过几首关于月亮的九行抒情诗，有一首写于1985年秋天，从南京去武汉看望母亲的江轮上——当时不曾想到这是我最后一次陪伴母亲，名为《江上半月吟》：

你是倾斜的船，
颠簸在另一片汪洋，
一半藏进清波，
一半露出水面。
我是跟踪的帆，
没有白天，没有黑夜，
灵感不需要翅膀，
自己飞向蓝天，
你是半月，我是满月。

2019年于北京一苇斋

第四辑·森林九章

引子

你只要走进一处森林，就会发现《森林九章》其实就是写了森林的几根树枝、几株花草而已。读者的失望正是作者的遗憾。落笔之初，我想从几个侧面写森林之美善，而不再仅仅是呼唤《伐木者，醒来》。可是，我交卷的只是一些陈旧的说辞，我可以辩解说，森林之美善，前人已尽述矣；或者，任一作者把思绪投向森林时均会茫然无措而失语；等等，辩解之无力、无奈，大抵如此。然而《森林九章》是我的应景潦草之作吗？非也，它是我近30年行走、观察乃至与草木对话的积聚，其中有心路历程，即森林作为一种存在而存在于我心境中的思考，以及可以不时抚摸的风景的感叹。问题只是在于：人的心、人的笔，何能尽窥天地万物之美？我已努力而力所不逮也。

假如《森林九章》中的某个枝节能使读者思及生命本源而心旌似有摇荡，则笔者万幸矣！

第一章　木器时代

踏访荒野，枯坐斗室，遥想史前文明，恍恍惚惚地闪过的一律是石头：巨石、乱石、小石……嶙峋峥嵘，层层叠叠。石出何处？山也。山上有何物？不知也。在人类出现之后的漫长又漫长的岁月中，石器时代之前的大块空白，匪夷所思。

西方的和东方的历史学家们，在已经载入史册的叙述中，囿于考古实物的缺失或者想象的贫乏，便把一块又一块的石头，堆筑于人类初生、人类原始文明的起步时刻，壁垒森严，坚硬冰冷，如封如堵，乱石之上，乱石堆中，人类也罢，历史也罢，何以生？何来火？何能生生不息？

当时大地之上，原始人的摇篮森然伟岸，无所不在的森林被忽略了，开启人类历史之门的一个伟大时代——木器时代，被粗暴而简单地抛弃了。

地球上自江河海洋诞生，蓝藻登陆，然后有树木，有森林，在地质演变中一次次埋没又重生，并广及大地。森林的存在，生物多样性的存在，又有谁能责疑呢？造物主赋予森林的使命也约略可知了：护卫大地、滋养万物，以其亲切、柔和、博大，守望某一时刻的到来。

如同水和土地一样，森林是本原，是原始物质，具有母性，是创生者并涵括终极，指向起源。

木器时代始于何时？终于何时？

木器时代又是一个什么样的时代?

木器时代出现的背景大致如何?

古人类学家对于旧石器时代的年限已有大体共识，即距今约300万年至1万年。旧石器时代之前呢?似人非人，似猿非猿，扶树而立，拄木学步，告别大森林的“人之初”，却是一派茫然!然而，这一较之于旧石器时代更早、更漫长的时代，是何等迷人的时代——人猿揖别。人猿何以揖别?最初的站立和行走，不再爬行之后所带来的视野的开阔、脑容量的增加。原始人的最初工具又是什么?怎样觅食?怎样繁殖?怎样玩耍?如此等等，不一而足。

木器时代——既称时代就必然与人——与最初的人相关联。但让笔者困惑的是，这一时代是怎样开启的?另外，这是一个没有考古遗存可以证实的时代，木器易朽，何来实物?或许易朽而物证无存，却有造物者的美意在，当后来人慎终追远时，需得有想象力，想象原初，想象本源。倘非如此，人类的精神世界、思维活动将成为无本之木、无源之水。可以印证这一点的是，时至今日，在物质和技术的挤压下，想象、思想正变得越来越艰难。亏得爱因斯坦说，“想象比知识更重要”，还有人想象，当想象时便能感受到，那些看似空白、无人问津的历史年代是如此美好!有研究世界建筑史的专家告诉我，在非洲，几无建筑的历史古迹可考，何故?在历史时期，除去撒哈拉大沙漠，非洲所多的是森林、草原、荒野，人类的建筑均以木材架构，但非洲多白蚁，群起而噬之，非洲的古建筑史便留在白蚁肚中了。由此可知，有无考古实物，不可一概而论。况且当白蚁、蚁堡，成为想象之物时，虽然虚空，却又何其美妙!

非洲，东非大裂谷，依西人所言也即当今世界大体接受的说法是，此地非等闲之地，是古人类的发生之地，退隐并蛰伏于大裂谷幽暗深处的，是人类的起源故事。

荷兰古人类学家科特兰特率先提出了“人和猿在非洲分歧的裂谷假设”，继之，法国人类学家伊夫·柯盘斯发表了“人类起源的东边故事”，其指向一致：因为非洲地理环境看似偶然的深刻裂变——东非大裂谷的出现，于是人猿揖别，原始人出现。

古人类学家探寻的脚步深入到了1500万年前，当时非洲为葱郁的森林覆盖，林中的灵长类动物以猿的家族最为庞大。非洲大地上茫无际涯的森林不再平静，猿猴们心神不安。在以后的几百万年中，非洲大陆东部地壳沿红海，经今日之埃塞俄比亚、肯尼亚、坦桑尼亚等地一线开裂，有的陆地抬升，形成海拔270米以上的高地，由西向东的大片森林被分割。古猿们一定很困惑，潮湿多雨的环境从此不再。更加不可思议的是在1200万年前，更加剧烈的地质运动在非洲大陆似乎是漫不经心，而又举重若轻地撕开了一条更大更深的裂缝，这就是漫长曲折的东非大裂谷。在这惊天动地的巨变中，古猿们被一分为二，或在大裂谷之西侧，或在东侧。分隔之初，大裂谷西侧的猿很可能暗自庆幸过，这里湿润的森林环境，幸运地得以基本保持。而裂谷东边的古猿所面对的则是完全不同的地理环境：稀树草地，高原落差900多米的干旱台地，无树可绿，无林可居，是完全陌生的辽阔与广大。伊夫·柯盘斯据此认为，“由于环境的力量，‘人’与‘猿’的共同祖先的群体本身就分开了，大裂谷西部的后裔生活在湿润的树丛环境，是为‘猿类’；而东边的后裔为适应它们在开阔环境中的新生活，开创了一套全新的技能，这就是‘人类’”。伊夫·柯盘斯没有说及的是，当大裂谷形成、地裂林摧时，有多少猿猴葬身其间，有哀鸣的大声，惜乎烟消云散矣！

人类起源的东边故事，始于生离死别，悲哀、惆怅、怀旧、迷茫而又罗曼蒂克。

凡此种种，已成为人类生命的若干特质，成为遗传基因，流淌在我们的血液中了。

以造物者的角度视之，大裂谷东边的猿为命运驱使，冥冥之中有了方向。当它们倚靠着一棵树不得不站立时，它们也将不得不行走。站立和行走都是艰难的，都需要时间，而且需要扶持。我们看摇篮中的婴儿从学会爬行，继之站立，然后行走，扶墙壁而站立，扶童车而学步，便可知，站立和行走，对于当时古猿而言，是一次艰难而又伟大的革命性变化。摇摇晃晃地蹒跚而行，必须要有可以支撑的工具，那最初的工具是什么呢？

斯时也，当人之初，走出非洲的稀树草原，或一处丛林时，其随手可得造物者为之预备的工具，除去树枝木棍还有什么？开始是为了学步、行走，后来为了采集，原始人借助木棍，打击籽实和挖掘根茎。当与野兽不期而遇时，木棍还是人类最早的防身武器。

无论如何，原始人，我们最早的祖先拄着或扛着一根木棍，开始行走了。当大裂谷东边稀树草地中的野果已无可采摘时，他们要走了。曾经眺望过西边的猿类吗？曾经以鸣号之声告别吗？我们不得而知，人与猿总之是渐行渐远了。

人类行走之初没有目的地，不知道前方是山是河还是大片的森林、草原、荒野，目的也单纯，有食有水足矣。这是真正的行走，只有如此行走才成就了人类史上最初的也是最伟大的行走——没有目的地，所到之处皆是目的地。极为单纯的目的，却迈出了古人类地理大发现的第一步，并有了对大地的朦胧而不自觉的最初认识。在大森林及稀树草原的绿色背景下，最初的认识是最深刻，也是千百万年人类血脉中相沿相传的印象——森林是好的，绿色是美的。其时，开花植物尚未出现，有三种颜色成了古人类眼中当时大地的主色调：白天的白，夜晚的黑，森林的绿。我们无法推测距今千百万年时，原始人对太阳、星星和昼夜的认知，可以想象的应是可望而不可即的茫然与不知所措。但，唯森林草木是原始人最为亲近且与生存息息相关的自然环境，于是因着行行复行行，因着手中那木器的撩拨，原始人类便有了一闪而过、点点滴滴的以他们当时的脑容量无法深究的疑问：树因何高因何矮？草因何枯因何荣？沼泽溪涧因何有水？或许他们根本不知道水是何物？何物是水？只是因为造物设定的天性，饿了要吃野果，渴了便去找水。这一延续生命的功能继承于猿猴，随着行走发扬光大，而且还伴随着有艰难困苦、斑驳离奇的生命故事。对行走的原始人而言，最令他们惊骇莫名的是或者独往独来或者成群结队的野兽。可以想见，我们的先祖曾被这些龇牙咧嘴的野兽追逐，并落荒而去，有的甚至被血肉淋漓地撕咬，其手中的木棍也曾施以反击，但终于不敌，只得走避。

贾兰坡、陶炎先生有言，在石器时代之前，原始社会还应有一个木器时代。善哉斯言，按照西方史学家蒙昧时代、野蛮时代之说，木器时代是一个距今六七百万至近千万年的极蒙昧、极野蛮的时代。可以印证此说的有中国典籍《庄子》之“夫赫胥氏之时，居不知所为，行不知所之，含哺而熙，鼓腹而游，民能已此矣”，以及《礼记》之“昔者……食草木之实，鸟兽之肉，饮其血，茹其毛，未有丝麻，衣其羽皮”的记载。在这些记述中，除去蒙昧少知、茹毛饮血，至少还吐露出先民之如下信息：行也，游也，以食为天也。当“文明人”，尤其是西方的“文明人”仅仅以蒙昧和野蛮标志最早的人类，以及那一个风情万种、为人类文明史夯实基础、走向天下的年代时，笔者却要说：从历史学的角度视之，这是原始人开创的人类史上一个最早、最伟大的时代——以大森林为母体、为背景的木器时代。人类的历史，至少在达至文明时期之前，是依靠行走点点滴滴累积而成的。那是为了生存而行走、而发现、而牺牲、而以渐变的方式完善人自身的年代。或可说，一切都拜森林草木之赐。

夏日，惊雷暴雨之后，一处森林突然烧起熊熊大火，原始人惊惶奔逃。待火灭，忐忑而回，但见林木成灰，冒着浓烟，以木棍拨开灰烬，其中有火星，有鸟兽的残骸，能闻见从未闻过的肉香味，犹如今日之烧烤也。遂群起而食之，大嚼。自此，发现火，再保存火，告别茹毛饮血为时不久矣。

采集之初，原始人的采集地似应集中在森林之中及林地边缘，无他，这些地域有水且果实累累，所谓沿水草而行，其实也是在此一范围内。之后因为人口增加而四处漫游，但仍然离不开一处新的林地、新的边缘，尤其是这边缘之地，多荒草，杂而繁，有稀树沼池。荒草结出各种果实，其皮壳较之森林中的坚果轻薄而柔，并且原始人朦胧地观察到这些野草果实应时而结，应时而谢，然后再结再谢。不知道在什么时候，大约应是木器时代的晚期了，不知道有意还是无心的采集时的洒落，那些果实——后来被称为种子，竟然在洒落之地长出青苗了，后来还结出了果实。从此，我们的老祖宗，一改以往采集多少吃掉多少的习惯，而是留下若干弃之荒地。能不能说这是农耕初始呢？笔者好古，凡涉及考古类的文字总会读得津津有味。2001年春节过后，于潘家园旧书摊见到一本1983年第2期的《农业考古》，心有所动，以2元钱购得。其中有黄其煦先生的大作，说禾本科作物与野草有更多的亲缘性，进而认为“农业的契机可能就是在林地边缘的杂草中发生的”，茅塞顿开，那不是农耕初始吗？

另外一种场景是轻松愉快的，是原始人的玩耍，我们怎能认为人之初就没有过愉悦和玩乐，而完全彻底是苦难的呢？如是，今日之人还会笑，还会玩，还会男欢女爱吗？一处森林边缘，有野草丛生，有池塘水域。一群原始人手持木棍，茫然而行，先是撩拨草丛，继之撩拨池塘中的水，撩拨之下居然有水溅将起来，于是互相撩拨，有一点像打水仗了。有不玩水的便舞动木棍，有声音，惊动了草丛中的小动物，声音何来？小动物为什么闻声而去？他们甚至还以木棍互相击打，初识攻防。也许不能据此认为原始人有了太多的思考，但这样的玩乐肯定使他们很开心，开心时脸上的表情就会不一样。另一个发现看似简单，古人类学家却说是里程碑式的：池塘边上、草丛之中多有石块，用木棍一拨，这石块竟然会滚动，不仅滚动且与另一石发生撞击。石块使他们困惑，捡拾之，能感到石头的重量，比木棍重得多的重量。他们觉得石头也好玩，于是石头开始进入当时人类的视野，继续行走时，便可能一手持木棍一手持石块了。漫漫长途啊，我们的老祖宗将欲何往？

大约在借助木器发现石块的差不多的年代，某日，他们还发现了一个山洞，先是试着用木棍探测洞口，然后投石，看洞中有无他物，再相拥而入。山洞带给原始人的是巨大的惊喜，终于可以有遮风挡雨免遭兽袭的家了。这个夜晚，假如风雨大作，他们可以得享安宁，但不知道会不会有猛兽闯入？或者这一洞穴原本就是猛兽昼出夜归的藏身之所？原始人有梦吗？他们做过什么样的梦？……

木器时代——人猿分歧、人站立、学步、行走的漫长而又艰难的时代，行文即将结束。作为《森林九章》的第一章，笔者勾勒了最早的原始人所依仗的最早的工具，所创造的人类史上一个最早的时代，其本意却是试图从“森林”这一由“五木”组成的词语中，借得一枝半节，敲打自己业已麻木的心灵，发出一声拷问：还用追思我们从哪里来吗？康南海在《万木草堂口说》中谓“苔为人物之始”，苔，蓝藻也，苔藓也，草木也，森林也，木器时代由是而出也。木器时代在中国的神话传说中所留下的踪迹，细微而鲜亮，钩沉于典籍便可得之。如《孔子家语》“季康子问于孔子……何谓五帝？”孔子答：“古之王者……取法五行……是以太皋（即伏羲）配木，炎帝配火，黄帝配土，少皋配金，颛顼配水。”季康子又问：“太皋氏其始之木，何也？”孔子又答：“五行用事，先起于木。木，东方也，万物之初，皆出焉，是故王者则之，而首以木德王天下。其次则以所生之行转相承也。”中国最早的一个王，伏羲，“始于木，起于木”，且以“木德王天下”。如果讲德，中国古籍所载，“木德”为始。“木德”何德？庇荫万物也，孕育人类也，自有人类百万年计而“始于木”。在另外的古籍中又告诉我们，“伏羲风姓”，“风”是华夏民族的第一个姓，这一传说与孔子之言恰相符合：风从东方来，东方有木，风吹虫动，万物初生而生生不息。诸如此类的太古信息还有巢氏教民以木结巢，而不再穴居野处；燧人氏钻木取火，是有火而不再茹毛饮血；神农氏剡木弦木，有工具之初，等等。

由此追问、追思，木器时代约略可见。

第二章　生灭相因

木器时代最令人震撼的景象是生生灭灭，生灭相因。

我被森林感动并稍加留意，及至后来陶醉山水之初，是在1979年随艾青先生为首的诗人南海访问团先至广州，游白云山。在一片原始森林、次生林中，有一池塘，池水中有蓝藻，塘边山石上有地钱、苔藓，还有木姜、木贼及几种不知名的蕨类植物。主人介绍说，这些是远古原始植物的代表。多远多古？若藻类，倘以在地上存在计，则4亿多年；倘以登陆之前其祖先在古海中沉浮计，则35亿年矣！我惊呆了，惊呆于植物的古老，惊呆于自己的无知，惊呆于某一物种中若干部分的不再进化、不肯进化，只以最简单的生命形态，不卑不亢，置身于大森林中。

在后来20多年断断续续踏访森林的过程中，几乎在所有原始落叶林中，均能看到白云山中的景象，并可以探寻森林演变的历程。这一历程的大小周全、循序渐进、生灭相依，展现的是森林的演变，所启迪的则是万类万物生命的方向，当然也包括人。而这一奇妙、艰辛与漫长的历程看似偶然实为必然，除去神性而外，又何以能解？

比如我们现在称之为低等植物的苔藓和地钱，它们曾经是地球古海洋中唯一细小的绿色物——藻类。因为有水，有太多的水而优哉游哉，并且在大约18亿年前或更早一些的某时某刻，开始光合作用，完成了地球生命史上里程碑式的一种程序。在后来地球发生的剧烈动荡的又一次海陆更替运动中，海洋缩小，出现了大面积的浅海湿地，藻类们因此动荡不已；在更加浩大而彻底的海陆更替时，海洋似乎容不下藻类了，或者说藻类将要完成另一种使命，于是便前仆后继地抢滩登陆。从海洋到陆地，这一生存环境的迥然不同，所引发的是植物本身体质的革命性变化与重组，要有一系列的细胞，并且把水输入细胞的输导系统。另，和沉浮于水中不同。在陆地上必须要有能够把植物身体支撑在空间的柱干，是有地下茎、匍匐茎的发育，在陆地条件下，诸如此类的茎，地上的升而为枝，地下的蔓延成根。

藻类登陆之后，最早繁华于陆地的是裸蕨类植物。已知的最原始的裸蕨类植物是顶囊蕨，晚志留纪的地层中有化石发现，植株高10厘米，茎粗不到2毫米，两叉分株，无叶。实际上此一时期的蕨类植物已是多种多样，已初步脱离了藻类的单一和纯粹，但对于生物多样性而言，一切还仅仅是开始，关键是已经开始，并且有了植物世界的高大之初。有的蕨类可以高达18米，俨然一棵大树。这些高矮不一、大大小小的蕨类植物还有地钱、木贼，便是最早的森林大观园了。从彼时而言，古代的蕨类是后来地球上之万类万物中最早进化，进化得最完美的一物。它有了真正的根部，可以吸取地底下的水分营养，它的输导组织能够将水送至18米高的蕨树的顶端，也有了支撑高度的枝干，把蕨叶托举到阳光明媚的空间，在蓝天白云之下为自身，也为地球自由自在地进行充分而美满的光合作用。

森林中的一切高大，都是由渺小的单细胞的蓝藻开始的。一个时代有一个时代的森林，一个时代有一个时代的高大。

读者诸君啊，你只有暂别电脑，离开网络，走进原始森林，才有可能沿着青苔、地钱、矮小如同灌木丛的蕨类植物回溯，从而生出惊心动魄的、带有原始意味的想象。如前文所述，藻类从水中到滩涂陆地的历程之痕迹，在那一处池塘水泽的百米之内就可寻获，然而不可见的却是微不足道的原始植物在近十亿年时间中的演变。其浩浩荡荡的登陆之初，可谓出生入死而死者为极大多数。所有这些原始植物的近乎集体自杀的行为，却使当时极为干旱、板结的海畔荒野，有了最初的、埋没其中的蓝绿藻，并且开始了荒野之上随处可见的坚硬的岩石，使之在将要发生的绿色植被的簇拥下变得秀美、柔和的过程。藻类登陆成功之后，多少植物长成了又毁灭了，毁灭了又新生了；有的植物在某一历史时期是森林的主宰，当历史翻过了这一页时却成了林下植被；多少高大和繁茂的绿色，在火山、地震频发，地球动荡不安的年代里，被毁灭，被埋没，几为常态。

再一次植物登陆的完全成功，是在泥盆纪中期，距今约有3亿7500万年。当时原始森林的色彩——绿色，对地球而言是何等鲜活可爱，但以今日眼光视之，可谓单调乏味。已经成活的植物一概绿色，枯死朽腐的尽为黄褐色。那时没有花朵，开花植物的出现尚需时日。除去色彩的单一，而且无声无息，没有蝴蝶，没有飞鸟，也没有野兽出没。古生物学家告诉我，其时，陆地上森林出现之初，虽然绿色已经铺陈，襟抱已经打开，有所期待却动物罕见，尚在徘徊乎？不敢争先乎？该发生的总是要发生啊，在绿色的千呼万唤中，动物登陆的先锋队，只有螨虫类及少许几种昆虫和蜘蛛，虽然战战兢兢，却一往无前地爬到岸上。这些其貌不扬、几无生息者，是后来出没森林称雄大地的先知先觉的先行者。

我们当记住，绿色是大地之上最初的原色，所有植物、动物，一切生命的发生处。呵护这一原色并与之共存亡的最早的植物和动物，以自己的身躯铺就一条将要鲜花盛开的道路。在那一个大地上无声的年代，其实有最强音：我就是道路。

这一条绿色之路上的又一个重要的里程碑是松树、铁杉和云杉一类常绿针叶树的出现及广布，它们最古老的祖先是蕨类植物中进化程度最高的种子蕨。种子的出现，是地球森林、植物世界的又一次无声无息的革命。与水中游动的精子繁殖后代截然不同，种子乃花粉受精之果，有的种类的花粉能随风飘扬百里之外而不枯不萎。每一粒种子都是一个完整的植物胚胎，一个浓缩的、细小的、神奇而美妙的生命体。我们甚至还可以观察到，在这些种子的发育期，它们的母树以母爱的方式，使之不离其怀抱而得到保护及水与营养的供应、孕育。因为花粉飞飏，因为种子累累，因为繁殖方式的先进，针叶树木大行其道，占据了地球上的山地和平原，还有苏铁，几乎蓬勃于所有陆地。斯时地球，两种颜色格外突目：海水之蓝，大地之绿。兴旺发达至极点时，植物界的另一场巨变行将开始。要而言之，森林——一律高大的针叶林和苏铁将要分出高矮层次及树木种类的多样性，而大森林中的飞鸟走兽作为森林帝国有声的、飞翔的、行走的成员，也将集结。此一时期的森林之林相，已接近近代落叶林，有森林下层的灌木，有藤本植物，还有针叶树和阔叶树。

只是开花植物的出现尚需时日，不过已经无需太久了。

当植物开花时，第一朵花是何种色彩？或者得到造物主的指令“森林中要有花”时，便同时怒放，天下为之惊艳？我们回想花朵，当然可以多情地以为这是为人类之出现而装点大地森林的色彩，但作为植物世界最迟、最新，也是最高层级的类型，说明植物世界是有序的，是有规律的束放。开花植物优秀于针叶林者有二：其种子在子房内发育，更为安全；其花其果借助昆虫、飞鸟及大小动物传播花粉与种子，初步形成了森林世界的生命线。

现在我们要再说从前——古生代临近尾声的一个纪年——石炭纪，也有人称之为“造煤纪”“石炭时期”。

大地要造煤了，大地怎样造煤？

石炭纪之始、泥盆纪之末，大约3.5亿年前，地球的地质活动再一次频繁而活跃：大陆漂移碰撞，海洋兴风作浪，海水浸漫陆地，湖沼广大，整个地球气候在大部分地区惊人地一致温暖，陆上植物广袤，森林趁机疯长、扩展。

这时候，高地山坡上的江河也已发育长大。

长大了的江河，波浪开始宽阔，源源不断地把岩屑、表土以及枯枝落叶，冲积至湖滩沼泽地带。土地开始肥沃。大森林之兴旺，前所未有，后亦不见。

就这样到了石炭纪。

石炭纪的森林延续着泥盆纪的光荣与梦想。近代又小又矮的木贼，其石炭纪的祖先如巨人般傲视地球，它的茎达0.3米，沿河流两岸和沼泽地连成一片又一片茂密的丛林。蔓生于土石间的今日几无高度的石松，例如鳞木，主干并不粗壮，细长而上端尖削，树冠为灌木状枝叶组成，其叶如草，高达40米。蕨类也是旺族，但它们机敏而智慧地不去争高，而是在林地下层扩展。它们中的大多数成为铺陈于林地的灌木，因为甘居林下，避开了与高大植物之间的竞争，种族得以较为完好的保存，至今有10000种之多。而石松只存1100种，木贼不超过25种。蕨类中有名“心形蕨”的，与其他蕨类混生混长，并无夺目处。有古植物学家经植物考古后，从化石记录中判定，该蕨也许是针叶树的祖先，并且是石炭纪森林植物中已知的最大种子植物。其时森林景观中另一奇观，便是昆虫之巨大。彼得·法布称“蟑螂像个巨人”。天哪！这一可怕之物，资格如此之老。蜻蜓也是庞然大物，翼展达74厘米，或许是古生代最大的飞行物。有大蝎子蛰伏于森林一角，或者缓慢地爬行，斯时斯地，亦可称王者风度也。最为安静并且显示了独门技艺的是蜘蛛，不声不响、不事张扬地在石炭纪森林中织网，等待昆虫落网成为美食。

谁能猜测造物因何造蜘蛛，又因何造出了网罗天下之“网”？倘说远古大森林的出现及其演化似有方向、似有期待的话，这些古老的蜘蛛、古老的网，其指向更为明确。亿万斯年后，华夏民族的“人祖爷”伏羲法蜘蛛而织网，开创了人类的渔猎年代。蜘蛛吐丝，悬空织网，编织之美，其为始也。

大地之上，石炭纪的森林历经了8000万年之久的相对稳定的气候、环境，当时的地球可称为森林地球。随之而来的则是火山爆发，山岳抬升，沙漠出现，冰川缓慢而坚定地闯入热带。大约到2.2亿年前，石炭纪森林完全毁灭。在大尺度的历史时空，森林兴于环境，亡于环境，可谓兴也忽，亡也速。惨遭毁灭的石炭纪大森林，其踪迹巨大而可寻，就是今日世界蕴藏量至为丰厚的大煤床。石炭纪的林地很多在泥泞沼池中，林木倒地便会下沉，成为泥炭；后又因地质运动、河流冲积，在泥潭愈陷愈深，越埋越黑，成为褐煤；再经过增压，倾轧成为无烟煤。0.3米厚的烟煤，至少需由6米厚的植物层挤压而成，再经地表岩石移动的挤压，有的烟煤成了无烟煤。

毁灭为创造之初，创造为毁灭之始。

有意思的是，20世纪80年代初出版的《生活自然文库》称“虽然近到60年以前仍有些科学家认为，煤炭不是由植物形成的”，但后来更多证据表明“石炭纪广袤茂密的森林，则几乎是大部分近代工业用煤的原始来源”。可知，煤与人类是如此亲近，而人与煤则未免疏离。作为替代木柴的一种能源，它告诉我们，大地之上能燃烧出烂漫火光的，唯木柴而已。森林的恩典啊，屹立于地上，深埋于地下。为证明石炭纪森林之广大繁华，全世界的植物学家皆以中国为例。“中国所产的煤层，有的厚度超过120米，相当于2440米的原始植物质的厚度。”这2440米的原始植物质所经的层垒叠加的过程，大体如下：一片森林被埋没后，又有新的森林出现，再埋没，再新生，如是往复，植物质厚积的过程也是压力增大的过程，因而变质，因而成煤。

在这五光十色的世界上，除去天上的太阳，只有煤、煤火才是初始的火，光之本原也。在煤的熊熊燃烧中，人当能读出它的野性的张扬。埋没、挤压、积蓄达几亿年之久的激情与能量的释放，推动着这个世界的飞跃，也见证着人类在初识煤炭之后的奢侈浪费。地底下有声音说："人啊，你要小心翼翼地接近辉煌！"

把地球上植物发生、发展，以及人类出现的历史，浓缩到一天之内，以最早的微生物发生于午夜为起点，当一天的时间过去5/6，即下午8时左右，古海洋中的蓝绿藻完成了光合作用的程序，繁殖旺盛；下午9时以前，植物登陆；晚10时左右石炭纪森林盛极全球；晚11时以后，始有开花植物发生；午夜结束前1/10秒时，人类的历史才告开始。

植物的漫长历程啊！

森林的艰难时世啊！

以亿年计的漫长，以毁灭为代价的森林，所为何来？

大森林中已经有花朵开放。一个以开花植物为代表的黎明时代，悄悄地来了。

20世纪80年代初期，一般认为现存于澳大利亚墨尔本国立维多利亚博物馆中，自该国东南部发掘而得的一块植物化石，是1.2亿年前有花植物化石，是当时世界发现的最早的花的化石。这是来自一株约15米到30米高的植株的分株，花很小，只有不到2.5毫米。古生物学家们欣喜于发现了1亿多年前的一朵花，同时又说明最原始的花及开花植物，比人们原先推测的要低级许多。花开何其难！

1998年12月18日前后，北京各大报刊登消息称，南京地质古生物所在辽宁北票地区发现了比澳大利亚之花早2000多万年，即1.45亿年前的"辽宁古果"化石。1998年第12期美国《科学》杂志，在显著位置刊登了这一发现。

笔者在辽宁走访森林时，曾有幸目睹了植物和鸟类的多种化石，我甚至不敢触摸它们，只是接近并以目光抚慰着那古老的真正原始的气息。化石是地球的传记，这一传记的奥秘在于：对绝大多数人而言，你看见了但是你读不懂，鲜有例外，在化石面前我们是文盲。但我们可以请教古生物专家，并据此想象约2亿年前，辽宁有大森林，正是在中国的大森林中，飞出了世界第一只鸟，开放了世界的第一朵花。

第三章　花与种子

人类赖于活命生存的一草一木一花一果，因着我们不再感激、敬畏，只是无穷尽的索取和破坏，其神性的包孕天地的美妙，在这功利和自私的世界上，已经荡然无存。

谁能说他读懂了一朵花？

植物的又一个伟大起点是开花。因而有了被子植物，有了包有果皮、外壳，较之裸子植物更为安全且数量更多的种子的出现。于是在被子植物的旗帜下，在花开、花落、结果时便集结起浩浩荡荡的动物大军。采花者有蜂鸟、蝴蝶、蜜蜂，所谓蜂拥而上者，始于花蜜之采收；及至蜂拥而去，则花粉之传播也。然后结实，果子也，种子也，哺乳动物之美食也。被吞食之后又从粪便中被排出，种子便在森林中的另一处繁育。同时，凶猛的食肉兽捕食此等哺乳动物后，种子的传播更为广大。因有种子可食，各种各样外面包有果皮或果壳、色香味俱佳的种子，使得动物体魄强壮并大量繁殖。斯时森林，有色有声有种，在开花的被子树木之后，迫不及待紧随其后的是开花结实的草本被子植物。被子植物开始大行其道，有树木，有灌木，有禾本科植物及其他草木植物，其花其叶其果，于千姿百态、美不胜收之外，更有深意在，即等待人类出现。而所有这些果实间接或直接地都可作人类的食物。没有食物，哪有人类？此理至今亦然。

“年年岁岁花相似”说得极精当，相似而非相同。“风情万种”，始于森林，见于花，汉字中有信息，所谓“花样百出”“花色万般”“如花如玉”“花枝招展”是也。

大地之上繁殖后代之事初始于花。其活动与生殖机能，有雌雄之别。也即繁殖活动的最早出现，不是动物不是人，而是开花植物之花的有性生殖。读一朵花，你当浮想联翩。每一种花都有自己的形态，其构造则大体相同。一朵花一般由花柄、花托、花被、雄蕊和雌蕊组成。花柄与茎相接举起花托；花托上生有花被、花蕊；花被还可以分出花萼及花冠，色彩纷呈的花冠是一朵花之最开放、最辉煌处。书上说花分八色，以白、黄、红为最多，也最能诱使传粉者如蜜蜂、蝴蝶等翩翩而至。花的多彩多姿是因为花冠的千姿百态，有的呈蝶形、唇形，有的在花托上一片片成一轮或多轮状。雄蕊与雌蕊是花的有性生殖部分和最美妙处。雄蕊由花的花丝组成，顶端有囊状花药，其中有花粉。雌蕊包括顶头的柱头，中部花柱及基部的子房。柱头表面有乳突及分泌液，粘连花粉所必需者；花的中央部分状若花瓶，为子房；子房里有卵形胚珠；胚珠里有一个长有卵细胞的胚囊，新绿及新花之孕育处也。

花，即植物之繁殖器官。

植物多样，花亦多样，花样百出的有性生殖机能自由而随意，其结果便是植物多样性的延续与发展。我们无法判定面对桃红夭夭，人因何心荡神驰，但桃花是完美的“全花”，即它有萼片、花冠、雄蕊和雌蕊，万种风情集于一花。其他既无花萼亦无花冠的，如榆树花则为无被花；雄蕊与雌蕊兼具者称两性花，如油菜、大豆；黄瓜是单性花；玉米雌雄同枝；桑树、柳树是两种单性花分别生于不同植株，雌雄异株也；猕猴桃更别具一格，同一植株上兼有双性花、单性花，为杂性同株。

一个可以探讨的困惑是：在植物进化过程中，为什么没有进化出一种标准的花？其差别，形形色色的差别，是否带来的同一种群之间的各种不同差异，能否称为多样化之另一更高层级的表现？

我们赞美花，赞美当今人类除了追逐物质与权力、勾心斗角之外，唯一尚存的风流且优雅的自然性。

每一朵开放的花都是娴静的，招蜂引蝶而不动声色的。若要观察花粉，四五月间走进松林，晃动一根松枝，便有黄色烟雾般的松树花粉飞起。借助显微镜，可见每粒花粉之左右两侧各有一个气囊，这是为漂浮与传播特别设造的，造物微妙至纤毫啊！

从花粉开始，其形状、大小、颜色、表面的纹饰便因各种植物千差万别。它包含着个别，从而也包含着多样性。水稻花粉为圆球形，表面光滑；向日葵花粉，长满小刺；椴树花粉为三角形；落葵花粉为四边形……

四合花粉为四粒花粉深拥紧抱，四合花之芳名莫非因此而得？

杜鹃如此美艳，其花粉却太小太小。南瓜、菖蒲、牵牛花的花粉有150微米—200微米，堪称花粉中之巨大者。

花粉最常见的颜色是黄色，但颜色丰富多彩乃至别出心裁的是以虫为媒的花朵的花粉，如蚕豆花、大丽花，花粉之色时浓时淡，淡则黄，浓则红。榆树的花粉是绿色的，丁香与天竺的花粉为蓝色，而在罂粟和郁金香的花粉中，还有让人怦然心动的紫色调，如此等等，不一而足。一粒花粉中通常有细胞二，一为营养细胞，一为生殖细胞。当花粉传播到柱头，花粉的萌发孔伸出一根花粉管，生殖细胞分化出的精子便由花粉管进入子房与卵细胞结合，受孕。

在花与种子的生命故事中，最为美艳而潇洒的是花粉的传播。

当百花怒放，蜜蜂、蝴蝶、蜂鸟们便开始神采飞扬。你不能不承认这些除花之外目空一切的采花者，是爱的天使，是自然美的最勇敢、最机敏的欣赏者。而与之相呼应的是所有这些开花植物以花冠、芳香之千姿百态、风骚各领、呼蝶唤蜂。所谓花事繁忙，实为采花者上下翻飞，传播花粉也。大约80%的植物以虫为媒，当蜂蝶抱花甚至深入花的内部吮吸花蜜时，昆虫们不以霸占鲜花为目的，这是互利互惠的生存方式，是一种本能的工作，花粉的传播由是开始。

感谢风。前文已说风从东边来，东主木，风与木、花草，从造字之日起便息息相关，便有了风情、风流、风雅等等词语。《诗经》中的《风》篇有不少写爱情的，如《东门之杨》："东门之杨，其叶牂牂，昏以为期，明星煌煌。东门之杨，其叶肺肺，昏以为期，明星晢晢。"又如《桃夭》："桃之夭夭，灼灼其华。之子与归，宜其室家……""夭夭"一说含苞，一说艳丽。相比而言，《风》中多树少花，或与有花植物出现之慢相关，"夫先秦诸子其思想本强半自创者也"（梁启超），发前人所未发，花之妙论亦由"夭夭"启之也。

杨树、松树、水稻等植物的花粉是由风传播的。风媒植物的花是极普通的花，却关乎五谷杂粮，因而它们会生出大量的花粉，以数量之众借风而行，期待着生命的新生和延续。

书上说一株玉米的雄花序可生出多达5000万粒花粉，飘啊，飘啊！我们吃的老玉米来之不易啊！书上又说，在风中飘得最远的是北欧一种松树的花粉，可飞越600公里至格陵兰岛。这是植物求爱之路吗?

唯雌雄性细胞的融合，才使花开时节有了实质性的、不可抗拒的内容——物种之延续，但其中有无解之谜。当成熟的花粉附着于雌蕊的柱头，蜂蝶便扬长而去。一个让人瞠目结舌的过程开始了：雌蕊柱头把那些亲缘关系远的花粉一律施以排斥和冷遇，而同类同种的花粉会受到款待。怎样识别？如此微妙的识别机制是由雌雄双方同时控制，或者一方专有？尚未可知也。生命倘若全是已知，则生命危矣！生命，确切地说是性命，正因为伏藏神秘才显得诱人而高贵。

当传粉受精的过程结束，然后是花萼、花瓣的脱落，花冠凋残，零落成泥。

我曾在黄山天都峰，看着最后一朵杜鹃花在风中沿峡谷飘零而下，时在20世纪80年代初。当时得到的诗句是“美，从来就面临着灾难”！那只是借花抒怀而已，花开花落是植物世界的生命程序，花开无喜花落无悲，诗人惜之耳！如今想起，最为动人的是那朵杜鹃飘零时的从容自然以及风中的优雅，犹在眼前。

大地果实累累。

在迄今为止已受重创的生物系统中，种子仍是食物链中最重要的一个环节，是不可或缺的万类万物之生存基础，也是越来越多的人类及不少动物维持生命所须臾不离的食物，如小麦、玉米、大麦、白薯、大豆、高粱、土豆等。与此同时，它们又延续着物种本身，传宗接代。尤其是对于一年生植物，种子是延续植物种群最可宝贵、不可或缺的环节。据此，我们或可断言，可持续发展所涵盖者林林总总，而通常被忽略的种子的可持续，实为重中之重也！

我们吃的是种子，是爱的果实，是天地之精华，不知道这能否作“人之初”，何以“性本善”，何以有怜悯心、有爱心之一解？

从美的角度视之，在每一粒种子上，花之美，花粉之美，花冠之楚楚动人，其色、其香、其沟穴条纹色泽，纤毫毕现。种子既是创造者又是集大成者。余农人也，在崇明岛长大。每到秋日，家家门口晾晒的各种种子，五颜六色，美不胜收：白扁豆、红赤豆、黑芝麻、黄玉米、金稻谷、葵花子黑白相间、干蚕豆似绿似黄、绿豆浑圆碧绿，等等。此时此刻，它们平静安详，任由母亲在阳光下翻晒拣选，有的留种，有的可食。这时候，你会想到土地与种子及母亲的关系：她们无不具有爱与生的母性，无需言说的奉献。言念及此，泪湿盈眶，我追名逐利的一生，又何能报生我养我之大恩大德于万一呢？

种子有大小。最大的种子是非洲塞舌尔群岛双椰子的种子，最为沉重的达20公斤。庄子有“芥为之舟”句，一般释芥为草，笔者认为也可用芥菜子为解，极言其小也。但与兰花的种子相比，芝麻与芥菜子便是庞然大物了。1克重的芝麻为200粒—500粒，同样重量的兰花子却有200万粒之多，称其为粉尘，有风吹来若烟若雾，不为过也。当花朵结实，“蝶恋花，风为媒”的浪漫似已结束，其实只是代之以种子的传播，一个物种的延续由造物主给定的跋涉与使命。

读者诸君，还记得路边的蒲公英吗？风把一个个小小的“降落伞”吹走了，飘飘洒洒，落到哪里就在哪里生根。崇明岛实为荒野湿地，所多的是芦苇野花，小小的蒲公英则为其中之一，与其伴生的往往是野菊花。原生的小小的野菊花，一朵又一朵金黄，一个又一个小太阳，如同金色花边镶在田埂小路边。凤仙花的花朵硕大多彩，其果实成熟后，稍遇外力便将细小的种子喷射出去。与此类似，我在河西走廊腾格里沙漠边缘的燥热中苦苦行走时，一场雨水不期而至。陪同我的古浪县林业局的工程师说：“太好了！徐先生，奇迹出现了！”何来奇迹？原来在一场透湿的雨水之后，蛰伏于沙漠中不知何年何月的种子，迅即发芽，迅即开花，其花无名，“花不知名分外娇”也；花开也速，花败也忽，雨停，结实的过程亦近完成。等不及啊，为物种延续，当沙漠中的太阳重又炙烤时，极富弹性的种子的外壳，便把一律细小的种子，弹射至几米乃至十几米以外，与沙粒为伍，等待着下一场雨。一年后，几年后，再一次怒放，再一次辉煌。这也为沙漠中的小麻雀等动物提供食物。正是这些动物，在森林，在荒漠，以种子为食，也是种子的搬运者、隐藏者，其功厥伟矣！

大地之上最伟大的播种者是农人，中华民族5000年文明所仰仗者，5000年农夫也！

一个轻贱农人的社会，绝不是美好社会。

我们眼见的，在城市是高楼大厦、水泥丛林，城市的扩展使土地和乡村日益萎缩。在仅剩的土地和山野，目光所及，是庇佑我们的农田中的庄稼等植物，以及山上的林木、竹子。在我们目力所不及的地底下、土壤中埋没的种子则远远大于地表植物的个体数量。通常，一处森林群落的种子密度在每平方米数百粒至几千粒之间，草原群落则在每平方米数千粒至几万粒之间。有的杂草的种子，在土壤中已无翻身之日。

中国有不可计量的种子被压迫于高楼之下。

中国有至少一亿农人为失地农民。

没有种子，没有土地的未来，就是没有未来。

第四章　地上地下

地上是林木，地下是根。

人说在森林改变地球、创造人类时，我们已经隐隐约约地看见半裸于地上、蛰伏于地下的根的纵横交错、蠕蠕而动了。

前文已有述及原始海洋中藻类的出现，以及光合作用的完成。这时的古海洋涌动着、起伏着、漂浮着难以计数的藻类，又因为所含色素的不同可分为蓝藻、绿藻、红藻。各种色彩于古海洋中相推相涌，或者平静而悠闲，创造并且享受着地球海洋史上空前绝后的彩色波浪时代。或可说，在藻类登陆之前，这一切皆如神的先知的预告：生命之初是漂浮的，流浪是生命最早的基因，地球与万类万物的将来是多彩多姿的。在这之前一切伟大而痛苦的革命是：登陆，生根。

在植物学家、古生物学家叙述、探寻根的历程之前，中国的汉字却早已给出了我们先人无与伦比的智慧和想象力：一个木字旁的“根”字诞生了，然后是“寻根问源”之类词语的出现，它们所吐露的遥远又遥远的古典的信息是：根者，草木之根也；源者，江河之水也。而所有的这些始于朦胧的历史时期的寻根问源，全部与生存相关：能果腹的唯草木之实，而草木何以能站立？可解渴的是江河之水，而江河何以能流动？

当原始森林以无比巨大、神圣而又细密的网络，使地球成为一个绿色的世界，尤其在工业革命之前，它一如历史的古典的蓬蓬勃勃的存在，而又像母亲一般关照着现实和现世。它是各种层级的野草、荆棘、小树和高大乔木的完整集合；它同时集合起地底下的真菌、蚯蚓等各种软体动物，以及地上的昆虫和鸟兽等小动物，还有独来独往或者成群结队的虎狼猛兽。森林中一年四季的色彩变化如同梦幻一般，尤其是秋天，会使人想起古海洋中的彩色波浪。我们无法量化森林的博大与美丽在多大程度上增进了人类的思维和想象力，但可以肯定的是有了森林便有了家园。人类最初的家园在森林中，后来到了林地边缘的低树草地，但绝对不会离开一条河、一片林地。

为了物质财富，沉迷于虚幻空间和电脑网络的现代人，你们可曾想过，我们当怎样理解并感激森林和整个植物世界的神圣美妙、慈善及爱意？

还有根——支撑绿色世界、人类家园的根，那些深入游走于地下、供养森林草木、稳固大地家园的根。根的习性类同于水的“善下之”，根与水是造物的神迹，一明一暗，一静一动，或者遥相呼应，或者融为一体。如果从空中俯瞰江河水系，其支流汇结恰如透视一棵大树地底下的根系。根、源互为依存，根、源本为一体，有根则有水，无水则无根。二者稍可区别的是，根为不倦的寻水者、求水者。

根的话题稍后再写，而林间秋色只是人的印象，繁忙而有序的准备过冬的森林从未追求过色彩——有色无色，使命使然。我曾在深秋的枫林中漫步，徜徉于温柔的红色之间，我不会想到火焰与燃烧。枫林红叶是一种诗性的生命色彩，你抚摸它，它也抚摸你；你欣赏它，它也欣赏你。这是2010年11月11日，我走在本溪洋湖沟村的“中华枫叶之路”上，有鞍山艺术学院的孩子们在写生，他们在勾勒已经落地的或还在树上的红叶。枫林何以烂漫？红叶何以落地？护林员如数家珍：早在夏日，枫林绿意浓重的某个早晨或是晚上，生机盎然的叶片就开始为自己的脱落做准备了。在每一片树叶的叶柄基部生出一层薄薄的细胞，紧挨着的还有一层细胞——护林人用肉眼可看到这些细胞在叶柄基部形成的一条颜色浅淡的带状物浅沟。当秋风萧瑟，叶片行将脱落之前，这带状物浅沟便把叶片的输水导管堵塞，随之，叶片中的叶绿素分解并消失，不再得到更新与补充，于是红色、金色等各色显现，然后是纷纷扬扬，悠然脱落。在通常情况下，叶一落，会在低空中飞旋，其优雅的姿态会使人想起：叶落天下秋。

叶子的脱落，无疑是叶子的死亡了，令人惊心的是，当叶子还在盛夏，正当自己的“盛世”时，便开始筹备自己的死亡了。它们无喜无悲，超然物外，将生命最后的姿色姿态奉给大地和人类。如此丰厚的落叶啊！有科学家给出了一个数据：在1亩林地中，倘若你极有耐心地捡拾落叶，你可以拾到170万张叶片。它们宁静而安详地等待着冬天北国的风雪。

优雅地死去的是叶片，树还在，森林还在，因为有根。

现在我们知道了，在树木为度过漫长的冬旱而把自己妙不可言的供水系统关闭，同时又将散发大量水分的阔叶、针叶脱落后，在林地封冻之前由储蓄在树根、树干、树枝细胞中的水分供养生命，让地上看似枯荒的树木无牵无挂地进入休眠状态。地下的根亦然，根毛不辞辛劳的使命稍得休闲。具有此种生命机能的树，人称落叶树，推而广之则是落叶林、落叶植物等。落尽了叶片彰显着枝条。我在冬初第一场风雪到来之前的小兴安岭，饱尝了这落叶之后枝条纵横交叉如五线谱一般刻画于夕照中的树：有风，有不知归巢的鸟，树干树枝呈铁灰色状，渐渐融入北国的夜幕，低吟浅唱，以待风雪。不要以为枯木荒枝将要朽败，这棵树众多的落叶基柄处，冬芽已悄然生长。这芽，是我们的诗人歌唱的春芽；对于落叶树与开花植物而言，则是冬天便已发生的冬芽；到春夏时节，它们便是绿肥红瘦了。

每一个冬芽都是完美到极致的生命的雏形，但我们所见的只是一个又一个新芽，它们像胎儿一样被小心翼翼地包裹着，且秘而不宣地包含着这一棵树将要重新蓬勃的、长成新枝新叶绽放花朵的各种要素，以及大量的糖类和一组能迅速分裂的细胞。更紧要的是包裹这一切的一组鳞片，在春风春雨到来之前，这些鳞片如同披着盔甲的武士，守护着这树木生命的秘密。

植物学家告诉我，不可思议的是鳞片中新叶的叠卷，因为空间的限制，它必须紧密；又因为树木种类的不同，它的叠卷自由自而在千姿百态，有的如降落伞，有的作扇子状，有的像古巴雪茄；等等。到春天所有的胚叶都会完整无缺地伸展开放，成为新叶。在偌大一片森林中，我找不见两片完全相同的叶子。植物生命有太多的共性，也有极精微的不共特性，显现着差别和个性，亦即人类所谓之心灵自由。那么，树木也是有心灵的吗?

冬季的森林，看上去是沉寂寂的。在北方冰雪覆盖之下，就连那一条属于护林员的林中路也退隐了。林地的白雪只显示出一些脚印，有护林员的脚印，也有那些猛兽觅食的爪印，但我们不妨把人的脚印和兽的爪印看作是另外一条林中路。时隐时现于路上的，还有一些浅显的轨迹，那是鹿经过之处。鹿是森林动物中少有的自信的冒险者，它不贮备食物、不冬眠，而让全身长满空心的冬毛，保有一层相对温暖的空气，然后昂起头，撒开腿，腾挪跳跃，或食树皮，或者群鹿踏雪飞奔竞逐。还有狐理在冰雪中追捕野兔的踪迹。而啄木鸟的使命使它无暇冬眠，森林虫害是如此之多，它只能用嘴不知疲倦地在树上钻孔……

除此之外呢?

森林收敛了生机，也把生命掩盖。夏日繁多的森林生物中，除去大多数昆虫以外，它们都活着，有的藏身树洞，有的钻进雪堆，有的在树皮、枯木、岩石的裂缝中，进入漫长的呼吸细弱游丝的冬眠状态。它们做梦吗？

冻土表层以下的微生物，那些在人看来微不足道的细小生命，不知是死是活。

森林中最善于过冬、最忙碌勤劳的搬运工是松鼠。每一只成年松鼠都会收藏贮备700升或更多的食物，埋放于它们生存的区域。不知道是它们的记忆力出了问题还是实在吃不掉那么多的松果美食，当春天来临，一只松鼠所享用的是贮备粮的1/10，余下的9/10虽属无意耕耘，却使松鼠成了森林播种者。

冬日森林的那大块寂寥让我激动莫名地产生一种感觉，一种沉沉的有梦无梦的冬眠世界的感觉：感觉那些虎虎生气的森林动物缓缓地呼吸，感觉生存与死亡之临界线上的风景，感觉冬眠动物在生存与死亡之间的一根丝线般脆弱而又颤抖的平衡。虽然是人的多虑，但那漫长的严寒毕竟是残酷的啊！

不过，没有一种动物是因为冬眠不醒而死亡的。春天到了，就连那些为冬日的森林留下大片冷冷清清的候鸟们，也在翎毛上驮着如歌的吟唱回归了。

一种普遍的见解是，暖风从远方吹来，阳光暖暖地从上而下照射，于是森林中万物苏生。实际上森林之春的到来，从根本上说当然是因为季节更替。但林中春意涌动及生命潮流，却是自下而上的土壤解冻、冰雪消融、溪流活跃、湿地温润、小草冒出新芽，树木吐出新叶，直到高大乔木的枝头成为一时皇冠。这一切均始于三月。从三月到四月，踏进森林的人都会感到甚至能看见，森林生命的脚步突然加快，急骤而轻盈，有声有色。叶片继续生长、肥厚，百鸟归林了，蜘蛛结网了……蚯蚓在林地底下打洞，打出一个个由土与腐殖土垒积的小土堆，那是森林中最早出现的春之瞭望台。数量更多更为微小，小到不可见，多到不胜数的是林地地下的小生物、微生物，在不足0.1平方米面积，不到2.5厘米厚的林地中，用肉眼或放大镜可见的小生物至少为1350个，而当你随意捏起一把林中土时，便意味着你已握着几十亿的微生物。正是这些细小到无法不被忽略而又极为庞大的森林最底层之下的居住者，把林地中的枯枝烂叶分解成了植物能吸收的养分。如果没有它们，一片森林在十年内就会被自己所产生的垃圾窒息。

因此，真正意义上的森林，不仅是指这一片林地上的所有草木，还包括林地中的万类万物，及林地下的细微生物。完整的森林，是这一切的完整集合。

卑微者，却是化腐朽为神奇者。

藐视卑微，实为藐视神圣。

春之森林的另一种妙处是腐朽与烂漫共存。当去年秋日的红叶、金叶在融雪之后一律成为黑褐色的腐叶时，两种生命活动正加速进行。一方面，软体动物、微生物的大军正在一点一点地吞噬咀嚼，其繁忙可谓不亦乐乎；另一方面，林地上倏忽之间会冒出无数有名无名的小花，如同有风一般神奇的手以彩笔随意涂抹而烂漫耀目。这随意涂抹的速度之快，几乎就是迅雷不及掩耳了。我刚刚离开这片林地不到半天时间，忽然心有所动，想再看一眼林地上的几朵小野花，夕照时分，再踏进林地时，只见小花铺地，大片大块地各有姿色。

可以说花朵们得风气之先，更确切的叙述则为：这是森林世界中位处底层的开花植物的一种生存方式。在迅速生长的高大树木的叶子长成密密林冠遮住天空以前，趁阳光还能照射林地时，便先行一步在早春开花。人说是迎春花、报春花，花又何言？花只是想开一次花。森林中的所有生命都有择机显示自己的权利，却也隐含着各种竞争与限制。小花们好像是很自由了，但倘无阳光，又怎能风情万种？

大象与虎豹是森林之王，那是因为其力量和勇猛，以及成群结队如大象的彬彬有序，或老虎王者风度的独来独往。而对于更多的森林之友而言，鸣叫的鸟类才是森林中最引人注目者，因其鸣声之不同而能成和声也。人以为鸟的鸣叫是鸟的歌唱，而其原动力实为鸟类在交配季节对异性的渴望，又有鸟类的好斗与占有欲在。回到森林中的雄鸟急不可耐地占领地盘。各种鸟出于天性，明确地知道有多大地盘才可养活雏鸟，然后在自己的地盘上择一高枝开始鸣唱，不厌其烦，变着声调地鸣唱。时而激越，向别的鸟宣告这是它的领地；时而轻柔、优雅，成为吸引雌鸟的求偶之鸣。各种鸟有不同的歌声，同一种鸟又有不同的唱法。此种鸟的尽兴尽情的才艺表演，只发生在求爱时。求爱之创造力的发挥，在鸟类身上是淋漓尽致地表现出来了。

令我不敢相信、惊讶不已的是彼得·法布在《森林》一书中称“北美红雀有28种不同的唱法，而北美麻雀则有884种音调”。我从小在崇明岛乡村以追赶大群的麻雀为乐，在我听来，麻雀只为“叽叽喳喳”，而喜鹊的鸣唱为农人所爱，有喜气，象征吉祥。

森林鸟类中至少有两种鸟类是不会唱歌的，啄木鸟为其一，但它在枯死的大树上啄出的声音一样惊心动魄；流苏山鸡为其二，它高踞于倒木或高大树桩上，以翅膀猛力扇动空气，其“噼啪”之声不仅可以远播，而且别具一格。

夏季的森林，较之于刚刚过去的春天，寂静了许多。唱歌的鸟很少了，不少动物因为炎热也安静了，倘若没有蝉与螽斯，森林可谓夏日无歌。在这象征着平静、丰富、满足的季节，却多少有点压抑。郁闷的林冠郁闭着深暗的阴影，潮湿与闷热弥漫，而适应甚或喜好此种环境的树叶更显稠密。有一种在某种程度上更为迷人、更为本真的，不是借助于鸟鸣而是森林本真的声音，会从四面八方涌流而来，那是因为风。哪怕一点点小风吹过时树叶之间都会发出相互摩擦的声音，不同种类的树叶因其形状及生长于枝条的方式会发出不同的声音。松林“刷刷”有声，榆树“飒飒”作响，白杨因为叶梗半平，如风帆一样是捕风高手，于是颤动，于是摩擦，于是有声。栎树的叶梗像弹簧一样上下跳动时，其音妙不可言。栎树是欧人所爱，除了树形外，很可能与声音有关。2000多年前的罗马诗人维吉尔以“风中的簧片”赞之，流传至今。柳枝柔软而韧长，银杏的叶片似随风摇曳的扇子，鹅掌楸叶会使人怀想起旧时的马褂，荷叶如碧波仙子举起的蓝色托盘……

植物的叶子一般由叶片、叶柄、托叶组成，但自然界充满了偶然、奇特与个性。比如“丁香空结雨中愁”的丁香没有托叶，而莴苣没有叶柄，台湾相思树则没有叶片。我在踏访西部风沙线时，观察过各种沙生植物，其中极大部分的叶子都作针刺状，是干旱酷热为减少水分蒸发之故。叶片、叶柄、托叶找不着，更不可能分而识之，环境改变了植物的生存方式，从而也告诉我们：不是所有的规律都可以规律一切的。大自然小心翼翼地保护着一切的物种，乃至同一物种之间的天然个性，并由其自由自在地发挥。相比而言，在人的世界，在同一族群之内，孜孜以求地以一种思想规范所有人的专断，堪称愚不可及。

简略地概括树木的工作如下：根吸收水分与矿物质，再由树干输送给每一片叶子，叶片呼吸空气通过光合作用制造食物养料，再输送回树的各部分。我行走在中国各大林区时，常会流连于各种叶片之间，看那些我永远看不懂的、精致的、各具特色的叶脉，并由此想到根、根须、根毛——就一棵树而言，叶与根相距最远，互为地上地下之两端，而在水的循环往复中，从根的网络到叶脉的网络，再加上连接其间的树干，一个天造地设的绿色整体工程便完美无缺地展现于大地。

我看不见林地之下的根，但是我知道从根本上改变地球面貌的是根，从根本上促使万类万物及人类出现的是根。根是最初的缔造者，又是永远的蛰伏者。

绿色植物种类繁不胜繁，外形也千差万别，植物分类学家分不胜分。如以根的类型区分，便可得简明扼要：这个世界只有两种植物——直根系植物和须根系植物。

所有的纷繁，在探求根本时，便简单了。

我们很容易测得树有多高，哪怕是热带雨林中高达近百米、人称“森林中的森林”的望天树，但我们几乎无法丈量一棵大树的根系之全部。把已知的一些植物的根系的长度作参照，地下森林及一切植物根系之漫长、庞大与牵连繁杂，人们尽可以想象，想象到无法想象。国外有资料说，一株燕麦生长4个月后其根系长度为608公里，整个根系由1400多万条分支根组成，共有根毛140亿根。一株西红柿幼苗，其主根在环境条件相宜时，每天以3.14厘米至7.50厘米的速度生长。一棵一年生的苹果树苗，有3800多条侧根；一株长出8片叶子的玉米，其侧根为10000条左右；一种生长在沙漠中的骆驼刺，它的根可以深入地下30米。我们还可以用另外一种可以统计的数字，来想象不可想象的树木根系：一棵成年的桦树，在夏季通过20万片叶子每天释放水分3400升，而这3400升水的每一滴都是由根尖、根毛在地底下吸取、输送的。

我们见过的根只是根的发端部分，在深入地下之后，根的最活跃的部分是根尖，也称根毛区。根尖长不到3厘米，细微而坚韧，如同游丝，于表土之下，或作横向扩散，或作纵向深入，在这过程中还会改变方向绕道而行。根尖在任何时候均与地下的泥土相依附，如果不是强制性的外力干预，绝不分离。根系中的每一个根尖都有一顶“保护帽”形同战盔，围绕保护帽的是一层油状液体，使其足够粘滑地在地下游走，探物汲水时如遇顽石则绕道而行，如是松软的土壤则钻穿直下。根尖的每一条根毛即是一个细胞，长度在80微米至150微米之间，直径约10微米，它紧贴依附地底下的土壤颗粒，根尖行进时根毛便吸水。与这一运动几乎同时发生的是根尖根毛迅疾的代谢，根尖一边行进一边生出新的根毛。数天或数周后，原先的根毛完成使命而死亡，新生的根毛已经成熟，于是再深入再吸水，而老的根尖根毛则专司支撑并把水分和养料输送到树干。根在地下的运动与工作极其复杂而缜密，它要不断地汲取水分养料，同时又要不断以新的根毛取而代之，而且还要使老的根尖成为根系中的支撑者，接力一般的水分传输。无论是走进一个林区，还是在林间小道上漫步，我们能感觉到地下根尖的行进和根毛的衰亡与新生吗？

当我说这个世界是可爱的时，我首先想到的是地上的森林与地下的根，而使大地和家园稳固的，不是高楼大厦的基石，是根，是草木之根。

人没有根，我是人，我无根。在一次次地寻访荒野、出入山林而倚靠在老树或小树的枝干上时，无与伦比的柔情会传输到我的心里，并且暂时地有了根的感觉。在宁静和幸福的陶醉中，想象着我头顶寒云霜雪般的白发，生发新叶，花枝烂漫。

第五章　云南山水

2010年，我从西部大漠到了西双版纳。2012年，我又从西双版纳走向塔克拉玛干胡杨林。更早的一次是1987年，从武夷山、天目山到海南岛尖峰岭、西双版纳热带雨林，后来写了《伐木者，醒来》。

在所有的原始森林中，最为奇特而让人流连忘返的是热带雨林。对自然环境、生物多样性以及物种而言，那些拥有大片热带雨林的国土是格外幸运的，如果那里的国与人能够抗拒当今世界金钱和物质的诱惑，那么他们就是最有希望的，在不远将来的某一天，他们的荣光与安乐将冠绝于世。

地球上的热带雨林在南北回归线之间环绕地球，并有几处伸向温带地区。除去非洲东海岸，雨林几乎横贯遍布赤道的所有地区，美洲、非洲、东南亚三处雨林集中地的分布面积约为世界雨林的1/4。我第一次踏进海南尖峰岭雨林时，我的身心、我的思绪、我原先构想的语句，全部被温柔与高大淹没了，回过神来，只有惊叹。还记得那雨林中护林人走过的小道，那是在根之上、根与根之间的泥泞小道，湿漉的树叶与藤蔓交织的小道，愈往前走愈发幽暗的小道。偶尔有几声鸟叫，偶尔会传来啄木鸟啄树的声音……热带雨林中的高大树木，再加上整个雨林的郁闭状，会使自命为万物之灵的人顿生卑微。一旦面对雨林树木的巨大与奇特，人的内心除了叹服以外，不会留下任何空隙可作林外之想。所有乔木不论粗壮与否，一律坚挺高大，和我踏访过的江南乃至北方的森林相比，似乎少了一点柔情，多了一些傲然之气。细细观察，雨林中又不乏缠绵，悬挂在树上的各种开着小花的藤本植物，攀援而上，缠结枝干，在大树的最高枝节又垂向林地，再缠结，再攀援。一棵树，一根藤，即一首诗——一首根植于林地、带着水滴的、只有在热带雨林中才能读到的生机勃发的诗。

我百思不得其解的是，在大江南北见过的草本植物，在热带雨林中竟长成了高大植株。竹子成为木质，高37米；地衣类植物长得类同苹果树；远志科的藤条在距离地面几十米的乔木的顶端，繁华飞动，尽得风流。而这一切，热带雨林是喜欢的。它包容一切，它是森林中包容性更大的慈爱而友善的森林。

可是，看起来这雨林似乎有点单调，它没有四季色彩的变化，雨林也有悖于森林的一般规律，没有厚厚的落叶层，少有低矮的植物，甚至连林地的表土层都谈不上肥沃，更遑论深厚，只能以贫瘠名之。雨林无冬天，雨林无冬眠，它永远在极度潮湿与相对潮湿的交替中生存。雨林的使命几乎就是快速的吸收水分和营养，然后细密有致、不慌不忙，甚至是缓慢地向上生长，寄望于岁月，高踞蓝天的一角。我们同样看不见的是，雨林中有别的森林望尘莫及的生物种类，是名副其实的大地之上最富有、最广泛的物种基因库。使我惊讶的是，几乎每天都有的大雨小雨，显然使雨林的雨量太充沛，充沛到过分，是否有水淹之虞？就连护林员也难以明确地告诉我，雨林为适应这特殊的潮湿多雨，走过了多长的演变之路。可以肯定的是环境使然。

所有的独特均源于环境的独特。

雨林不可能如温带森林一样，从容地使根尖、根毛游走地下吸取水分和养料。雨林发育出了一种快速有效的生命供给系统，能让雨林的树根把输送水分及营养物的距离缩短。具体言之，便是依靠真菌将大量的营养物质和水，从林地表层直达树木的浅根，然后开始合成、循环，为分解物与立木之间建立一条既简单明了，又生死攸关的食物链。这就是草本植物在雨林中高大，甚至成为木本的秘密。

有关雨林的最通常的误解是，因为它快速吸取营养，它的高大乔木便是速生的吗？不是，绝对不是，雨林的形成是以历史年代为背景的，雨林的生长不仅有向往天空的高大，还有在贫瘠林地上生根——那些浅根粗壮地蔓延交错，使高大植株稳固的艰难。雨林在某种意义上排斥速生，乐意享受生命的漫长。你看海南黄花梨就知道了。

雨林在快速吸收水分的同时，又因气候的炎热而快速地蒸发，由气而云，由云而雨，如是往复，循环不息。那里的多雨是因为有雨林，而雨林又因此而蓬勃。我们所能想象的美好如彩虹一般的纽带，也无法与自然界万类万物的相因连接可比，只能以神性喻之。

中国的热带雨林占国土总面积的3%，可谓珍稀之极、宝贵之极。但如中国森林的整体命运一样，在一切向“钱”看的经济大潮中，中国的热带雨林仍在被蚕食与破坏中。中国热带雨林、季雨林的分布地带地貌复杂多样。依我的观察，凡属珍稀、奇特的树木或别的物种，它们总是出现在不同寻常的环境中。以盆地、谷地、台地、平原为点缀，山地、丘陵是主脉，而北方极寒、南方极热之地必有美木良材出。从西部云贵高原南沿开始，由北向南的山地丘陵及海南岛和台湾岛，这一地带植被种类丰富，据不完全的统计，高等植物在7000种以上，是中国森林最美丽的自然风景带。

最美丽的往往也是最脆弱的。

我国稀有的热带雨林和季雨林中，仅乔木、灌木树种就达1000种以上，为中国其他林区所望尘莫及。其中亚洲热带雨林的骄傲树种——望天树，便生长于西双版纳雨林中。在西双版纳的雨林中，那些闻所未闻的树名意味着它们的少见、奇特，如刺栲、红木荷、龙脑香、四数木、番龙眼、千果榄仁等树木层出不穷。雨林中或有大象巡游，或有山雀啁啾，或有飞蜥爬行，或有兰花怒放，总而言之是生命的创造与奇迹。西双版纳雨林是中国高纬度、高海拔地带保存最完整的热带雨林，生物多样性之丰富，仅兽类便有约130种，鸟类近500种，超过中国鸟类种数的1/3。

我们也可以说，所有这些至今仍然被称为“植物王国”“动物王国”中的诸多物种是幸存者，也是西双版纳雨林仅剩的最后守望者。最新的资料显示，绿孔雀现存的数量极为稀少，已多年没有确切的目击记录。由于栖息地被迅速破坏，和无处不在的人类活动的侵扰、盗猎，白颊长臂猿、小熊猫等已经消失，或者面临灭绝。代之而起的是日甚一日，雨林不堪其扰的旅游、餐饮。当人们以金钱为唯一目标的时候，美好飘逝了。

西双版纳在1950年的森林覆盖率略高于50%，如果我的领会没有大错，庇荫西双版纳50%的森林覆盖率中极大部分森林是热带雨林。到1972年时锐减至33%，22年减少了17个百分点。1985年又减少至27.4%。至今又是28个年头，其间大规模的毁林盗伐虽然得到了控制，但代之而来的是政府的经济开发。一方官员为了所谓的政绩，为了GDP，在西双版纳不破坏雨林，哪来的地？哪来的土地财政？2012年，作为凤凰卫视《大地寻梦》专题节目的嘉宾主持，我又一次来到西双版纳，只见游人如织，喧哗不断，一种直接的感觉是热闹。太过的热闹已经驱逐了雨林环境的安详宁静，一切都成了表演。在人的驯化下，那些象和鹦鹉之类的彩鸟，服从而且配合地做着各种动作或发出鸣声，游人拍照留念，然后付钱走人。走进景区内或景区边沿的大大小小的饭店，游客大快朵颐，可是垃圾扔往何处？脏水流往何处？店主的回答几乎是统一的：“不知道啦！挣点钱过日子啦！”我在西双版纳逗留了几天，闷热而无雨。在雨林边缘那些稍为低矮的植物的叶子，有的已经半作枯黄，藤蔓有气无力地垂挂着。至少在我视野所及，这片雨林不再蒸腾勃发、生机旺盛，我甚至能感觉到在人类活动与喧嚣的折磨中，它们纠结而忧郁。

当最后的雨林消亡，家园还在吗？

西双版纳的森林状况到底如何？时下森林覆盖率为多少？

我问林业厅的工作人员，他答道："雨林一直在保护之中，西双版纳的森林覆盖率为90%。"这个答案让我惊讶，即便1985年以后在雨林地区之外大规模种草种树，怎么可能在28年间，提高62.6%的覆盖率？

我又随机问路边的市民："西双版纳雨林环境这些年有些什么变化？他问："你以前来过吗？""上个世纪七八十年代曾到此一游。""那时的西双版纳，树比人多，在版纳的任一角落都能闻到雨林的气息，都能看见望天树。现在造的高楼大厦，地从哪里来？除了征用耕地，就是蚕食热带雨林。游客从无限制，楼堂馆所包围雨林，雨林区内又遍布饭店和演出场所。雨林一年比一年少，天气一年比一年旱。"

西双版纳雨林已成为"孤岛"，而且是仍在为人类勒索和奴役的"孤岛"。

云南位居全国雨水总量的第三位，有"三江并流"，满目绿色，可是云南为什么连年大旱？2012年，我从西双版纳到普洱，到元谋，到昆明，到陆良，一路所见均为田地干裂，草木枯黄。在喀斯特地貌区域，高大的和并不高大的石柱遍布林立，农人辛勤耕种的极小极小的一处处地块，无苗无禾……这就是云南的春夏之交时，冬旱盼春春无雨，春旱盼夏夏干热的景象。还有稀落的人群在山里找水，而从金沙江虎跳峡传来的推土机、挖掘机的隆隆声响中金沙江的梯级开发、高坝大库正在矗立，我们的大江大河不再有一条河流是自由流淌的河流，而江河生命却在于自由流动。始于20世纪80年代的圈地圈水，既改变了那些地和水的形态，也改变了地和水的属性，地不再"厚德载物"，水不再"善下之""利万物而不争"了。

云南本是“植物王国”，到处都是森林，到处开着知名不知名的小花。然而这一路所见又经采访证实，云南森林的树种正经历着灾难性的变化：大量的、我所见的整齐划一、地上寸草不生的那些先前未曾见过的高大挺拔而甚少旁枝侧叶的树叫桉树，桉树一般用于造纸。桉树的生长期一般为5年至6年，能迅速吸水、吸取地底下的营养然后速生。一茬砍伐之后再种，如是往复，到二三十年左右，这片桉树林地便寸草不生。当地农民称一棵桉树就是一个抽水机，因为树叶极少，蒸发量也极少，云南能不少雨？桉树的种植不仅在云南，广东、广西亦然。如果考虑到建材的需要，在严格控制下少量的种植桉树未尝不可，但大规模的乡土树种的被更替，为眼前利益而忽略生态效益，必将带来灾难。

在云南，桉树和橡胶树的大量种植，给出了一个明白无误的警信：树种，尤其如桉树那样速生的经济林树种的扩展，如不纠正，势必会危害中国森林以及林地的生态安全。时下的经济发展，所换来的是森林的衰败和林地的贫瘠，那么谁来庇荫我们的子孙？

哀牢山乃云贵高原和横断山脉的分界，山上哈尼梯田的上方是村寨，村寨上方是森林。在1000年的岁月里，哈尼族与别族人民一起，在横断山脉东缘几百平方公里的范围内，从海拔高度由几百米升至2000米的山形地貌上，开掘了约600条水渠，连接着山上的森林、梯田与村寨。

哀牢山是山，当我面对哀牢山，又仿佛面对着一种精神，一种相当高大且湿润的精神，一种足够古老而新鲜的精神，一种始于生存，在筚路蓝缕之后，辉煌于21世纪所谓信息时代科技昌明的精神。没有人知道我的此种感叹。山、水、森林和梯田只是在云雾、气团的环绕中，若沉若醒，若隐若现。当红河与元江缓缓流动于峡谷时，分不清是水汽或热浪，先是被卷起，后来再升腾，两岸山谷呈暗红色，偶尔有不知名的植物，无助无望地任由热浪水汽蒸腾而上。那蒸腾而上者所向何处？

横断山脉是中国山系走向的终结者。横而断之，如伏虎，如卧龙，如睡狮，跃跃欲动。

哀牢山是横断山脉干热火燥的另类，位处红河洲，海拔3166米，是横断山脉南段的主峰。山上是沉默地蓄积了千万年的原始森林，低处是面积166平方公里、多达3000多级的人工湿地，及种稻的哈尼人家。酒店在山腰向上处，烟云弥漫沉浸于林木之间，又极轻柔地掠面而过，山林中有鸟叫声、泉水声。哀牢山是另一种风景，是自然所赐予与人类所造堪称完美的结合。这里所说的人类所造，不是传统意义上的造景一园一亭一楼阁之类，而是梯田、水稻、沟河水系。当一处自然风景有人的创造渗透其中，且延续千年与大自然能和谐相融时，这一处风景才可称之为文化风景、文明宝典。

哀牢山哈尼梯田的全部意义为：在以生存要吃饱肚皮为出发点的人类活动中，不是以经济翻番、发财致富为目的，而是视辛勤劳作后诗意地安居为幸福生活。从而蒙福，成为人与自然相亲相爱的经典。

首先是环境使然。在一个族群的发展过程中，环境是制约者，制约人们以适合此一环境的方式劳作、活动、安居。其次是历史印迹，哈尼族从古老的羌族地区迁徙而来，哈尼先人熟悉的是平坝农耕，可以想象当初，身在高山，何以为生？怎样把平坝农耕移植至亚热带的哀牢山上？或有读者问，中国那么大，有的是黄土高原、平原沃土，又为何跑到崇山峻岭为衣食生存忧？这就是历史年代的一种景象，大的族群——华族，就是现在说的汉族，不断地以战争吞并弱小部族。弱小者打不过，又不甘灭族灭种，便逃跑，远逃边地，跑进深山，以避刀兵之祸。怒族在几无土地的怒江岸边求生，哈尼族进哀牢山，皆因为此。历史给出的一种现实，是发人深省的！

汉族拥有中国最平坦肥沃的土地，是中国历代王朝中除去元朝、清朝以外的最高统治者。仅就人与自然的关系而言，所有被驱赶至边远山区的民族，对自然的敬畏却远胜汉族。甚至可以说是汉族在背离了儒家传统、自以为得风气之先后，如今已成为财富的最大追求者、自然的最大掠夺者；而哈尼族等少数民族，则成为今日中国天人合一、仁者爱人并广及万类万物的典范。更让人惊叹的是，这些少数民族远不是饱读史书者，他们只是行动者、实践者。顺便说一句，羌人还是汉族的先祖。

哈尼族先民跋山涉水，掌握了哀牢山的地理环境，最让他们欣喜的是山顶的大片原始森林，以及森林中流出的源源不断的水。他们试着在山坡上开凿饮水的沟渠以及小块梯田，试着种水稻。第一次收获之后再开凿再修建，一点一点地开凿，一片一片地修建，千年之后便有了6000条沟渠，仅哀牢山山腰便坐落着十几个村寨，以及30000公顷梯田。哈尼族流传着很老很老的哈尼民歌，其中有大智慧：

上了哀牢山，
就是最孤独的人，
石头做伴，
虎豹是邻居，
后来找到了命根子，
老天相助哈尼人，
人的命根子是田，
田的命根子是水，
水的命根子是森林和树。

哈尼人绝不开山建水库，而是极为严苛地保护山顶的森林，不要说砍伐了，甚至不许惊扰它们。哈尼人告诉我“人喜欢热闹，森林好清静”。山上的森林是天然的蓄水池，溪涧从这里淌出，汇聚成流。森林下是村寨，开凿出的沟渠使水流进村子是为生活用水。村寨下方是梯田，水渠又把水送往梯田。梯田大小不一，经过计算将要灌溉的梯田面积，用刻好量度的木板按不同比分流，进入每一块梯田。所有这些梯田又都是人工湿地。农历三月，水稻播种时鱼苗也随之撒放。水稻返青，鸭子进驻稻田，鸭和游鱼在梯田里共游共生约100天，不同物种间互为依存的生物链循环，使稻子得以具有了抵抗病虫害的能力。

高山森林汩汩而出的冷泉水，从夏天流到冬天，从冬天流到夏天，往复无穷。从山腰上的第一级梯田到山脚的最后一级，哈尼老人告诉我，1500米的落差在转折回流中，涵养了3000个阶梯的梯田。每一块梯田都有足够的水量，哈尼梯田的深水稻有极强的水资源保护与储备能力：暴雨时蓄洪安澜，干旱时直接排放至江河下游补给水资源。从山顶森林中流出的水，滋养哈尼人、哈尼梯田、哈尼族的万类万物之后，最终汇聚于河谷。干热的横断山河谷地带又迅即使其蒸腾，如云如气，回归于哀牢山山顶的森林中。哈尼人小心翼翼地与哀牢山林水生态链相连接，既为受益者又是这一生态系统的保护者，是有哈尼梯田奇迹。

在自然界，所有生态系统可称完美，因为完美而脆弱，因为脆弱而极其敏感地抗拒所有外力的介入。迄今为止，哈尼人、哈尼梯田是我目睹的唯一例外。在哀牢山，森林、人类、梯田和水系，和谐在一个同构系统，使这一人口密度达到每平方公里300人的深山峡谷成了一处古老而又鲜活的家园。

广而言之，哈尼梯田是中国农民在工业文明之前的节约资源敬天惜地延续农耕文明的范本和缩影。在不是村的华西村成为中国新农村样板之后，哈尼梯田所指向的是，任一工业科技发达的时代，如果不回归天人合一，则必有大灾难随之。

这是一个最难言说的时代，没有地的哀牢山上有哈尼梯田，而本来有地的至少一亿多农民，成了失地农民。因城市的无度扩张所产生的泡沫，鲜艳地毒害着民族之根本、国家之基石。所有的农业经济学家似应记住哈尼人的一句话：“让你活的要你命的，关键是土地和水！”

哀牢山山顶的原始森林历经沧桑，至少千年以来未曾为人类砍伐破坏，即便有雷火之灾，也能自我修复。林木种类多样，壳斗科树木其生命都在500年左右，水冬瓜树与旱冬瓜树高大、长寿，而且长根瘤，能蓄积水分；板蓝根清热解毒，嫩叶可作染料……原始老林绵延100公里无间断，更让人惊讶的是在海拔2000米以上，居然生长着面积如此宽广的常绿阔叶林。森林之于水——生命之水意味着什么？近几年云南大旱，几乎三年不下雨，但哀牢山山顶森林中流出的泉水却从未断流，哈尼梯田成为云南大旱的幸存者。

哈尼族的族规之一就是巡山护林爱树。不少哈尼族老人在临终前的最后一句话都是“守好山上的林子”。

巡山的人都经过严格挑选。两个护林员的生肖必须是龙虎属相，林中多野兽，巡山者要命大。村里人家每年每家出一斗米，作为护林员的报酬。哀牢山的巡山者，把巡山当作是护卫山林之神的使命，早上7点进山，下午7点回村。偶尔有人砍了林子里的树，必以族规重罚。巡山员每天要爬山四公里，不仅辛苦，而且寂寞，但那些护林员却不这么看，他们反而说：“快乐得很！”哀牢山南段的这片深山老林里，优势物种是山茶科、杜鹃花科，有一个叫李文和的巡山者最爱茶花，说起来如数家珍：山茶花开二月里，红白相间，这边热烈烂漫，那边洁白素雅，开13天，花就谢了，李文和有点不舍地说“还好，明年又开了”。他还跟游客学了两句诗“年年岁岁花相似，岁岁年年人不同。”

“森林给哈尼族最大的好处是什么？”

“水。”

“森林中你最深刻的印象是什么？”

“静。”

“这片森林的变化是什么？”

“过去有虎、豹、熊，现在没有了，但野猪回来了。”

哈尼族，这是一个以亲和与族规融合来治理自己的民族。哈尼人把劳动视为愉悦，劳动的过程已成艺术的过程。当布谷鸟叫第一声时，抽烟筒、喝香茶的休闲日子便告结束。检修五孔犁，然后犁田耙地。把梯田犁成什么样子？耙出什么范来？松松的、蓬蓬的，像蒸糕一样松软，像小孩的皮肤一样光滑。哈尼人把愉悦注入劳作，使劳作有了某种象征意义，其中甚至还吐露出原始的母系社会的流风余韵。撒秧由妇女撒，撒进秧田的是母亲的祝福，收获了稻谷，也收获了母亲的祝福，如此等等。在我们看来，这些没有任何学历的哈尼人，却是有着丰富精神生活的族群。

哈尼人拥有文化，而我们则读了不少书，追名逐利，孤独而无奈。

哈尼族对死亡的态度是：人死即意味着死者幸运而有希望，他其实并没有死，只是以别的形式存在，并将回到祖先由大森林护佑的大寨子里。就连那声哭也如歌如诗：

“最早死的不是你，最后死的也不是你；江河干枯了，江河也要死。天边那个皇帝也得死；你好好去吧，你的子孙像哀牢山的山泉不断流出来，你田里的稻谷像马尾巴一样垂下来……”还有吹拉弹唱、饮酒作乐的年轻人，他们在欢送老人。

这使我想起了庄子为亡妻的鼓盆而歌。

哀牢山是恒久的，哈尼梯田还能保有千年吗？

我们这个时代，是轰轰烈烈地制造垃圾和泡沫的时代。

我们这个时代，是无情无义地毁灭自然与经典的时代。

第六章　野草芬芳

为什么我们的先人逐水草而行、而居？因为大地到处都是草，无草不成林，林地外缘也是草。在西部何以有黍？农业考古学家黄其煦先生在1983年第1期《农业考古》杂志撰文说："农业的契机可能就是在林地边缘杂草中发生的。"这一猜想得到证实，是天水大地湾遗址的一个灰坑，其中已经炭化的种子，经西北师范大学植物研究所鉴定，是距今7000多年的禾本科的黍及十字花科的油菜。江南沼泽地带的杂草更多更茂盛，其中的野生稻，同样是7000多年前的，说明太湖流域的河姆渡人已经开始培育野生稻了。河姆渡遗址的出土物竟然是稻谷的世界：稻灰、稻糠，还有残留的锅巴……先人留给我们的基因使后来人对三种物质最有亲近感：土、水与草木。

在我童年的记忆中，崇明岛上除了农田里的庄稼、沟河边的芦苇之外，田边地头到处都是荠菜、马兰头等可食用的野菜，不下十数种。还有可以入药的如车前子等，更多的是开花或不开花的无名小草：缠结于田埂路使其稳固的是马斑草，开着各色小花的是花被单草，如小太阳一般金光闪亮的是野菊花草，专门用来斗蟋蟀的是蟋蟀草，还有太多的蒲公英随风飘散……回想起来，认识这片土地是从草开始的。而江边芦苇荡里丛生的丝草籽很可能是这个世界最小的坚果，半粒米大小，饥饿的岁月里曾经以之果腹。后来知道原始人逐水草而居时，有顿悟其中之感。

人之初，有水可喝，无饭可吃。人类经过了吃草、吃草实的漫长岁月，后来才有能力捕杀野兽，吃肉。今天我们吃蔬菜，其实是吃草的延续。野草是我们的衣食之源，人类中有一部分人的忘恩负义，始于疏离自然，疏离野草。

我们不知道拔去了多少野草，甚至把消灭野草与爱国卫生运动相联系，而汉语，这个我一向认为是世界上最美的语言文字，却出现了极为残忍的一个成语——“斩草除根”。现代化的推土机，在今天更是势不可挡地在铲除一切野草，代之以水泥楼房的水泥地。难道这样这个世界便卫生、便干净了吗？活在当下的每一个人，都曾目睹并感受了消灭野草的过程——以发展的名义。

20世纪80年代初，我住团结湖小区，一箭之遥便是农村、农田、庄稼与野草。每到夜晚，无数的青蛙齐鸣合唱，此起彼落，虽然喧闹却不会扰乱人心，反而多了一种野趣，添了一点乡愁。一年后，环境丕变，代之蛙声的是混凝搅拌机的机械噪音。建筑工地日夜赶工，然后是新楼连片，庄稼、野草和蛙声一起飘逝。不到十年，北京三环以外的农村几乎全部消失，没有耕地，没有野草，只有层垒叠加的水泥楼板大行其道。

就这样，我们的社会变得不再温柔。

2000年，因为不堪忍受造楼、装修那可以让人发疯的喧嚣、灯光与气味，我举家迁往通县张家湾。路边有麦田，池塘有蛙声，小院里开着太阳花，俗称“死不了”，日出花开，日落花闭。我自以为找到了一个好去处，待住下才知道，我住的小楼地基，原来是生产队的打谷场，整个小区所占用的全部是农田耕地，当地农民告诉我是“黑油油的耕地”。难怪水泥房基，以及路面的边边角角会长出各种野草甚至麦苗，无助而孤苦地望着路人，好像在问：千百年在一块地上厮守，情何以堪？有专司拔草的清洁工，长出来便拔，拔出来又长，小草希图展示自己的生命力的顽强，但令我唏嘘不解：野草何害？人类必欲除之而后快？

2005年，我又迁往广安门外新居，紧邻住处有一块荒地，杂草丛生。杂草成块状，茁壮旺盛，夏秋之际开着红色和金色的小花。有几只流浪狗狺狺奔走，有时还追逐流浪猫；荒地中有两棵树，流浪猫情急之下便跳上树，流浪狗在树下大吠，继而退隐于野草丛中，伏莽而待，这已经不是猫狗游戏了，而是流浪狗想吃流浪猫。荒地紧靠二环的边沿，还有两间已拆毁的旧平房，住着一家拾荒者，夫妻俩带一个小女儿。女孩出来打水时，流浪狗紧跟其后，女孩便喂狗，似乎是窝窝头之类。戏耍片刻，女孩回去时流浪狗一路相送。偶尔，在秋日的阳光下，这个七八岁的小女孩会摘一朵野花捧在手里凝视片刻……这是我从住处的窗口所见之场景。是年冬大雪奇冷，拆毁的旧平房被扫荡而尽，那拾荒者以塑料布搭起帐篷。太冷了，便以捡来的零星木块燃一堆火，三口人，几只流浪狗，围着火堆相对无言。在寒夜雪地，这火堆绝对谈不上熊熊烈焰，悠明而已。有人报警，火堆熄灭，拾荒者被驱逐，流浪狗落荒而去。融冰化雪时，那些野草开始返青，到夏天便茂盛，开花。如是往复五年多后，挖土机开始挖土，混凝土搅拌机昼夜轰鸣。挖出的土堆成了大土丘，以网覆盖着。一场春雨过后，从网的千孔百眼里，忽然又有青青野草探出头来，茫然地望着这一处耸立起吊车、脚手架的工地……我们总是和喧嚣相遇。

凡草木皆有根，人类无法阻挡推土机、挖掘机，它们可以毫不费力地灭野草，却无法除根，因为它蛰伏于地下。倘若都市林立的水泥楼群使它们窒息而灭，那么对这个世界来说绝不是好消息，因为大地的稳固者不再稳固大地了。

使这个地球变得有生机的首先是海洋、水和草木。当地球成为草木世界之后，才有姗姗来迟的人类初祖。与其说人类当时离不开森林，还不如说更亲近荒草。荒野荒草连接起森林、河流，在人类发展史上如里程碑一样记录着人类先人的生命故事。荒野是人类最初的原始家园，荒草提供了最早的食物，荒草中盛放了各色花朵。荒草的自生自灭、自灭自生，使原始人有了最早的惊讶，促进了自然崇拜的发生；在只知其母不知其父的漫长岁月里，荒草丛中又是当时人类共有共享的爱巢。以荒草为生，想来也发生过悲剧，有的草吃了人便死了，草能吃不能吃使原始人有了对草的分辨和思考，进而发现有的草能止血，有的草能止痒，则是草可治病之始流传至今的仙草一说。除了草能给人以温暖，大约便是草可以治病了。

"仙草"一词，是人类对草的最恰当的赞美，去昆仑山盗"仙草"是故事，在更加广泛的民间传说中，稻草是"仙草"，由此推之，"仙草"应是泛指可食可医的所有野草。没有"仙草"，人类不可能延续至今，也就是说人类有诞生，但不可延续，迅即夭亡。

在野草所属的植物世界中，至少有五种植物影响了人类文明的历史进程，从而改变了世界。它们是烟草、茶叶、甘蔗、白薯、土豆。它们在原生地往往是默默无闻的，越洋贸易的船只和水手是传播者，使它们广及世界。那些植物的传播，如烟草，只是因为哥伦布的水手好奇、无聊，就越洋跨海遍及世界，或多或少改变了人类的日常生活，并且使远隔重洋不同种族人群的生活习惯产生了趋同性。

哥伦布的船队，是烟草最早的传播者。

烟草源出美洲。哥伦布率船队到访时，当地土著以礼物相送，烟草便是其中之一。哥伦布航海日志有记，"发出独特芬芳气味的黄色干叶"即烟草。再到古巴，当地土著把烟叶卷成筒状抽吸，青烟缭绕于口鼻，悠然自得。水手们学而抽吸，别有风味，是为欧洲最早的烟民。船队返航先至西班牙，西班牙人跟着抽，再到葡萄牙，葡萄牙人也纷纷上瘾，烟草随之落地。1580年之后，烟草的传播速度加快，传播范围日益扩大，大致途径是经葡萄牙进土耳其，烟雾又缭绕至伊朗、印度、日本。从烟草的广泛传播中看到商机的是西班牙人，他们把烟草水运到菲律宾，开始规模种植，赚得不少银子。接下来就要到中国。17世纪初叶前后，福建的船工与商人，在与菲律宾生意往来时，不经意地把烟草传到中国。只要气候适合，烟草不难栽培。很快，烟草先是在沿海省份流行，进而烟雾弥漫了整个中国。

烟草在16世纪的欧洲还曾享受过“神药”的待遇，除了抽吸烟卷、烟斗之外，欧洲的医生还用来治病，从牙痛、口臭到肠道寄生虫、破伤风乃至癌症，皆以烟草医治。实际治疗效果没有明确记载可证，倒可以想见当时欧洲医疗水平之低劣。

从哥伦布水手发现并吸食烟草，到烟草传遍世界，所用的时间不到130年。今天几乎所有国家都处在吸烟有害与烟草制造业巨额利润的夹缝中。笔者曾是老资格烟民，这一如风如潮的烟草传播却使我想到所有风靡一时的时髦与时尚，大约都带点毒。

在烟草传到中国之前，欧洲人抽烟，中国人喝茶。两相比较，不仅习俗不同，文明高下程度也可立判。茶的温醇芳香渗透在我们的民族性中，是为中庸、中和、温良恭俭让，与“斩草除根”相反，生出了一个绝美的词语——“齿舌留香”。

与人类文明史密切相关的，就动物与植物而言，动物提供了肉食，此植物所不及，但在更多的层面上植物远胜于动物。原始人除了采集果实之外，吃菜吗？在很长的历史时期内，所谓菜，就是野草和树叶。大约8000年前，新石器时代又一伟大创造——各种陶器的出现，其中的食用器用来煮饭煮菜煮汤。在中国的北方如大地湾，在中国的南方如河姆渡，先民们偶然地用几种他们吃过的草或者树叶，投之于陶罐，这第一罐汤是不是人类历史上的第一罐茶？在几千年前便有“稻饭衣麻”的太湖流域，极有可能这第一罐茶和第一罐鱼汤难分先后。后来的饮茶史却是明了的，把茶汤从别的所有汤饮中区分剥离出来，好茶者仍视之为汤，汤色也。

中国人最早享用茶叶，并在千百年饮茶的实践中，知晓了茶树栽培、茶叶加工、茶叶分类，以何种水达到何种温度泡何种茶为最宜等等。西方人第一次喝中国茶并为之倾倒之后，给中国的茶叶取了个在16世纪至18世纪西人熟知的流行词——中国树叶。这一称谓在某种程度上恰恰说明，中国茶树之众且享用茶叶的人群之广。从皇帝到山野草民，皇帝喝贡茶，山民饮土茶，土茶的味道甚至远胜贡茶。从都市到小镇，有了茶铺、茶馆，茶叶已和经济相连接。中国的文人雅士情有独钟于茶，则又有了文化意味。

在中国士人饮茶、品茶、论茶，并为琴棋书画助兴，以一管羊毫悬针垂露，书写出满纸烟云时，欧洲人还在茹毛饮血。

丝绸之路开通后，与丝绸传到西方差不多时间，即大约公元纪年开始之后800多年，阿拉伯商人用骆驼把茶叶——他们认为的东方神奇之物运达西方。最早享用中国茶并在上流社会炫耀的是威尼斯商人。直到16世纪中叶，中国茶才正式传到欧洲。威尼斯商人颇得“物以稀为贵”的真传，始入欧洲的茶叶价格昂贵，唯贵族才可享用。那个时候，普通欧洲民众的梦想之一就是有一日可得中国茶，其独特的芬芳与味道，只是听说而未得品尝也。

17世纪开始，英国东印度公司取得特许经营权之后，中国茶叶一则大行其道，一则渐渐“变味”。东印度公司每年以相当于100英镑的白银，从中国进口4000吨茶叶，再以约4000英镑的批发价出手至欧洲各地。大发茶叶财的是东印度公司，而英国购买中国茶叶的银子日趋紧缺。赚足了中国人的钱而又丧尽天良的东印度公司，竟向中国输入鸦片回笼白银。中国人使英国人得到茶叶，至今下午5点“喝下午茶”仍是英国中产家庭的生活习惯；而英国人回报中国的是鸦片，是铁壳船和洋枪洋炮。鸦片战争爆发，鸦片毒害中国人，接下来便是中国民族被奴役、被瓜分的屈辱史，鸦片之危害当为外因之首。有不少论史者认为，鸦片战争源于中国茶叶，英人侵略的本质难道可以轻松地忽略?

欧人喝茶好红茶，放糖，以小点心佐饮。喝茶所连带的是对糖的希求。蔗糖从甘蔗中提取，最早种植甘蔗并品味糖的是亚洲人，其时欧洲所得的甜味，是蜂蜜，欧洲无糖。11世纪，十字军骑士幸运而雀跃地在叙利亚尝到了糖的甜味。随着海上新航路的开辟，西班牙、葡萄牙等老牌殖民帝国开始种植甘蔗，甘蔗种植园如风起云涌般出现，糖产量急剧升高，价格大幅降低。欧洲享用糖之甜蜜的不仅是皇室、贵族、大商人，普通的市民百姓也开始吃糖，欧洲似乎成了“甜蜜蜜的欧洲”。

“甜蜜蜜的欧洲”说明了糖对饮食习惯的世界性的改变。糖的诱惑就是甜的诱惑，在我儿时，能吃到一块糖——上海的大白兔糖，那是一种奢望。可见此种诱惑所持续的时间之长，与之相比更重要的是，因为甘蔗种植需大量劳动力，便产生了世界人口及种植版图的改变。当欧人在加勒比大批量种植甘蔗时，便从非洲一个船队一个船队地运来黑人，让他们成为奴隶，辛勤劳作。一个我难以考证的话题是，这些被称为“黑奴”的黑人，在非洲就是奴隶吗？还是在白人的皮鞭下成为奴隶的?

说不清有多少“黑奴”在漂洋过海的途中，便一命呜呼了。《环球时报》2006年8月29日发表刘作奎先生的文章称：“据统计，16世纪以后的300年间，从非洲贩卖到美洲，从事包括种植甘蔗在内的大量种植园劳动的奴隶达1170万人，最终仅有980万人活着到达目的地。”刘作奎先生说得好，“糖的甜蜜是与奴隶的血与泪掺在一起的”。笔者想再加一句：“尤其是在自诩为文明富有的西方！”

所谓人类文明史，充斥着野蛮、残暴、血腥的不文明，以及对真相的掩盖。

相比较而言，能够使人类解除饥困，平和地传输到世界各地的是土豆和甘薯。也许，我们以及我们的后人，都要记住一个土豆原产地的地名：南美洲安第斯山区。与北美洲有的国家的霸悍、好窥探相比，南美洲温和，“有抵御别人暂时成功的能力”（南美洲谚语）。南美洲的地下埋藏有人类初始文明的种子，土豆其一也。土豆的特点是有土便可以种植，不仅产量高而且富含淀粉和别的营养。新航路的船长和水手们把土豆带到了欧洲，然后以极快的速度传播到世界各地。土豆的传播告诉我们，人类，无论西方还是东方，都曾长时间地为饥饿所困。在不缺水的前提下，吃饱肚皮是生存的第一要义。土豆养活了更多的人，土豆可以取代面包。我在贵州山区采访时，一户一家，一个火坑，墙角只有一堆土豆的山民不在少数。在河西走廊古浪八步沙，我曾三次踏访六个农民的治沙地，他们留我吃饭，我吃香喷的羊肉，而农民们吃的是煮土豆蘸盐巴。我便抢土豆吃，真香！河西走廊的土豆个大，农人告诉我，没有土豆他们早就饿死了。

奢靡、过度的享乐是暂时的。当今中国贫富两级，奢靡者千万不要以为子民百姓过着和你们一样的生活。边远山区贫困者，住土坯房，老人和孩子都在吃土豆，大米白面依然是奢望。谁还记得李商隐的诗句“历览前贤国与家，成由勤俭败由奢”，治国者应一读再读三读之。

甘薯多别名，山东叫地瓜，北京叫白薯，河南叫红薯，江苏叫山芋，到湖北、四川成为红苕。甘薯一物，欧洲有植物考古学家认为，是印第安人的先民最早挖掘地下根茎时发现了甘薯根块，再通过根系再生繁殖而成为栽培作物。甘薯有惊人的繁殖力、适应性，很快遍植于整个南北美洲。因为甘薯硕大且味美，生熟皆可食，食之者强壮，此印第安文明之所以曾经繁华之一端也。

很少有一种植物能如甘薯那样，吸引着闻名世界的专家学者的眼光，并据此勾勒了古代先人的生存技能及其发明。摩尔根在《古代社会》中说："由栽培而来的淀粉性植物的获得，必须看作是人类经验上最伟大的事迹之一。"摩尔根所说的淀粉性植物是泛指，其中无疑包括了经过原始人选择之后的产物——甘薯。考古者在秘鲁的古墓中发现了距今8000多年的甘薯块根碳化物。1974年，伊恩在《甘薯和大洋洲》中进而记述，古代秘鲁的印第安人，把甘薯块根的图案绘制于陶器、编织在纺织品中，最为壮硕的甘薯在印第安人宗教仪式上，被供奉为神灵。

此一时期，距甘薯进入中国的明代，相隔几千年，一种有趣的历史现象出现了：当甘薯即将传播世界各地时，在其原产地的印第安族群中，它不仅是食物，而且已成为文化，具有神性。它使我想起了距今近8000年的大地湾彩陶所绘制的鱼、花草纹、水波纹、葫芦及人的头像。我们的先民有意或无意间记录了洪荒岁月中人赖以生存的若干图景，便有了文化的创造之始。它对今人至少有两点启示，甚至告诫：其一，文化是物质的，是物质与人的精神想象及劳动的结合；其二，文化必具有真正的创造性、创造力，与人类发展同步，除去"利用厚生"的生存需要，还有精神、心灵需求，即精神文化。文化何以能出现？生存之需要，人格之独立，心灵之自由也。

一般认为把甘薯引进中国的是明代福建长乐人陈振龙，曾侨居吕宋，即菲律宾。其时吕宋的西班牙殖民统治者严禁甘薯外传。1593年，在前两次偷运未果后，陈振龙把薯藤系于缆绳，涂上污泥，才过得关卡运抵福建。当年6月，陈振龙之子陈经纶依父命呈《献番薯帖》于福建巡抚，称："番薯功同五谷，利益民生，是以捐资买种，并得夷岛传授法则，由舟而归。"当时的福建巡抚金学曾正为荒年频发所困，即令全省“依法栽培，滋息繁衍”。甘薯自此落地福建，其产量之高使沿海饱受风袭水灾的福建人渡过了一个又一个灾年。福建人称甘薯有二名，一曰番薯，二曰金薯，记巡抚金公试种故；福建乌石山海滨有“先薯祠”，记陈振龙父子之功德。当地人告诉我，这是中国独一无名的祭祀甘薯的祠堂。其实，在广东电白县霞洞乡有“怀兰祠”，又称番薯林公庙”，记载吴川人林怀兰从越南引进番薯之功，时间在陈振龙之后。甘薯在江南的种植，功推徐光启。江南水患经年，农人无衣无食，闻知福建的番薯抗旱抗涝，块根大，可食可药，便经由他在福建的学生，得到薯秧，在松江三次试种，终获成功，时在万历十六年，即1608年。徐光启赞扬甘薯高产味美，济世备荒，向万历皇帝进《甘薯疏》。甘薯惊动的另一个皇帝是乾隆，1785年，即乾隆五十年，乾隆旨谕全国“广为栽种，接济民食”。中国当今的甘薯种植面积仅次于水稻、小麦、玉米，居主食之四，为世界甘薯种植面积的60%，占总产量80%以上。

甘薯大行其道，广为人类所喜好，其实质也说明了一个真理：食物之于人类的生存发展，永远位居第一。“手中有粮，心中不慌”的古语，不含时代性。一个以牺牲农民和耕地而求经济发展的时代，必定是危如累卵的时代。

“南国有红豆，此物最相思”，南国多青草，实为宝中宝。如同笔者已写过的对25亿亩集体林地的忽略一样，当食品安全迫向中国时，被忽略的还有草地畜牧业，以及可以开发的南国草地资源。以淮河—秦岭以南，青藏高原以东为限，而界定的中国南方，气候温暖，年降雨量在1000毫米至2000毫米之间。南方区域内，丘陵和山地占总面积的70%以上。考察南方的草地资源，以及原生植被，往往会心生困惑：这是繁荣的土地？还是凋敝的土地？南方当初的森林何止是现在我们所见的林区？占南方土地总面积之大部的山陵丘地上曾经多为森林覆盖，千百年人类活动，砍树伐木，林区成为农区，是有南方森林被砍伐之后形成的草山草坡，亦即今日之天然草地资源。

南方的草地确切地说，是原始森林被破坏以后的次生植被，它们的演化方向依自然规律，应是次生林。在人口增加、人类生产开发活动强力干扰下，规律也只能变通，南方植被终于未能成为次生林而成为草地。

20世纪80年代农业部的一项调查资料说，南方天然草地的总面积为7958万公顷，另有560万公顷的人工改良草地。在我踏访过的南方10多个省区中，贵州的天然草地和人工改良草地使人耳目一新。寒冬腊月，中国北方内蒙古草原冰天雪地、牛羊饥寒瑟缩时，贵州威宁的草场上，牧草青青，大群牛羊津津有味地吃草，悠然自得地走动，牧羊人在草丛中闲庭信步。灼圃草场位于海拔2400米的云贵高原，本为牧草结构单一、牧草产量甚低的天然草地，直至20世纪80年代初实行飞机播种改良，改良品种主要为三叶草、黑麦草。天然牧场的产草量在每公顷年产干物质1500公斤至2500公斤，粗纤维含量在3%到5%之间。改良后的南方草地，牧草干物质草量在每公顷7500公斤左右，载畜力为每公顷7.5个羊单位。

贵州西南部的晴隆县，从2001年开始，在石漠化丘地上退耕还草，建立人工改良草地，放牧山羊。中国石漠化土地遍及贵州、云南、广西等岩溶山区。牧草以其在植物世界中离土地最接近、对土地最亲密、生命力最顽强著称。从而为人类提供了不可或缺的动物蛋白，保护了土地，提供了中国粮食缺口中紧缺的主要饲料粮。同时，我们在这些中国最贫困的岩溶山区农村，可以见到畜牧业为基础的草原经济模式，是循环的可持续的。那里的农民远远谈不上富起来，但不再穷下去，晴隆农民的年收入从2000年的1156元提高到了2006年的1680元。

只要有地，哪怕是石漠化土地，也能长出青草来。我们忽视草地的时候，也同样忽略了一种悲哀，及一种希望。在天然林破坏以后的山坡上的草，是这一块土地植被演替中最后的绿色，此非悲哀乎？在石化土地上的人工改良草地，那青青牧草却是生态修复的先行者，此即希望也。在未来岁月里，压垮人类的很可能是一根草，拯救人类的——假如人类还可以拯救，也可能是一根草。

南国草青青，南国花烂漫，那是一些发生于草根、炫目于草根而不与名花游的草花，草根的花。在广东、海南等气候炎热的深山野地，我见过状若牵牛花的甘薯花，娇嫩地美艳着。有植物学家告诉我，野生牵牛花很可能是甘薯的野生祖先。我对野生牵牛怎样牵出甘薯来无从考究，但我惊讶、艳羡、沉醉于野草的神奇美妙。我在大地上行走时会在山野荒草间席地而坐，坐拥野草、抚摸野草，就是坐拥自然、抚摸自然。轻轻地抚摸野草时，会生出抚摸孩子的感觉，但我很快听到了一种天籁之音：“不，是野草在抚摸它的孩子！”

我对汉语中“茶”字释放的信息曾思量再三，由此而生发出对造字者的敬重，及对汉字之美的感叹，常常拍案叫绝。“茶”草字头下一个“人”字，人中间为“木”，它既说明了中国古人与茶的悠远密切的关系，又指向“人在何处？人在草木中”。一个汉字“茶”竟包盖了人之初、人何以为人的意涵。

人生一世，草木一秋啊！

第七章　竹海寻根

当最早的森林在中国出现时，这森林中先有树还是先有竹？竹茂还是树盛？无论如何，中国的竹子是中国森林中别有特色、别具一格的种类，不可或缺。直到民国时期，中国林业仍以竹木业名之，由此可证也。

竹何以在木之前？

与南国的望天树、北国的红松相比，竹林竹海给人的第一印象不是高大的震撼，而是柔和的亲切。是枝叶疏密的竹形使然？还是为“未出土时先有节，及凌云处尚虚心”“灵根合拱，贞干百寻”“如竹苞矣，如松茂矣”等文人赋予的气质、精神所感动？都有道理，但人移情于竹却是后来的事情。推想起来，其因有三：东亚大陆竹林生态的优良环境，尤以中国地广而青竹丰盛，分布八方。古人类结束沿水草而行，采摘狩猎时，往往面对着浩然无际的竹林——那竹枝柔韧，竹叶婆娑，而竹林可以避风雨，有新笋，掘而食之，美味也。中国南方多竹林的区域，古人类流浪游荡之后的最早居所很可能就在竹林旁，就地取材，稍加搭建，风雨可避，其乐如何！绿竹实物考古发现迄今年代最为久远的是河姆渡，出土有竹子实物，这一竹子实物含有诸多历史的信息。河姆渡遗址最令世人惊讶的是“悬虚结构”的干栏式房屋，河姆渡人开始便是住榫卯结构、企口拼接的干栏房屋吗？因为地理环境潮湿，太湖流域先民当时很可能与黄土高原古人掘地而居不同，河姆渡人或曾依竹林而居，后来又因为虫害瘴疫而发明悬虚结构，这一推想虽无实证亦非荒谬。曾经以竹林为最初的家园，此其一也。后来又有了竹笋的发现，古代先民其实都是尝百草的神农，把竹笋挖出，食之味带甘。满山竹林，遍野竹笋，不妨说在有竹子的地域，竹笋是当时先民食物之一。而7000年前的河姆渡已种稻谷，考古者还捡拾到了一块锅巴，且已有煮饭煮汤的陶器、喝汤的陶匙、陶质纺轮等。于是先是生吃的竹笋后来熟吃了，太湖流域多鱼，不知道的是鱼笋分煮，还是竹笋鱼汤？总而言之，在中国江南考古发掘证实，我们的先民不再茹毛饮血，而是吃饭喝汤衣麻了。因为吃，因为丰富了饮食结构，这是人类亲近竹子的原因之二。其三，在古人类与竹子长期的亲密接触中，发现竹子有弹性，弯折后可以复原，于是试着用竹子制作可以弹射的弹弓、弓箭。有上古歌谣《弹歌》为证："断竹，续竹，飞土，逐宍"，古字"宍"即肉，八个字写出了截竹为弓为矛，尘土飞扬中围猎的场景，可以读出原始社会的流风余韵。其中透露出来的更重要的信息，是为竹制弓箭的劳作与发明，除了可以"逐宍"，使当时人类能吃到肉，从而强壮体魄以外，还有心脑智力的开发，以及制作工具技能的提升。

因为木、竹的不易保存，我们通常认为的新、旧石器时代中，石头敲制过的石头，是唯一的工具，而忽略了竹制工具。只有还原这一史实，才可以解说当新石器时代行将结束，而进入夏商周三代之前的五六千多年间的红山文化、良渚文化时，其玉器何以如此斑斓美妙？

在大地上和人类不离不弃创造文化、走向文明时代的竹子功莫大焉！《诗经》里吹着远古的风，风从草上来，风从竹林来，《郑风·萚兮》：

萚兮萚兮，风其吹女；

叔兮伯兮，倡予和女。
萚兮萚兮，风其漂女；
叔兮伯兮，倡予要女。

“萚”与“箨”古时通用。《诗经》原为《诗三百》，其诗先是口口相传，后由孔子删定而称为《诗经》。倘不用“萚”而用“箨”，用竹字头取代草字头，则会有更多春夏生机，也描绘了青年男女在竹林中拾笋箨的情景。笋箨即笋的外衣也称笋壳，是远古人类制作防雨蔽体物的天然原料。少年男女既劳动雀跃，也男欢女爱，在古代社会的背景上，是何其自由美妙的图像！

对竹子在与人类历史尤其是与中华民族文化史相关的追思、追问方面，实际上已给出了一个话题：我们很可能将不得不重写历史书上的若干章节。关于竹子的叙述，是历史宏大叙事的一部分。

比如：先有竹器还是先有陶器？

对于古人类来说，告别逐水草的时代之后，尽管那不是一个缺水的年代，可是怎样取水？怎样把生食煮熟？史学家给出的是两种说法，在南方以竹取水，在渭河流域的大地湾以葫芦取水，竹筒取水、盛水，再煮食物，是原始烧烤之后的又一进步。但葫芦、竹筒只能糊上泥巴方可置于火上，因此便催生了华夏文明史上又一里程碑式的发明：陶器的出现，如灰陶、黑陶，还有距7000多年的彩陶。

第一个陶器是怎样出现的？

所有的场景和细节均已不存，我们只能以现在的制陶工艺回溯、想象。陶器的主要成分是土与水，陶器制作的第一个步骤是土与水的揉捏，手深入其中，参与其中。手与土和水的接触、揉捏，改变了土与水的形状，使其成为泥团。因为手的参与，因为手带给了泥土和水人的想象与聪敏才智，我们才能说这是人的创造。各种各色的泥团、泥条，是人类最初的造型艺术的萌芽，是创造之初。法国科学哲学家加斯东·巴什拉在《水与梦：论物质的想象》中说，“手也有自己的梦”“手帮助我们了解物质的内在深处，它有助于物质的想象”“真正的劳动者是把手放入泥团的人们”。然后揉捏制作，在火中烧炼，制陶之初，古人类已经有火，并知道用火了。有了陶器，有了手工劳作的意志、能力和想象，有了原创艺术，有了触觉的本能延展。

手的触摸与深入，可以传递爱的感觉，甚至可以造爱。造物赐予我们的无比奇妙的触觉，使人类不仅创造了物质，而且拥有了爱的艺术。

文化的碎片散落于荒野中，孤独而宁静，它们希望被发现、被解读吗？一切都是矛盾的，因为在不少时候，被发现即意味着被践踏，被解读即意味着被误读。但，这些古代社会古人类物质与精神生活的最原始的证物，又何尝不期冀为茫然的现代人稍加指点：你们要慎终追远。

连接是美妙的。

《说文》中“竹”字，“冬生艸也。象形。下垂者，箁箬也”。南唐徐锴著《说文解字系传》中称：“箁箬竹皮箨之属也。”徐锴说“箁箬”语焉不详。清朝段玉裁在《说文解字注》有释竹义：“象两两竝生”，“恐人未晓下垂之旨，故言之”指“箁箬”实为竹叶之下垂状。又解“箇”字为“箇或作个，半竹也”，“《史记》：木千章，竹竿万个。《正义》引《释名》：竹曰个，木曰枚……”段玉裁之论时人疾呼大谬，然称“箇”“个”为“半竹”，段氏功不可没。“个”的解释几成公案。国学大师饶宗颐先生在《符号初文与字母——汉字树》中说：“‘个’此一符号，流行最为普遍。汉土南北各地均有之。”“个”，半竹乎？箁箬乎？汉字之树乎？最早出现“个”之刻画符号是在大地湾遗址距今7000多年的彩陶上，然后是北辛遗址、双墩遗址、半坡遗址、姜寨遗址、良渚文化等等，直到距今近4000年的二里头文化，共22处文化遗址，均有“个”字刻于陶器。

在当今作为世界文化瑰宝的汉字中，草字头、竹字头的字已记不胜记，其原始的流风、指向，当为草之茂也、竹之盛也。

回首中国历史，万竿修竹连接架构的不仅为“汉字之树”，而且是华夏文化中独特的一个体系，它不是华夏文化的全部，却最具典型性、代表性、象征性。如果说“精神是自然之象征”（爱默生），那么，我们民族相沿相传的独立、包容、虚心、有节、固守、韧长蔓生、共生共荣等传统文化的美妙，包括诸子百家之哲学思想，悬针垂露之书画书法艺术，均可由“个”追溯或能穷其根源也。

因为陶器、竹筒熟食的出现，独具我民族生活习俗的食具——箸、筷子也随之出现。古今“筷”字均为竹字头，其历史信息是筷子之初为竹子加工而成，今为木筷，仍属竹木类，温和优雅。中国古人的温文尔雅从告别生吞活剥、茹毛饮血、手抓吞咽自吃熟食、用筷子始，如《礼记·礼运》所言“夫礼之初，始诸饮食”。“筷”字，竹字头下一“快”字，可推想古人视吃为快事，甚或有酒有肉大快朵颐。这两根筷子的使用却需要技能，孩儿先喂食，再汤匙，然后学用筷子，实为此一孩儿心能之进步。筷子的形制为上方下圆，方，便于手握灵巧；圆，利于夹取食物。方圆一体，阴阳互动，系筷子于一身，亦即《易经》所谓“阴阳合德”也。李政道有筷子科学之论堪称妙绝：“如此简单两根东西，却是高超绝伦地应用物理学上杠杆原理，是人类手指延长。不怕高温，不怕寒冷，高明极了。西方人使用刀叉吃东西，大概到16世纪至17世纪才发明，刀叉又哪能和筷子比呢？”（《绿竹神气》）

从文化的筷子成为当今中国的一次性筷子，科技昌盛、文明衰败之一例也。

推想起来，民以食为天，竹制算筹的出现似应稍晚于筷子，终结了结绳记事，以竹节、竹片为计算工具乃“算”字用竹字头之来由也。算筹文字符号中，竹制算筹的交结之状鲜活可见。传说与典籍中吐露的信息是“黄帝为法，数有十等”，而殷商甲骨文已有十进制的记数体系一、二、三、四、五、六、七、八、九、十、百、千、万、亿、兆等。李约瑟称：“如果没有十进制，就几乎不可能出现我们现在这个统一化的世界。”

我们暂且离开竹子，但很快又要回到竹林中。

语言、文字的发明和书写，对人类意味着什么？梁启超在《国文语原解》中说：“人之有语音，其所以秀于万物乎，所怀抱于中者，能曲折传达之，以通彼我之情，于是智识之交换起，而模仿性日益发达，此社会心理成立之第一要素，人类进化之筦鍉也。”任公之论妙焉哉！人有语言，人能说话，秀于万物也。其源起则是曲折传达，彼我之情可递，沟通与交流也。从而促成了社会心理、人类进化，那么文字呢？“与语言相辅而广其用者曰文字。”文字何用？“时地间阂，语言用穷，有文字。则纵横万里之空间，上下百代之时间，皆若面面相接。社会心理之所以恢阔而愈张，继续而不断者，赖是也。”古代中国，部落无数，一姓一国，推想起来，各地各族所用语言所发之声，若千鸟万鸟之鸣。语言异声，只适用于小邦；文字一统，可用于大国。

梁启超一再言及因语言、文字而成立、恢廓的“社会心理”，似可理解为民族意识的自觉、民族文化的萌生与叠加。概而言之，只有语言文字发明、书写形成，此一族群才可称为文明之邦。

前文已述及7000多年前大地湾彩陶的“个”字，类似的符号屡见于陶器、玉器，这些符号中有的与甲骨文相近，是中国汉字的初文。文字之初，它又是如何发明的呢？文字之原，起于何处？梁启超在《志语言文字》中称：“文字之原，起于八卦。许氏《说文解字》为现存最古之文字书，其叙即首述庖羲（即伏羲）作八卦，以法天象，盖探其本也。”

从八卦的卦形看，八卦亦即算筹也，测算阴阳，算也。算筹，竹片、竹节也。先民在八卦算筹的测算中，发明了最初的象形字，梁启超说："今案坎、离二卦，坎为水，离为火。确为籀篆二字所本，但为一纵一横耳此象形字所从出也。"

据此，我们可以说中国文字之源，启其机者先民与竹也。先民的心能观万象、取诸物、借助竹筹为工具，架构了中国最早的文字，当无可疑。而竹的影子摇曳于汉字，从历史深处传来，其信息依然声色俱雅的，莫过于代表中国最古老文字的"籀篆"二字，均为竹字头，何以故？

最早的书写是刻画，甲骨文、石鼓文、青铜器铭文皆然。中国先民发明的竹管、毛笔举世无匹，后来削竹为简，书简之来由也。又连简为册，以竹管毛笔蘸墨书写。写了多少？从上古的《三坟》《五典》《八索》《九丘》，到先秦汉初经典、诸子百家、农政医算等。典籍明载，西汉刘歆受命清点整理的皇家藏书共39090册，均为竹简，其厚重若何？其智慧若何？其灵光若何？如江河巨川流淌于山峦大地，独立于世界民族之林，创造了灿烂的华夏文明。

是有中国书法；

是有中国山水画；

是有中国人的"心灵的生活"；

是有中国人的精神。

关于这一方面的论述，可谓浩如烟海，而辜鸿铭先生是这样说的：中国的毛笔或许可以被视为中国人精神的象征。用毛笔书写绘画非常困难，好像也不容易精确。但一旦掌握了它，就能得心应手，作出美妙优雅的书画来，而用西方坚硬的钢笔是无法获得这种效果的（《中国人的精神》）。

毛笔，中国的毛笔，使中国文化美妙优雅的毛笔，今天几乎被国人弃之如敝屣的毛笔，制笔厂纷纷关门停业的毛笔，竹管毛笔。

岭上竹海苍茫，岩间竹根蔓延，我上下求索而不能得其全，只取一端，凝视良久，其中有秦烟汉月。

第八章　秦岭烟云

初到秦岭佛坪，扑面而来的草木烟云，有色有香有味，婷婷绕绕，绵绵不尽，从地底下岩缝间升起，又自历史的深处汩汩而出。尽享这烟云或者说守护秦岭烟云的，正倏忽间从花间飞过、在树枝上跳跃……在竹林间出没的有雉科鸟类，或红嘴相思鸟，或蓝喉太阳鸟，还有集群的秦岭金丝猴。其中一只母猴怀抱着它的孩子——死去的小猴，母猴不知其已亡乎？知也，这个母猴的期盼是希望小猴能死而复生。在动物界，母爱的神圣故事以此为最了。假如运气好，还会遇到佛坪大熊猫——野生大熊猫——大熊猫秦岭亚种。它们被称为“竹林隐士”，独来独往于竹林丛中，饿了吃，吃了睡，醒了游，游了再吃，除了深林竹海，不问天上日月。“竹林七贤”与之相较，小焉哉！还有朱鹮，粉红色的飞羽掠过农人的稻田后隐入山林，与大熊猫不一样，朱鹮好与人间烟火亲近。佛坪上沙窝村药子梁，人称羚牛村，每年6月至9月，秦岭的羚牛便兴冲冲地从深山野岭间赶往海拔2400米的药子梁，这一处因为是崇山阻隔的荒野之地，便成了羚牛婚配季节的逐爱之地。众多的羚牛家族中的雄性羚牛为争偶而厮斗，这样的厮斗血腥而激烈，必须分出胜负。胜者获得与母羚牛欢爱交配的机会，败者成为独牛，在山脊芳草间独来独往，寻找另一次机会。

秦岭是一本大书，佛坪是其中芬芳鲜艳、生命灵动的插页，是秦岭的至爱珍藏。

秦岭的山川草木间，是万类万物的家园所在，宁静、繁华而神奇。这一切从何而来？是人力所为还是天造地设？秦岭—淮河是中国地理的南北分界线，位处秦岭南坡腹地的佛坪，似乎是造物主特意加持的一处圣地。早在第四纪冰川期，当巨大冰川缓慢而毁灭性地移动时，佛坪所处的位置恰在冰的边远地带。在这个冰川期，秦岭山脉中数以百计的动物群落彻底消亡，其中有凶猛而巨大的剑齿象、剑齿虎、中国犀牛等称霸秦岭，威猛一时，雄壮一时的野兽。而秦岭大熊猫却得以存活，在几十万年的风云变幻、雨雪交加中仍出没佛坪，大地之幸，中国之幸也。

秦岭的种子植物有3800多种，加上蕨类、苔藓可达3800种之多，还有140多种兽类、338种鸟类生息其中。因为佛坪的地理位置，它不仅具备雨量丰富的湿，而且拥有阳光充沛的热，此种优越的湿热条件，造就了完整的森林生态系统及丰富奇特、艳美无比的野生植物资源，约800余种。而其中有的名字，则闻所未闻。

白雪覆盖的冬季，这是一个看似单调其实是万物萌生的季节，所有植物的新芽都是在冬季发生的。当冰雪为秦岭披上白色盛装时，几乎所有野生生物都在各自的冬眠状态中，冬眠是能量的积蓄，使自身的消耗减少到最低限度。冬眠是在梦中期待冰消雪融后春天的来临。佛坪花事大致如下：早春2月在佛坪海拔1300米以下的河谷地带，有长不及尺、枝头开着粉红色花瓣的铁筷子，花香清淡。何以称为铁筷子？因其杆不高？因其枝坚硬？不得而知。往下300米处，是栎树、板栗林内的春兰，含羞初放，而蕙兰略显矜持地抽出了高高的花枝，挂满待放的蓓蕾开放在4月中旬到5月初，这半个多月的佛坪芬芳即源于此。接下来便是众芳竞艳了，它们中的佼佼者为杜鹃花科的映山红、照山白，其分布面积在海拔800米至1600米间，成片地开放，红者映山而红，白者照山而白。在河畔漫步，有桂子飘香，那不是桂花树，是蔷薇科的七里香。在七里香中神魂飘逸时，抬头一望，自山坡自林间，有一串串紫色花藤悠悠垂下，起舞于风中，其花形状若蝴蝶欲飞又止，游人称之为蝴蝶花，实为紫藤。花事繁忙时，我们此前从未见过的毛芍兰、扇脉芍兰、虾脊兰等50多种兰科植物先后怒放。百花丛中，还可以看见世界称罕的独叶草、星叶草。第四纪冰川期遗留的红豆杉，其叶为长条形作扇面状分列，秋日结红豆果，此物最相思，相思在佛坪。

一切都是共生共荣的，一切都出于天然而非人力，所有的花草无不相互映衬，它香使我香，我美及它美。佛坪告诉我，在某个地域花草的多样，即是大地完整性的芬芳美丽之显现。

到佛坪看花，倘在春末夏初，要往山的高处走，海拔2200米以上的光秃山一带，是杜鹃的群芳会，花形大小各具，花色由浅入深，从粉白、粉红到深红，太白杜鹃、巴山杜鹃、金背杜鹃、秀雅杜鹃是也。花色紫蓝的是头花杜鹃，紫色浪漫，天蓝楚楚，散落于草甸和箭竹林地的边缘，芬芳不语，典雅无声。在人们看来这一切高贵之物，从不以高贵为高贵，野生野种野开野合，有熊猫路过，有羚牛结队而行，它们闻到花香了吗？它们为之动容了吗？木兰花科的望春玉兰，以及厚朴等乔木花卉树种，这时却已别有风姿了。望春玉兰的“望春”二字告诉我们，它们是先花夺人的，在众多草木刚刚发芽时，玉兰巨大而洁白的花朵便向天开放，承接着玉露琼浆了。当它花鲜艳时，它们摇曳于秦岭佛坪的是宽厚的绿叶，仿佛在说：现在，我要用绿叶衬托你们。

佛坪夏日开放的是百合、丁香和蔷薇花。

秦岭自古相传有仙草仙药，这是造物主的又一伟大恩赐。在人类出现之前，千花万草便已生长茂盛了，这花草中便有治病的药材。凡人孰能无病？但你要尝百草，甚至拿自身做试验。正是秦岭及遍布全中国荒山野岭间的百草，形成了中国独特的中草药体系。佛坪便是集中草药之大成者，多达1000种，占植物总数的60%。唐代苍生大医孙思邈，隐居秦岭太白山48年，寻草问根，亲尝亲历，栽培采集，反复炮制，为穷苦老百姓治病，并写成了福及今世的《千金翼方》，其中收录药物800余种。中草药治病并非始于孙思邈，而孙思邈何以被人们尊为“药王”？其中有缘故，孙思邈隐居秦岭，一为采制药材造福苍生，一为精研《道德经》，曾著有《道德经》注本，现已失传。他把中医药与《道德经》的思想精髓相结合，使天人合一，能阴阳协和，而辨症施治，孙思邈大哉！伟矣！

心灵是可以穿越时空隧道而相通的。

佛坪中草药有号称“大将军”的大黄，其治病功效可“夺关斩将”“犁庭扫穴”，还有太白乌头、太白蓼、太白美花草、秦岭龙胆，第四纪冰川遗子的古老植物药材有杜仲、三白草、鱼腥草。至于当川、川芎、白术、黄芪、黄连、贝母、金银花、茯苓、天麻等全国34种名贵药材，佛坪居14种。而“补中益精，坚筋骨，强意志”的五加科植物遍布佛坪，有红毛五加、秦岭五加、蜀五加、糙叶五加等。而白细辛因用途广泛，山民、游客、药材贩子纷纷采挖，已濒灭绝。佛坪诸多药材中，最为独特的大约是太白米、太白贝母、延龄草、厚朴和凹叶厚朴及手参了。它们的共同特点是生长在海拔1600米至2900米的高海拔地区。

一种野草的寂寥名贵，对人类充满着独立、高贵乃至思想自由的启发。它必须有宁静的环境，它必处于荒野冷峻的高度，在森林或野草丛中、峭壁之上；它决不以高大自诩，它喜好被埋没，但不拒绝被人发现，甚至不知道自己可以泽及人类疗伤治病。它更早更广泛地延医诊疾的对象是大熊猫、羚牛、血雉等动物。假如它们有思想，则绝不认为人乃万物之灵，而以为草木是道，万物皆灵。

秋风起矣，一个硕果累累的季节。从秦岭之外，风带凉意，露从天降于佛坪，漫山遍野，皆为野果，凡野的必是真的、美的。从这些野果的芳香中回首，再回首，我们甚至可以想到史前时代，原始先人择水草而居时，秦岭便是首选之地，也是华夏文明的发祥之地。

秦岭烟云，来去无踪，聚而复散，散而复聚。倘若追问起源，那秦岭山中飘忽悠然的山岚烟云，便是扑朔迷离、烂漫玄妙的历史烟云了。秦岭何来？1.8亿年前，被古地质学家称为印支造山运动的构造运动开始了，地球从海底造山，从此有了初始的昆仑山。作为昆仑山的延续，秦岭趁机突起。距今4000万年左右，从冈瓦纳古陆分裂而成的印度板块俯冲到欧亚大陆底部，势不可挡地楔入，导致青藏高原隆起，抬升到了2000米左右的高度。后来又经过喜马拉雅造山运动及至少三次的强烈抬升，亚洲乃至世界最著名的两大山系，喜马拉雅山系、喀喇昆仑山、昆仑山、天山和兴都库什山系，在帕米尔集结，成为帕米尔山结，然后又各自驰骋而去。长达1600公里的秦岭继续抬升，位处两大板块碰撞后绵延而至的断裂的缝合带。

碰撞与断裂，然后缝合，地质运动似乎随意而为，其实它有方向。生命在毁灭的同时又产生新生命，低洼谷地成为大小河流，伸长溯源又连接起长江黄河。有了森林，有了开花植物，迎接大熊猫、金丝猴等走兽飞鸟的道路已经开通，那是铺着鲜花的路，那是流淌蜜汁的路，那是果实芬芳的路。

天崩地裂的动荡，是秦岭创生故事的前奏，不仅是草木、动物，还有人。蓝田猿人，华夏先民传说中的第一个母亲、第一个王。2007年夏，我赶往向往已久的蓝田，在西安拜访了中国当代考古界前辈石兴邦先生，他送给我一句话，“千万不要低估古人的智慧”。次日凌晨到蓝田，灞河塬上，视野所及皆印证了书上的记载。因为骊山的几次抬升、隆起，横岭塬也随之升高，秦岭北麓便形成了一个凹陷地带，灞河不得不西流入渭河，蓝田便成了东、西、北三面为秦岭环绕的、可以避风挡寒的家园之地。此蓝田之所以不同于佛坪，是因为后者相对封闭，山高林密，坡谷纵横，箭竹丛生，湿热之下植物茂盛，动物雀跃。而蓝田三面依山，下临灞河，寒暑适中，更适宜古人类生活。对于秦岭风景中古典的猜想，便是生动有趣的了。更多的动物和植物的种子，在寻寻觅觅中，到了佛坪；而原始人、蓝田猿人及与之相伴的某些动植物，则以蓝田为家园。

深入蓝田，先已使我触目惊心的是巨厚堆积——巨大而厚重的堆积。正是这些巨厚堆积，吸引了考古发掘者。地质学上的巨厚堆积往往包是古生命堆积。

1964年4月，中科院考察队来到蓝田公王岭进行第二次发掘。5月22日，他们在一块坚硬的钙质结核上，发现一颗猿人牙齿化石。带队的贾兰坡先生闻讯赶往并指示，为保证化石的完整性，以大块套箱法将含有化石的堆积物运回北京。30多个套箱中，仅含有牙齿化石的一箱便重达800多斤。10月12日上午，中科院内人们奔走相告："蓝田人"头骨化石显露。经测定"蓝田人"下颌骨化石距今约65万年，蓝田猿人距今115万年。

化石是蓝田的记忆。

化石是远古的根节。

化石是历史的碎片。

从旧石器时代到新石器时代，蓝田发生了多少生命故事？根据典籍的记载，蓝田有中国独一无二的华胥陵。华胥陵又称"羲母陵"，伏羲母亲的墓。华胥何人？伏羲何人？中国神话传说及后来古籍中记载的华夏民族的第一个母亲，华胥氏；第一个王，三皇之首，一划开天的伏羲氏，华胥氏的儿子。伏羲的父亲是谁？不知道，那是只知其母不知其父的年代。华胥陵位于蓝田县华胥镇孟岩村，北枕骊山，南望灞河，隔水相望处便是白鹿原。关于华胥氏，陆思贤先生有此一解："华胥氏即花胥氏，'华''花'一字。本源于花图腾的鲜艳花朵，如日之晔。其名'胥'，《说文》谓'胥，蟹醢也'。华胥亦即'花醢，今言花蜜'，华胥意为光华而又甜蜜的花朵，伏羲氏的母亲是一枝花。"在没有文字的上古，华胥只是一种发音，后人因音据义是有"华胥"一词，但，"华""花"之音的出现却非同寻常，当这一声音成为文字，便是华夏之"华"，中华之"华"。

当旧石器时代向新石器时代过渡时期，蓝田的巨厚堆积或能说明，当时蓝田应有多种原始人族群生存其间，但史料古籍所存的只有华胥氏一族。或可说，华胥氏族是强大而得风气之先者，一个"华"字关系到华夏民族发生之初，后人口口相传中的去留存删，已经有了智慧的权衡与拣选。

让我们冥想，在冥想时以天地洪荒为背景，看佛坪、看蓝田、看秦岭之上的森林花草，让目光深入荒芜的岩缝……屈原在《天问》说："羲和之未扬，若华何光？"秦岭是否已给出了答案？

绵延1600公里的秦岭，最宽处有300—400公里，位于黄河，渭河与汉水之间。它是千沟万壑，它是千山万水，从南到北层峦叠嶂，从西至东森森万象。横亘中国中部，地分南北，果别橘枳，烟云缭绕于山间，林木耸立于沟壑，花草深藏于荒野。又东，隐约于黄海之滨，没入大海后又在日本出现，叫做"中国山脉"。秦岭是日光下和月光下的彰显者，秦岭又是层层叠叠的隐秘者，自古以来秦岭始终为神秘的烟云笼罩，可望而不可及。华夏龙脉之山水形胜、人文历史，以陕西境内秦岭为最。

这一座源出昆仑山的山脉，为什么叫作秦岭？

古代，因为诸多条件的限制，寻山问水者难以到达中国西部的极高山。但，就连古地理学家也认为昆仑山是万山之根，因此秦岭被称为“昆仑”。昆仑山上盗仙草之类的神话，很可能是秦岭之昆仑，非源出帕米尔之昆仑也。不知是古人的智慧，还是某种巧合，昆仑山与秦岭本是血脉相连，称秦岭为昆仑亦无不可。待到养马的秦人——这是曾经失姓亡国沉沦屈辱二三百年的秦人，因为秦先祖伯益第十一代孙，因牧马有功而恢复“嬴”姓，重新跻身于西周贵族行列。自此，中国的历史便渐入佳境，但你也可以说是乱境。公元前763年，华夏大地上诸侯争霸，英雄辈出，刀光剑影，而思想自由的时代即将到来。秦襄公的儿子秦文公东进，是为立足关东放眼中原的第一步。这一步对秦人和中国均有里程碑式的意义。秦岭——其时尚称昆仑否？以一个弧形走势揽关中平原于怀抱，且拥有绵绵不尽的渭河水，秦人半农半牧富乐强大。秦人拥有关中平原，就是拥有了当时中国最大的粮仓。

历史不可不记的还有：秦孝公用商鞅而变法。《汉书·地理志》记载：“秦孝公用商君，制辕田，开阡陌，东雄诸侯。”井田制废弃，土地私有顺应民意，粮草丰茂，使国力大增。

公元前316年，秦惠王派兵进褒斜道，越秦岭，吞并巴蜀，秦人得四川盆地，却为岷江水患所累。

公元前256年，都江堰开建。这一两千多年后仍在造福成都平原，古今中外无出其右的水利工程，由蜀郡太守李冰建造，用的是“深淘滩，低作堰”的顺其自然法。都江堰建成100多年后，司马迁造访，感慨系之。太史公在《史记》中写都江堰“水旱从人，不知饥馑，时无荒年，天下谓之‘天府’也”。“天府之国”一语从此流传。至此，秦岭两侧，关中平原、成都平原均已成为秦国的仓廪。秦人500多年的忍辱负重、开疆拓地之后，帝国的梦想将要成为蓝图。

公元前230年，秦王嬴政率秦军面对秦岭，誓师伐六国。

公元前221年，四海归一，天下归秦，秦王嬴政步上皇帝宝座，史称“秦始皇”。

从此开始，或者早在秦人日渐富强、攻城掠地的岁月里，陕西境内，关中一地，几乎无不以“秦”名之，秦山、秦树、秦水、秦烟、八百里秦川是也。由秦岭取代昆仑之名，大约也在此一时期。到公元1世纪，司马迁在《史记》中称“秦岭，天下之大阻”，“秦岭”一名始有正式的文字记载。

秦岭也是回想之地，秦人以500多年的时间，呕心历血、披荆斩棘，从一个牧马小族，到建立起中国历史上第一个一统天下的封建帝国。倘若我们承认历史有其连续性，那么，在某种意义上或可说，秦王立国是秦国，亦非秦国，乃千秋万代之中华帝国也。

当时西周已如强弩之末，走向衰败。中国历史进入春秋战国，此一时期是刀兵纷起、争雄称霸的天下大乱时。但正是在这一历时500年的战争、动荡与变革中，泽被后人几千年的华夏文化喷薄而出，产生了中国历史上思想极其自由、个性极其张扬、人格极其鲜明的“百家争鸣”盛况，也形成了中国古代萄丽多彩思想库，并使之集为大成。

首先出现的是老子，对周王室已经绝望的老子骑一头青牛，优哉游哉地往函谷关的秦国而去。守关的尹喜不知道是怎样感动了老子，使这位大智者暂时停止隐世远遁的脚步，开始了《道德经》的写作。“道可道，非常道；名可名，非常名。无名天下之始，有名万物之母”，这是《道德经》的开端，也是“道”这一空前奇崛的哲思，在秦岭脚下横空出世。秦岭、函谷成了中国文化史上最可追忆、最可回味、最高深莫及之地。当老子写“道生一，一生二，二生三，三生万物”时，在哲学的意义上，当时世界处于混沌未开之时，还没有一个人能如老子一样，一字千金地阐释宇宙万物之间的关系。斯时也，基督教《圣经》《新约》还在孕育之中，100年后苏格拉底的《对话录》才在希腊出现。

楼观台是秦岭山中被遮蔽的一个道观。在尹喜的恳请下，面对秦岭分别注入长江、黄河的千百溪流，老子作了生平唯一一次宣讲。他说“天地不仁，以万物为刍狗，圣人不仁，以百姓为刍狗”他说“天长地久，天地所以能长且久者，以其不自生故能长生”；他说“水善利万物而不争”“天下之至柔，驰骋天下之至坚”“水几于道”……宣讲毕，骑青牛，飘然而去，“莫知其所终”（司马迁语）。

老子主张“无为而无法为”，且认为“有生于无”；老子最后的去向是一个不解之谜，其实可解：不知所终者，重归于无也；不朽于世者，其《道德经》也。5000言，5000思想之莲花，5000灵魂之精髓盛放于大地，洋溢于烟云流水，尽在我们生命的吐纳中了。

秦岭烟云，一丝半缕，皆为经典。

秦岭南麓洋县境内有龙亭小镇，龙亭侯蔡伦就是在这里造出了世界上第一张纸，史称“蔡伦纸”。

秦岭城固县博望镇有博望村，张骞故里也。张骞翻越秦岭到长安时年26岁，“凿通”之路漫漫艰险，“凿通”之后是有丝绸之路，是有中西文化的碰撞与融合，是有汉唐雄风中思想解放的灿烂迷人，而张骞实为第一人也。

古褒斜道，缘山裂石而建的古栈道两侧，有13块汉代石刻，史称“汉魏十三品”。“衮雪”的书者，相传为与诸葛亮对峙秦岭的曹操。褒河之水翻滚涌雪，曹操在褒谷山有感而书之，又相传，随侍幕僚告曹操，“衮”字缺三点水，曹操答道：“一河流水，岂缺水乎？”

蓝田秦岭深处，有山谷名“辋川”，王维三次隐居秦岭，流连辋川，有诗为证：

空山新雨后，天气晚来秋。
明月松间照，清泉石上流。
竹林归浣女，莲动下渔舟。
随意春芳歇，王孙自可留。

这是雨后秦岭的素描，松竹清泉莲花浣女，本是秦岭普通的自然物与山居者，经过王维心灵的陶冶，而成为一幅人类在自然中诗意安居的不朽的图画。

秦岭山中有草堂寺，在这里安息的是鸠摩罗什。这位高僧巨匠在秦岭烟云中12年青灯相伴，翻译佛经94部、425卷，计300多万字。鸠摩罗什圆寂后200年，大唐帝国成立，佛教盛行。至唐宪宗时，宪宗下诏将法门寺佛骨迎请至长安，供奉三日。吏部侍郎韩愈写《谏迎佛骨表》上奏，反对此举。唐宪宗大怒，下诏令处死韩愈，众大臣苦求免其死，遂改为逐出长安，流放潮州。韩愈往潮州过蓝田，知晓不远处便是王维当年隐居地辋川，立马而望，万感丛生。这位“文起八代之衰”的文宗大家，留下了一首奇峰挺拔风，风云岁月不能夺其大美的诗：

一封朝奏九重天，夕贬潮阳路八千。
欲为圣明除弊事，肯将衰朽惜残年。
云横秦岭家何在？雪拥蓝关马不前。
知汝远来应有意，好收吾骨瘴江边。

秦岭，中国人文历史的大舞台。这一大舞台屹立于大地之上，群山之间，因而是稳固的；这一大舞台为长江、渭水、黄河相拥相吻，因而是滋润的；这一大舞台有奇花异草、太白冰雪，不仅美妙而且神圣。当然还有森林，那些美木良材，那些无名荆棘，它们是秦岭生态系统的中枢。可以说，没有森林，秦岭的水要干涸，花会枯亡，秦岭将不复为生机勃勃的大舞台，也不再稳固，泥石流、水土流失将要埋没一切。

让我们回到佛坪，抚摸佛坪的树，秦岭的森林于此可见一斑。

这是一株胸径70厘米、一身斑驳的红豆杉。因为含有杀灭癌细胞的紫杉醇，秦岭的红豆杉被剥皮无数，已面临濒危。

被秦岭人称为“庙台槭”的这一株槭树，胸径1米，高15米，林冠近100米。藏在深山人未识的这株巨大古树，在20世纪90年代初被发现后成为庙台槭之王。这棵大树生长情况良好，它周围在2公顷范围内分布有大大小小200株槭树。

龙潭子店子坪上的铁杉树，为游人敬爱。这一棵高约15米，胸径6米，林冠为500米的铁杉树，有“母亲英雄树”之称，幼树苗壮，老少相依，群落日渐扩大。

佛坪腹地，有青杆林群落，其中的青杆王，树龄约500年，高30余米，胸径150厘米，枝头结有层层累累的果实，其非生生不息乎？

佛坪的主要针叶乔木是油松，笔者在第三章中已有述及，松树、铁杉类常绿针叶树是植物进化史上又一个重要的里程碑。它们最古老的祖先可以追溯到蕨类植物中进化程度最高的种子蕨。针叶林的出现标志着地球上种子时代的开始，进而大行其道，佛坪油松针叶乔木此其一端也。针叶乔木有一个几乎共同的特点是树干直而高，树干上少有侧枝，且生长于土壤相对贫瘠的山脊沟谷，在它身上可以看见极其古老的影子。

秦岭冷杉是秦岭特有的国家二级保护树种，在三官庙一带与连香树、水青树相连相望。因为佛坪优良的生态环境，植被很少被偷盗砍伐，这些几已灭绝的物种得以保存。更让人意外的是秦岭冷杉竟已形成群落，但较之以前的辉煌，现在仍有寥落寂寞之感。一如植物学家欣赏的金钱槭和水曲柳，在一些沟谷里竟然十几株、几十株的地聚集。此种集结其实也是警信：这些濒危植物在不断地为别的优势树种驱赶而后退。

它们还能退向何方?

相对而言，厚朴、玉兰、辛夷突显着植物的优势：树高，花蕾饱满壮大，芳香袭人，分布、点缀于佛坪的森林中。金丝猴喜欢这种环境，不仅取食栖息，且可闻香。辨别这几种花树的方法简单而富有诗意：早春2月，山坡林间有雪白之高洁，便是厚朴、玉兰；有粉色之妖艳，那便是辛夷所在了。秦岭春寒料峭，秦人春心荡漾。

海拔1000米到1800米的河谷里，是中国特有的药用七叶树。其花序洁白，种子紫红色如佛珠，20多米高，掌状复叶似在为秦岭合掌祈祷。它应该有一个雅号：秦岭佛树。

太白红杉是秦岭特有的国家保护树种，生长于高海拔2800米以上贫瘠山地的乱石堆中。粗不过一尺的太白红杉，树龄往往超过500年。因为秦岭高处的风，使树干虬曲盘旋而上，树枝多有残缺，但林下有茁壮的小苗。太白红杉使我情不自禁地想起了大漠胡杨。

第九章 大漠胡杨

第一次走风沙线，从兰州进河西走廊，沿腾格里沙漠西行，我见到的沙生植物是如此低矮、细小，但它们裸露的须根盘绕着一个又一个沙丘。它们是梭梭、红柳、沙拐枣、白茨，等等，而且所有这些沙生植物几乎没有叶子，或者说把叶子缩小成了刺。只有在远处，那些已经被流沙撕裂的风口，才会有高高的白杨树在无风时宁静地站立，有风时上下晃动、左遮右挡着沙漠的推进。三北林业局的朋友告诉我，这些树、这些低矮灌木及半枯的小草，便是三北防护林的一个章节。眼前的景象告诉我，森林有多种形态，广袤郁闭为其一。无疑，我现在面对的，是中国森林中最为艰难的沙漠防护林，没有郁郁葱葱，只有“灰头土脸”，而且在极旱极干渴之地。它们在严重缺水的状态下，为阻挡沙漠化推进而奋不顾身地守望在家园最前线。有的枯死了，有的还活着，那些活着的荒草也如死去一般肃静沉默。献身就是使命，什么样的语言才能赞美它们的崇高与生命力？

夹峙在祁连山与大漠之间的一条长廊，世称“河西走廊”。我在一个沙丘旁，看祁连山山顶乌云和白云相纠结，时维9月，祁连山头已经下雪了，隐约可见的是雪线——白色的带状似的线。河西走廊的农人，是这条雪线最孜孜不倦的关注者。雪线一年比一年高，而雪线升高必定伴随着冰川后退，这一切意味着：河西走廊作为粮仓的水资源，正面临日渐减少的危机；与此同时腾格里沙漠、巴丹吉林沙漠便更加活跃，更加推进，更多的草木将会枯竭而亡……

在河西走廊的沙生植物中，白茨是最让人惊叹的。它既无风姿，更谈不上高大，好与沙丘为伍。在一个个沙丘的顶端，生出一根根枝条把沙丘包裹揽入怀中，这个躁动的沙丘便成为固定沙丘，不再去掩埋农田和家园，遂成为腾格里沙漠边沿的一道风景。我用手轻轻地触摸沙丘，比起暴晒于阳光下的沙子，多了一点点湿润感。我知道这细微的湿润便是大漠中最美好的感觉——生命感觉。在不同时段的日照下，所有的沙丘都有向阳和背阳的侧面，因为白茨，因为那一点点湿润，在早晨，你只需静静地坐在沙丘下，就会看见沙麻雀、沙蜥蜴在沙丘的背阴处寻食、游动。麻雀的个儿要比城市里的麻雀小一半，真是删尽冗繁留清瘦，问题是这些麻雀怎么会来到缺水缺食的沙漠中？它们是麻雀中的逃亡者，还是修行者？或者是为了给人类发出某种警示：你们迟早都会面临在缺水的状态下生存、生活，可是你们还在奢华地浪费水、无情地污染水。在水和钱财之间，你们毫不犹豫地选择了后者，也就是毫不犹豫地选择了毁灭。

从河西走廊一路西行，我能感到水气在我光秃的头顶上急速的蒸发，淌在血管里的血在呼唤：水！水！年降雨量400毫米、300毫米、200毫米，而年蒸发量却是1000多毫米乃至2000多毫米。河道烤干了，河床成瓦块状，瓦块状之间有裂缝。我试着探寻裂缝中有没有水残留的气息，但裂缝幽深，除了窒息的干旱，祁连山上汩汩而下的多少冰雪融水，已经飘逝。

同时我也为河西风沙线上农人不舍家园、年年种树种草而感动。对他们来说，幸福和梦想没有任何形容词，也无须作各种解释，有水有地就是幸福，家园稳固就是梦想。这样的对幸福和梦想的诠释，也许是最简单的，却本质。我曾见过他们的包含着幸福和梦想的笑容。在河西走廊民勤县，我曾和农民一起种梭梭。先是准备水，一桶又一桶的水，这是从远处水库里运来的攒了半个月的清水，孩子们想喝，却只被允许用手指头蘸一下，然后放到嘴里吮吸。梭梭种到沙窝里时要浇足够的水，就浇这一次水，因沙地像漏斗一样漏水，梭梭种子便争分夺秒地汲取水分。这是存亡的赛跑，生命成长的速度！四小时以后获得了足够水分的梭梭种子便发芽了。我看见了大漠中的生命时速——在干热沙窝中一粒种子的新生。极度干旱的环境改变了植物生长的若干环节，梭梭种子迅捷吸水，震撼我的心灵，给了我一种紧迫感，水的紧迫感。

在被荒沙掩埋之前，梭梭发芽生长了，长出了一片、几片叶子，这时候民勤的农人笑了，笑得如此灿烂。他们告诉我，风沙年年推进，假如不是不断地种树种草，民勤县早就成为沙海了！

花棒是荒漠低矮灌木的另类，高约1米多，年耗水仅为100毫米，仅为相同面积的农田用水量的1/15。人工种植的花棒头两年需补水，第三年即可自己平衡。之所以称其为另类，是它的花色鲜艳多彩，一朵接一朵开放于花枝，一丛花棒有花枝五六枝到十数枝不等，摇曳于荒沙丛中，农人称之为“沙姑娘”。我第一次看见花棒是1994年9月，踏访古浪八步沙时，赶上花棒凋谢的时节，偶尔还有几丛将谢未谢，笑盈盈地等待着秋风。

开小红花的红柳好伴生于胡杨林中，在没有胡杨的荒沙中则独立沙丘，独自成林。其枝干悠长坚韧，好蔓延，好交错盘结，覆盖在十米高近百平方米的高大沙丘之上，很难分清是红柳的根节还是枝条。它们虬曲裸露于表层，一为抱沙拥沙使沙丘固定，不致沙丘分崩而成为凶猛的、陷落家园的流沙；二为吮吸沙漠之中极少极少的一点点露水，以维持红柳的生命。

白茨、红柳等沙生植物使沙漠变得温柔，也只有沙生植物才能固定流丘，不致危害家园。只有见过暴戾的沙暴，才能明白沙生植物给我们的启示是：怎样使我们变得温柔起来？怎样使社会变得温柔起来？

沙漠就是神奇！

八步沙的六个治沙种草的老人告诉我，沙漠里三五年间偶尔会有一场不小的雨，孩子会在雨中奔跑，羊群也高兴得欢跃呼叫。更神奇的是沙漠中会突然开放出一片鲜花，“我们从来没见过的花”。雨停后，在阳光炽热的照耀下，这些花迅即枯萎、结实，喷射出大量的种子，蛰伏于沙漠中，既是沙生植物的食料，也在等待着下一场雨，三年、五年甚至更久。

总有绚丽烂漫的一天！我要开一次花！

有时我会在戈壁滩上流连忘返——那些巨石是谁在什么年代摆放的？为什么排列成此种形状？中国西部大戈壁上的石头阵会使人想起造物主的沙盘，更大的可能却是火、风与水的杰作，所谓“道法自然”是也。更奇妙的是这些乱石一律不再嶙峋，所有的棱角都在风吹日炙中变得光滑圆顺，类似和田玉的籽料。沙漠学家告诉我，先有山再有沙漠，那么这些石头就是因千百万年前的大山崩塌而跌落的了。它们是随遇而安者，曾经高大过，落地了就平静了。偶尔会在乱石堆中看见一根或几根野草，开着无名小花，红色、黄色、紫色皆有，这时候会感觉到石头的灵气。凡物质都有自己的想象力，乱石托举的无名花草便是我们无以名之的生命奇崛的想象。我坐在石头上，不敢去触摸这些小草小花，只是注目凝视，内心充满感动。我想起了华兹华斯的诗句：最卑微的花，也能给人以深沉得不能用眼泪表达的情绪。

戈壁滩上的牧羊人告诉我，出了星星峡就是新疆。新疆有一条大河，河边长着连片的大树，活着1000年不死，死了1000年不倒，倒下1000年不腐。那是我神往已久的塔里木河与胡杨树。

摩尔根为什么说“世界文化之门的钥匙在塔里木河”？摩尔根

说这句话的时候，白人文化中心主义正盛行世界。几乎中国的一切，在欧洲的一些史学家看来，都是从欧洲输入的，从黍到陶器，就连长江流域有没有新石器时代的考古文化都曾被怀疑过。可是摩尔根却认为，只有在塔里木河找到一把钥匙，世界文化的秘密就打开了。在新疆独特的地理位置上，河与树与文化之间的关系竟是如此奥妙，一时却又说不出妙在何处。是欧亚大陆从相望相闻到相连相接吗？是人种的接触吗？是骆驼背上器物的交换吗？是世界古文明在塔里木河畔上的碰撞吗？如是言之，丝绸之路、古西域36国便是世界文化的里程碑了。

我要去寻访塔里木河了。

我要去朝拜胡杨树了。

胡杨，《汉书》称胡桐，又称英雄树、异叶杨、异叶胡杨、水桐、三叶树，是杨柳科属胡杨亚属的一种高大乔木，也是大漠沙海中唯一的乔木，雌雄异株，胸径达1.5米，树高可达15米至30米。它们耐旱、耐寒、耐盐碱、抗风沙，生长在沙漠中，有极强的生命力。

胡杨何来？

追溯胡杨的身世，可与《圣经》相关联。有研究者认为，在《圣经》绘画中，悬挂竖琴的那棵柳树就是胡杨。1801年，有植物学家在幼发拉底河岸边发现了一种奇异的树，树枝上长着杨树和柳树的两种叶子，各有风姿互为映衬，后被命名为“幼发拉底杨”。古希腊的亚里士多德曾观察并记载过这种树，这从一个侧面说明，在古希腊圣人迭出时期，幼发拉底杨曾经陪伴过他们。甚至可以想象，他们曾经在幼发拉底杨的树荫下，进行过精彩的辩论：关于地球的来源，关于水火，关于星空，关于生和死……

根据化石判断，幼发拉底杨是古地中海时期的孑遗树种，在距今600万年左右。它保留了地中海植物的基因，在适应漫长的炎热干旱之后，九死一生，至今屹立于地中海沿岸和中亚、西亚地区。而流落到中国的，则被称为胡杨。胡杨钟情中国乎？中国独爱胡杨乎？世界上超过90%的胡杨与中国的荒沙为伴，而其中90%以上星散或聚集在最干热的塔克拉玛干沙漠中。

古地中海时期的胡杨怎么会流落到中国，而且流落得如此繁盛壮观呢？

现在我们要去寻找古地中海的波涛与浪花，它湿润了欧亚广阔的地域，它是负有创生使命的吗？大约距今两亿年前，古地中海覆盖了中国今西藏、青海南部、云南西部和中部。四川盆地和湖北西部，则是古地中海向东突出的海湾，这一辽阔的海湾一直延伸到今日长江三峡的中部，就连长江中下游的南半部，也在古地中海海底悄无声息。

中国西部的新疆为亚欧古陆的东部，地势高耸而未被淹没。但，在古地中海风涛大作时，塔里木盆地与塔克拉玛干沙漠一次又一次地遭到海侵，地质运动又将休眠的海底抬升为山脉，伴随着火山爆发，同时也逼退了古地中海，留下海滩，留下了胡杨。在塔克拉玛干沙漠中，有一座红山，红色的山，叫玛扎塔格山，维吾尔族语，意为“坟墓山”。我们的维吾尔族先民肯定认真仔细地勘察过这座山，对于山的红色，大约认为不可思议而无可解。其实那是由火山喷发的熊熊烈焰所致，但他们发现了玛扎塔格风化的岩层中有海洋生物支离破碎的化石——一个鱼头，一条鱼的尾巴。当这一条尾巴划水游动的瞬间，沧桑巨变中的灾难发生了，于是被分解被凝固，成为化石，也是塔克拉玛干曾被海侵而成海洋后来成为沙漠的证据。考古学家经碳14测定后证实，玛扎塔格山周遭，是距今2800万年古地中海的一处海滩。

有胡杨在山脚下，守望，回想。

那波涛还回来吗？那游鱼能死而复生吗？那曾经在海滩边沿岿然壮观的胡杨林，在海滩变成荒漠的火热中，已经所剩无多。在平均海拔超过4000米的天山、昆仑山的怀抱下，任何一点湿润的气息均被阻挡在“死亡之海”中，但依然有胡杨屹立着，淡然高贵。

《圣经》中的竖琴发出了“人啊，你要悔改”的呼唤！胡杨！拯救的象征，能不高贵？

车行进在沙漠公路上，满眼都是荒沙，除了偶尔路边有几丛矮小的沙芦苇，晃动着银发似的白色芦花之外，没有梭梭，没有红柳，没有芨芨草，没有白茨，更没有“沙姑娘”花棒；只有一种颜色：黄色；只有一种景象：荒野；只有一种不断重复的地貌：沙丘、沙坡、沙山。简单的极致，是不是简单的重复？不，不是简单，是单一。一般而言，单一有相较于复杂的可爱，但我在置身大漠时却产生了另外一种感觉：可怕，不测的可怕。这一望无际的沙的波涛的起伏单一，肯定掩盖了什么，遮蔽了太多。不仅是古地中海的波涛，那坟墓山中的粉身碎骨者使我想起一个维吾尔族老人的话，那是关于塔克拉玛干的多种说法，除了死亡之海，它的另一种解释是：曾经的绿洲家园。

我忽然看到了一棵胡杨树，就一棵，屹立于大漠边沿，高约30米。我小心翼翼地走近它，树干中部有一黑洞，不知道是谁将其剥蚀而空？但在胡杨的另一侧，还有裂纹如沟壑的厚实树皮的残余碎片，通体呈铁灰色。10月，正是胡杨金叶辉煌的时节，这一棵胡杨树却没有一片叶子可以闪耀它的色彩，彰显它的生命，就这么孤独傲然地站立着。树干的顶部有铁灰色的枝干，苍劲有力地指向远方，像一只手，一只引领的手，一只宁可倒地而永不缩回的手。

这是一棵已经死亡但依然高昂的胡杨。除了树木，在所有动植物的生命世界里，再没有站着死去的种类；除了胡杨，还有谁是死而不倒，倒而不朽的？

因着这棵铁灰色胡杨的引领，我来到了塔里木河畔。枯水时间，塔里木河的水在河床底处如白练一般似流非流，河岸两侧裸露的河滩上有小动物在爬行。一只饮水的狐狸拖着火红的尾巴掉头而去，隐入夕照下的胡杨林。洪水时节如野马奔腾的塔里木河现在是平静的，作沉思状，人来人往与它何干？

塔里木河畔的胡杨林，因着塔里木河的水而生机勃发，那金色的叶子似乎比西下的阳光还要辉煌，在微风中抖动着。开始时我心迷目眩，俄顷定神，仿佛走进了另一个世界。脚下黄叶铺地不忍踩踏，树上金光摇曳目不暇接。每一棵胡杨都是一种姿态，每一片树叶都是一种风情，有的直干凌霄，有的虬曲蓄势。所有的树干在风沙的吹打中，无不遍体鳞伤，那伤口的自身修复处便有了树皮上的沟壑块垒凸凹。不少胡杨的主干处有一个被岁月风沙掏空的黑洞，甚至还有从树顶到根部完全空心，只有残存的树皮维系生命，而犹有树枝伸张着疏疏密密的枝条，或昂首问天，或鞠躬于地。但没有叶子，没有金色的绿色的叶子，一片叶子也没有。在这棵空心的胡杨的周遭，是高矮不一的同样不长叶子的胡杨。高丘上，有一丛蔓延、断裂却依旧如网一样铺陈于沙地的红柳枝干。从这些枝干回溯，这是一片有红柳包的胡杨林，曾经遮天蔽日，是大漠深处的一方荫凉。可是当胡杨的根在10米深的地下吸收不到水分，一米以内沙地总盐量超过3%时，胡杨死了，相伴一生的红柳随之而去，留下了一片黄沙苍凉。那依旧站立的空心胡杨，却告诉我：要期待，不要绝望！要站立着期待，期待有水的日子，期待人心如同水一样柔和。珍惜塔里木河，对每一条河、每一滴水报以敬畏和感恩。沙漠和中国就会有更多的水，清水、淡水，那是复活的日子，《老子》与死去的胡杨都会复活。期待会有一场甘霖，荒漠里蛰伏的种子会开出鲜花，如同上帝的园圃，蓝天中的白云好像白衣天使飘然而下。期待是美好的。

胡杨之期待，可谓千姿万态。

胡杨之生存，可谓千磨万劫。

老去的、死去的胡杨，一般都已被剥光树皮，谁剥的？当疾风卷起沙尘暴，胡杨们奋力阻挡时，风以及风卷起的沙子，便像刀一样划向胡杨，那是无数细小而又尖锐的利器的宰割。胡杨的痛楚谁能得知？这一被剥皮宰割的过程，部分地解释了我的思虑：除了站着死去的胡杨，还有一些死亡的姿态一样让人惊心动魄。一棵棵有着百年寿龄的粗壮胡杨，在根部往上三五米处，折弯垂地；折弯垂地的树干上，所有的旁支侧节依然保有原先的姿态，曲折的、向上的，相互缠结，而且总有一根枝节在折弯处，伸向天穹。而在垂地的荒沙中，还可以看到这一棵百年胡杨生命的终结，不是在旦夕之间。胡杨的根部还有几根已经枯干的新生的胡杨，它想留下自己的后代，守望这块沙漠领地。这些小树不幸夭亡后，便偎依、缠绕在老树的根部，作恋恋不舍状。这一切因着生离死别而天然架构成的图像，有称之为“金蛇狂舞”，我却更愿以“慈母襟抱”名之。

胡杨是荒漠的历史。

世人说楼兰，不知有精绝。精绝国，古西域36国之一。《汉书·西城传》载：“精绝国，王治精绝城，去长安八千八百二十里，户四百八十，口三千三百六十……”东汉以后精绝并入楼兰，唐代改称尼雅。1901年，当斯文·赫定发现楼兰古城时，斯坦因在楼兰西南约1000公里的尼雅河的尾闾，找到了遗址面积更大、文物数量远胜楼兰的精绝。斯坦因的发现以及带回欧洲的精美木雕、木板文书，震惊了世界，中国的荒漠之中所埋藏的中国古代文化，竟是如此璀璨迷人！

古精绝国所在，今称为“尼雅遗址”。

尼雅，维吾尔族语，意为“遥远的地方”。

尼雅的地理环境，在玄奘的《大唐西域记》有此记述：“行二百余里，至尼壤（尼雅的同名异译，笔者附识）城，周三四里，在大泽中，泽地湿热，难以履涉，芦草荒茂，无复途径。”玄奘的这几句话所含的历史信息是：到唐代，尼雅河已消失而成为沼泽，芦草荒茂，肯定还有胡杨，但汉时尼雅河水奔流，两岸胡杨参天。精绝国辉煌于丝绸之路南道，使者、商贾驼队相望于道的景象已一去不返。唐以后，尼雅沼泽干枯再干枯而成为荒漠，荒漠中的尼雅古城，裸露着的是一根又一根胡杨木，是一大片民居的房柱，甚至还有房梁，密集地耸立。尼雅古城、住宅遗址的密集度告诉后人：尼雅人的生存为沙漠所制约，又与当时当地的环境融为一体。我们可以大致无误地推测，尼雅古城的民居，在当时尚未断流的尼雅河畔不远处，有成片的胡杨林环绕。尼雅遗址揭示的无非是：离开了水和树，人类将无法安居。

尼雅遗址，是世界上规模最大的木结构城市遗址，有“东方庞贝”之称。更确切地说，这是由胡杨树护佑，由胡杨木搭建的2000多年前的古城、古国。

回首尼雅，屹立2000年的胡杨木柱不腐、不朽、不倒，如同大海中的桅樯，集结待发于一处港湾，一代又一代的水手均已埋尸荒漠，他们是想远航呢，还是想重新成为胡杨树呢？

因为塔里木河的流水，塔里木盆地的胡杨林成了世界上最大，也是最后的一片胡杨林。胡杨极耐干旱，却又因水而生，胡杨的高贵在于，它把自身水的消耗控制在最低限度，而在对生命的渴望，尤其是种族延续的梦想中，艰难却又雍容大度地面对着生死的煎熬。塔克拉玛干沙漠的春天到了，不要说这个世界流沙面积最大的沙漠就连春天也是死寂的。渡过严寒的胡杨从冬眠中刚刚苏醒，便紧张急迫地开花，因为开更多的花才有更多的种子，胡杨林里花的繁忙，不亚于南国。胡杨雌雄异株，花粉与花柱均为紫红色，大漠深处点点红啊！这时候假如面对一棵雌性胡杨，你会看见那花朵凝结了一个冬天的水分和能量，希望与期待。期待着风，风为媒，只有风才能带来雄树的花粉。花粉干燥而轻盈，似乎是为飞行专门设计的，雌花的花柱多黏质，与随风飞来的花粉一见倾心相互胶着。雌的雄的都在等着大漠风起，风啊风，没有风哪有风流韵事？

胡杨的艰难是贯穿生命始终的，当胡杨花粉盼望大漠起风时，那些细小的沙子，静极思动，也在等待着风，张扬起沙尘，足可把花粉们扼杀于寻爱之途。花粉明白凶险，凭着自身的轻盈，在小风乍起时便扶摇直上，寻觅雌树。这时候雌树的花朵颤抖着，发出某种信息。终于，在沙尘暴之前，花粉找到了花柱。胡杨要孕育着新的生命了。

胡杨开花以后约150天，成功授粉的胡杨树上种子已挂满枝头。为什么是150天？为什么胡杨的花果期如此之长？胡杨经历着又一次等待，等待一年一度的洪水。如同胡杨花粉乘风而去一样，胡杨的种子却要待水而飞。胡杨种子也是一种奇观，每一棵雌性胡杨孕育上亿颗种子，所有的沙生植物因为生存环境的恶劣，都会生出太多的种子，胡杨尤甚。在酷热干旱中，哪怕有万分之一的机会能够成活，不也是种族延续的希望所在吗？我们可以想见，在33万平方公里的塔克拉玛干大漠中，除了细小而又能汇集成瀚海、流动若波澜的沙粒之外，还有多少胡杨的种子挟裹其中！胡杨种子极多而且极细小，一粒种子的重量仅为万分之一克，谁能想象这细微的种子，一旦成活便能长成沙漠中唯一的高大乔木？胡杨种子长满白色绒毛，既可助力飞行，又能在水边抓紧潮湿的土壤而生根发芽。

6月，塔里木盆地周边山上冰雪融化，成为河流，涌向沙漠。沙漠中没有地形的落差，也无法形成固定的河床，在历史年代，塔里木河凭着水量之大，在塔克拉玛干沙漠中横冲直撞，似脱缰的野马，尤其在夏日洪水高峰期，水溢满了河床。因为受冰川后退、截流改道所影响，今日之塔里木河已经无力脱缰。也许我们看不见，也许被忽略，塔里木盆地的夏日，到处都有胡杨的种子在飘荡，数以百亿、千亿计。夏季的塔里木上空繁忙，甚至稍显拥挤，它们看上去很像是漫游者。种子的自由飞翔，是胡杨一生中除了花粉以外，唯一鸟瞰沙漠的时间，漫游和巡视这浩浩大漠都只是飞过路过。种子在寻找水，寻找河流。

大漠里，洪水漫流的年代早已过去了。

胡杨种子寻水的艰难还在于造物主为每个种子设定的生命时间只有30天。在干热风中的飞行，每一刻、每一天都消耗着种子的生命。最后的结局是：在千百粒种子中，有一粒落进水中，6秒钟之内吸足水分，水温升高时，它便在水中发芽。请注意，胡杨的种子在水里发芽，这是一棵胡杨一生中第一次得到水的补充，最大方的补充。6秒钟之内，这粒万分之一克的种子会被水溢满生机；但它还必须找到立根之处，而立根之处不是塔里木河，是河畔的滩地。

如同所有植物一样，胡杨离不开水也离不开土。不一样的是：胡杨的种子要艰难万倍地在沙漠中找水、找土，然后成为胡杨——大漠胡杨。

寻找立根之地的种子依靠着自身的绒毛在水里游动，运气好的时候可以直接上岸，或者抓紧并依附在一片落叶、一根浮木上随波逐流，趁落水时落在沙滩上。然后在夜色中以迅雷不及掩耳之势生根、下扎，胡杨之始，便要有足够长的根。洪水过去了，地表水流不再汹涌，岸畔河滩又淤积了一层泥沙。这一层湿漉漉的泥沙成了不少沙生植物的立足之地。种类繁多的小苗密密相拥，而胡杨苗是最细小的，它集中几乎所有的能量于地下的根，所以一根胡杨苗的根系很快就超过了幼苗身体的几十倍。对胡杨来说，它成活之后的使命，便是一切为了生长得高大。胡杨幼苗的根向着地下生长，长大以后，胡杨的主根深入地下10米处找水。但找到的却是苦咸水、盐碱水。这是因为塔里木盆地年降雨量不足30毫米，最高蒸发量超过3000毫米，所以水愈来愈少，盐碱度越来越大。而水对于胡杨来说，是维系生命的最重要的物质，但其中的盐碱又足以致胡杨于死地。这一棵沙丘上的胡杨，除了设法找到淡水之外，又万般无奈地把盐碱排出体外，盐碱流出处就是胡杨的伤口，盐碱呈褐红色，此即胡杨泪。

胡杨泪还是胡杨血?

蒸发之后的胡杨泪成为白色结晶，西域百姓以此为面食的中和剂。胡杨泪结晶的含碱量为70%，主要成分是苏打，胡杨把自己的泪水也奉献于人类了。就连当地的牧人都以为沙丘上的这棵胡杨已经死去，它的伸向天空的树干躬身垂地，旁边是一丛零散的胡杨枯枝。仔细观察之后发现，这棵高大的胡杨在狂风狂沙的吹折下，倾斜倒地。它死了，可是在枯亡的表象下却经历着不可思议的重生的挣扎：大树胡杨正把自己变成若干小树，原先的主干成为根，托举起树枝，让新生命接续生存。而备受盐碱之苦的根不再垂直下伸，而是做水平运动，延伸、再延伸，伸到一条湿气尚存的早已干涸的水渠边上。在胡杨的水平根上，科学家还惊喜地找到了萌发的胡杨幼苗，胡杨除了花粉飞飘的有性繁殖外，还具有无性繁殖的能力：根也。胡杨以母树的根系为根系，此一发现所带给人们的惊喜是巨大的。

从一粒种子开始，一棵胡杨，因为其发达的根系有可能繁衍出一片胡杨林，因而其寿命也无法计算。新疆的沙海中一片胡杨其实在寻根问祖后，就是一棵植株，但前提是必须要有水。

那棵死而复生的胡杨，很可能是它的后代，它的水平根在不远处还活着，并且找到了一处已被废弃却尚有残存的水源。因为根系所维持的水分的流动，在点点滴滴地施于救治后，老树的生命在沉睡中被唤醒。塔里木盆地胡杨保护区的面积为3800平方公里，胡杨见证了中国西北走向荒漠化的让人痛心疾首的过程。胡杨曾经广泛分布于中国西部，新疆库车、甘肃敦煌、山西平隆、内蒙古草原，后来所发现的胡杨化石距今已6500万年以上。如今除了内蒙古阿拉善和柴达木盆地流进沙漠的河流两岸还有少量胡杨外，中国的胡杨主要集中在塔里木盆地、塔克拉玛干沙漠，因为那里有一条塔里木河。

胡杨是怎么消失的?

据史料记载，西汉时楼兰、尼雅的胡杨覆盖率超过40%，楼兰人、尼雅人以胡杨木建房、建城，严寒冬日则以胡杨木生火取暖，以胡杨泪做面食。沿着胡杨或在胡杨林劈出的小道蜿蜒向前，丝绸之路以及先于丝绸之路的玉石之路就这样开拓而成，使者、商贾、戍边士兵交通往来，相聚于胡杨林。不同种族、不同语言、不同服饰，互为交流，互为碰撞，此即中西文化之汇合、集成、碰撞也。至清代，罗布泊已然萎缩，楼兰国已经消亡，但仍“胡桐遍野，而成深林”。在20世纪50年代至70年代的20多年间，是新疆砍伐胡杨、红柳的疯狂时期，塔里木盆地胡杨林由52万公顷被砍伐至17万公顷。塔里木河中下游因为垦殖扩展耕地截流夺水，胡杨林及林下植被纷纷枯竭而亡。随着塔里木河断流，塔里木河一节一节地缩短，由曾经全长2400公里缩短为800公里。我在新疆采访中得到的资料为：20世纪50年代，塔里木河中下游胡杨林面积为580万亩，70年代为297万亩，到90年代仅剩152.25万亩。胡杨林的减少，还意味着野生生物物种的锐减，耕地的增加，激发了沙漠化的动力。风起沙扬，家园遭殃，而人类不仅是风沙的帮凶，还是风沙的制造者。

在这片荒漠中，只要河流改道或者干涸，只要没有水，胡杨林便随之消亡，生命和家园便不复存在。但会留下胡杨的残骸，在干热的砾石大漠之中，无声地重复着大自然2000年前发出的警讯，我们还能无动于衷吗?我们还要沿着毁灭胡杨从而毁灭自己的路，一条道走到黑吗?

赞美胡杨，不能不怀念胡杨，怀念那些造福人类及万类万物，而最后毁灭于人类之手的胡杨。还记得在古代文人笔下“弱水三千，取一瓢饮”的居延海吗？源出祁连山的黑河，是甘肃河西走廊最大的内流河，古称“弱水”，下游流入内蒙古额济纳旗，注入居延海，因为有水有大片的胡杨，故有“居延粮仓”之名。西夏建有黑城子，13世纪马可·波罗前往元大都经黑城子时，这里仍“水源充足，林木茂密，野驴和各种野兽出没其间”。直到20世纪40年代，居延海仍有300多平方公里的水面，青草胡杨流水牧歌，居延海是有清代至民国骚人墨客的流连忘返之地。其风景形胜堪称奇绝：居延海周围从黑河、北大河到额济纳，在长约200公里，其最宽处达15公里，在苍茫的戈壁滩上形成了一片扇形胡杨林带，故人有“芨芨芦苇入望迷，红柳胡杨阔无边”之句，今人有“胡杨似扇天风来，庄生不曾观此海”之誉。如今居延海日渐萎缩，胡杨、红柳大片死亡。内蒙古的牧人、内蒙古林业厅的朋友欲哭无泪地告诉我，自20世纪60年代以后，黑河流域建成百万立方米以上水库30座，层层截水，级级拦水，把一条黑河敲骨吸髓，地处下游的居延海在黑河不时断流之后，日渐干涸。没有了水，没有了芦苇、芨芨草，居延海的河底呈瓦块状干裂，所有的裂缝都在呼唤水。随居延海干涸而死亡的是85万亩胡杨、红柳、沙棘，林业部门未及统计的是数量更多的芦苇、芨芨草及5000万亩草场沙化。劫后余生的胡杨林至今仍以每年5万—7万棵的速度递减。自此，一片绿波居延海和千百草场额济纳在1998年4月以张扬的沙尘暴席卷北京、济南、徐州乃至南京而扬名世界。

中国有多少像黑河一样不再自由流动的河流？中国有多少如黑河上那样的高坝大库？不再自由流动的河流是没有生命的河流，河流又是大地生命的血脉，那么太多的高坝大库就是在制造人为的“心肌梗塞”，置中华大地以死地。灾难频发的三门峡水库前车可鉴，可鉴而不鉴，何以故？中国水利向何处去？

2012年11月，由我担任嘉宾主持的、凤凰卫视开拍一年的《大地寻梦》即将关机。我们从天山南麓的库尔勒，赶往孔雀河北岸的尉梨县。尉梨又称“罗布淖尔”，即旧时的罗布泊，有最后的罗布人家。我们要在这里立一个寻梦碑。100里的车程，100里的荒沙荒草，有沙芦苇、骆驼刺、红柳、芨芨草、沙蒿、沙柳等，你几乎看不清楚这些沙生植物与荒沙大漠的区别，在经年累月、年复一年与风沙的抗争中，它们一律成为灰黄色，删削了所有植物本应有风姿绰约。在这片越来越干旱的沙漠中，所有的抗争既没有退路也没有出路，它们由此成了献身的榜样，给人以一种精神——一种遗世独立、超然物外的精神：“勇敢地完成你自己！”

在更远处能看见胡杨，三三两两不再成林的胡杨。

我走向胡杨，胡杨边上是一个已经枯竭的小水塘。在罗布淖尔，在整个塔里木盆地，我的经验是：你看见胡杨，你就看见了水。在远离塔里木河的沙漠腹地，一定会使你想起水。那胡杨耸立处，哪怕是浑身铁灰色的、已经死去的胡杨耸立处，必定曾经有水，有河的尾闾，有水泊。大约在100多年前，塔里木盆地周边高大山脉的冰雪融水，在夏日的洪水季，一直可以冲击到塔克拉玛干沙漠的腹地，众水欢跃、激流奔逐，那是大漠胡杨的黄金岁月啊！胡杨耐干旱，这是沙漠环境使然的无奈，胡杨又极亲水、爱水，这是古地中海赋予的本性。在33万平方公里的塔克拉玛干沙漠中，都有河道已被黄沙深埋的痕迹，胡杨或者独株，或者成林，或者三三两两地耸立，都在诉说水，所有的诉说都如歌如泣。歌者，往昔之冰雪融水也；泣者，今日之苦咸泪水也。

胡杨的生存，真是一种别样的生存。

大漠深处有一个高大沙丘，沙丘上有一棵胡杨，周边没有一根荒草，唯有倒下的胡杨残枝。胡杨的枝干上还有这个深秋时节最后的几片黄金叶，像旗帜，晃动在茫茫沙海中。枝条上系着红布条，沙漠中的一点红色都格外鲜艳醒目，那是探险者对这棵古老胡杨的祝福吗？它到底有多古老？沙漠学家的计算是，以塔克拉玛干沙漠每年沉积1公分沙子算，胡杨脚下的巨大沙丘的堆砌，至少需要800年。从沙丘顶部下探可知，这棵胡杨的主干是被黄沙掩埋之后树冠的残余，然后成为新的树根，长出了新的树干。这一景象解释了我心中的疑团，为什么有的胡杨顶部脱落枯焦而根茎处生机依然。在严酷的沙漠环境中，当可以吸取的水分越来越少时，胡杨便以自残的方式，使自身的一部分死亡，而让这棵胡杨的生存得以继续。

高丘胡杨，这棵孤独的高丘胡杨，在放弃了原先的根茎，“断臂重生”后，便挺立在了沙丘上。

它是新的胡杨，它依然是老的胡杨。它的水平根不知已游走到哪里了，但肯定找到了一点水。

只需在冥想中，把远离塔里木河的那些大漠胡杨加以连接，同时连接起古西域36国，我们便可以得出这样的结论：死亡之海，曾经是水流之海。而今让我们惊叹的那些残剩的千姿百态、千奇百怪的胡杨，与其说是守望塔克拉玛干沙漠，还不如说是在守望水、守望冰雪融水，守望人类生存与世界文化之门的一个公开却又被淡忘的秘密。

胡杨的边界是水的边界。水的边界是绿洲的边界，也就是人及万类万物生死存亡的边界。

结语

《森林九章》初稿写成，意犹未尽，岂止意犹未尽，且有不胜惆怅之慨，何故？20多年，我从《伐木者，醒来》开始，再三再四地写森林，望山仰止，见树开怀，所得的却只是森林一角，几树几草几叶而已。大美森林，林相万般，我力所不逮，此其一也。中国边远山区有多少种树人，种树的老人、穷人，因为在别的文章中写过，而极不情愿地把他们省略了，所得的却是内心的不安，此其二也。因为是自己设定的九章之题，又企图稍变文风，稍为细致地写森林草木之美，兼及山川草木在中国地理上的特殊性，多少美木名山不在九章之内，是有“结语”，略为补缺。

第八章写秦岭还是写长白山？我曾纠结于2013年夏日的闷热中，枯坐书房，苦无良策。后来写《秦岭烟云》，长白山又岂能舍得不录？想起长白天池，天池周边有巨石碎屑，火山遗迹也，而天池实为火山湖。2000年夏，应凤凰卫视之邀，我为《穿越风沙线》做嘉宾主持，得以拜谒天池。到天池边上举目眺望时，但见云散雾开，日光普照，天池如碧，水波不兴。那种湛蓝之厚，那种宁静之深，那种美妙之玄，我无以言之。然后是深入原始森林，林地潮湿甚至有点泥泞，多小沟池塘苔藓，少有虫鸣鸟歌，林中万物歇夏乎？长白山原始森林安静而深邃地分布着针叶林和阔叶林混交林带，跋涉而上，海拔更高处，依次是针叶林带、岳桦林带、高山苔原带。远处是雪峰，往昔之雪，陈雪，旧雪……傍晚有风，树叶沙沙作响，针叶和阔叶如切如磋，如诗如歌。与主持人杜宪做访谈时，我用了2000年前古罗马诗人写风中栎树的一句诗：风中的簧片。

长白松婷婷玉立，树皮粉红，何不称之为“美人松”？

岳桦林因为风的吹刮，一律优雅地成片成带倾斜，当倾斜成为一种生存的姿态，倾斜也是美。

长白山的高山苔原是地球上最南面的北极苔原景观，也是最多彩最脆弱的一种景观。6月到8月，从海拔1900米到2500米高程之间，各色鲜花或密集或零散由低及高依次开放，但一律低矮，间有小草。遗世独立，幽闲淡然。以手指深入花草间，可以触摸到极松软的火山灰。花草们细嫩的根无法朝火山灰层下的岩石深入，便横向伸长相互缠结，绵绵无尽。在苔原地带，很难辨认一花一草独立的根系，交互缠绵的结果，使它们有了斩不断理还乱的共同的根系，共生于火山灰层。当这一灰层被践踏被破坏，便苔原不再，风景不再。

根的方式决定了草木生存的方式。

死后骨灰洒在长白山的生态学家、植物分类学家王战先生说“长白山是一本读不完的天书”。长白山是欧亚大陆北半部最具典型性的自然综合体，长白山的森林、岩石、苔原有着罕见的原始美、野性美。目光所及，目为之明，气息所入，神为之清。更无解的是天池之水因何常清常碧，盈而不溢，又流淌出了松花江、图们江、鸭绿江……长白山不能不使我联想到中国诸多有名无名的极高山、高山、低山和丘陵。从“山结之地”帕米尔高原出发，构筑了中国土地面积69%的山区。山区就是林区，就是水区，就是物种多样的聚集区，有更多的荒野。可是千百年来对山区与荒野的轻视延续至今，山区已成为荒凉、落后、贫穷的代名词。殊不知，我们的森林在山区，水源在山区，万类万物在山区，没有山区的护佑，何来平原及沿海地区的富庶与安乐?

山区有大美，成片结群于崇山岭间的森林高瞻远瞩，它们是守望者，也是启迪者——失去森林就是失去一切。而那些在荒漠、山区中种草种树的贫困农民，才是当今中国最可爱的人。

2013年清明前两天，我从西双版纳赶往陆良县，访问“陆良八老”，他们在喀斯特地貌的荒山丘石间，种树造林31年，使一座座荒山变成了有树有草有花的花木山。我跟着82岁的王开和老人，在山上、在芳香间转悠，有一个细节如此难忘：王开和捡到一个去年的松果球，从已经干涸却依旧精美的层层萼片中，抠出一粒松子，对我说：“这就是种子，牙口好咬开，里边是仁。”稍顿，又说：“仁义道德的仁。”我被震动了，我面对的到底是不识字的文盲山民，还是集传统美德于一身的君子贤人？我称“陆良八老”为“陆良八贤”，正是他们启发我，儒学中“仁”的最早发现者很可能是山林野老。正是他们，也只有他们才能反复得以目睹核、仁与生的关系，才有了后来孔子的归纳和传扬：仁者，生生不息也，君子之道也。

森林之仁，其在生生不息也；森林之道，可谓君子之道乎？

2013年10月于北京一苇斋

后记

这本散文集是我近些年写的零星篇什，有的是早在2001年所记，时光冲淡了不少记忆，但帕米尔高原，高原上的雪，新雪旧雪，却难以忘怀。先师艾青曾对我感叹“人生有一些地方，去过一次后想再去，就难了”，时在1982年初夏，先生偕夫人高瑛访杭州住大华饭店。正是百花烂漫时，我陪艾青在西湖边上散步，先生指着玉兰树告诉我“这是花卉中的高大乔木”，面对盛开的白色玉兰花又随口说“就像是我随手抛出的白手绢”。杭州应是先生的重游之地，先生认为重游难得而有此感慨吧？因为有《艾青传》，这个集子里缺了写先生的文字，憾事也！

习惯了手工劳作，刚刚学会打字，其他用电脑编辑文档等一概不懂，我的愚笨竟使我怀疑自己的智商。亏得众朋友如韩小蕙、饶祥、赵玙、陈红、施燕、思婕等不辞辛劳的帮助，收集了我2011年至今发表在《崇明报》上的所有文章，感激之情无以言表。夫人教会我拷贝，小女苇苇替我输入了“江河八卷”“森林九章”，然后编排、修改，才有了现在这个样子。其间不断鼓励我的是杜卫东兄，宽容我一拖再拖的是李继勇兄。我甚至想过放弃，卫东不允，继勇勉励我慢慢做。无此二兄，此书成泡影矣！

翻检旧作就是翻检沧桑，就是翻检岁月在记忆中的碎片，翻检我曾经的行走。从江河到森林，到大漠，到山结之地帕米尔高原，到昆仑山，等等。当这一切成为回忆，所有这些翻检又使我坠落，坠落在遥远和并不遥远的风景之地——江海芦荡、山水草木、大漠荒野、冰川雪峰，既熟悉又陌生，却无不生情。想起了朱光潜先生的教诲："慢慢走，欣赏啊！"现在我可以从容地欣赏并抚摸这些风景，甚至相互问安："江湖夜雨，桃李春风，别来可好？"书中有写我师父的文章，袁鹰、李希凡、姜德明、谢泉铭是也，希凡已经作古。没有他们十年的引领，我无法设想路在何方。友人作荣辞世后，我一直想写点文字，却无从下笔，直到去年重读他为《梦巴黎》写的前言《思想与家园》，才忽然有启发，是有《歌沧浪之水》。

诗与诗人，始终是我心中的梦想，是我追求至今而看不见的彼岸。我诗歌之梦开始于少年时代，小学五年级时，我往艾青先生《春姑娘》的篮子里，放了一束崇明岛的油菜花；在六年级时因为袁鹰先生的《时光老人的礼物》，我写了第一首诗。如果再追溯我对诗的认知，却是因为那些旧小说的开卷诗，"诗云"是也。崇明岛有耕读传统，农人家中有的有旧书，小学三四年级时便互相传阅，记得是绘图绣像，《三国》《水浒》《红楼梦》《七剑十三侠》等，字也认不全，文章也难读，虽然似懂非懂却爱不释手，尤其是开头的诗，那时分不清诗与词，但有的至今不忘："滚滚长江东逝水，浪花淘尽英雄。是非成败转头空。青山依旧在，几度夕阳红。白发渔樵江渚上，惯看秋月春风。一壶浊酒喜相逢。古今多少事，都付笑谈中。"明代杨慎的这首《临江仙》对我影响至深，长大后离乡返乡，多少次曾在船弦旁，面对长江默诵。这也是引领我走进古诗词的开篇之作，或可说我对古典文学的兴趣、积累，皆与此有关。直到倾心于李白、杜甫、王维及李煜等文豪，仍难忘"青山依旧在，几度夕阳红""古今多少事，都付笑谈中"。诗还是我的"心结"所在，何言"心结"？20世纪80年代后期，当我成为一个诗人后，我并没有认为功成名就。当时《伐木者，醒来》《流水不再浪漫》等作品已问世，而散文的写作要更早一些。我努力实践的是，把诗与散文的写作和现在我称之为自然文学、当时称为报告文学的写作，乃至传记的写作结合起来。由此，我的梦想仍然是诗与诗人，但有了新的要求：诗性的写作。

我正是以诗性写作的认知写这些散文的，对我来说没有一篇写作是轻松的，每一篇短文都是反复删改的结果。其中有一些篇什是写故乡崇明岛的，如《蟹语》《故乡风景》《重修崇明学宫记》，及谈岛上农人手工工具的《梦乡》，等等。我乐以为之，不仅是使作品有了乡土气，而且一旦我的笔触深入乡土，便会有词语从中涌出。这是我引以为快乐和自豪的。有的文本半文不白，碑文要求故也。但我对文言文的爱好，亦流露其中。于此想到，倘若我们对古汉语弃之如敝履，或者不弃亦不知，文学的继承传统就是一句空话，读者诸君以为然否？想起了梁启超笔下的戴东原："我们最诧异的，是东原做那么一部自成一家言的哲学书，为什么名叫做《孟子字义疏证》呢？"戴东原有自己的解释："经之至者道也，所以明道者其词也，所以成词者字也，由字以通其词，由词以通其道，必有渐。"识字和闻道真有那么密切的关系吗？真是非由字不能通词非由词不能通道吗？任公的回答是"一点也不错"（《饮冰室合集·戴东原哲学》）。那些字词及道的话题暂且不论，做文章必得讲究字词，当无疑义。当今字词粗鄙，却能呼风唤雨，则实在令人称奇。扯远了，打住。

正逢2020年难忘的春天，书中《鸟鸣声声》是为《光明日报》副刊新写的，提醒自己和读者，记住这一个春天，记住大自然仍在眷顾我们，记住生命的广大和美丽，记住白衣战士的奉献，记住在灾难面前人类是何等渺小！可以庆幸的是，中华民族共度时艰，看见了隧道尽头的光亮，我永远为我是中国人而自豪！

卫东兄从海南提早回京，为这本书写长序，"诗人徐刚"这题目让我倍感亲切，亦可知卫东知我之深。我的感激又何能仅以感激言之？

后记其实是作者文章之外的一点心里话，至此可也。

2020年春分于北京

图书在版编目（CIP）数据

八卷·九章 / 徐刚著 . —北京：民主与建设出版社，2020. 9

（名家散文自选集）

ISBN 978-7-5139-3177-9

Ⅰ . ①八… Ⅱ . ①徐… Ⅲ . ①散文集—中国—当代 Ⅳ . ① I267

中国版本图书馆 CIP 数据核字（2020）第 154130 号

八卷·九章

BAJUAN·JIUZHANG

出 版 人	李声笑
总 策 划	李继勇
著　　者	徐　刚
责任编辑	刘树民
封面设计	宋双成
出版发行	民主与建设出版社有限责任公司
电　　话	（010）59417747　59419778
社　　址	北京市海淀区西三环中路 10 号望海楼 E 座 7 层
邮　　编	100142
印　　刷	三河市祥宏印务有限公司
版　　次	2020 年 9 月第 1 版
印　　次	2020 年 9 月第 1 次印刷
开　　本	787mm × 960mm　1/16
印　　张	23 印张
字　　数	250 千字
书　　号	ISBN 978-7-5139-3177-9
定　　价	39.80 元

注：如有印、装质量问题，请与出版社联系。